ABCDEF
GHIJKLM
NOPQRST
UVWXYZ.
1234567
89

ADAMS

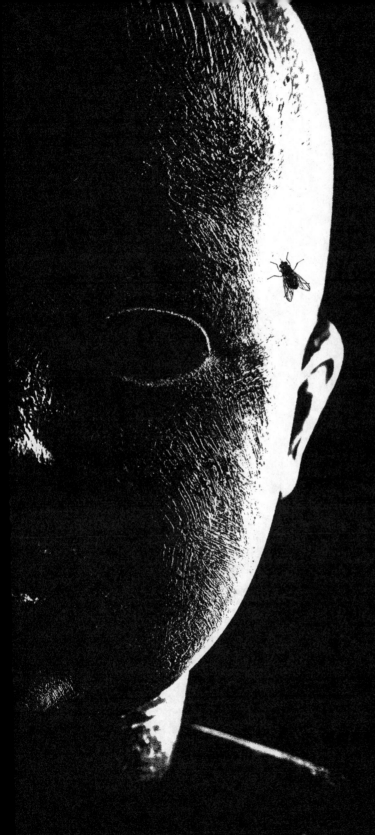

*À minha esposa,
Ellen Argo Johnson.*

DADOS INTERNACIONAIS DE
CATALOGAÇÃO NA PUBLICAÇÃO (CIP)
Jéssica de Oliveira Molinari CRB-8/9852

Johnson, Mendal W.
Quando os Adams saíram de férias / Mendal W.
Johnson ; tradução de Camila Fernandes.
— Rio de Janeiro : DarkSide Books, 2022.
272 p.

ISBN: 978-65-5598-224-4
Título original: Let's Go Play at the Adams'

1. Ficção norte-americana 2. Horror
I. Título II. Fernandes, Camila

21-5115   CDD 813

Índices para catálogo sistemático:
1. Ficção norte-americana

QUANDO OS ADAMS SAÍRAM DE FÉRIAS
LET'S GO PLAY AT THE ADAMS
Copyright © 1974 by Mendal W. Johnson
Copyright Intro © 2020 by Grady Hendrix
Published by arrangement with Valancourt Books
Todos os direitos reservados
Tradução para a língua portuguesa
© Camila Fernandes, 2022

Impressão: Braspor.

Fazenda Macabra
Reverendo Menezes
Pastora Moritz
Coveiro Assis
Caseiro Moraes

Leitura Sagrada
Adriana Cecchi
Gabriela Peres
Jéssica Reinaldo
Tinhoso e Ventura

Direção de Arte
Macabra

Coord. de Diagramação
Sergio Chaves

Colaboradora
Aline Martins

A toda Família DarkSide

Eva dá à luz Caim e Abel
— Eles oferecem sacrifícios —
Caim mata Abel e é amaldiçoado
pelo Senhor, que também lhe
coloca um sinal — Os filhos dos
homens se multiplicam.
Adão • Gênesis

MACABRA
DARKSIDE

Todos os direitos desta edição reservados à
DarkSide® Entretenimento Ltda. • darksidebooks.com
Macabra™ Filmes Ltda. • macabra.tv

© 2022, 2024 MACABRA/ DARKSIDE

MENDAL W. JOHNSON

QUANDO OS ADAMS SAÍRAM DE FÉRIAS

TRADUÇÃO **CAMILA FERNANDES**

MACABRA™
DARKSIDE

Grady Hendrix

O QUE MATAMOS PRIMEIRO

[Alguns leitores já sabem o que acontece neste livro, mas, se você não sabe, recomendo ler esta introdução só depois de terminar o romance. — GH]

Em 1974, Mendal W. Johnson publicou *Quando os Adams Saíram de Férias*, que recebeu críticas divergentes. A revista *Kirkus* declarou que "nada ali ganha vida", enquanto o *New York Times* suspirou: "... este é um livro um tanto repugnante". O *Detroit Free Press*, por outro lado, disse que continha "a tensão insuportável de um grito silencioso" e a revista *Publishers Weekly* proclamou que era "uma história de terror que vai atormentar e assombrar o leitor muito tempo depois de terminar a leitura".

Dois anos depois, o autor morreu. Nunca publicou outro romance.

A história devia ter acabado por aqui, mas *Quando os Adams Saíram de Férias* ainda teve dezessete edições só no Reino Unido, a última em 1988. Foi publicado na Austrália, Turquia e México, onde é conhecido como *Adolescencia Diabolica* — e agora é republicado no Brasil pela DarkSide Books. Os leitores vasculharam sebos à procura de exemplares e os preços dispararam até a estratosfera (até o momento em que este texto foi escrito, há um vendedor on-line oferecendo uma edição econômica por US$ 683,70). Alguns autores citaram o livro em suas obras. Outros escreveram sequências. Devagar e gradualmente, *Quando os Adams Saíram de Férias* ganhou um culto.

Esse é um fato estranho para um livro tão sombrio e desesperador. Leia as resenhas on-line em que as pessoas afirmam ter jogado o livro do outro lado sala ao terminá-lo, especulam sobre a saúde mental do autor e chamam o texto de "doentio" e "misógino", mas também escrevem sobre como a leitura as deixou exaustas e incontrolavelmente trêmulas, com mal-estar físico. Décadas depois da última leitura, as pessoas ainda se lembram dos detalhes. É um livro que fica com você.

A história é simples. No final do verão, perto de Annapolis, Maryland, região de grandes casas de campo onde as famílias passeiam com suas peruas Oldsmobile quadradas e grandalhonas, os filhos vão à escola dominical antes da igreja, as mulheres usam luvas brancas, há aulas de piano e vendas de bolos beneficentes, e cada novo dia parece que nunca vai acabar. O sr. e a sra. Adams foram passar duas semanas de férias na Europa e contrataram Barbara, de 20 anos, para cuidar de seus filhos — Bobby, de 13 anos, e sua irmã Cindy, de 10. As crianças da vizinhança passavam por lá e saíam para nadar, Barbara adorava a ampla casa suburbana dos Adams e tudo parecia um lindo sonho dourado. Então, Barbara foi sedada com clorofórmio e acordou amarrada à cama. Os filhos dos vizinhos — Dianne, Paul e John, com idades que vão de 13 a 17 anos — decidiram que seria divertido pregar peças na babá.

Tudo parecia uma grande piada, mas os dias passaram, Barbara continuou amarrada, e, pouco a pouco, as crianças começaram a fazer coisas com ela. Coisas ruins. Como disse Cindy, rindo: "O Paul... É o melhor torturador". Barbara era uma jovem livre, leve e solta que não tinha opiniões fortes, mas o confinamento a reduziu a seu eu essencial. Ela ficou horrorizada ao ver que as crianças, que imaginava serem suas amigas, não tinham "capacidade nem vontade de se colocar no lugar dela, nem imaginar como ela sofria". Eles a trataram como se fosse uma Barbie, e todo mundo sabe o que as crianças acabam fazendo com suas Barbies.

Mas, em vez de sadismo, este livro é repleto de tristeza. Quando Bobby tenta analisar o dilema das crianças — o fato de que não podem matar Barbara, mas também não podem libertá-la —, isso "o confundia e entristecia". John se revolta contra a infância, que vê como uma prisão. Ele quer liberdade, e quer agora, e o corpo de Barbara se torna a escada que ele usa para tentar escapar de suas muralhas. E Barbara, que admite livremente que não é de pensar muito e se contenta em deixar que outras pessoas tenham opiniões no lugar dela, percebe, tarde demais, que precisa ser mais forte e crescer. As crianças se aproveitaram dela porque ela é "só uma espécie de superamiguinha de brincadeiras".

Johnson adorava *Senhor das Moscas*, de William Golding; a visão da infância que *Quando os Adams Saíram de Férias* oferece é igualmente nítida e quase inflexível demais. As crianças de Johnson são inerentemente incognoscíveis, e é isso que as torna apavorantes. "Quem sabe o que as pessoas pensam quando são crianças e ainda não foram domadas?", reflete Barbara em dado momento.

O mais perto que chegamos de entender por que as crianças fazem o que fazem é quando Dianne grita com Barbara: "Porque alguém tem que ganhar e alguém tem que perder".

Barbara exige saber que jogo estão jogando.

"O que todo mundo joga... O jogo de quem ganha o jogo", responde Dianne.

A situação acaba exatamente onde você teme que acabará, mas o último capítulo não é um mergulho no niilismo barato, e sim uma expansão crescente e quase psicodélica da consciência enquanto Bárbara encontra seu destino com graça sublime, elevando-se a um estado superior de percepção. Podemos não saber o que as crianças pensam, mas sabemos o que Barbara pensa, e é lindo, e ainda mais triste por se extinguir tão cedo.

Quando os Adams Saíram de Férias atormenta o leitor, e até mesmo a filha mais nova de Mendal Johnson, Gail, só o leu duas vezes na vida, primeiro aos 19 anos e depois aos 61. Escrito com uma honestidade inabalável, *Adams* agarra-se às dobras do nosso cérebro. Não é um livro que você precise ler muitas vezes na vida — não por ser ruim, mas por ser inesquecível.

Os leitores, ansiosos para saber mais sobre este romance singular, garimparam alguns fatos sobre Johnson, mas, destituídos de contexto, muitas vezes confundem os acontecimentos do romance com a personalidade do autor. Como até mesmo o *New York Times* escreveu em sua crítica: "No fim, Johnson parece estar cedendo às suas próprias fantasias". Porém, tal como seria um erro considerar Bram Stoker um vampiro bebedor de sangue porque ele escreveu *Drácula*, seria um erro considerar Johnson um fã de tortura porque ele escreveu sobre dor.

Nascido em 24 de maio de 1928 em Tulsa, Oklahoma, Johnson frequentou a Universidade de Miami, onde estudou jornalismo e, na equipe responsável pelo anuário ou no jornal da instituição, conheceu sua futura esposa, Joan Joyce Betts. Os olhos de Johnson, ligeiramente cruzados, o mantiveram longe do exército; então, ele se alistou na Marinha Mercante e, mais tarde, trabalhou como cozinheiro num barco de pesca de camarão.

Casou-se com Joan em 1949, com apenas 21 anos, e abandonou a faculdade. Ele e Joan pilotaram um iate de Nova Jersey até Miami para o proprietário da embarcação quando ela estava grávida de Lynne, a primeira filha do casal, que nasceu em Miami. Em 1951, pilotaram outro barco até a ilha de Grand Cayman, onde Johnson planejava escrever o Grande Romance Americano enquanto Joan pintava. No entanto, depois de engravidar pela segunda vez e ficar sem dinheiro, voltaram para Miami e tiveram Gail, sua segunda filha.

Mas Mendal nunca quis ter filhos; então, deixou Joan quando ela estava grávida de Gail e se mudou para Annapolis. O casamento acabou, e Mendal tornou-se editor-chefe da revista *Skipper*. Parece mais do que levemente surreal ver um autor mais conhecido por escrever sobre uma babá amarrada discorrer de modo lírico sobre "um lindo veleiro castanho do Philadelphia Corinthian Yacht Club", mas uma reportagem na edição de setembro de 1955 chamada "The Sea Harvest" mostra Johnson passando um tempo com pescadores locais e captando suas vozes com uma atenção excepcional.

"Você vai aprender depressa", diz um pescador quando Johnson faz uma piada sobre aprender aquela profissão. "Em uns cinco ou seis meses. Só precisa de estômago bom, costas fortes e mente fraca, mais nada. O resto é com o tempo."

Por volta de 1955, Johnson se mudou para Brownsville, Texas, onde trabalhou como editor de esportes e jornalista para o *Brownsville Herald* e o *Laramie Bulletin*. Lá, fotografou touradas mexicanas e se apaixonou por Ellen Argo, se divorciando finalmente de Joan em 1957 para se casar com Ellen. Os dois foram para Annapolis, onde Johnson se tornou corretor de iates, função que exerceu até a morte. Mas, no fundo, ele era romancista.

Ao longo da vida, Johnson escreveu oito ou nove romances. Todos os dias, acordava às duas da manhã em sua casa na região do rio Spa, ia para o sótão, onde havia montado seu escritório, e escrevia até as cinco da manhã, quando voltava para a cama. (O escritório de Ellen ficava na varanda dos fundos, com vista para o rio. Ela escrevia das cinco às oito, todos os dias.) Johnson acordava novamente perto das oito horas, fazia a barba, tomava o café da manhã, lia o jornal, vestia seu uniforme — bermuda, camisa com monograma e mocassins — e chegava ao trabalho por volta das nove ou dez horas.

Devoto da culinarista Julia Child, Johnson chegava em casa às seis da tarde e fazia o jantar. A cada inverno, preparava enormes quantidades de caldo de carne e galinha no porão. Adorava música ("clássica, popular, experimental, vanguarda", como lembra um parente), se candidatou sem sucesso a um cargo público em Annapolis e leu muito, incluindo uma boa dose de filosofia oriental. E escreveu. Foi um romance após o outro, mas só *Adams* chegou a ser vendido.

Escrevê-lo teve um preço. Republicano, com a opinião de que os liberais se recusavam a encarar os fatos, Johnson quis que seu livro fosse uma espécie de metáfora política. Ele o descreveu a um repórter do *The Baltimore Sun*, que resumiu o esquema de Johnson da seguinte maneira: "Barbara, a babá vitimada, representa a esquerda americana, a 'esquerda sonhadora' que sofre abusos e é morta. Os adultos, que não participam da ação da trama e nunca saberão o que aconteceu, são a direita política. 'E o que resta', explicou o autor, 'é a "grande maioria americana silenciosa" que supostamente controla as coisas de modo estranho e imprevisível', o centro americano que Johnson vê como a 'confusão americana'. O sr. Johnson escolheu crianças para representar o centro americano 'por puro despeito'. No livro, ninguém vence: a esquerda é morta, a direita é tapeada e o meio, ele indica, as crianças, acabará arrebentando à medida que crescer".

Mas a história não acaba aí, pois, embora *Adams* possa ter sido escrito à sombra da Guerra do Vietnã, não pode ser reduzido a uma alegoria política, e Johnson sabe disso. Como disse na mesma reportagem, o autor queria que Barbara fosse uma metáfora, porém ela "o afetou... Ela foi uma imagem política, um totem. Mas passou a ser tão real para mim que no fim tentei evitar matá-la. Quando terminei o livro, já estava perto de me tornar um alcoólatra total. Eu não conseguia largar minha máquina de escrever, mas não queria ouvir o que a máquina tinha a dizer. Eu queria salvar Barbara, mas, se a salvasse, não poderia salvar a história".

A bebida foi o que o matou. Dois anos depois de *Quando os Adams Saíram de Férias*, Mendal Johnson morreu de cirrose hepática. Tinha 48 anos. Nos últimos anos de vida, trocava cartas com as filhas e às vezes ficava acordado a noite toda conversando com Lynne quando ela morou com ele e Ellen por alguns meses, em 1968 e 1969. Nessa época, ele contou a Lynne sobre sua escrita, sua vida e sua infância.

Lynne escreve: "O pai de Mendal era alcoólatra, às vezes abusivo e sempre assustador, e acho que quando criança ele logo percebeu que estava sozinho. Que o socorro ou o resgate raramente chega quando precisamos dele".

A princípio uma mulher inteligente e doce, a mãe de Johnson, amedrontada, se afastou para se proteger do marido, o que arrasou o filho. Depois que o pai morreu, ele se reconciliou com a mãe, mas sua infância, como todas as infâncias, moldou sua vida. Como disse Lynne, "ele era um romântico que tentava ser durão e sincero diante de um mundo às vezes horrível".

Johnson lutou contra seu lado romântico, mas este se infiltra em *Adams* e eleva a obra de um drama sombrio de tortura para algo transcendente. Não nega a possibilidade da bondade, da beleza nem da graça. Simplesmente evidencia que essas são as coisas que matamos primeiro. Como Johnson escreve no último capítulo lírico: "Bondade, abandone este mundo".

Johnson olhou nos olhos do mundo e escreveu o que viu ali. Escreveu sobre crianças saindo dos eixos e degringolando em desastres, e sobre os pais que não estavam lá para ajudá-las. Escreveu sobre o que as pessoas fazem umas com as outras quando ninguém está olhando. Escreveu sobre desejos feios e impulsos que causam desconforto para nós. Escreveu sobre impulsos que causavam desconforto para ele. Escreveu um livro difícil e desagradável, mas também uma obra que se recusa a ir embora porque é verdadeira. Ele olhou nos olhos do mundo e não se esquivou, não desviou o olhar, não trapaceou. Ofereceu a seus leitores o tributo supremo de ser sincero. Em troca, não podemos fazer menos.

Abra os olhos. Vire a página. Olhe.

GRADY HENDRIX é escritor e roteirista, autor de obras de terror como *Horrorstör*, *O Exorcismo da Minha Melhor Amiga* e *The Final Girl Support Group*. Ele mora em Nova York e também escreve para revistas de destaque, como *Variety* e *Playboy*.

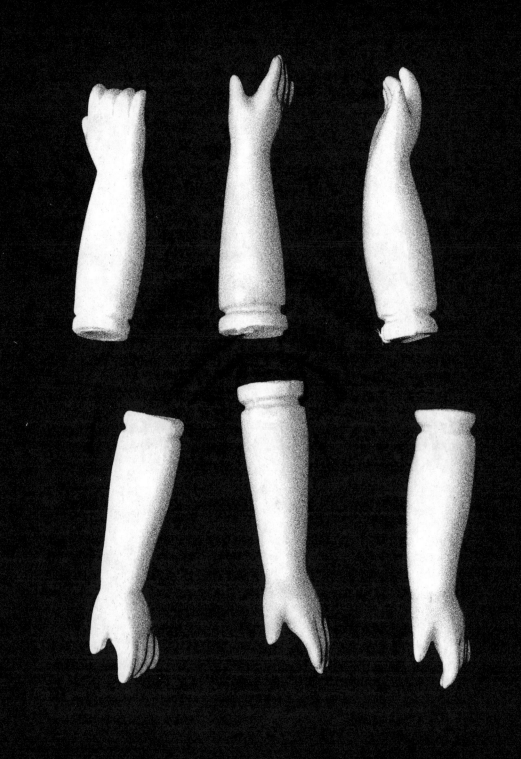

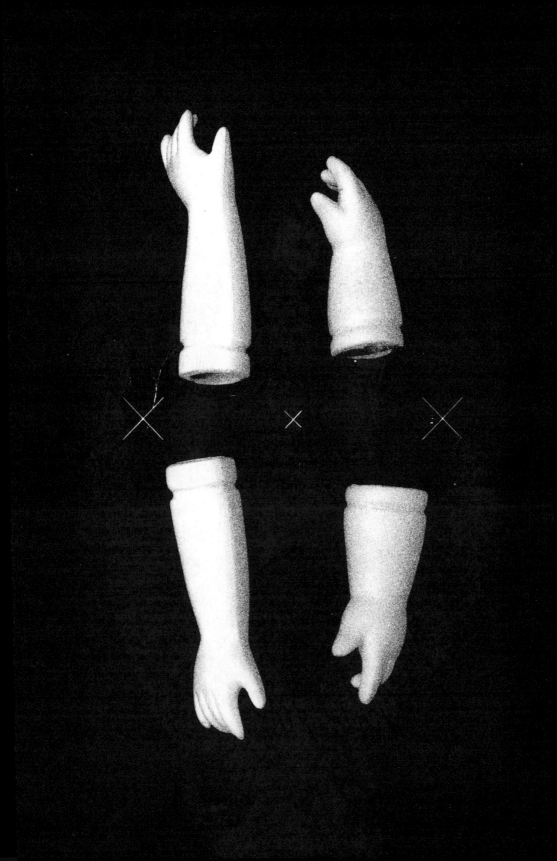

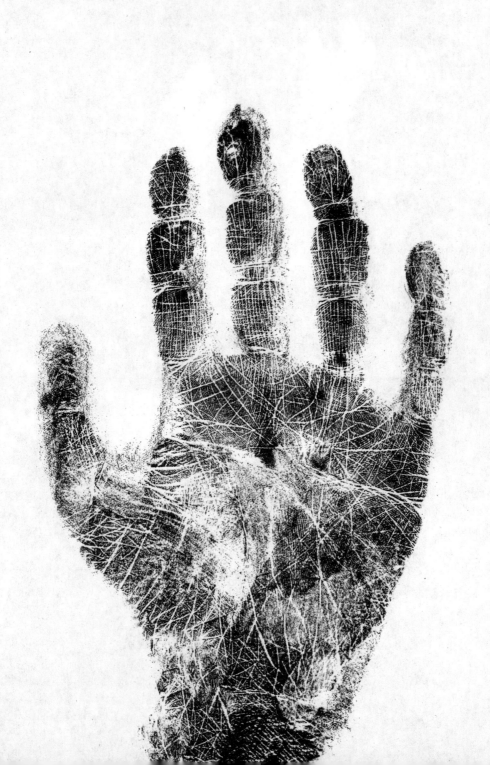

PRÓLOGO

No teclado de um piano — nesse caso, vertical — há dois pares de mãos bem posicionados. À direita está o par (no dó uma oitava acima do dó central) que podemos dizer que pertence a uma garota. São mãos extremamente esguias — só as das moças, só as das jovens são assim —, firmes, fortes e bronzeadas. Há um anel decorativo na mão direita, mas nada na esquerda: a garota ainda não está noiva nem casada. As mãos estão abertas num acorde em dó maior, esperando. Elas começam.

O que eles estão tocando — bastante bem — é "The Happy Farmer". É uma musiquinha bem insistente que faz: "Dum *dum* — pam, pam — dum *dum* — pam, pam — dum dum dum *dum*" etc. Chega a um encerramento semelhante. É uma música corriqueira; as pessoas a estão tocando há séculos.

As mãos desaparecem.

"Ok, agora é sua vez."

Agora é a vez do outro par de mãos, as da esquerda, pequenas e gorduchas, queimadas de sol (mas bem lavadas). Elas ficam tensas, desajeitadas. Produzem o acorde necessário e começam: "Dum *dum* — pam, pam (erro)". Retomam a posição e recomeçam.

"Vamos lá. Você pode tocar depois de voltar da igreja."

"Deixa. Só mais uma vez... agora?"

"Tá bem, mas você vem quando eu buzinar. Não quero chegar atrasada." As mãos mais longas e esbeltas calçam um par de luvas brancas curtas que vão exatamente até o pulso. "Agora, cadê o Bobby? Bobbyyy!"

"Tô indo. Mas tá cedo. A gente nunca sai antes de..."

"Mostre as mãos."

Essas mãos também estão mais ou menos limpas, mas são decididamente mãos de menino. Em contraste com as luvas brancas que as seguram, parecem esfoladas, calejadas e naturalmente sujas, apesar de recém-lavadas. Ainda assim, passam na inspeção.

"Ok, vamos lá, Cindy."

"Tô indo, dona Barbara." Há certa truculência aqui.

"Não precisa me chamar de dona."

"Mamãe mandou."

"Tudo bem, se ela mandou."

Os pais estão na Europa, por isso é a babá quem leva os filhos à igreja. Formam uma visão agradável.

Cindy Adams, a menor entre os dois pianistas, é uma garotinha travessa de 10 anos. É razoavelmente bonita e tem cabelos castanhos, cortados muito curtos para o verão, porque com a natação e o calor úmido os fios tendem a criar cachos, espirais e nós difíceis de manejar. Ela é o tipo de criança que desperta nos adultos o desejo instintivo de fazer carinho.

Estranhamente, é Bobby Adams, o irmão, quem é mais bonito. Tem cerca de 13 anos, é magro e branquelo, com faces bem coradas e cabelos loiros e finos que precisam de água e produtos grudentos para não flutuar ao redor da cabeça como uma auréola indisciplinada. Ele não sorri quase nunca e muitas vezes fica parado, pensativo, com os braços retos e as mãos enterradas bem fundo nos bolsos. Essa posição, rara num jovem, é uma cópia inconsciente daquela que seu pai, cirurgião, adota com frequência ao conversar.

As mãos de luvas brancas que dirigem a caminhonete da família até a igreja pertencem à babá pianista, Barbara. Com um pulinho atlético, desce do carro para deixar as crianças saírem. Ela provavelmente tem 20 anos — pouco mais. Usa um vestido branco de aspecto extremamente diplomático. É curto o bastante para mostrar as pernas e combinar com sua geração e, ainda assim, longo o suficiente para mostrar respeito pela geração mais velha e pela ordem social das coisas.

Além disso, Barbara não é bonita ao estilo das estrelas de cinema. Ela é melhor do que isso: é jovem e fofa — ou é o que você diria se visse o rosto dela — e gosta de todo mundo. Dá para ver pelo modo como ela conduz as crianças à escola dominical e pela maneira como é aceita instantaneamente pelo grupo mais velho e geralmente cauteloso no pátio da igreja, e nenhum deles a conhece.

A manhã passa tranquilamente. No andar de baixo, na escola dominical — Cindy impaciente, Bobby sentado com aquele olhar pensativo que lhe é peculiar —, eles ouvem sobre como Nosso Senhor curou as pessoas. No andar de cima, ouvem — Barbara sentada com as luvas brancas perfeitamente dobradas no colo — que em tempos de mudança e incerteza as palavras de Jesus têm ainda mais relevância do que antes.

Depois, todos cantam. É uma canção bonita e simples: "Jesus, nosso Deus e Pai", e assim por diante.

Quando o culto termina, todos ficam no pátio sombreado — ele será pavimentado no ano seguinte; agora é só terra — e conversam sobre as notícias da região. Pode chamar de fofoca.

Os Adams são bem conhecidos aqui, apesar de não serem nativos. O dr. Adams contribuiu com a pintura, o piano e os alicerces da igreja. A sra. Adams colaborou com a fornada dos bolos e participou da angariação de fundos.

Nisso há um pouco de cinismo e certa afabilidade. Cinismo, porque todos sabem que os Adams não são religiosos, pelo menos não da mesma forma que as outras pessoas desse condado na costa leste de Maryland. É só para manter as aparências. Por outro lado, todos entendem que, ao participar das atividades da igreja, os Adams estão se esforçando ao máximo para ser aproximar da comunidade que adotaram. A mão do dr. Adams é estendida e cumprimentada e, na sua ausência, a mão da comunidade se estende para a mão esguia de Barbara, a babá, que está parada do lado de fora sob as mimosas, cintilante como uma margarida. Amanhã, ou algum dia, ela fará parte de uma comunidade com seus próprios filhos e planos e — bem, às vezes é *necessário* — fornadas de bolos. É um futuro reconfortante, que ela considerou por toda a vida, ou talvez uma imagem que lhe foi instilada há muito tempo. No entanto, é bom, e aqui ela aprecia essa visão.

Seu pensamento — é o mais perto que ela chegará de formá-lo em palavras — é: Quem será aquele que vai me dar tudo isso? Ted? Ela franze a testa.

Então, todos ficam por ali até a escola dominical liberar as crianças — mais tarde — para encontrar os pais. Como há muitos idosos aqui hoje, os grupos de avós também soltam muitos "oohs" e "aahs", e isso as crianças aguentam com a maior boa vontade possível. Afinal, o Senhor mandou que fossem gentis. Depois, Bobby e Cindy e Barbara entram na caminhonete e vão para casa para nadar no rio em cujas margens a casa dos Adams foi construída.

Há um último item. Quando entram no carro um tanto espalhafatoso — tem ar-condicionado e vidro fumê e praticamente todos os opcionais do catálogo —, eles percebem que o caminho está momentaneamente bloqueado pelos *colhedores*. É um grupo de trabalhadores migrantes seguindo pela estrada rural a pé. Perto dali — há bosques na região — existem pomares comerciais e, no fim do verão, os colhedores chegam para apanhar os frutos. É um trabalho duro, extenuante e muito mal pago. No entanto, a chegada deles indica o fim do verão, e, quando forem embora, como um bando de aves latinas, o outono começará.

"Quem são eles?" Barbara, o pezinho encimando uma cilindrada de 425 polegadas cúbicas do carro da família, está impaciente.

"Não sei."

"Colhedores", diz Bobby. "Não são ninguém."

Logo a estrada é liberada e o carro roda sobre o cascalho. Eles passam pelos colhedores sem olhar para trás.

"Quanto tempo demora para chegar ao rio?", pergunta Barbara.

"Quinze minutos."

"Doze." Cindy supera o irmão por três minutos.

"Então vamos *lá-á-á*!"

Na exuberância do vestido e das luvas brancas — embora ela dirija bem, raramente tem a chance de usar um carro potente como esse —, Barbara pisa no acelerador rumo à casa. Claramente, sente-se meio atrevida com esse aumento de velocidade — existe nela um toque de maldade — e claramente gosta de ouvir os pneus cantarem quando encontram o asfalto e aceleram.

É depois disso que tudo começa.

QUANDO OS ADAMS SAÍRAM DE FÉRIAS
Mendal W. Johnson

Nos primeiros momentos, a mente dela pairou ainda envolta em lembranças das horas mais recentes. Depois de fazer as crianças tomarem banho e irem para a cama, havia preparado um *highball* com o uísque do dr. Adams e sentado nos degraus mais próximos do rio — era uma recompensa no fim do quarto dia. Mais tarde, tinha tomado banho e ido dormir. Então, em algum ponto no meio, houvera uma comoção, breve e assustadora — talvez um pesadelo — que, na mente quase lúcida, parecia tê-la deixado quase nauseada. No susto, havia pensado nas crianças, mas em vez de ir ver como elas estavam, havia caído de novo nesse sono sem sonhos que a libertava muito lentamente.

É, as crianças. Levanta.

Ela fez todos os esforços sonolentos para se levantar, mas na verdade nem se mexeu. A mente que alcançava a consciência entendia poucas coisas por vez, mas estas vieram primeiro.

A luz do dia.

Estava desconfortável, esticada numa posição estranha para dormir — deitada de costas, com braços e pernas estendidos. Estava rígida e sentia um pouco de dor nos pulsos e tornozelos. Não conseguia se mexer. Havia um pano úmido — parecia uma toalha — enfiado em sua boca e a parte inferior do rosto estava coberta por alguma coisa rígida que doía e repuxava a pele.

Mais tentativas — agora mais rápidas, mais ansiosas, mais acordadas —, mas nada cedeu nem mudou. Ela estava impotente, uma condição causada por — virar nervosamente o pescoço e os olhos revelou as razões — corda, mordaça e fita adesiva. Estava amarrada. Debaixo do lençol que alguém jogara sobre ela, pôde ver que estava presa às quatro colunas da cama e, assim, transformada totalmente, firmemente, numa prisioneira.

É claro que esse não era um fato aceitável: era simplesmente impossível, ainda mais nessas circunstâncias. Ela ainda estava em seu quarto na casa dos Adams; não tinha sido raptada nem carregada. Tirando o aperto da corda, a rigidez e uma leve dor de cabeça, ela parecia bem: não tinha sido ferida nem estuprada (ou sentia que não). Além disso, o jovem Bobby Adams estava dormindo numa cadeira ao lado da cama.

À luz do amanhecer, seu rosto adolescente era todo inocência e compostura — cabelos loiros, rosa intenso nas bochechas, lábios carnudos — um belo garoto a sonhar. Nessas condições — a impotência dela, a liberdade dele —, aquele Bobby sereno e confiável parecia, quem sabe, uma sentinela jovem demais dormindo no fronte em dia de folga.

Tudo completamente impossível.

Ali estava uma manhã familiar no fim do verão, e a única coisa fora de lugar e propósito era Barbara, a incrível e incrédula prisioneira. De repente, o choque e a surpresa se transformaram numa indignação totalmente desperta. Era como se ela fosse vítima de alguma piada cósmica de mau gosto da qual ela era o único alvo, e se ressentiu disso, e logo odiou.

Pedir a Bobby que a desamarrasse era a coisa óbvia a se fazer, mas, com aquele sentimento de superioridade inerente e adulta sobre as crianças, primeiro, ela tentou se livrar sozinha. Embora as cordas estivessem apertadas e a posição fosse desfavorável, ela se arqueou e torceu, pulou e puxou as amarras. Atlética e jovem, ela mesma ficou impressionada com a própria força, a violência e a coordenação de seus movimentos. A cama chegou a ranger sob o ataque.

Contudo, algumas lições se aprendem rápido.

Embora tenha rangido e estalado, a cama não cedeu. Embora a corda tenha afrouxado a seu favor, a folga saiu das voltas em torno dos tornozelos e pulsos, e estas se apertaram como arame. Embora tenha puxado e se contorcido, Barbara só conseguia respirar pelo nariz e logo ficou fraca e sem fôlego. Um minuto, um minuto e meio, e ela recuou. O caçador, o captor, quem quer que fosse, havia vencido por ora. Ainda indignada, mais indignada por estar mais convencida, ela parou de desperdiçar suas forças e se aquietou. Agora, aceitaria ajuda.

O barulho, é claro, havia acordado Bobby. O cuidadoso e constante Bobby — ele se levantou e ficou ao lado dela, tomado pela confusão e pelo alarme, um tanto sonolento.

"Mm um-ra", disse ela através da mordaça, ou tentou. "E. Mm um-ra." Com exigência.

Bobby reagiu rápido. Suas mãos voaram até as dela, mas só para apertar os nós que a prendiam. Ele afastou os lençóis — ela viu que ainda estava de pijama — e verificou as cordas nos tornozelos.

Feito isso, o rosto dele relaxou, mudou. Ela viu.

De repente, ele percebeu *que dia era!*

"Cindy!" Não era mais o jovem sereno e, gritando como se fosse dia de Natal, ele correu do quarto e foi para o da irmã.

Impotente, ainda respirando com dificuldade, mas agora imensamente atenta ao que as crianças diziam, Barbara ouviu as costumeiras queixas matinais de Cindy. "O que foi? Humm...? *Para* já com isso!" Depois de um intervalo, houve uma conversa mais rápida e baixa. "Você não *lembra*? Escuta...!"

Então voltaram correndo para o quarto. Cindy, radiante e agora energicamente desperta — numa alegria desgrenhada — pulou na cama e olhou para a impotência de Barbara. Convencida do que via, Cindy a beijou no nariz e a abraçou como se Barbara fosse o melhor presente do mundo.

"A gente pegou ela!", gritou. Pulando para fora da cama, dançou em roda com o irmão.

"Pegamos ela, pegamos ela... pegamos a babá!" Ela e Bobby se abraçaram numa concordância rara e delirante. "E *eles* só voltam daqui a uma semana!"

A garota na cama não era idiota: o fato visível e físico era mesmo um fato. De alguma forma, por algum motivo, ela era prisioneira das crianças.

Além do alcance de tal lógica, porém, além do controle da razão, os hábitos de seu eu mais profundo persistiam. O espírito, a vontade, a vitalidade disseram à mente que aquilo estava errado e, por ordem deles, o corpo continuou a se mexer. Ela levantou e virou a cabeça, e explorou atentamente as cordas. Testou-as várias vezes, encontrando primeiro a esperança e depois a decepção numa rotação constante e firme. Esticando-se, os dedos alcançaram os nós inalcançáveis e voltaram a se fechar. Por fim, não convencido mas impotente, seu eu mais profundo desistiu. Com a descoberta, o choque, a indignidade e o espanto, enfureceu-se por indução.

Deitada ali, repensou os pensamentos clássicos da adulta vingativa e desobedecida: *Espera só até eu pôr as mãos neles*, e *Espera só até eu contar para os Adams*.

Por mais gratificante que pudesse ser, porém, congelou diante do pensamento que lhe sobreveio: ainda faltava muito para esse dia chegar. Se havia memorizado o itinerário certo, os Adams partiriam da Inglaterra hoje; depois, estariam em Paris. Ainda estavam na fase de "partida" da viagem; a desolação do tempo e da distância que essa noção evocava a fez refletir ainda mais.

Durante os quatro dias em que estivera aqui — um com o dr. e a sra. Adams e três sozinha com Bobby e Cindy —, ela vira poucos outros adultos. Os Tillman, que administravam a mercearia, um ou dois amigos da igreja dos Adams, a mãe de uma das crianças com quem os jovens Adams brincavam, e só. Mais cedo ou mais tarde, talvez, um ou outro poderia passar por lá, mas em três dias isso ainda não havia acontecido. A rede de confiança nos outros, sábia ou falsamente tida como certa, foi subitamente rasgada. Por enquanto, ela havia escorregado totalmente por essa rede.

Por fim, só havia vizinhos a mais de oitocentos metros, do outro lado de um campo, alguns bosques e depois um riacho que se unia ao rio. Era uma região de grandes casas de campo — as residências se distribuíam como ilhas para preservar o privilégio da privacidade e da vista — e a privacidade era extremamente respeitada. Mesmo que ela conseguisse se livrar da mordaça, poderia passar um mês gritando nesse quarto silencioso com ar-condicionado e ninguém a ouviria, a não ser, é claro, as crianças. Tudo se resumia às crianças.

Deitada lá, pôde ouvi-las na cozinha, dois cômodos e um corredor adiante. Depois da dança comemorativa, os dois haviam corrido como se precisassem compartilhar segredos e todo tipo de travessuras deliciosas. Agora estavam esquentando biscoitos congelados na torradeira — ela conhecia o som — e batendo a porta da geladeira e rindo. O clima era exuberante, travesso e muito divertido, e não prometia diminuir.

"Humm!" Foi o primeiro som de queixa, desconforto e exasperação de Barbara. A situação toda podia continuar por um bom tempo.

Mexendo o corpo para encontrar um alívio que mal existia, ela suspirou. Em seguida, fechou os olhos. *Vamos lá, não pense no tempo. Pense nas crianças. Pense em fazer com que elas soltem você.*

Pense, Barbara Miller, 20 anos, babá, sem dinheiro, universitária, cursando pedagogia com especialização em história, média B, nadadora de estilo livre, presidente do baile de formatura, membro de irmandade estudantil, filha obediente, cumpridora de tarefas, sonhadora de futuros encantadores, pense.

Ela tentou.

Mesmo considerando que era difícil pensar nessa situação totalmente-nova-e-inédita, porém, o fato era que Barbara não fazia o tipo pensador. Era bem inteligente e sensível — talvez um pouco sensível demais —, mas seu modo instintivo de agir era intuir a vida, senti-la, perceber para onde fluía e depois correr para lá. Isso lhe dava graça e vivacidade, mas não a capacitava para o papel de analista e planejadora.

Diante de tal necessidade, ela sempre dizia automaticamente: "Mãe, o que a senhora acha? Papai, o que o senhor acha?" ou "Ted, o que você acha disso?", "Terry, qual é a melhor coisa a fazer?". A situação era tão recorrente com Terry — até inevitável — que a piada resultante nunca perdia o frescor. Quando era interrompida, Terry tinha adquirido o hábito de se voltar para ela e imitar: "*Terryyy...*". Barbara nunca ficava ofendida; na verdade, mal conseguia conter uma risadinha quando via a irritação de Terry. "Bom, que foi?"

Barbara e Terry tinham sido da irmandade Kappa Kappa Gamma e colegas de quarto na universidade por dois anos, e, nessa época, Terry havia aconselhado, julgado e planejado as coisas em quase todos os âmbitos da vida de Barbara. Funcionava assim: Barbara mantinha as coisas leves e ativas, e Terry as mantinha nos eixos. "Terry, o que eu vou fazer?"

Barbara apoiou o rosto no travesseiro e fechou os olhos; e, é claro, essa mesma pergunta veio à sua mente. "Terry, o que...?"

Não era difícil imaginar o que ela diria. "Mas, Barb, pelo amor de Deus, *como*?" Terry balançava a cabeça, achando graça. "Você é maior que eles, mais forte, mais inteligente. Como deixou que fizessem uma coisa dessas com você?"

"Foi depois que eu dormi..." Barbara sentiu-se culpada nessa hora. "Talvez eu tenha roncado, e foi assim que souberam que eu estava dormindo, ou sei lá. Em todo caso, as crianças, ou só o Bobby — acho que só pode ter sido o Bobby —, entraram no quarto com alguma coisa, drogas ou algo assim, num pedaço de pano. Tive um pesadelo. Deve ter sido quando ele estava me fazendo inalar a coisa. Depois, eles me amarraram."

"Mas *por quê*?" A Terry imaginária não se dava ao trabalho de ser solidária. Sua voz inaudível era incrédula, é claro, mas agora igualmente entretida. Talvez ela tenha sorrido.

"Não sei."

"Então descubra", disse Terry simplesmente. "Eles não podem te deixar amordaçada pra sempre. Você tem que comer e beber — até *eles* sabem disso. Em todo caso, logo vão ficar curiosos, vão querer saber o que você acha da grande peça que pregaram. E, quando eles tirarem a mordaça, não grite, não berre nem perca a paciência. Você já é quase professora, já leu materiais de psicologia, sabe como a mente deles funciona. Use um pouco disso. Fale com eles, demonstre interesse pela situação. São só dois, conhecem você, gostam de você. Mais cedo ou mais tarde, vão morrer de tédio e te soltar."

Terry, como sempre, era difícil de contestar. Sua mente era prática, racional e analítica, desprovida de caprichos e entusiasmos. Além disso, naquele momento, o argumento dela — ainda que imaginário — era bem-vindo.

"Tem razão..." Incentivada, Barbara seguiu a ideia. "E não podem me deixar amarrada para sempre. Tenho que ir ao banheiro e fazer exercício e reativar a circulação sanguínea. Essa pode ser a minha desculpa para me levantar e, quando fizer isso..." Com o tempo, porém, ela percebeu que estava se comunicando com um público ausente. Terry sumiu — entediada ou convocada para tratar de assuntos mais importantes — e não voltou. O quarto estava vazio outra vez. Por outro lado, estava perceptivelmente mais suportável.

Lembrando agora, Barbara considerou todas as realidades, as tarefas desagradáveis e impossíveis que as crianças enfrentariam sozinhas. Depois que os doces acabassem, teriam que cozinhar, reativar a bomba do poço quando ela ficasse bloqueada pelo ar (o dr. Adams havia mostrado a ela como fazer isso), fazer compras, trocar fusíveis, afugentar possíveis visitantes, atender a telefonemas, dar desculpas para a ausência dela, até se divertir. Eles nunca conseguiriam fazer tudo. Era o mundo dos adultos, e, sozinhos ali, dois jovens daquela idade logo descobririam suas fraquezas. Bom, então espere até lá, disse a si mesma.

De tempos em tempos, um ou outro membro da dupla entrava para inspecioná-la e se certificar de que Barbara não estava se soltando, depois saía. Iam de um lado para o outro no corredor, entrando e saindo de seus quartos, indo e voltando e batendo as portas atrás deles, desatentos. Sentiam a embriaguez da liberdade e, até que a sensação se exaurisse, só restava a Barbara ficar quieta e esperar.

Finalmente, depois de cerca de duas horas agonizantes, Bobby — agora completamente vestido — entrou no quarto e, depois de verificar outra vez se ela estava presa, pegou o telefone ao lado da cama e discou. Houve um *br-r-rttt* no outro lado da linha, seguido de uma conversa.

No rosto dele, antes pensativo, logo despontou um sorriso reluzente de domingo (como ontem). "Bom dia... Sra. Randall? Aqui é o Bobby Adams. O John está aí?... Posso falar com ele, por favor?... O que, senhora?" Bobby fez uma pausa, depois respondeu com entusiasmo: "Que ótimo! E a Barbara vai levar a gente pra nadar no rio hoje à tarde, de novo. A senhora tem que ver como ela nada, está na equipe da faculdade... É. Sim, senhora. Estamos bem, obrigado". Houve silêncio.

Bobby cobriu o bocal do telefone com a mão e gritou: "Cindy! Pega o telefone na cozinha, mas fica com a mão por cima do bocal, tá?".

De longe, Cindy gritou: "Tá".

Depois de mais um momento, Bobby tirou a mão. "John", disse ele com cuidado. "É, sua mãe está aí do lado?... Ok." Novamente, seu rosto mudou, desta vez para uma expressão muito séria, quase possessa. Sua voz se tornou uma imitação de adulto, seca. "Raposa Vermelha Um para Líder Libertador, está na escuta? Câmbio."

Silêncio por um ou dois segundos.

"Ok, Líder Libertador", continuou ele. "A missão vai bem até agora... É, não tô brincando! É, eu te disse. A gente pegou ela... Isso, Código Urgente a partir de agora. Não, tô olhando pra ela agora mesmo, como a gente planejou. Certo, Raposa Vermelha Dois?" Ele gritou essa última parte para Cindy (na cozinha). "*Tá vendo?* Ok, Cindy, desliga o telefone agora. Agora escuta, John, você pode fazer o que disse hoje de manhã? Isso, liga pra turma e encontra a gente aqui o mais rápido possível, certo?... Legal, cara... Ok. Entendido. Patrulha Raposa Vermelha desligando." E desligou.

Bobby passou alguns segundos olhando para o espaço acima da cabeça de Barbara. Por fim, baixou o olhar para ela, e Barbara entendeu que o plano era muito maior do que ela imaginara.

No meio da manhã, ouviram o som de alguém assobiando por entre os dentes — estridente, poderoso, ao ar livre, a certa distância. Cindy, que trabalhava distraída num vestido para sua boneca, ergueu o olhar.

"É o John."

"São *eles*!" Bobby estivera andando ansioso pela sala de estar. Nesse momento, correu pela cozinha até a porta que dava para o rio e chegou aos degraus do lado de fora. Tendo 13 anos e sendo Bobby, não conseguiu fazer isso sem alguns pisões, pancadas e trombadas, e chegou ao segundo degrau com um baque. Em seguida, colocando os dedos entre os dentes, assobiou em resposta.

Do fundo da floresta, no extremo nordeste da propriedade dos Adams — talvez depois da mata do riacho Oak Creek — veio um grito. O som cresceu e diminuiu. Havia palavras que não podiam ser entendidas ao longe, mas Bobby as conhecia de cor.

"Cincooo Libertadoreees!" Seu primeiro grito se perdeu na vastidão do céu que pairava acima do rio e da terra, e Bobby tomou o maior fôlego que pôde e gritou novamente. "Cincooo Libertadoreees!", ofegou. "Aqui é Raposa Vermelha Um!"

Houve respostas rápidas — assobios, gritos — aproximando-se devagar.

Bobby pulou os degraus e seguiu ao lado da horta, com Cindy descendo a escada um passo atrás dele. Então, ele parou. Do lado de fora teria sido possível ver, quem sabe, um ar de cautela, de responsabilidade recém-adquirida, em seu rosto. Estava perceptivelmente orgulhoso do que havia feito, possessivo, nervoso: não seria bom se, no último minuto, a prisioneira escapasse e avançasse sobre os Cinco Libertadores como uma espécie de deusa vingadora.

"Você não vai até lá pra encontrar com eles?"

"Vai você. Eu fico aqui." Mas ele colocou os dedos entre os dentes e assobiou mais uma vez por garantia.

Dividida entre o desejo de correr para contar tudo primeiro e um novo sentimento de dever para com o irmão, Cindy hesitou. Então, voltou atrás. "Ok, vou esperar também."

Bobby ficou um tanto impressionado. Sendo menina, sendo pequena, sendo a queridinha, Cindy podia manobrar Bobby politicamente quantas vezes quisesse, e era algo que queria com frequência. Ela chorava e o acusava, dedurava, provocava e usava armadilhas femininas, corria para fora e contava todas as boas notícias primeiro, e assim por diante. Bobby estava acostumado a isso e ao castigo que se seguia se ele sequer tentasse se defender dela. Embora não tivessem inventado a lendária lei da selva, irmão e irmã viviam de acordo com ela de maneira inflexível.

"Por quê?" Como qualquer um, Bobby ficou aturdido com essa oferta de paz.

"Sei lá", ela encolheu os ombros levemente, "vou esperar, só isso."

Comovido (sem saber), Bobby sorriu, e eles voltaram e se sentaram, Cindy no degrau mais baixo — perto da ação que se aproximava — e Bobby meio que empoleirado no corrimão, um pé balançando com impaciência no ar. "Faz o que você quiser", disse ele. Havia um quê de administrador em Bobby: ele aproveitava as tréguas sempre que as encontrava e desfrutava delas enquanto durassem, e confiava tanto na irmã quanto numa cascavel.

Finalmente, os outros três jovens surgiram das sombras da floresta. Estavam caminhando devagar porque o mato ceifado entre as últimas árvores e a horta estava quente, farpado e empoeirado. John Randall, o maior — tinha quase 17 anos — vinha na frente. Atrás dele (no meio, protegido) vinha Paul McVeigh, 13 anos, e por último, sua irmã de passos delicados (e extremamente magra), Dianne.

Alguma coisa na aproximação coletiva e constante pareceu aliviar Bobby. Quando chegaram à beira do jardim, ele abandonou seu lugar na escada e correu para encontrá-los, meio atacando, meio se jogando em John.

Houve uma espécie de dança ritual (de novo).

"Vocês conseguiram mesmo?"

"Arrã! Conseguimos!" Logo estavam todos pulando, dando tapinhas nas costas e rindo, a não ser Dianne, que, com mais de 17 anos, ficou um longo passo afastada. "A Barbara está lá dentro agora mesmo. Espera só pra ver!"

"Foi difícil?", quis saber Paul.

"Foi muito legal", respondeu Bobby. "Que nem na TV. Juro que devo ter levado uma hora só pra ir da porta até a cama dela." Todos andavam juntos agora, Bobby gesticulando e falando, Cindy pulando à frente como se tivesse molas nos pés. "Ela ficou se virando de um lado pro outro, acordando, bocejando e coisas assim. Fiquei com medo de ela acender a luz ou levantar da cama e pisar em mim ou sei lá..."

"Você guardou o clorofórmio na sacola como eu falei?", perguntou Dianne.

"Arrã, mas dava pra sentir o cheiro na casa inteira. Pelo menos eu senti. E fiquei pensando, cara, se não der certo, a gente vai se dar mal."

"E deu?"

"Bom, quando finalmente cheguei lá, fiquei de pé e tirei o pano da sacola e meio que levantei ele no ar perto do nariz dela. E tive que prender a respiração, *sério*." Agora eles haviam chegado aos degraus da cozinha e pararam para ouvir Bobby concluir o relato. "E ela meio que esticou a mão e empurrou a minha."

"Sério?" Os olhos de Paul se arregalaram, imaginando participar da ação.

"É, e quando ela encostou em mim, eu enfiei o pano na boca dela." Bobby parou, admirado ao se lembrar da própria coragem.

"E aí, o que ela fez?", perguntou John.

"Bom, acho que ela fez um barulho e agarrou a minha mão, e eu meio que pulei em cima dela. Ela ficou empurrando o pano pra longe, e eu fiquei empurrando de volta, e aí ela meio que desistiu e parou de me empurrar."

"Você ficou em cima dela?", quis saber John.

"Mais ou menos, que nem luta livre", disse Bobby. "Cara, ela é forte pra uma garota, mesmo quando está dormindo."

"E depois?"

"Bom, no fim segurei o pano mais um tempo na cara dela e depois guardei de volta na sacola. Fiquei com medo de ela acordar e também tive medo de ter dado demais. Depois disso, peguei a corda no meu quarto e amarrei as mãos e os pés dela, aí o resto foi fácil."

"Você não ficou com medo?" Paul ainda estava extremamente agitado.

"Claro, cara. Se ela tivesse espirrado enquanto eu estava engatinhando até a cama, eu teria atravessado o rio correndo."

"Mas vocês ainda não viram ela", disse Cindy. "Vamos!" Ela subiu correndo a escada e abriu a porta da cozinha. *Vamos!*

Bobby, o anfitrião da casa, o sequestrador da babá, o herói dos Cinco Libertadores por enquanto, seguiu com orgulho. Os outros três hesitaram quase imperceptivelmente. Era como se não ousassem ver o que estavam prestes a ver, mas então John meneou a cabeça rispidamente e foi atrás de Bobby.

Quando saíram da floresta, John, Paul e Dianne traziam roupas de banho enroladas em toalhas. Agora, na frieza da cozinha dos Adams, deixaram essas roupas no balcão e entraram na sala de estar, os pés impelindo-os adiante, a cautela os puxando para trás. Cindy, porém, já estava no final do corredor — na verdade, tinha entrado e saído do quarto de Barbara várias vezes, impaciente.

"Bom, *vamos*", disse ela. "Vocês estão com medo ou o quê? O Bobby e eu não estamos."

Ela, é claro, foi na frente. Bobby a seguiu, sucedido por John, Paul e Dianne. Nessa ordem, entraram no quarto e chegaram ao pé da cama. Seguiu-se o silêncio.

Considerando que Bobby e Cindy tinham de três a quatro horas de vantagem, o fato era que até hoje nenhum deles jamais tinha visto um ser humano adulto parecer impotente — acorrentado, preso, amarrado, amordaçado, derrubado abaixo do nível adulto. A visão em si foi uma experiência fundamental que, embora afetasse cada um de modo diferente, teve um significado comum para todos eles.

Toda pessoa espera crescer. A ascensão ao poder faz parte da existência. Geralmente, porém, está distante — teremos o poder quando tivermos a idade, os meios e a experiência para tê-lo — e, até lá, continuaremos sendo simplesmente o que somos e nada mais. Agora, é claro, tudo isso tinha virado de ponta-cabeça. Tinham feito o inacreditável, capturado uma adulta.

A babá era deles, a residência dos Adams era deles, os próximos sete dias — que sorte! — eram deles, a vida durante as horas que restavam era deles. Era como um sonho, um desejo, uma fantasia indolente, que se tornara subitamente realidade, pois além da ousadia, além da impetuosidade, do sucesso, jazia o inevitável amanhã. Agora haviam conseguido, agora era divertido, agora a aventura tinha começado, agora estavam realmente prontos para ela. E agora?

Depois de um tempo, rompeu-se o transe; a visão inacreditável ganhou credibilidade. Mexeram um pé, um braço — Paul coçou o nariz — e se deslocaram das posições paralisadas. Olharam; contornaram a cama; voltaram a respirar.

"Tá vendo?", disse Bobby.

"As mãos dela estão azuis e roxas", comentou Paul.

"É por causa das cordas. Devem estar apertadas demais", respondeu Cindy.

Bobby suspirou. "Ai-i-i, se estivessem mais frouxas, ela poderia fugir."

"Os pés dela são bonitos", declarou Paul.

"Você sempre diz isso." Cindy riu.

"Cindy, *sai* de perto dela", ralhou Bobby. "Se ela te pegar, você vai ver só."

John Randall, o único que não havia saído do posto ao pé da cama, disse: "Acho melhor fazermos uma reunião pra falar disso".

"Reunião, reunião!", cantarolou Cindy.

"Não. Você fica aqui para vigiar", disse Bobby.

"*Não quero*. Ela não está fazendo nada."

"Tá, eu vigio e *você* vai à reunião."

Foi a vez de Cindy ficar surpresa. Pela lei da selva, Bobby estava no comando aqui e tinha o direito de se impor a ela, mas não o fez. Ela nem se lembrava de ter sido boazinha com ele; só sabia que isso era ser bonzinho. "Faz o que você quiser", disse ela. Bobby olhou para a irmã e os dois fizeram um pacto incerto.

John Randall olhou de um para o outro. "Tá tudo bem", declarou ele. "Todo mundo pode ir à reunião. Vamos ficar dentro de casa e aí podemos ouvir se ela tentar fugir."

Vitoriosa por meio da diplomacia (um acontecimento raro), Cindy sorriu e saiu primeiro. Paul e os outros a seguiram.

Embora a sala de estar dos Adams tivesse móveis, nada parecia adequado para eles. John, que mais precisava de poltronas grandes, sentou-se, em vez disso, em cima da mesinha de centro, pernas abertas, cotovelos apoiados nos joelhos.

"Ok, vamos lá", começou ele. "Temos muito o que conversar."

Paul sentou-se diante dele no tapete, as pernas cruzadas; Bobby se apoiou à beira da velha escrivaninha; só Dianne se acomodou em uma poltrona, um móvel estofado e volumoso de linhas majestosas. Cindy se jogou de corpo inteiro sobre o encosto do sofá como se estivesse montada a cavalo, depois deixou-se escorregar pela frente até as almofadas do assento, onde virou o corpo e ficou deitada olhando o teto.

"Cindy, para com isso", disse Bobby. "Você sabe que não pode brincar em cima dos móveis."

"Agora a gente pode fazer o que quiser", respondeu ela, petulante. "Não tem ninguém pra mandar parar, e você não é meu *pai*."

"Não podemos, não", retrucou John. "É por isso que estamos fazendo uma reunião. Temos que bolar um monte de regras novas pra isso."

"Como assim?" Cindy era obviamente contra qualquer tipo de regra. No entanto, empertigou-se no assento.

"Assim: pra começar, temos que vigiar ela. Vamos revezar", explicou John. "Se ela se soltar..."

"Ela não consegue se soltar", garantiu Bobby depressa. "Dei os nós em lugares que ela não alcança."

"E se ela encontrasse alguma coisa afiada e cortasse a corda ou esticasse a mão e derrubasse o telefone?"

Cindy disse: "Ah, isso a gente só vê na televisão. Onde é que ela ia arranjar uma coisa afiada pra cortar a corda?".

"Mesmo assim, temos que vigiar", teimou John. "Vamos nos revezar, um de cada vez."

"É melhor escrever isso, que nem as outras regras que tínhamos antes", sugeriu Paul. "Ei, Dianne, pega um papel..."

"Boa ideia", disse John.

"Onde tem material pra escrever?" Dianne, que aos 17 anos era a mais velha por pouco, levantou-se e foi procurar. Houve gavetas se abrindo e fechando até que ela encontrasse um bloco de notas e uma caneta esferográfica. "Ok", disse ela. "Primeira regra: vigiar ela."

"Isso. Agora, como a Patrulha Raposa Vermelha vai ter que vigiar a noite inteira, a Patrulha Raposa Azul e eu vamos vigiar enquanto estivermos aqui. Ok?"

"Raposa Azul, entendido", respondeu Paul.

"Ok?" John olhou para Dianne.

Dianne não disse "entendido". De jeito nenhum aceitaria falar desse modo.

"Concordo", respondeu ela, friamente.

"Ok, mais uma coisa", disse Bobby. "A gente não pode deixar ela amarrada num lugar só o tempo todo. Como vamos tirar ela de lá?"

"Por que tirar?", perguntou Cindy.

"Uma hora, ela vai precisar de um pouco de circulação, e tem que ir ao banheiro, igual a todo mundo."

O riso foi geral.

"É, mas ela é forte", disse Bobby. "Vocês tinham que ver hoje de manhã. Cara, achei que ela fosse arrebentar a cama."

"Sério?"

"É melhor estar todo mundo aqui quando a gente tiver que levar ela pra algum lugar", declarou John, pensativo. A ideia não pareceu alegrá-lo. "Somos cinco — acho que a gente consegue."

"Já bolei umas coisas...", começou Bobby.

"Anota aí." John o ignorou.

"E aí, como vamos dar comida pra ela?", perguntou Cindy.

"É, isso também é importante."

"Acho que a gente devia dar pão e água uma vez por dia", sugeriu Paul com muita seriedade. "Sabe, que nem uma dieta."

"Por quê?", perguntou Cindy. "Ela não está gorda."

"Pra ela ficar mais fraca. O Bobby disse que ela é forte, então vamos deixar ela fraca. Nossa mãe faz dieta. Ela não come nada o dia inteiro, só cenoura, aipo, leite desnatado e essas porcarias, e está sempre fraca e cansada. Além do mais", disse ele, "a gente pode fazer o que quiser com uma prisioneira."

"Sua mãe come mesmo essas coisas?"

"Todos os adultos comem. Eles têm medo de engordar e morrer."

"Ah, isso é só quando você fuma e tem câncer", respondeu Cindy. "Você não vê TV?"

"Fica quieta, Cindy", disse John, mas num tom gentil. "Ok, como vamos dar comida pra ela? O que acontece se a gente tirar a mordaça e ela começar a berrar?"

"Ainda tem o clorofórmio do pai do Bobby", disse Paul. "Podemos dizer pra ela que, se gritar, vamos botar ela pra dormir e deixar sem comer."

"Ainda tem bastante naquele pano." Bobby pensou e teve que concordar. "Guardei num pote bem fechado."

"Também, ninguém conseguiria ouvir os gritos dela aqui", disse Dianne com frieza.

"Já sei! Vamos ligar a TV como eles fazem na TV." A redundância de Cindy foi inconsciente. "Assim, quem ouvir vai achar que é só a TV."

"Bom, pelo menos todo mundo tem que estar aqui sempre que tirarmos a mordaça", declarou John. "Cinco são melhores que dois. Escreve isso aí, Dianne."

"Outra coisa", falou Dianne enquanto escrevia. "O Bobby e a Cindy deveriam ter uma babá pra fazer todas as tarefas domésticas e deixar os dois limpos." Ela olhou para Cindy. "Se a casa não estiver arrumada e o quintal estiver uma zona e ficar cheio de lixo, quem passar por aqui vai querer entrar e descobrir o que tem de errado."

"Eu *não tô* suja", protestou Cindy.

"Tem que lavar o rosto e pentear o cabelo."

"Ah, achei que a gente ia ficar livre depois que *ela*..."

"A gente está livre, sua tonta", respondeu Bobby, "mas isso não quer dizer que você pode fazer tudo o que quiser."

"É, e acima de tudo, não quer dizer que você pode fazer o que quiser", disse John. "Temos que tomar ainda mais cuidado daqui por diante. Temos que fazer as coisas que eles fazem sempre." Por *eles* estava se referindo aos adultos, claramente os adversários (e todos ali entenderam isso).

"Certo. Primeiro de tudo, temos que ficar arrumados. Não fazer bagunça. Segundo, todo mundo tem que colaborar e ajudar a limpar as coisas", disse Dianne. "Bom, a gente *tem* que fazer isso", acrescentou ela diante do silêncio com que foi recebida.

"Eu gostava mais do outro jeito — quando *ela* fazia tudo", comentou Cindy. "Pelo menos, ela era nossa amiga e brincava com a gente."

"Amiga", zombou John. "Ela era bem mandona. Se eu tivesse a sua idade, não ia querer que ela cuidasse de mim."

"Além disso, vê se cresce", disse Bobby. "A gente tá velho demais pra brincar o tempo todo. Até você."

"Como assim?" Cindy se empertigou com uma pontinha de birra na voz. Qualquer que fosse o amor fraternal que tivessem demonstrado antes, acabava de se apagar.

"Deixa ela em paz", disse John. "E agora, que mais?"

"Telefonemas", respondeu Dianne.

"É, temos que tomar cuidado com eles..."

"E comida", continuou ela. "Vocês dois precisam comer na próxima semana. Temos que fazer compras..."

"*Isso* é moleza", disse Bobby. "Temos uma conta no Tillman's. É o mais próximo, e ele entrega em casa. É só fazer um pedido por telefone que ele traz e deixa tudo na varanda. Ele faz isso sempre..."

"E lá tem Pop-Ups!", exclamou Cindy.

Dianne olhou para ela e franziu o cenho. "E vocês têm que cozinhar..."

"Vamos assar coisas na grelha como o papai faz!" Cindy ia reacendendo devagar seu entusiasmo.

"E legumes também."

"Você não é minha mãe."

"Faz o que ela falou", disse Bobby. "Temos que comer o mesmo de sempre. Como se não tivesse nada de errado."

"Então por que a gente tá fazendo tudo isso?" O sorriso de Cindy meio que morreu.

"Você quer ir nadar na hora que quiser?", perguntou Bobby. "Quer ficar acordada até tarde e ver os filmes que você não tem permissão pra ver na TV? Quer experimentar um pouco do uísque do papai?"

"Bom..."

"É que pra isso a gente precisa ter regras."

"É, mas aí perde a graça."

"Não perde, não", negou Paul com um tique nervoso. "Vamos lá. É só esperar."

Cindy suspirou, se levantou com ímpeto e foi para a cozinha. Saiu como se achasse que exercia um imenso poder de veto sobre os jovens mais velhos. Deixou que esperassem. Então, da cozinha — batendo a porta da geladeira — ela concordou de má vontade. "Tá."

John bufou, mas também a achou levemente engraçada. "Bom, então tá. Quais são as regras até agora?"

Dianne entregou-lhe o bloco de notas, no qual havia escrito com uma letra pequena e muito legível.

1. *Vigiá-la.*
2. *Todos aqui — tirá-la do quarto.*
3. *Todos — tirar mordaça.*

4. *Manter a higiene e arrumar tudo.*
5. *Cuidado com o telefone.*
6. *Comer — fazer compras.*
7. *Cabelo da Cindy.*

"É, e o telefone?" John passou o bloco para Paul. Bobby se inclinou por cima do ombro dele e leu.

"É só falar pra todo mundo que ela está tomando banho", propôs Dianne.

"Ou que ela está na beira do rio com a gente", sugeriu Paul.

"Ou que ela levou a Cindy até Bryce", acrescentou Bobby.

"Ok." John se convenceu. "Mais alguma coisa?"

"Leia suas próprias regras", disse Dianne. "Primeiro, vamos limpar o que estiver sujo e depois podemos ver se ela precisa de alguma coisa."

"Eu cuido da cozinha", avisou Cindy da porta.

"Você lava a cara e as mãos, põe um vestido limpo e penteia o cabelo", respondeu Dianne.

"Mas dói."

"Tá bom, eu penteio pra você."

"Dói mesmo assim..."

"Não dói se eu pentear."

"Cindy!" Bobby olhou para ela. Ele era o mais forte.

"Ai-i-i..."

"Enfim, eu cuido da cozinha com a ajuda de mais alguém. Sei onde guardar as coisas", determinou Bobby. "Depois podemos levantar a Barbara."

"Legal", comentou Paul. "Vai ser ótimo."

Barbara tinha adivinhado com antecedência quem seria o resto dos Cinco Libertadores. Ela levara as mesmas cinco crianças para nadar na tarde anterior — domingo —, ajudando os meninos com seu nado crawl estabanado, tirando Cindy da parte do rio onde a correnteza era mais forte e aproveitando para se exercitar. (Dianne só havia avançado um pouco na água e depois voltado para se sentar na margem e olhar.)

Os Cinco Libertadores eram simplesmente uma comunidade de crianças — bom, posso chamá-los de crianças, pensou Barbara — presas no campo sem ninguém com quem brincar, a não ser umas com as outras. E, assim como Barbara havia classificado Bobby como viril e confiável e Cindy como mimada e engraçada, logo formara opiniões simpáticas a respeito dos outros.

John era bem grande e forte para a idade dele, que ela imaginava ser de 16 anos. Era um garoto bonito; sua voz estava alcançando o que seria o tom firme e maduro; era educado e atencioso com os outros, embora fossem mais jovens — com exceção de Dianne —, talvez irritantemente mais jovens. Ainda assim, ele tinha um certo ar que só poderia ser chamado de vago, perdido. Mesmo naquelas poucas horas que todos haviam passado juntos na prainha fluvial ao norte da casa dos Adams, de quando em quando ele parecera alheio a tudo, pensando em outra coisa ou, mais precisamente, talvez, *tentando* pensar em alguma coisa além de sua experiência ou capacidade atual. Para não se preocupar demais com tão pouco — especialmente em relação aos jovens —, Barbara imaginou que, como ele não era mais criança e ainda não era adulto (como ela se sentia decididamente), estava só entregue ao elegante processo de encontrar a si mesmo. Isso o tornava agradável, e a tornava mais gentil para com ele. Em relação a John, ela sentia o tipo de superioridade cristã que a levava a querer ajudar, a querer vê-lo progredir.

Paul — coitadinho — era absolutamente atrapalhado. Essa avaliação instantânea não se baseava tanto em seu corpo franzino, nos lábios finos, cabelos castanhos e óculos com aro de aço que o faziam parecer um gnomo, e sim em seus modos. Paul era *inquieto*. Em uma reação juvenil, Barbara ficava um pouco enojada; na reação maternal, sentia pena. Paul estremecia, deslocava o peso do corpo de um pé para o outro como se o chão estivesse queimando, virava a cabeça e inclinava o pescoço quando falava. Era como se estivesse fazendo um grande esforço para verter em palavras e ações alguma torrente de ideias que não podiam ser detidas nem investigadas. Sua voz falhava e desafinava, os olhos zanzavam de um lado para o outro. Ele era obviamente uma criatura que sofria — mais uma vez — ao tentar traduzir para lá e para cá o mundo em que vivia externamente e o interior, visível apenas para si mesmo. Ele cresceria e acabaria se transformando numa criatura rápida, brilhante, complicada e comicamente deformada — um inventor profissional de coisas inúteis, técnico em computação, professor de teorias e abstrações. Em resumo, também se tornaria civilizado, "normal" e útil, mas só muito tempo depois que sua agitação fosse domada. Por enquanto, continuava inquieto.

Dianne, claro, era uma vareta. Era bem provável que os colegas de escola a considerassem assim. A mais velha dos cinco por talvez meio ano, ela se aproximava do décimo oitavo aniversário sem desabrochar, sem graça e, até então, pouco promissora. Até Dianne, por maior que fosse sua esperança de se entregar a momentos de absoluta privacidade, devia começar a sentir, agora, os frios sinais do futuro. Enquanto as outras garotas já tinham seios e quadris fartos a essa altura, ela continuava alta e magra, com pés brancos e compridos, pernas ossudas de joelhos salientes, quadris ausentes, peito achatado, clavículas proeminentes e cotovelos e pulsos acentuados, pontudos. Dianne cresceu até certa altura, depois desceu, encurvada. Provavelmente para combater isso, era agonizantemente arrumada, quieta, retraída, reservada e fria. Prendia o cabelo com firmeza para trás — mecha por mecha, todas exatamente paralelas; era impecavelmente limpa e cheirava (bem) a sabonete. Obstinada, estava sempre a um passo de distância dos outros, e só com o uso ocasional de sua autoridade sobre as outras crianças — autoridade que elas pareciam conceder-lhe de bom grado por alguma razão — ela revelava que talvez houvesse uma pessoa dentro da vareta.

Por sentir-se superior — mais uma vez — Barbara sentira o coração acolher a garota. Era extremamente gentil com ela e queria ser ainda mais. Queria contar coisas a ela, influenciá-la; afinal, ninguém precisa ser assim, *tão pouco* atraente. Mas como se aproximar da muralha que Dianne tinha ao seu redor? Bem, isso aconteceria com o tempo.

Assim tinha sido, assim eles tinham agido, todos haviam se comportado no domingo ensolarado — ontem — depois da igreja e de terem feito um piquenique na prainha e nadado. E, entre eles, Barbara havia caminhado e comandado com suposta e alegre responsabilidade, já uma professora jovem e bonita com sua primeira turma de alunos. Como era diferente agora.

Na tarde ensolarada de ontem, Barbara percebia agora, sua captura havia sido planejada, sua humilhação garantida, salvo acaso e erro. Bobby teria escondido o clorofórmio do pai numa sacola plástica e num pote, talvez; haveria corda no armário dele, no escuro. Até Cindy teria sido preparada para guardar segredo, apesar de sua natureza volúvel e teimosa.

Vistos sob essa luz, como pareciam irreais seus mergulhos inocentes, as instruções cuidadosamente seguidas, sua obediência casual a ela. Que péssimo trabalho a nova professora havia feito em sua análise, com que facilidade fora feita de boba. Por trás dessas análises, das caricaturas lisonjeiras que ela traçara das crianças, havia pessoas — aprenda isso! Eram organizadas, sabiam planejar, guardar os próprios segredos e pô-los em prática; e agora parecia que eram capazes de manter a compostura depois de assumido o compromisso.

Com que rapidez a mesa foi virada. As crianças não eram mais crianças, e a professora não era mais professora. Com uma trama clara e breve, anularam as vantagens dela e a fizeram voltar a ser apenas uma garota, que agora não era melhor do que eles.

Era menos que isso!

Depois de ouvir a reunião que eles não se deram ao trabalho de manter em segredo, Barbara, é claro, entendeu que seu cativeiro não seria breve. O momento de libertação, triunfo e vingança que ela sentira estar só um passo à frente não estava aqui, nem mesmo perto. Havia apenas mais uma hora depois dessa hora, talvez só outro dia além desse dia.

Com essa conclusão, é claro, ela começou a sentir dor, a carne e os músculos e tendões e corpo começaram a doer muito. Algo semelhante ao pânico inicial quase voltou.

Não, disse Barbara (lembrando-se do conselho de Terry). Vou ficar calma. Não vou me machucar. Não vou assustar ninguém de novo, vou tomar cuidado.

Socorro, disse Barbara.

Para qualquer pessoa inclinada a perceber o humor, a segunda visita dos Cinco Libertadores a sua prisioneira oferecia possibilidades sutis. Entraram no quarto juntos — bem colados uns aos outros — e seguiram em silêncio até a cama. Podia-se adivinhar por seu comportamento e pelo som da respiração rasa e rápida que os guardas estavam mais nervosos que a prisioneira. A lei fora violada, é claro, e eles a tinham violado. Contudo, já que a captura de Barbara fora realizada antes — na noite passada, nos bastidores, distante deles —, todos, a não ser Bobby, poderiam considerar convenientemente que o crime não era obra deles. A situação resultante — a impotência de Barbara, a ascensão deles ao poder — poderia, assim, ser apenas algo abstrato, um conjunto de condições que descobriram ao despertar nessa manhã. Mas com a reunião, a decisão de continuar, o confronto com a garota nesse instante, as coisas obviamente deveriam mudar. Agora começavam a violar a lei hora após hora, decididamente, precavidos contra todas as consequências possíveis e desagradáveis. Tornaram-se completamente responsáveis e culpados pelos próprios atos. A porta que levava à inocência, verdadeira ou fingida, havia se fechado: a partir de agora, não havia como pensar em si mesmos a não ser como ruins e errados e passíveis de punição. Isso pareceu impressioná-los com tanta clareza que fitaram a prisioneira, mas trataram de evitar os olhos dela.

Barbara, é claro, sentiu a tensão e teve o impulso momentâneo e louco de rir — se pudesse — de toda a cena improvável. Ela via a situação da mesma forma que vemos a nós mesmos e somos nós mesmos num sonho, o grupo de captores não exatamente liliputianos e sua prisioneira potencialmente perigosa, um com medo do outro e ainda assim preso ao outro. Por ser verdade, é claro, havia um toque de desvario no pensamento dela.

Ao descobrir, após algum tempo, que Barbara continuava indefesa de fato, os Cinco Libertadores relaxaram aos poucos. Muito bem, aqui estavam eles, abertamente violando a lei entre crianças e adultos, e nada acontecia. Ignoraram o tabu e nenhum raio caiu do céu.

"Bom, o que a gente faz?" A voz de John estava um tanto tensa e seca, como se estivesse com dificuldade para falar.

"Não precisamos fazer nada se..."

"Achei que a gente ia perguntar se ela queria ir ao *banheiro*!" Cindy riu da ideia. Para ela, a reviravolta nos papéis parecia infinitamente engraçada.

"Se ela quiser ir", disse Dianne. Em seguida, dirigiu-se diretamente a Barbara: "Quer?".

"Umnn?"

"Quer ir ao banheiro?", perguntou Dianne com absoluta clareza. "Nós podemos te levar."

Barbara olhou para ela e depois fechou os olhos. A situação era, na verdade, mais desesperadamente impossível do que ela havia previsto. Ir ao banheiro com cinco adolescentes a tiracolo! Primeiro, achou que a melhor alternativa era nunca mais ir ao banheiro. Por outro lado — a cautela a deteve —, o assunto teria que ser encarado em algum momento se eles seguissem os planos, e qualquer coisa era melhor do que simplesmente ser forçada a ficar deitada aqui para sempre.

O *outro* pensamento egoísta passou por sua mente, é claro. Ela mal se atrevia a pensar nisso, temendo que as crianças o intuíssem. Essa poderia ser uma chance de se libertar.

"Ela quer ir", declarou Paul. Inquieto, remexendo-se de um pé para o outro, ele agora parecia estar se divertindo.

"Ok, então. Igual a gente combinou", disse John. "Você está pronto?"

"Arrã", Bobby tinha mais uma corda na mão, "mas não esquece que ela é forte pra uma garota se você deixar ela se soltar nem que seja só um pouquinho."

"Não vou deixar." John se endireitou. "Vamos lá."

"Tá, vou amarrar a mão dela primeiro." Com o novo pedaço de corda que trouxera, Bobby amarrou o pulso direito de Barbara logo acima do ponto em que já estava amarrado. Depois, pegou a ponta livre da nova corda e se agachou ao lado da cama. "Agora, vamos passar a corda por aqui..."

Perdendo a objetividade por um momento, Barbara os observou, um pouco apreensiva. Não conseguia ver tudo o que estavam fazendo e temia que pudesse doer. Bobby se endireitou.

"Ok, agora, quando eu desamarrar a mão dela aqui em cima, vocês todos seguram o braço dela e levam pra lá, e o Paul puxa a ponta de vocês."

"Tá bom", concordou Dianne com um suspiro. "Vai logo, tá?"

Houve um momento de silêncio enquanto Barbara olhava para eles, e John e Dianne olhavam para o braço dela como se fosse dotado de uma força sobre-humana. Barbara se desesperou.

"Ok, pronto." Bobby saiu veloz da cabeceira da cama. "Mexam ela — rápido." Ele foi ajudar Paul.

O plano finalmente ficou claro para Barbara e todos. Em nenhum momento ela deveria ficar livre. Quando Bobby soltou o pulso dela da cabeceira da cama, já estava amarrado por uma corda mais longa à parte inferior da estrutura; tudo o que eles precisavam fazer era baixar o braço indefeso dela até mais ou menos a lateral do corpo, enquanto Paul apanhava a ponta solta. Ela permaneceu impotente a cada instante da operação.

"Pronto, viram? Deu certo."

"É..."

Todos se levantaram.

Agora, Barbara estava deitada, as pernas ainda separadas, um braço amarrado ao lado do corpo e o outro à cabeceira da cama. Na verdade não doía, pelo menos não mais do que antes, mas era frustrante e decepcionante. Em nenhum momento ela poderia ter soltado sequer aquela mão, nem por um minuto.

"Parece que ela está fazendo sinal pro ônibus", Paul deu um daqueles seus sorrisinhos nervosos e olhou em volta em busca de aprovação.

"Ou dançando", disse Cindy, crítica. "Que nem a sra. Gulliver", acrescentou com uma risadinha.

"*Senhorita* Gulliver", disse Dianne.

"Ok, deixa isso pra lá. Vamos fazer o resto." Com os mesmos cuidados nas manobras, levaram a outra mão de Barbara para o outro lado e a amarraram também. Os ombros dela, rígidos e doloridos pelas horas passadas naquela posição pouco natural, latejavam. Aqui, pelo menos, havia circulação e movimento.

"Agora, ela tem que sentar."

"E se ela não quiser?", perguntou Cindy. "Como você vai forçar ela a fazer isso?"

"Ué, é ela quem quer ir ao banheiro. Se não fizer isso, podemos simplesmente colocá-la de volta do outro jeito." John disse isso numa voz reconfortante, mas, na verdade, Barbara tinha mais liberdade agora do que em qualquer momento desde que despertara. Não podia fazer nada com essa liberdade, mas estava mais livre.

"É", concordou Bobby. "Senta. Pode sentar, se quiser." Foi a primeira coisa semelhante a uma ordem que deram a ela, e Bobby a dissera com hesitação na voz.

Pela mesma razão, Barbara se conteve um pouco. As lições desse relacionamento eram pouquíssimas, e, no entanto, ela parecia ter muita dificuldade para aprendê-las. Os jovens, por um lado, exigiam que ela se sentasse e, por outro, ameaçavam amarrá-la se não o fizesse? De fato o faziam, de fato o fariam. Barbara devia perceber que, por mais que considerasse as crianças abaixo de sua posição, elas estavam completamente no comando. Não havia alternativa digna. Ela obedeceria ou voltaria a uma posição menos agradável, e isso se repetiria até ela se submeter. Barbara suspirou e, sendo uma nadadora com bom condicionamento físico, conseguiu erguer o tronco sem o apoio dos braços.

Todos olharam para Bobby, na expectativa.

"Ok, pronto..." Ele passou a corda em volta do corpo dela. "Agora amarramos os braços dela nas laterais do corpo."

Assim fizeram. Depois, seu pulso esquerdo foi solto e amarrado atrás das costas com uma corda que passava por cima do ombro direito, cruzava o corpo entre os seios, se enganchava debaixo do cotovelo e voltava ao pulso. Só do lado esquerdo, era a mesma posição em que ela estaria se alguém tivesse torcido seu braço, mas além de torcido foi mantido ali.

Tomaram tanto cuidado, tudo levou tanto tempo e foi tão elaborado que Barbara começou a ficar irritada. Muito bem, estava fazendo o que eles queriam; não podia fugir — sabia disso, e eles também

—, então por que tanto rebuliço? Quando se prepararam para juntar as pernas, ela, impaciente, fez isso por eles, ou quase o fez antes de cair para trás.

Cindy riu, mas Bobby, lembrando como ela havia lutado de manhã, logo agarrou seus tornozelos antes que ela tivesse a ideia de chutar alguém. Ele parecia quase amedrontado quando soltou a última das cordas que a prendiam à cama.

"E a outra mão dela?"

"Ela precisa da mão livre, tonta. Além disso, ela não pode fazer muita coisa com o cotovelo amarrado assim."

"Ela consegue se levantar agora?"

"Arrã, acho que consegue." Na verdade, tiveram que lançar os pés dela para o lado da cama e ajudá-la a se sentar outra vez.

"Como você vai fazer ela ir exatamente aonde você quer que ela vá?"

"Bom..." Bobby não tinha pensado nisso.

"Já sei. Passa uma corda em volta do pescoço dela", sugeriu Paul. Como quase sempre fazia ao falar alguma coisa, ele meio que abaixou a cabeça e a inclinou de um lado para o outro como um pássaro mainá nervoso lutando para dizer uma palavra difícil.

"É! Assim, se ela não vier, a gente pode apertar o pescoço ou pelo menos puxar ela pra baixo."

"Não, eu tenho uma ideia melhor", disse Bobby. "Senta", ordenou para Barbara.

Desta vez ele não hesitou, nem ela, que chegou a se inclinar na direção dele.

"Pronto..." Bobby enrolou seu último pedaço longo de corda em torno do pescoço dela, com as pontas penduradas na frente e nas costas. "Um de nós vai na frente e um vai atrás, e se ela não se comportar, os dois *puxam*."

Isso foi um pouco assustador. Barbara olhou de uma criança para outra. Sentiu como se a parte superior do corpo estivesse pendurada num varal. A alça da blusa do pijama não estava mais por cima do ombro, e ela sentia-se um tanto nua.

"A gente vai estrangular ela?", perguntou Cindy.

"Não se preocupa. Só se precisar."

"Eu vou na frente", disse Paul depressa.

"Não vai, não", respondeu Dianne. "Deixa o Bobby e o John fazerem isso, e você vai atrás e não atrapalha se a gente não pedir."

Mais tolices. Tudo bem, ela iria. Agora, mais do que qualquer outra coisa, Barbara queria acabar logo com isso. Olhou para os Cinco Libertadores e fez o único som que podia: "Umnn?".

"Ok, levanta."

Ela tentou e percebeu que não conseguiria ficar de pé sem sentir medo de cair para a frente. "Mm aummm", disse.

Eles a olharam, impassíveis. Todos os sons que fazia pareciam os mesmos.

"Mm aummm!"

"Me ajuda", traduziu Dianne.

Obedientes, John e Dianne pegaram seus braços nus e a ajudaram a se levantar. Ela logo registrou o fato de que eles eram muito mais fortes do que tinha imaginado. Então Bobby deu um puxão tímido na corda em volta do pescoço — funcionou como ele havia dito —, e ela se virou e o seguiu, e os restantes vieram trás.

O trajeto pelo corredor durou uma eternidade. As pernas de Barbara estavam presas pouco acima dos tornozelos, e Bobby tinha amarrado as voltas apertadas demais. Quando ela se levantou e apoiou o peso nas pernas, elas incharam e as cordas a cortaram. Além disso, ele amarrara as duas pernas bem juntas uma da outra, de modo que ela avançasse apenas com passos curtos, não mais que vinte centímetros por vez. Por fim, seus pés pisavam quase alinhados, um atrás do outro, como se andasse na corda bamba. Tinha medo de cair e mantinha a mão direita estendida para se apoiar na parede ao passar.

Quando a lenta procissão chegou ao banheiro, Dianne disse aos outros: "Vocês não podem ver", e deixou Barbara seguir em frente. Depois disso, Dianne passou o tempo todo de pé encostada à parede perto da porta, evitando olhá-la.

"Bom, ainda vamos ter que dar comida pra ela." John estava sentado, cotovelos na mesa, calcanhares apoiados na tábua entre as pernas de uma cadeira da cozinha. Mastigava ao falar, e diante dele havia um pedaço de um sanduíche que Dianne tinha feito.

"Como vamos botar a mordaça de volta se ela não cooperar?", perguntou Cindy. "Ela pode morder."

"Primeiro, você quer dizer, e se ela começar a gritar?"

"Essa é fácil." Paul deu de ombros, contorcendo-se. "Deixa o John segurar um travesseiro e, se ela gritar, ele cobre a cara dela."

"Aí ela sufoca", disse Bobby.

"É só rapidinho, enquanto a gente pega o clorofórmio e depois coloca ela pra dormir."

"Mas *e a mordaça*?", insistiu Cindy.

"A mesma coisa, tonta."

"Eu não sou tonta. Para de me chamar assim!"

"Por que você não deixa ela em paz, Bobby?", perguntou John com um suspiro. "É melhor alguém ficar de guarda e vigiar a estrada pro caso de alguém chegar quando ela estiver sem a mordaça."

"Quer fazer isso, Cindy?"

"Não, eu quero assistir." Preguiçosamente, ela comeu o glacê de um pedaço de bolo que havia arrancado de Dianne após muita bajulação.

"Eu fico aqui fora", disse Bobby.

"Não, a gente pode precisar de você."

"Vou ficar perto, pelo amor de Deus. Além do mais, é a vez do Paul fazer alguma coisa. Se ele quiser dar clorofórmio pra ela, deixa ele tentar, pra variar."

"Termina seu sanduíche, Paul. Vai logo." Dianne já estava se levantando. "Está ficando tarde."

"É, e eu quero nadar depois do meu turno." Cindy lambeu os dedos devagar.

Desta vez, as crianças se aproximaram de Barbara com mais familiaridade. Ela estava de volta ao quarto, mas sentada numa cadeira à qual eles a tinham amarrado — em meio a debates intermináveis e discussões táticas — havia mais de uma hora. Para um estranho, seria óbvio que metade da corda teria dado conta do trabalho, mas a questão não era essa. Quanto mais corda usassem, mais seguros se sentiam.

Isso ficou óbvio pelo modo como relaxaram enquanto Dianne explicava sobre o travesseiro no rosto, o clorofórmio e o guarda para vigiar a estrada. "Então, você vai ficar quieta se a gente tirar sua mordaça?"

Barbara assentiu solenemente. Suas mandíbulas doíam por ficar tanto tempo abertas.

Como os meninos nunca se ofereciam para encostar em Barbara, a menos que tivessem trabalho a fazer, Dianne tirou a fita adesiva. Como sempre, Bobby tinha usado um montão, como se quisesse colocar um osso quebrado de volta no lugar, e levou muito tempo para sair, tira após tira, cada uma arrancando queixas de Barbara. Quando finalmente saíram, enroladas e descartadas no cesto de papel a ser queimado, Dianne levou a mão à boca da garota mais velha e puxou de lá o chumaço de pano úmido. Barbara engoliu em seco imediata e dolorosamente e estendeu a língua para tocar os lábios secos.

"Posso tomar um copo d'água?"

Ao som de sua voz, John e Paul ficaram levemente tensos. Esse, claramente, era o começo do perigo.

"Eu não vou gritar", garantiu Barbara com cuidado.

Não perca o controle quando eles tirarem a mordaça, dissera Terry em sua conversa fantasma pela manhã. *Converse com eles. Fique calma.*

"Vou trazer", disse Cindy.

"Liga a TV — *bem alto*", gritou John enquanto ela saía. Ainda estava muito nervoso.

"Eu não vou gritar", repetiu Barbara numa voz baixa e firme. Quando ninguém respondeu, ela acrescentou: "Podem deixar o travesseiro e o pote de lado. Eu *sei*. Não vou dar trabalho".

Dianne, também tensa, pareceu relaxar. "Tudo bem, então. Vou trazer alguma coisa pra você."

"O quê?"

Dianne se virou e saiu do quarto.

"Cereal", respondeu olhando para trás.

"Quero *mais* do que isso!"

"É só isso que você vai ganhar." Imediatamente, Paul pegou o pote outra vez; via-se o pano dentro dele, e seus dedos estavam na tampa. "Você está numa dieta de prisioneira."

"Vocês..." Barbara se deteve e suspirou. "Isso não vai me deixar mais fraca, Paul. Só vai me deixar com mais fome."

"Bom, é o que você vai comer." Ele apertou os lábios com força.

Fez-se silêncio.

"Quanto mais coisas vocês fizerem contra mim, maior vai ser o castigo, entendem?", disse Barbara, por fim. Não conseguiu dizer mais nada, nem lhes conceder poderes a mais. Uma certa insistência teimosa em sua superioridade adulta a impedia, principalmente agora que recuperara a voz. "O que acham que eles vão fazer com vocês depois disso?"

Os meninos aceitaram o argumento. Paul ficou envergonhado e olhou para o tapete. Atrás de Barbara, John continuou em silêncio.

"Por que não fazem mais uma reunião e conversam sobre isso? Vocês sabem o que vai acontecer. Decidam sozinhos o que é melhor. Se continuarem com isso e alguém descobrir antes de vocês me soltarem, vão ficar ainda mais encrencados. Se me deixarem ir agora, eu...", Barbara ainda estava zangada, "... vou pensar nisso. Vamos todos nadar e conversar sobre o assunto."

O silêncio dos meninos se tornou concreto, frio.

"Não é melhor do que o que vocês vão ganhar assim?"

Nada.

Depois de um tempo, Dianne voltou com o cereal numa bandeja e, sendo Dianne, um guardanapo. "Do que vocês tão falando?" Ela colocou as coisas na penteadeira.

O alívio de Paul ao ver a irmã era patético. Ele se contorceu de gratidão. "Ela quer que a gente solte ela. Disse que pode não nos dedurar."

Dianne bufou delicadamente. "Podemos trazer ela pra este lado?"

"Mas o que vai acontecer com todos vocês depois disso?", perguntou Barbara.

"Não queremos conversar. Vem." Indo para o outro lado da cadeira em relação a John, Dianne o ajudou a empurrar Barbara até a pequena penteadeira.

Barbara suspirou de novo e meneou a cabeça.

"Aqui está a água." Dianne pegou o copo de Cindy e o levou aos lábios de Barbara.

"Não vai desamarrar pelo menos uma *mão*?" O cuidado, a insistência nos detalhes, o silêncio, a recusa à sensatez e à comunicação com ela deixaram Barbara a ponto de perder a paciência. "Não posso fugir com uma mão só."

"É complicado demais."

"Mas eu quero comer *sozinha*!"

"Eu sei, mas dá muito trabalho. Leva tempo demais, e todo mundo quer nadar", disse Dianne. "Você quer tomar isto aqui ou não?"

Barbara olhou para ela — sentiu-se arrasada — e concordou. Por mais que fosse a água metálica do poço, estava fresca, curativa e prazerosa. O simples conforto para a garganta dizimou parte da irritação, e, quando Dianne perguntou se ela queria o cereal, Barbara simplesmente assentiu outra vez e se sujeitou a ser alimentada como um bebê.

Depois, Barbara sentiu a tensão no quarto começar a crescer outra vez. Os meninos a irradiavam com toda certeza. Paul tornou a pegar o pote.

"Esperem!"

Eles esperaram.

"Não precisam me amordaçar de novo agora. Ninguém vai vir aqui, e eu não vou fazer barulho se alguém vier..." Ela olhou principalmente para Dianne.

Em vez de diminuir a tensão, porém, ela pareceu apenas aumentá-la. Até Dianne olhou com cautela para John, que estendeu a mão e tocou o travesseiro.

"É que dói." Barbara alternou o olhar entre todos eles. "Não consigo mexer a língua nem engolir. Não dá pra vocês pensarem em outra coisa sem esse trapo? Fiquei com ele na boca o dia inteiro. E a noite passada também." Eles pareciam irredutíveis mas relutantes em forçá-la a ficar quieta. "Se precisam mesmo fazer isso, não podem amarrar alguma coisa na minha boca ou usar fita adesiva?"

"Ah, essas coisas a gente vê em filme velho." Paul estremeceu: "Desse jeito você consegue falar por trás da mordaça e pode lamber a fita até sair".

"Usando a saliva", explicou Dianne.

"Como é que vocês sabem?"

"Ele tem razão", disse John atrás dela.

Barbara baixou a cabeça e respirou fundo. Nesse ponto, eles provavelmente estavam certos.

"Tudo bem, mas vocês ainda não estão prontos pra nadar. Não podem me deixar sozinha pelo menos só uns minutos?" Ela ergueu a cabeça e tentou olhar para trás. "Vamos, John."

Ele suspirou — o homem sobrecarregado.

"Tá. Só uns minutos."

Barbara, porém, não tinha com quem conversar. Todos saíram do quarto para vestir roupas de banho, e, quando voltaram, só quiseram ser práticos.

"Obrigada", disse ela amargamente, abrindo a boca para eles.

Depois disso — nada —, só fita adesiva e dormência e imobilidade e silêncio.

Com um grito de alívio, os Cinco Libertadores saíram da casa e desceram a trilha até o rio, deixando Dianne encarregada de vigiar a prisioneira primeiro. Barbara tentou emitir sons e chamar a atenção dela várias vezes, mas foi em vão: ser ignorada por ela só fez com que as orelhas e bochechas de Barbara ficassem vermelhas de raiva e humilhação. E ela *foi* ignorada.

Dianne se aninhou distraidamente na cama atrás de Barbara e se pôs a ler. Barbara tinha ouvido falar daquele livro havia pouco tempo — parecia muito adulto para Dianne —, um livro escolhido por um clube de leitura sobre mitologia e os tempos antigos (que muitas vezes eram sensuais e às vezes repulsivos, se as resenhas tivessem dito a verdade). Apesar disso, Dianne lia concentrada; Barbara podia vê-la ao olhar para o espelho da penteadeira refletindo-a ali trás, por cima do ombro.

O rosto da garota estava pálido, impassível e distante. Se Barbara conseguisse falar com ela, talvez não tivesse resposta nenhuma.

QUANDO OS ADAMS SAÍRAM DE FÉRIAS
Mendal W. Johnson

Era noite, mas ainda estava claro. Depois de ajudar a lavar a louça e separar o lixo — objetos "duros" para guardar, papel para queimar e legumes para compostar —, John Randall desceu os degraus de sua varanda e ficou olhando para um ponto indeterminado entre o céu e a terra.

A casa dos Randall era a próxima rio acima, depois da dos Adams, sendo Oak Creek a linha divisória. Assim como a casa dos Adams, ficava de frente para a água, mas as semelhanças paravam por aí. Feita de madeira, mais antiga e muitas vezes reformada, com pórticos e arcos, chaminés em lugares estranhos e cornijas, a casa ficava num morro voltado quase para o oeste na outra margem da confluência do riacho com o rio. A partir dela, um gramado bem aparado — trabalho de John — descia rumo a um pântano à beira do rio. Onde a grama cortada terminava, a água se acumulava e começava um prado de juncos submersos. Do lado do riacho, o mesmo gramado seguia até a margem, e lá pendia um cais de tábuas, acinzentado pelo tempo.

O apelo que essa vista oferecia aos sentidos era bastante agradável. O vento estava parado, o rio refletindo o crepúsculo se mostrava falsamente azul e límpido, e as únicas ondulações na superfície eram criadas pelos peixes que se alimentavam aqui e ali. Em contraste, Oak Creek afundava na sombra à esquerda: mais vinte minutos e ele se fundiria ao bosque de pinheiros escuros na propriedade dos Adams. Os vaga-lumes passeavam, os sapos discutiam, um leve cheiro de poeira se desprendia do chão resfriado, tudo bastante agradável, de fato. No entanto, a vista já não agradava a John havia muito tempo. Em muitos aspectos, parecia até o interior de uma prisão, não tanto pelo lugar (embora fosse), mas pelo processo, um sistema do qual ele não conseguia fugir, nem mesmo imaginar a fuga. Ele estava crescendo, e estavam esperando por ele. Planos foram traçados.

Se ele tirasse boas notas — e estas eram razoavelmente boas —, dali a dois anos, numa noite de fim de agosto como essa, seria mandado para a universidade. Mais quatro anos de estudo com trabalhos temporários no verão, além dos dois próximos, seriam seis anos no total. Depois, ele entraria para o negócio da família em Bryce ou arranjaria um emprego e... o quê?

A falta de clareza e motivação de John a essa altura não era culpa sua, nem falta de treinamento. Causa e efeito, trabalho e recompensa, isso fora martelado em sua cabeça e reforçado desde o começo. É que, conhecendo tão bem os dois, achava-os comuns, nada dignos da espera nem do esforço.

O fato é que John — de forma bastante previsível — queria a liberdade agora. Por natureza (se ele a demonstrasse), por tamanho, peso, força, inteligência e desejo, estava pronto para se tornar um aprendiz de adulto, para estar onde as guerras eram travadas, os foguetes lançados, os navios pilotados e as calotas de gelo atravessadas. Estava pronto para as garotas e o amor. Seu espírito não só se curvava sob o peso dos anos que o separavam dessas coisas na prática, mas também rangia ao perceber que essas visões nunca se concretizariam sem que aguentasse os mesmos anos pesados e vindouros.

Antes de os coronéis comandarem e os astronautas voarem, eles tinham quase 40 anos! Discorriam sobre todas as coisas que você poderia ser, mas a verdade era que, quando você as quisesse, não poderia tê-las, e, quando as conseguisse, estaria velho e chato como todo mundo. Isso extinguia a ambição — crescer simplesmente levava tempo demais — e ele não fazia planos nem começava muitos projetos. John tinha direito à opinião; a maioria das pessoas tem. E, em sua opinião, nada que os adultos lhe oferecessem — dados os pré-requisitos — valia porcaria nenhuma. O que o mundo queria fazer era matá-lo, ou pelo menos a parte de si mesmo que ele considerava a melhor. Bem, eles que fossem para o inferno. Ele dava respostas automáticas — sim, senhor; não senhora — e pairava no *agora*. Tal era o John Randall dos bastidores, aquele que se revelava a si mesmo em longas e frequentes crises de autopiedade.

Ver John Randall nesse momento, porém, seria deixar de ver sua personalidade completa. De fato, aos olhos de um desconhecido, ele pareceria — parado ao pé da escada da varanda — alerta, totalmente interessado, mentalmente engajado e até impaciente. Se ele fora vago por muitos dias, era só por estar subitamente deslumbrado. Sem esperança nem intenção de fazer isso, havia esbarrado na *vida*; embora não se atrevesse a contar a ninguém, de repente sentia que estava vivo.

Afastando-se da casa e do som da televisão infinita, John desceu pelo gramado até o cais e entrou em seu barco a remo. Lá, a menos de vinte metros do outro lado do riacho, começava a propriedade dos Adams. Era só subir a margem lamacenta, atravessar a mata pela trilha e cruzar o campo até a horta para chegar à casa. Não levaria 45 minutos — quinze minutos na ida, quinze lá e quinze na volta — e ele teria visto Barbara outra vez. Infelizmente, é claro, todos haviam concordado em não fazer nada incomum, para não chamar atenção, e em geral ele nunca ia até lá à noite. Acomodando-se no banco central do barco, sentou-se com os joelhos juntos, os ombros encurvados, o queixo na mão, induzindo e saboreando um novo sentimento de felicidade miserável.

Na verdade, em se tratando da mera exposição do corpo, John Randall tinha visto muito mais de Barbara nas vezes em que todos tinham ido nadar juntos do que neste dia. O biquíni que ela usava sem pensar na presença deles só ocultava exatamente três coisinhas e meia, e embora John a admirasse mais do que esperava ser perceptível, ainda era uma admiração um tanto abstrata.

Barbara era divertida, simpática e uma nadadora boa pra caramba; era quase como se ela fosse um deles, mas John ficava embasbacado ao ver que, como os outros adultos, ela parecia ter certeza de que todas as crianças eram burras e inocentes e boazinhas e tudo mais, e que só pensavam em andar na linha e se divertir. Sua suposição óbvia de que, no fundo, elas eram exatamente o que ela queria que fossem — boas e bem-comportadas — era uma grande decepção. Sua tolice, o jeito alegre de ser mandona, aquela autoridade que ele poderia perdoar em alguém bem mais velho — e portanto, bem mais tolo —, não dava para perdoar em alguém que fingia ser uma garota pouco mais velha do que o próprio John. Isso doía. Irritava. Quem ia querer alguém assim? Bom, isso era o que ele tinha pensado.

Agora, era bem diferente!

Ele suspirou, mudou um pouco de posição — o que o fez se lembrar de que havia água no barco — e começou, preguiçosa e mecanicamente, a tirá-la com uma lata. De tempos em tempos, parava e olhava, preocupado, a superfície do riacho.

Pela manhã, John tinha ficado amedrontado e envergonhado. Barbara estava muito bem amarrada e amordaçada, mas parecia que eles só haviam prendido a *ela*. Era como se o peso da lei e da ordem que ela representava tivesse aliados por toda parte, como se alguma coisa terrível fosse acontecer com eles a qualquer momento. Mesmo agora, ele não tinha certeza de que isso não ia acontecer mais cedo ou mais tarde.

Mesmo assim, a tarde tinha sido ótima, a melhor experiência que John Randall já tivera. Ele não sabia exatamente o que era: alguma coisa no modo como ela agia (como se ela pudesse, mesmo, ter agido de outra maneira — mas John não havia pensado nisso).

Quando chegou sua vez de vigiá-la e Dianne saiu para ficar de olho nas crianças da prainha, ele entrou no quarto, e Barbara ficou olhando para ele como se alguma coisa diferente fosse acontecer. Quando ele simplesmente se sentou um pouco para o lado, pendurou a toalha em torno do próprio pescoço e apoiou os pés na cama, porém, ela desviou o olhar e, depois de um tempo, sua cabeça se inclinou devagar para a frente. Foi aí que alguma coisa na nuca macia dela, na curva dos ombros, no modo como estava sentada ali, de pernas nuas, meio inocente e com ar juvenil, o fascinou completamente.

John Randall foi imensamente sincero consigo mesmo ao considerar isso uma surpresa. O dia tinha sido cheio de emoções — nervosismo, vergonha, audácia, entusiasmo, pressentimento e talvez certa cobiça —, mas ainda assim ele entrara no quarto mais dominado por uma sensação de perigo e descrença do que por qualquer outra coisa. Era impossível não pensar na dificuldade que seria levar todo aquele jogo adiante, nas chances de ser pego, nas coisas que aconteceriam quando tudo acabasse — a bem da verdade, ele tinha vários pensamentos sensatos na cabeça — e foi só depois de um tempo que realmente observou a garota diante dele.

Em silêncio, subjugada no corpo, se não no espírito, com uma paciência dócil (ou assim ele pensava), aguentando a dor e o desconforto pitorescos apenas o bastante para mantê-la alerta, Barbara tornava-se, minuto a minuto, uma espécie de garota que ele nunca tinha visto nem desconfiado que existia. De fato, enquanto estava atento, até mesmo hipnotizado pela visão, ficou claro para ele que nunca tinha visto uma garota de verdade, uma mulher, em toda a sua vida.

As meninas — na opinião de John Randall — eram um pé no saco. Vinham para cima da gente e eram bem simpáticas, mas, se você reagia, elas davam as costas e corriam para longe e ficavam rindo entre as da sua espécie. Elas podiam tocar em você de vez em quando, mas, se você tocasse nelas, o empurravam como se você tivesse quebrado alguma coisa — ou coisa assim. Apareciam nas suas fantasias e te faziam passar a noite em claro, e, mesmo assim — esta era a conclusão de John —, as garotas na verdade não precisavam dos garotos, nem agora nem nunca. Apesar da visão constante de casamentos e romances duradouros na comunidade e até na escola, ele estava convencido disso. Você precisava das garotas — as noites sem dormir confirmavam — e elas não precisavam de você. Isso era um pé no saco. Mas Barbara era diferente.

Agora, ela era diferente.

Embora isso tivesse sido imposto e forçado a ela, é claro, ao longo da tarde havia exalado um tipo feminino de submissão que literalmente inundava a sala. Além disso, a tensão entre John Randall e Barbara passou por mudanças perceptíveis à medida que o turno dele passava, mudou entre a garota e *ele*. Antes, Barbara havia sido amarrada pelas crianças — pois ele ainda enxergava a si mesmo como criança — e agora, de repente, tão delicada como uma bolha de sabão, surgia diante dele uma garota colocada em seu devido lugar humilde por (em parte, pelo menos) seu mestre. Ela estava apta a desempenhar seu papel, e ele — divinamente — apto ao seu. Era um conceito impressionante. Ele tinha a sensação de estar na presença de uma realidade profunda, do tipo que punha abaixo as leis, as boas maneiras e toda a porcaria que impunham a você. Ele expirou e só então percebeu que estivera prendendo a respiração para reter o encanto. A coisa mais misteriosa e maravilhosa do mundo era simplesmente o que estava acontecendo ali, bem debaixo do nariz dele. Estava pronto para viver como sempre quis.

O que de certa forma estragava a sensação de vez em quando era que Barbara tentava mudar de posição. O modo como suas mãos se torciam e remexiam às costas, o jeito como de repente respirava mais fundo, a maneira que olhava para ele, acusadora, recuperava a forma mais verdadeira das coisas. Afinal, ela era apenas Barbara; livre, logo voltaria a ser aquela pessoa animada, alegre e desinteressante. E ele era apenas John, que receberia um castigo quando tudo aquilo estivesse terminado. A magia era quebrada.

Só para tornar a aparecer.

Com o suspiro de alguém que se lança a um destino maravilhoso, John Randall soltou o cabo do barco a remo do cais e se deixou flutuar lentamente em direção ao rio. Agora estava escuro, e ele se sentia mais protegido e reservado. Com rigoroso cuidado mental, levantou a agulha da memória — era como pôr um bom disco para tocar outra vez — e a recolocou no ritmo preciso de quando tudo parecia ter mudado entre ele e ela. Em seguida, apoiou as costas no banco e deixou o barco à deriva, e viveu tudo de novo.

As coisas eram mais difíceis para Paul.

Tudo era mais difícil para Paul.

Ele sabia, por exemplo, que ria muito alto e cedo demais — na verdade, zurrava — quando ninguém mais via a menor graça. Sabia que se deixava ficar triste ou amedrontado e chorava com muita facilidade. Sabia que — sendo do tamanho que era — não se atrevia a brigar, e mesmo assim não conseguia controlar o pavio curto nem um pouco. Depois, sempre percebia que deixara de responder a perguntas idiotas na escola porque, quando eram feitas, ele parava para analisar todas as possibilidades e ramificações, e aí as perguntas deixavam de ser simples. Todas as coisas eram mais complicadas do que qualquer um parecia entender. O tempo todo, o mundo se apresentava a ele mais barulhento, mais áspero, mais louco, mais engraçado, mais triste, mais ameaçador e intrincado do que para os outros.

Tudo isso tinha sido perceptível desde o começo.

"Olhe o pato, Paul"; Paul entendeu na mesma hora. "Diga *pato*", "soletre *pato*"; Paul foi o primeiro a conseguir. Até aí, tudo bem. Paul McVeigh era tão superior aos outros quanto seus ancestrais teriam esperado (e esses ancestrais eram verdadeiros WASPs). Que olhos brilhantes, que menino interessado, que esperto. Ainda assim, Paul também via coisas terríveis no céu quando havia relâmpagos e trovões, terrores infinitos nas sombras mais conhecidas. E sentia coisas que não eram inteiramente justificadas — mais tristeza do que a morte de um pássaro exigia, mais beleza e esplendor do que o céu de uma noite de inverno oferecia. Sua sensibilidade, em suma, ultrapassava o útil e chegava ao inútil, e até mesmo ao prejudicial.

Conforme crescia, Paul presumira que todas as pessoas se sentiam exatamente como ele e viam exatamente as mesmas coisas. A diferença era que — de alguma forma — todo mundo parecia se controlar melhor. O *porquê* o intrigava imensamente. Por que eles também não estremeciam e gritavam?

Mais tarde, é claro — agora tinha 13 anos —, Paul decidiu que isso não era verdade. Eles não entendiam e nunca entenderiam. Ele era um estranho no mundo. Ver com simplicidade, agir com simplicidade, sucesso garantido — era assim que o mundo funcionava, afinal. Somente Paul sentia a angústia de controlar um eu incontrolável.

Dianne, por exemplo, poderia voltar para casa depois de um dia como hoje na residência dos Adams e ajudar na cozinha, obediente e descontraída. Se alguém de fora a visse, concluiria que esse tinha sido mais um dia qualquer. Paul, por outro lado, chegou à mesa de jantar ainda corado e trêmulo com os pensamentos inexprimíveis — e era melhor que fossem mesmo inexprimíveis — a respeito das últimas horas. A transgressão das crianças contra o mundo adulto, as possibilidades do jogo com Barbara ainda por vir, o castigo inevitável, diante do qual ele se contorcia de ansiedade, ardiam mais do que vívidos em sua mente. Ele deixou o garfo cair no prato — um respingo; derrubou o chá gelado; fungou, estremeceu e olhou para o nada; não ouviu nenhuma palavra quando falaram com ele. Por fim, enxotado da mesa por pais envergonhados de suas péssimas maneiras (de si mesmos), ele foi para o quarto e sentou-se numa confusão furiosa, metade pelos acontecimentos do dia e metade pela raiva que nutria pelo mundo. Quando Dianne olhou para dentro do quarto e disse: "Cuidado aí, não dê com a língua nos dentes", ele se levantou e gritou, quase aos prantos: "Sai daqui! Me deixa em paz!". E nem isso foi o fim do caso.

Ele estava sonhando (o estranho era que sabia disso, mas não conseguia romper o domínio do sonho). Um dos adultos dizia que tinha visto peixes grandes, e Paul ia até o rio perto da casa dos Adams para olhar, mas o rio era enorme — no mínimo um quilômetro de largura — e suas águas eram cristalinas e claras e esverdeadas como o ar da manhã. Olhando a partir da margem, que caía como um penhasco nas profundezas bem iluminadas, Paul viu formas inimagináveis se mexendo nas sombras profundas do leito. Então, gradualmente, estas se aproximaram da superfície, e ele reconheceu baleias e tubarões e barracudas entre as correntes ondulantes. Aterrorizado, incrédulo, mas incapaz de parar de olhar, ele se ajoelhou na areia molhada para ver melhor. Em seguida — novamente, foi instantâneo —, ele estava dentro da própria água, a alguns metros da margem, e abaixo dele estavam os peixes horríveis vindos do breu do fundo da clareira. Agora não havia mais margem, e ele olhou em volta e se debateu em vão enquanto afundava na direção dos peixes escuros. Gritou, mesmo debaixo d'água.

"Está tudo bem, mãe." Dianne foi a primeira a aparecer no corredor. "O Paul está só tendo mais um pesadelo. Eu cuido disso. Não precisa levantar." Entrando no quarto e acendendo a luz, ela viu o rosto magro e rígido de Paul.

"Os peixes", disse ele, confuso, "os peixes..."

Dianne chegou a sorrir, mas se foi de alívio, diversão ou desprezo, era impossível saber. Ela olhou para o irmão mais novo como uma Mona Lisa branca e magra.

Afastando o lençol, viu que o pijama de Paul estava encharcado, os cabelos empapados de suor e os olhos mais arregalados que o normal. "Os peixes de novo", disse ela. "Bom, parece *mesmo* que você deu uma nadada." Ela o sacudiu. "Agora, acorda. Senta um pouco." Indo até o banheiro no corredor, ela se ocupou com alguma coisa e voltou com uma pequena cápsula branca que parecia plástico, um pouco de água e uma toalha para secá-lo. "Pronto..."

Algum tempo depois, quando ele já estava um pouco mais calmo, ela apagou a luz e fez carinho nele. Começou a contar tudo sobre o livro assustador que estava lendo e ele ficou deitado ouvindo, arrebatado.

Na casa dos Adams, o sol levou um tempo anormalmente longo para se pôr, e a noite demorou uma eternidade para passar. Depois que as crianças mais velhas saíram, Cindy experimentou sua liberdade recém-descoberta caminhando de volta ao rio. Lá, sozinha, chutou pedras com a ponta do pé e tentou fazê-las pular na água do jeito que tinha visto John e Bobby fazerem, mas até mesmo seus raros sucessos foram desinteressantes. As sombras se esticavam, o rio estava bem parado e não havia ninguém por perto. Por fim, ela ficou de pé, sozinha, absolutamente livre e solitária, uma pessoa pequena à beira d'água, e parecia que ia morrer de tédio. No fim das contas, a liberdade — do jeito que as crianças mais velhas a descreviam — não era assim tão boa. Ela sentia falta da presença de adultos.

Na companhia reconfortante dos adultos, havia barulho, determinação e direção o tempo todo. Era preciso preparar refeições, colher batatas, ir até Bryce, fazer compras. Os telefones tocavam, reuniões eram marcadas, planos de levar o trator até a oficina eram feitos. Além disso, sempre havia alguém perguntando o que ela queria, o que ia fazer, e alguém sempre observando, corrigindo, incentivando e aplaudindo tudo que ela fazia. A liberdade era não ter ninguém lá: liberdade era não receber a atenção de ninguém (e Cindy não gostava de se apresentar sem plateia).

Agora, por exemplo, ela poderia sair da margem do rio, contornar a fileira de pinheiros ao norte da casa, entrar na estrada particular da propriedade Adams, brincar na cabana abandonada — o local de encontro dos Cinco Libertadores — e voltar quando e como quisesse, mesmo depois que já estivesse escuro, se desejasse, e ainda assim nada disso lhe apetecia. A floresta, a estrada, a cabana velha e assustadora, o quintal, estavam todos vazios. Não havia ninguém ali esperando especialmente por Cindy.

O estranho é que não estava com saudade da mamãe e do papai. Havia preparado um cantinho vazio em sua mente para permitir a viagem deles e — tendo certeza de que eles voltariam *pontualmente* — aguentou a ausência com bastante alegria. De quem ela realmente sentia saudades, porém, era Barbara; não, é claro, de Barbara enquanto *pessoa*, pois isso ela podia ver quando quisesse, mas da diversão e do entusiasmo de Barbara.

Cindy se lembrava da comoção da chegada de Barbara com um prazer especial. Todos foram até Bryce e tomaram sorvete enquanto esperavam o ônibus. Então, lá estava ele, quente e barulhento, com a porta se abrindo, e lá estava Barbara nos degraus, toda arrumada e limpa e elegante e bonita com um vestido de verão azul-claro, exatamente como uma irmã mais velha concedida em resposta a uma prece. Ela era mais gentil, mais rápida e mais vistosa que a mamãe, e ainda assim era mais jovem, mais próxima e, para Cindy, mais fácil de entender.

Chegando em casa, Barbara entrou no quarto de hóspedes e abriu as malas. Havia vestidos e escovas, roupas íntimas e trajes de banho, livros e perfumes, todas as coisas fascinantes que Cindy teria um dia. Barbara agia rápido e dava ordens, oferecia beijos e carinhos — trazia a vida real para dentro de casa. Sabia até dirigir a caminhonete. E agora Barbara se fora — pelo menos para fins práticos — e Cindy sentia sua falta mais que tudo.

Da surpresa maravilhosa, da bela irmã mais velha, restava pouco na pessoa amarrada à cama do quarto de hóspedes, conduzida por uma corda e alimentada como um animal de estimação. Tirando o fato de que Cindy era uma das crianças e tinha um papel a cumprir na aventura dos Cinco Libertadores, ficaria feliz em desamarrar Barbara e colocar as coisas de volta nos eixos. Bastava ficar solitária o bastante, zangada o bastante — era só eles a chamarem de tonta mais uma vez — e ela talvez fizesse isso só para *mostrar* a eles. Mas ainda não. Cindy suspirou: teria que se contentar com o velho Bobby.

Naquela noite, jantaram refeições congeladas compradas prontas. Cuidadosa e metodicamente, Bobby aqueceu a comida no forno, e ele e Cindy comeram das bandejas de papel-alumínio enquanto assistiam a um seriado de TV. Depois que arrumaram tudo, Bobby foi para o quarto e tentou tirar um cochilo enquanto Cindy ficava de guarda. Agora, a casa toda, a televisão e a sala de estar também eram suas, e ela tinha a mesma sensação desagradável de tédio.

Depois de dar a Barbara um sanduíche e uma Coca-Cola, as crianças a amordaçaram outra vez, a puseram na cama, de braços e pernas abertos, e a amarraram lá. Mais tarde — do seu ponto de vista —, ela foi quase esquecida, descartada sem a menor cerimônia, como se não passasse de um brinquedo. Estava envergonhada e zangada — na verdade, passara quase o dia todo assim — mas, ao mesmo tempo, sentia-se estranhamente aliviada. Depois do choque da descoberta pela manhã, das horas de desconforto sentada naquela cadeira, do calvário de ser observada e vigiada o tempo todo, ficou quase satisfeita por estar deitada de novo, quieta e — por ora — sozinha. A mesma posição que antes parecera insuportável agora era tolerável.

Não é verdade, disse Barbara. Quem está amarrada não fica deitada no maior conforto. Logo, os músculos em torno das axilas e nos quadris começariam a doer, a circulação sanguínea diminuiria e as mãos e pés ficariam dormentes. Seria doloroso. Acima de tudo, porém, estava o fardo da passagem do tempo. Se o mesmo padrão definido hoje fosse seguido amanhã, poderia levar dezesseis horas — pôr do sol, tarde, noite, manhã e meio da manhã — até que lhe permitissem fazer o menor movimento, e seria apenas ir até o final do corredor e voltar. O medo que levava ao pânico pode começar de maneira branda e silenciosa, e começava agora como uma mariposa aveludada voando em círculos em sua mente.

Dezesseis horas. Barbara ficou horrorizada. É, não vai ser antes disso. Talvez demore até mais. Não vou aguentar, disse Barbara. Mas vai acontecer, de um jeito ou de outro.

Só a expectativa bastou para mergulhá-la numa leve histeria, fazê-la empregar toda a sua energia em mais uma tentativa desesperada para se libertar. O jovem Bobby, porém, estava se aprimorando como carcereiro; desta vez, usara as cordas mais longas, e os pulsos dela estavam amarrados com nós no meio e as pontas fora de vista em algum lugar atrás da cabeceira da cama. Não havia nada para lhe instigar ou dar-lhe esperanças. E ela nem conseguia dormir.

Na cozinha, Bobby e Cindy resmungavam e discutiam durante o jantar frugal. O nariz de Barbara, agora aguçado pela fome insaciada de um dia todo, pôde farejá-lo quase no instante em que eles tiraram a folha de papel-alumínio da embalagem — frango frito. Quando Cindy apareceu para dar uma olhada na prisioneira, seus dedos e boca estavam engordurados, e estava impregnada com o cheiro da comida. Barbara teve o pensamento repugnante de que, se estivesse livre naquele momento, morderia Cindy como se a própria criança fosse um franguinho gorducho. E a TV retumbava.

Durante o jantar, as crianças tinham assistido em silêncio às antigas reprises da TV. Mais tarde, depois que arrumaram tudo e Bobby foi para o quarto tirar uma soneca, Cindy viu estupidamente toda a longa noite de programas, um após o outro, preferindo aqueles com personagens que eram crianças ou animais e, depois disso, os mais empolgantes e violentos. Com frequência — talvez só para exercer seu controle exclusivo sobre todos os botões do aparelho —, trocava de canal para canal, aparentemente capaz de acompanhar todas as histórias simples de uma só vez. Em dado momento, deixou passar um longo intervalo comercial tentando tocar "The Happy Farmer" no piano. Barbara ficou com dor de cabeça. Era óbvio que a mente da criança estava girando à deriva, superficialmente, disso para aquilo para isso para aquilo sem nenhuma âncora de atenção para contê-la, e *ela* era a carcereira e Barbara a prisioneira. Que loucura.

Finalmente, durante o programa do fim de noite, as coisas se acalmaram e não houve mais movimento na sala de estar. Aviões desceram e soltaram bombas; japoneses morreram com berros intermináveis; os fuzileiros navais sobreviventes entraram em formação e marcharam, presumivelmente para novas batalhas; os Orioles venceram os A's por nove a cinco e mantiveram o primeiro lugar; o dólar estava novamente sob ataque na Europa; depois veio o hino nacional e, finalmente, só um ruído áspero, estático e branco-azulado. Cindy, Barbara supôs, estava dormindo havia muito tempo, provavelmente no tapete. Bobby ainda não tinha dado as caras — decerto estava dormindo em seu quarto — e Barbara estava realmente sozinha.

Essa era a hora do heroísmo e da audácia na ficção. Um movimento sutil dos dedos e uma lâmina de barbear surgiria de repente; *zip, zap*, e ela estaria livre. Infelizmente, é claro, essas coisas só aconteciam na TV. Agora, aqui, na vida real, as vítimas permaneciam mais ou menos como eram antes — vítimas.

A insensibilidade com que as crianças foram capazes de deixá-la assim — a não ser por piorar a situação ao vigiá-la, é claro — era espantosa para Barbara. Pareciam não ter nem capacidade nem vontade de se colocar no lugar dela, nem imaginar como ela sofria. Aquelas crianças não tinham deuses — ou, se tinham, não eram deuses tolerantes e amorosos — e não tinham heróis, a não ser que o nome Cinco Libertadores significasse que a ideia de guerrilheiros apelava à sua imaginação. Apenas seguiram em frente. Assim como Cindy, todos meio que seguiam em frente amparados por seus aparelhos domésticos automáticos com controle termostático e funcionamento ágil, e cartões de crédito e contas nos comércios. Os adultos não eram necessários nem dignos de nota.

Ah, para com isso, disse Barbara, assustada. *Você está surtando. Não é nada disso. Ah, é, sim. Por que não? Ai, meu Deus.* Ela se esforçou para não lutar contra as amarras; isso só faria doer mais. *Fica quieta.*

Estou tentando, estou tentando.

Mesmo que pudesse forçar o corpo a se aquietar por um instante, porém, Barbara não conseguia silenciar a cabeça. Como graduanda em pedagogia, sua mente jovem estava apinhada de tudo, desde Necessidades Coletivas e Interação até Psicologia da Gestalt (boa parte não digerida). A cabeça — que, na solidão forçada, começava a girar — a mantinha acordada. *Se eu ao menos conseguisse entender alguma coisa*, disse Barbara. Em vez disso, uma melodia veio à mente; era a de "The Happy Farmer".

> *School-days, school-days,*
> *Dear old Golden rule days,*
> *Reading and writing and 'rithmetic,*
> *Taught to the tune of a hick'ry stick...*[1]

Para com isso, repetiu Barbara. Quero *pensar*. E assim o fez, mas aquela música boba continuou e se transformou em:

> *The automatic children and the prophylactic pup*
> *Were playing in the garden when the bunny gamboled up...*[2]

---

1 *Nos tempos da escola, nos tempos da escola / Os bons e velhos tempos da regra de ouro / Leitura e escrita e aritmética / Ensinadas ao som da palmatória*, em tradução livre. [NT]

2 Versos ligeiramente alterados de *Strictly Germ-Proof*, poema de Arthur Guiterman: *As crianças automáticas e o cãozinho profilático / Brincavam no jardim quando o coelho saltitou...*, em tradução livre. [NT]

Não, eu quero mesmo pensar!

Não adiantava, era impossível pensar. Agora, Barbara sentia dores e pontadas: em sua melhor forma, provavelmente não teria insistido muito no assunto. Não era o seu tipo de habilidade, era o de Terry.

Terry conseguia se aquietar, não de modo másculo, é claro, mas se aquietar com uma atitude relaxada que pelo menos indicava a ausência de preocupações corporais na mente. O queixo apoiado na palma da mão esquerda, a direita rabiscando anotações numa caligrafia ágil e eficiente, exalava concentração, isolamento. Havia uma muralha em torno dela. Do outro lado da sala, em contraste, Barbara se remexia e retorcia em torno da cadeira feito uma trepadeira. As pernas se cruzavam e descruzavam, um pé enganchado atrás do outro tornozelo. As mãos brincavam com coisas em cima da mesa de modo deliberado. Parecia tirar o cabelo dos olhos três vezes a cada minuto. Olhava as palavras e as entendia e depois as esquecia no momento em que passava para o próximo parágrafo. Não conseguia estruturar e compreender o todo. Movimento, prazer, calor, contato humano direto e alegria eram seu mundo, não esse de contemplação. Em momentos de estudo absolutamente forçado — provas, prazos de entrega de artigos — tinha até a ideia de falar, gritar, dançar, cantar, arremessar alguma coisa que rompesse o silêncio sagrado. "De que adianta, Terry? Quero dizer, de verdade, pra que serve? Como é que você consegue ficar sentada aqui e ser tão caxias? Qual é a diferença entre nós?"

Fisgada, comovida pela lembrança, Barbara devaneou, recordou com clareza, viu o quarto delas no dormitório enquanto Terry estudava daquele jeito, Terry se vestindo, Terry lavando roupa na pia, Terry entrando e saindo com sua autoconfiança determinada. A visão foi tão vívida por um momento que pareceu haver até uma vaga sobreposição desse quarto na casa dos Adams com o antigo na universidade; Barbara deitada na única cama aqui, depois um curioso efeito de tempo e luz, e finalmente Terry andando para lá e para cá do outro lado da cama no quarto delas a menos de três metros de distância. E se fosse mesmo verdade e não fruto da imaginação? O devaneio começou e se interrompeu nessa manhã, e recomeçou.

"Terry?"

"*Terryyy...?*", respondeu Terry.

"Não me soltaram", declarou Barbara, sem necessidade.

Terry não disse nada.

"Acho que só vão me soltar quando forem obrigados."

"Talvez não." Terry estava começando a se aprontar para dormir. Era uma garota simples, para não dizer desajeitada, mas tinha lindos cabelos avermelhados e invejáveis olhos verdes. Agora, no seu lado do quarto, ela se virou para Barbara, jogou o cabelo para o lado e tirou um dos brincos.

"O que você vai fazer?"

"O que eu posso fazer?" Barbara estava infeliz. "O que você faria?"

"Não sei." Sem servir de ajuda, Terry virou a cabeça para o outro lado e desatarraxou o outro brinco. Virou-se para a cômoda, abriu a primeira gaveta e guardou as joias numa caixinha laqueada. "Em primeiro lugar, eu não entraria numa enrascada dessas."

"Isso é verdade."

Numa conversa comum, sem baixar a guarda, Barbara a teria contestado, mas nessa conversa privilegiada e taquigráfica da imaginação, ela automaticamente cedeu. "Isso é verdade", repetiu, mais pensativa, "mas por quê? O que te faz tão inteligente?"

"Nada." Terry fechou a gaveta. "Não sou eu, é você. Você é careta, Barbara." Ela entrou no banheiro e ficou lá de pé, tirando a maquiagem.

"Você não teria aceitado trabalhar aqui."

"Arrã." Terry pegou um lenço de papel, enrolou-o em volta do dedo indicador e começou a limpar o batom. "Se eu precisasse de dinheiro, teria saído e arranjado um emprego de verdade no mundo real. Isso, em primeiro lugar." Ela retorceu a mandíbula de um jeito deselegante e limpou o batom no outro canto da boca. "Você é sonhadora, desiste fácil. Você tenta escapar de fininho arranjando um emprego aqui no campo — amigos da família — por uma mixaria porque isso não faz você mudar de ideia sobre nada. Fica andando por aí toda de algodão branco. Fica brincando de mãezinha rica, classe média. É como tirar férias pagas, e, se você conseguir continuar fazendo isso, o Ted ou algum outro cara vai aparecer e te transformar nessa pessoa, e você não vai ter que encarar a vida."

Barbara concordou. Terry já havia dito mais ou menos a mesma coisa em outra ocasião; mas a Terry verdadeira o dizia de modo mais diplomático do que a Terry imaginária.

"E se por acaso eu aceitasse esse tipo de trabalho", Terry se inclinou na direção do espelho, olhando-se nos olhos enquanto passava o lenço no rosto, "o que teria sido diferente?"

"As crianças teriam medo de você. Não fariam isso."

Terry jogou o lenço no vaso sanitário e pegou outro. "É isso aí", ela o enrolou habilmente em torno do dedo, "e por quê?"

Bem, Barbara não sabia. Mas sabia.

"É isso que quero dizer quando falo que você é careta." Terry se afastou do espelho e terminou a limpeza com algumas esfregadelas experientes. "Você anda por aí mostrando tudo o que tem, Barb, e o que tem parece um afeto doce e simples. Você se esforça pra ser boazinha e acha que, se continuar assim e não fizer nada com o mundo, o mundo não vai fazer nada com você."

"O que tem de errado nisso? Se eu gosto das pessoas, por que não posso demonstrar?"

"Porque você *não gosta* delas." Terry jogou o outro lenço de papel no vaso e abriu as torneiras da pia. Ainda de roupa, pés descalços, sem maquiagem, pegou uma toalhinha e a deixou debaixo da água corrente. "Você transforma todo mundo em bichinhos fofinhos da Disney. Gosta das pessoas pelo que faz delas e não pelo que de fato são, com verrugas e tudo. Você faz todo mundo querer fingir por você, e isso é incômodo."

"Eu gosto de ver... Gosto de tentar ver o que há de bom nas pessoas", disse Barbara, teimosa. "Todo mundo sai por aí vendo as verrugas, como você diz, então por que não é legal ver o que há de bom, pra variar?"

"Dá na mesma. Quando a pessoa está irritada, ela quer ser aceita do jeito que está — irritada. Não quer ter que interpretar um papel pra *você*." Terry pegou o sabonete facial — o sabonete da esperança, como o chamava — e começou a ensaboar o rosto de acordo com as instruções fornecidas por todas as revistas femininas. "Por exemplo"— ela esfrega a testa com dedos um tanto curtos e fortes —, "você acha que eu sou a sua colega de quarto inteligente que sabe de tudo pra te livrar de encrenca. Não é? Quero dizer, é *só isso* que eu sou. E o fato de que posso estar me sentindo sozinha ou precisando que alguém me anime ou que possa estar preocupada em arranjar um namorado simplesmente não combina com a sua concepção, né? Você me reduz e pega a parte que te interessa. Quando a coisa fica séria, você cai fora."

"Isso não é verdade..."

"E se os caras sorriem pra você, você gosta de achar que eles estão sendo simpáticos, e, quando eles querem botar as mãos em você, não é porque na verdade querem te levar pra cama." Terry jogou um punhado de água no rosto. "Barb, você é careta."

Barbara não disse nada.

Terry pegou a toalha e se pôs a enxugar o rosto. "Quero dizer, quando é que a gente *conversa*? Assim que eu falo que alguma coisa está *me* incomodando, já começo a perceber — tem um tipo de bipe que dispara na sua cabeça. Sua mente começa a viajar. Você muda de assunto e volta a algum papo besta e seguro. Você meio que foge."

Terry jogou a toalha de volta no toalheiro. Amanhã, ela se arrependeria de não a ter pendurado aberta para secar de maneira uniforme, mas no momento, esqueceu. Quaisquer que fossem suas boas qualidades, eram pelo menos um pouco balanceadas pelo fato de que era uma pessoa desleixada.

"Não consigo evitar", disse Barbara, com a voz mais arrastada e sonolenta. "Quando as pessoas começam a se aproximar muito de mim, eu fico... arrepiada." Ela parou, considerando esse fato.

A dor no corpo que ela previra havia se instalado agora. Os músculos precisam ser alongados e flexionados — como nadadora, ela absorvera boa parte do treinamento —, depois devem se afrouxar e relaxar novamente. Seus músculos não podiam fazer isso. Ela estava esticada de modo firme, permanente e imóvel, e agora os músculos se queixavam.

"Isso é bobagem." Barbara estava quase cochilando. "Isso não deveria machucar ninguém com bom condicionamento físico. Mas machuca — dói pra caramba. Em todo caso, estávamos falando sobre as crianças e o fato de eu não gostar delas de verdade, né? Terry...?"

"Estou aqui." Terry apagou a luz do banheiro e saiu para terminar de se despir. Barbara ficou aliviada por ver que ela ainda estava ali.

"E aí?"

"Bom, você não gostou delas e também não partiu pra cima delas. Ficou só fazendo papel de boba e perdeu o respeito. Eles não tiveram medo de você." Terry tirou a camiseta e a largou de qualquer jeito na cadeira. "Você foi só uma espécie de superamiguinha de brincadeiras, e então foi arrastada pra dentro dos joguinhos deles. Você não passa de uma boneca Barbie — anda, fala, faz xixi, diz palavras de verdade. Se eles quiserem te amarrar e brincar de monstro, por que não?" Uma certa modéstia ritual fez Terry se virar de costas quando tirou o sutiã e vestiu a camisola. Só então tirou a calcinha e a jogou com todo o resto na cadeira. "Você é mais ingênua do que eles e muito menos durona. Só é maior, só isso."

Barbara ficou calada. O jogo da imaginação, a conversa da imaginação, exigia mais esforço mental do que lhe restava agora. Terry puxou as cobertas e se deitou na cama extremamente desarrumada (ela só puxara a colcha para esconder a bagunça em qualquer que tivesse sido a manhã anterior).

"Em todo caso, ontem à noite você estava no comando aqui, agora as crianças é que estão. Por quê?"

"São um bando de selvagens." Barbara pareceu ter que emergir do fundo de um abismo para até mesmo responder a isso. Todo o resto era dor e exaustão.

"Você vai ser uma péssima professora."

"Monstros, então. Me deixa em paz. Quero dormir. Meu Deus, como eu quero dormir."

Terry não disse nada. Liberada, de alguma forma tirada de foco, ela finalmente se calou. Barbara imaginou, porém, que ela ainda estivesse bem *ali*, dormindo na própria cama, e a fantasia reconfortante tornava tudo melhor.

"Boa noite..."

"Espere aí. Você não pode ir a lugar nenhum com essa aparência", disse a mãe de Barbara.

Ela tinha razão.

Barbara andava indo à cidade só para escapar por algumas horas — perto/longe, ela conseguia ver aonde queria ir —, mas sua mãe tinha razão. Barbara ainda estava de camisola, e a peça era pequena demais. Doía. Ela teria que trocar de roupa assim que o carro terminasse de descer a estrada. Os faróis eram brilhantes demais para ela fazer isso aqui.

Em seguida, Barbara abriu os olhos.

O jovem Bobby Adams, sonolento, sóbrio, com ar conformado, estava parado ao lado da cama à luz do abajur que acabara de acender. Ele conferiu os nós, as mãos e os pés com atenção e a cobriu cuidadosamente com o lençol. Depois, foi para a cozinha. Ela pôde ouvi-lo procurando um lanche.

Ah, meu Deus, pelo menos apague essa luz, disse ela.

QUANDO OS ADAMS SAÍRAM DE FÉRIAS
Mendal W. Johnson

As crianças chegaram mais cedo na manhã seguinte. Acordada e agitada havia horas, Barbara as ouviu gritando enquanto cruzavam a floresta, ouviu a troca de notícias matutinas nos degraus dos fundos e as ouviu entrar na cozinha. Ansiosa, observou enquanto elas se espalhavam pelo quarto. Esperava freneticamente que lhe permitissem fazer algum movimento, e sua maior preocupação era que não a deixariam contrair nem um músculo se ela as assustasse. Permaneceu imóvel e dócil.

De súbito, ficou claro que, o que quer que tivesse acontecido nas 24 horas desde que ela fora capturada, os carcereiros pelo menos haviam deixado o nervosismo para trás. Na medida em que isso a inferiorizava em relação às crianças, era desanimador. Na medida em que acelerava o processo, era uma bênção.

"Vamos fazer igual ao que fizemos ontem?", perguntou John.

"Vamos." Bobby estava um pouco sonolento e desnorteado, mas continuava cauteloso. "Só que desta vez vou enlaçar o pescoço dela com duas voltas de corda quando ela andar."

"Por quê?"

"Ah" — não havia malícia no tom dele — "é que vai doer mais."

(Barbara concordou.)

"Deixa que eu puxo ela hoje." Os olhos de Paul dispararam com energia matinal de Bobby para John.

"Você *não puxa*. Só anda na frente dela", disse Dianne. "Só puxa se ela não te seguir."

"Ele quer enforcar ela." Cindy abriu um sorriso muito astuto e intencional.

"Não quero!"

"Quer, sim."

"Tudo bem." Embora falasse com os que brigavam, John olhou diretamente para a garota na cama. "Deixa ele ir na frente. Ele pode. O Bobby pode ir atrás. Eu não ligo. Pega a corda."

Muito mais rápido que no dia anterior, puseram Barbara de pé, os cotovelos amarrados ao lado do corpo, uma das mãos atadas atrás e quase entre as escápulas, os tornozelos coxeando. Foram mais brutos, mais rápidos, mais seguros — não pareciam mais sentir medo de que ela pudesse escapar ou subjugá-los — e Barbara não resistiu; tudo o que fez foi, quando finalmente se sentou e antes de se levantar, inclinar-se para a frente e aliviar as dores nas costas por um momento. Isso eles permitiram, e, como qualquer prisioneiro, ela imaginava, não prolongou o prazer. Ela se levantou rigidamente; andou como eles queriam; cooperou totalmente. O que tinha sido humilhante e irritante no dia anterior era simplesmente mais oportuno e menos doloroso hoje. Além disso, evitava a inútil derrota que teria ao lutar com uma só mão contra cinco jovens determinados.

Barbara começou a perceber como as pessoas podiam ser domadas. Aconteceria exatamente do jeito que se vê nos livros. Tudo seria reduzido aos mínimos prazeres medidos em miligramas com o menor dos conta-gotas. Gota, prazer; sem gota, infelicidade. A mão de outra pessoa comandaria o pequeno bulbo, e você faria qualquer coisa para agradá-la. Ela estava saindo do quarto atrás de seus captores quando isso lhe ocorreu.

Eles a fizeram se arrastar até o banheiro, onde Dianne estava de guarda outra vez. Depois, fizeram-na se sentar na cadeira com metros de cordas ao redor do corpo e deram-lhe o mesmo café da manhã com cereais e suco, mas deixaram que ela se alimentasse sozinha. Desajeitadamente. Uma das mãos estava livre do cotovelo para baixo e ela estava amordaçada, é claro. Teve que dobrar o corpo para frente e se esforçar e mais ou menos sorver a comida. Obviamente, ela babou, e Dianne estava lá para limpar sua blusinha de pijama, como quem limpa a roupa de um bebê. Ela enfiou a mão dentro da blusa e afastou o tecido para poder secá-la com toques leves e um guardanapo umedecido. Barbara teria desistido, se curvado e chorado por sua própria impotência, não fosse o fato de que agora estava faminta e essa pequena refeição era um dos prazeres em que vinha pensando.

Depois — e ela implorou por isso —, as crianças até lhe permitiram ficar sem a mordaça, embora sua mão livre estivesse mais uma vez presa à outra atrás das costas e o pano e o clorofórmio ficassem à vista para lembrá-la do poder das crianças. Foi outro pequeno prazer. Falar.

"Por que vocês estão fazendo isso, Dianne?"

"Humm?" Dianne havia terminado sua parte das tarefas da manhã e se acomodado na cama de Barbara (que ela havia arrumado muito bem) com seu livro um tanto lascivo sobre práticas antigas — pelo menos, essa era a opinião de Barbara. Quando Barbara falou, Dianne ergueu o olhar frio.

"Comigo. Por que estão me mantendo amarrada? Por que fizeram isso, pra começo de conversa?" Barbara estava sentada de costas para Dianne, mas conseguia vê-la no espelho da penteadeira.

"Não sei. É só um jogo...", respondeu Dianne de forma casual.

Para Barbara, foi uma facada. Eles não faziam ideia de como a estavam ferindo; nem mesmo ela sabia ao certo. O efeito estava só começando a se acumular. A noite passada tinha sido — apropriadamente — um pesadelo.

"É só um jogo", repetiu Dianne, "e, além do mais, não estamos machucando você."

"Estão, sim", declarou Barbara, decidida.

"Não ouvi você chorar nem gemer nem reclamar."

"*Como* eu poderia ter feito isso?"

"Não é difícil."

"Como é que você sabe?"

"Do mesmo jeito." Dianne continuou a embalar o livro, embora tivesse desistido de fingir que lia. "Eles me amarraram. Mais do que você. Cada um foi uma vez."

"Vocês cinco? Todos vocês?"

"Arrã", respondeu Dianne, indiferente. "É um jogo que a gente gostava de jogar. Uma vez deixei os outros amarrarem as minhas mãos ao tronco de uma árvore, e eles me deixaram lá quase a tarde toda. Na floresta. Aquilo, sim, doeu."

"E isso é um jogo?"

"Arrã." Dianne deu de ombros outra vez.

"De onde vocês tiraram a ideia de fazer uma coisa tão boba assim?" Barbara quase acrescentou: "comigo".

"Sei lá. Sempre tem algo parecido na TV ou nos quadrinhos." Ela olhou para o livro. "Sabe o que as pessoas faziam antigamente quando amarravam o último feixe de trigo no outono e alguém passava pela área da debulha enquanto elas estavam trabalhando? Sabe o que elas fizeram com um rei da Inglaterra com um atiçador em brasas? Você lê bastante na faculdade?"

"Leio, sim." Barbara fitou o teto e tentou alongar os músculos dos ombros. Eles a haviam amarrado com nós muito apertados outra vez. Doía. Ainda assim, ela tomou cuidado; pelo menos, não estava com a mordaça na boca. "Mas não coisas *desse* tipo."

"Ah." Dianne parecia decepcionada. Era como se a faculdade não fosse para ela. "De qualquer jeito, brincar de Prisioneiro não é nada demais. Você também fazia esse tipo de coisa quando era mais nova."

"Não fazia, não." Barbara não estava acostumada a ser incluída numa geração mais velha. Isso a surpreendeu.

"Hum." Dianne mal respondeu, mas olhou atentamente para a prisioneira.

Barbara sentiu que era examinada. Olhando para o espelho, encontrou o olhar de Dianne. Talvez a menina não acreditasse nela, ou talvez acreditasse e a achasse esquisita. Qualquer que fosse o motivo, havia um certo grau de desprezo na expressão dela, e Barbara baixou a cabeça e interrompeu o contato visual.

Na verdade, a pergunta de Dianne tinha despertado uma lembrança. Barbara havia morado num apartamento até quase o último ano do ensino médio. Agora, lembrava-se de uma relação complexa e incômoda com as outras crianças da vizinhança mais próxima — e lotada. Especificamente, lembrava-se dos sussurros e risadinhas das crianças num canto do estacionamento do prédio em uma noite de verão, logo depois do jantar, um burburinho baixo e confidencial que baixava ainda mais e se tornava hostil se ela se aproximasse. "'Tava ajudando sua mãe a lavar a louça?"; "Ei, Barb, o que 'cê faz pra se *divertir*?"; "Eu sei o que *eu* queria fazer com ela..." Gargalhadas escandalosas à moda antiga.

Se estivesse indo na direção deles, no fundo ansiosa para ser acolhida no calor do grupo que ria e conversava com tanta intimidade, isso logo a repelia. Poderia tentar enfrentá-los fazendo uma pergunta a uma das meninas da sua idade, ou poderia desviar do caminho e fingir que estava indo para outro lugar, mas de qualquer maneira ouviria de trás a retomada das confidências e risadinhas.

Eles a *queriam*. Ela achava que tanto os meninos quanto as meninas queriam que ela fizesse alguma coisa ou queriam fazer alguma coisa com ela, e, depois, como consequência, ela seria um deles. Barbara não sabia o que era esse suposto ritual de iniciação — imaginava que envolvia uma série de loucuras —, mas achava que ele aconteceria em algum lugar onde não haveria ninguém para ajudar, que haveria uma multidão apertada e cheia de mãos em seu corpo e as mesmas risadas maliciosas no dia seguinte, e ela sabia que, mesmo que se obrigasse a começar, choraria ou teria medo no meio do processo e isso acabaria deixando-a ainda mais separada do grupo. Assim, a muralha de privacidade e individualidade que os outros queriam derrubar nela se fortaleceu. Ela se aproximava o máximo que se atrevia das outras crianças, mas no fim seguiu seu próprio caminho, doce e decididamente brilhante. Barbara não seria maculada. Não era algo que alguém tivesse lhe ensinado; era só o jeito dela.

"Não sei o que as outras crianças faziam", disse ela a Dianne. "Eu nunca brinquei disso."

Alguma coisa dos pensamentos a que Barbara se entregara em seu momento de silêncio — talvez transmitida simplesmente por sua expressão — pareceu alcançar Dianne. Seu reflexo no espelho abriu um sorriso levemente desdenhoso, e Barbara pensou em como Dianne se parecia com uma das crianças risonhas do estacionamento.

No almoço, ficaram conversando sobre ela, mas Barbara não conseguiu ouvir tudo o que disseram. Depois, quando John apareceu para assumir seu turno de guarda, trouxe consigo certa tensão que logo preencheu o espaço entre eles. Era tão intensa que, apesar de não estar amordaçada, Barbara não disse nada no começo.

John se aproximou e verificou as cordas, embora não precisasse. Depois foi até a outra cadeira do quarto, que estava fora do campo de visão confortável de Barbara e do ângulo do espelho. Ela o ouviu se sentar, depois o silêncio foi total, mas o quarto continuava carregado daquela tensão.

Um tempo depois, Barbara virou a cabeça para a esquerda e viu pelo canto do olho que John estava fazendo um nó num dos pedaços de corda que não tinham sido usados (era de admirar que houvesse algum).

"O que você está fazendo?"

"Nada."

"Tem certeza?"

"Arrã." Ele olhou para ela, vagamente surpreso. "O que você achou que eu estava fazendo?"

Barbara franziu a testa e voltou a olhar para frente, agora de fato um pouco nervosa. Havia alguma coisa no ar que simplesmente não se dissipava. Como John não disse nem fez nada, porém, ela perguntou: "John, por que vocês estão fazendo isso comigo?".

"Não sei." Ele ficou quieto por um bom tempo. "A gente achou que ia ser legal, acho."

"É legal machucar as pessoas?"

Não houve resposta, mas a tensão no cômodo cresceu ainda mais.

Barbara suspirou. No dia anterior, as crianças não haviam notado nem se importado com o sofrimento dela. Agora, ela estava *dizendo* isso a elas. De um jeito ou de outro, não parecia fazer diferença. O que ela não conseguia entender era o motivo — tudo bem, elas iam continuar com aquilo até o fim —, mas por que não conseguia despertar o menor sinal de compaixão nem medo de castigo em nenhuma delas? Dianne mal chegava a ser educada.

Não consigo mudar nada, pensou Barbara. Eles não estão nem aí. Na verdade, estou cada vez mais longe deles. Mas isso não é culpa minha, é? Barbara ponderou sobre o assunto por alguns minutos.

Se parasse para pensar, o que é que a culpa tinha a ver com aquilo tudo? O que ela queria era resultado, alívio. Talvez ela os tivesse deixado envergonhados. Respirando fundo, disse, arrependida: "Desculpe, John. Não vou mais te perguntar isso".

John pareceu um tanto aliviado. A tensão no quarto pareceu diminuir um pouco.

"Ah, tudo bem", respondeu ele, "não tem por que pedir desculpa." Quando Barbara permaneceu calada, ele disse: "Está muito apertado?".

Pronto!

Compaixão!

Barbara ficou abismada. Quase prendeu a respiração para não afugentar a descoberta. Alguma coisa tinha acontecido. Estava acontecendo; ela podia sentir a tensão realmente começar a se dissipar. Por acaso, havia tocado em algum controle, e agora a situação estava melhor/possível. Mas o que estava acontecendo?

Pense, disse Barbara (como sempre). Estava ali, estava bem ali. Não, não vou fazer isso, disse ela. Não gosto. No entanto, sua mente, como uma folha de papel fotográfico, recebeu uma impressão pálida, e de repente ela enxergou um padrão na coisa toda. Era inacreditável para essas crianças e adolescentes, mas a verdade era que os jovenzinhos haviam se apaixonado pela professora e decidido jogar um jogo erótico com ela. Não acredito, disse ela. Mas acreditava.

Crianças, pupilos, alunos se apaixonando pelos professores — tudo isso estava em algum livro que ela lera para uma aula ou outra, nada além de uma nota de rodapé, mas estava lá. *Aqui.* O sentimento que ela percebia em John, aquele que ela não conseguira entender quando ele havia entrado, era na verdade o mesmo que ela percebia em homens mais velhos que achavam que talvez tivessem uma chance com ela. Era o tipo de armadilha que se vê nas festas, nas caronas, no braço ao redor dos ombros — como ela as conhecia bem, e como se esmerava para evitá-las (geralmente) — e lá estava a armadilha outra vez. Com certeza. Não havia a menor dúvida.

Meu Deus do céu, Barbara pensava um tanto frenética, e agora? Se continuasse a reclamar, acusar, manter distância, achava que estragaria o jogo deles, mas isso faria com que a soltassem? De algum lugar dentro dela veio a resposta certeira: não. De onde é que isso *veio*? Da antiga aula de Necessidades Coletivas e Interação? Da experiência? Tanto faz. As pessoas e os animais em bando eram socialmente impiedosos. O mais provável era que, se ela continuasse agindo dessa forma, eles ficariam zangados e tentariam se vingar. Como a gangue de crianças atacando a criança enjeitada no parquinho, eles a castigariam: como os risonhos do estacionamento nunca foram capazes de fazer, essas crianças a fariam entrar no jogo. Mas não podem fazer isso, Barbara Miller disse a si mesma. Ah, podem, sim, disse outra voz dentro dela, que se parecia muito com a de Terry.

Por outro lado, disse Barbara, por outro lado...

Não. Esse era um rumo que sua mente só tomava com relutância. O caminho do pensamento era escuro e marcado por uma vida inteira de esquiva.

Por outro lado, Barbara disse mesmo assim, se eu mudasse minha atitude, se fosse um pouco mais o que eles querem que eu seja, o que aconteceria? Ela logo se imaginou durante o dia ou os dias seguintes e pensou que talvez encontrasse uma brecha em que um dos jovens retribuiria sua afeição, teria pena dela e a libertaria. Afinal, disse Barbara, o que tenho a perder?

Uma sutileza ainda a detinha.

Bem lá no fundo, num lugar que ela, de forma delicada e indistinta, situava abaixo do umbigo e acima dos joelhos (esse tipo de associação é freudiana, Terry sempre dizia), havia outra Barbara, separada e quase independente, que sempre estivera lá. Não era incomum. Não era nada incomum, se o que Barbara havia lido nas aulas de psicologia estivesse pelo menos um pouco certo. Ao longo dos anos, Barbara havia localizado, identificado e isolado essa sombra que ela chamava de Barbara Sexy.

Na medida em que Barbara Sexy tinha algum tipo de existência individual, ela surgia como uma imagem levemente desviada de si mesma que necessariamente seguia a sua mestra, mas nem sempre lhe obedecia exatamente. Enquanto a Barbara Verdadeira esperava convencionalmente que o amor a encontrasse, Barbara Sexy estava quase ansiosa para experimentar sexo e aventura por si sós. Enquanto a Barbara Verdadeira trilhava seu próprio caminho acreditando que seu valor e mérito essenciais seriam descobertos um dia, Barbara Sexy clareava os cabelos curtos de Barbara com água oxigenada, pintava as sobrancelhas e os cílios, preferia sutiãs com enchimento, usava saia curta, andava de certo jeito em certos momentos e para certas pessoas. Ela inspirava uma análise mais detalhada.

Do jeito que vinha, Barbara Sexy — toda ela uma adulta falsa, falso perigo, falsa bandida — era uma companhia obviamente arriscada, e o relacionamento entre as duas senhoritas Miller tinha que ficar claro o tempo todo. A Barbara Verdadeira controlava, e Barbara Sexy era acobertada à força, uma criatura voluntariosa que sonhava dia e noite e às vezes escapava para arranjar encrenca. Agora, porém, talvez Barbara Sexy fosse exatamente aquilo de que ela precisava.

Se os Cinco Libertadores gostassem de Barbara do jeito que era agora, se John tivesse uma queda por ela daquele jeito, o que achariam de Barbara Sexy? Qual seria a química? Bem, de qualquer maneira, ela estava decidida. O único problema era que, após uma vida inteira de repressão, Barbara Sexy não era a coisa mais fácil do mundo de trazer à tona. Além disso, ela não se afeiçoava a todos mais do que a própria Barbara. Ah, que seja.

É claro que essas questões bastante complicadas não chegaram a Barbara como um ensaio mental organizado. As ideias estavam lá, haviam estado lá desde sempre, e simplesmente se iluminaram na forma de um plano vago. Ela foi do insight à surpresa, à possibilidade e à conclusão em pouquíssimos segundos. Sua única pergunta para si mesma era: Será que eu consigo?

"Está muito apertado?", John repetiu como se, de alguma forma, agora tivesse sido ele quem a tivesse ofendido.

Barbara experimentou fazer vários movimentos angustiados e contorcidos na cadeira e se permitiu o menor gemido de alguém que sofria. Sentiu-se um tanto amadora ao fazer isso, mas foi um começo. "Está", respondeu numa voz muito meiga.

John soltou a corda na qual estivera remexendo e se endireitou, indeciso. Talvez até acanhado.

"Venha sentir você mesmo. Por favor, John."

Ele se levantou e se aproximou dela por trás. "O que foi? Suas mãos?"

Ela conseguiu usar o espelho da penteadeira tanto para se afastar dele fisicamente — como se por medo? por dor? — e ainda assim olhá-lo por baixo dos cílios (infelizmente sem rímel). "Principalmente", respondeu ela. "Você não pode afrouxar só um pouquinho ou desamarrar uma das minhas mãos e me deixar mexer só pra ativar a circulação? Vocês vão acabar me machucando de verdade se continuarem com isso."

John percebeu que isso era verdade. Só o pulso dela tinha ficado livre de manhã e agora estava preso às costas novamente. Além disso, mantê-la sentada tinha sido ideia dele.

"Humm..." Ele pensou e saboreou a ideia por um instante.

"*Pense* em alguma coisa, por favor? Eu não poderia fugir se quisesse."

"Ok", respondeu ele, magnânimo. Retornando para onde estivera sentado, trouxe de volta o pedaço de corda e amarrou a parte superior do corpo dela com mais segurança ao encosto da cadeira. Depois, contudo, soltou ambos os pulsos dela, um por vez.

"Ah! Ah-hh..." O som que ela fez foi bastante sincero. Tinha passado quase 36 horas ininterruptas com os pulsos atados pela corda. Ao deixar as mãos caírem ao lado do corpo, incrédula, foi como quando ela era criança e ficava com as mãos frias por brincar na neve e queimadas ao entrar em casa. O sangue pareceu disparar direto para a ponta dos dedos e pulsar por lá. Ela flexionou as mãos delicadamente e as levou ao colo, onde podia vê-las (a corda ao redor do corpo a impedia de fazer mais que isso). As mãos estavam vermelhas, com pintinhas brancas na palma e veias azuis no dorso, e havia vergões fundos nos pulsos onde a corda estivera.

Se a queixa dela era real, porém, os gestos que a acompanhavam não o eram. Ela fechou os olhos, mordeu o lábio inferior e franziu a testa. Infelizmente, não era atriz e não tinha a habilidade de chorar quando quisesse. Como diziam na equipe de natação, doía para dedéu, mas não a mataria, nem ela poderia fingir que sim.

"Umnn…" Tentou massagear as mãos doloridas, mas uma não alcançava a outra.

"O que foi?"

"O sangue está começando a circular de novo. Arde." Ela mexeu os dedos como se esfregasse areia ou pó entre eles.

"Mas está melhor?"

"Está." Ela mordeu o lábio de novo. Desta vez, com coragem.

Por impulso, até mesmo ousadia, John se abaixou e pegou uma das mãos livres de Barbara e começou a massagear a parte interna do pulso.

"Ai!"

"Está doendo?"

"Não." Na verdade, doía, sim. O que suas mãos realmente precisavam era apenas ficar quietinhas, mas ela não disse isso. "Está gostoso, mas segure mais de leve. Por favor?" Ela olhou para ele por um momento e depois tornou a baixar os olhos. Fez um esforço para relaxar. Aquela seria a mão mais bela, macia e feminina que um garoto jamais tocaria, mesmo que isso a matasse. Funcionou, e, depois de um tempo, ele pegou a outra mão e a esfregou até um pouco de cor voltar. Tal jogo, contudo, não poderia durar para sempre.

Por fim, ele se afastou. "E as suas pernas?"

Barbara Sexy lançou-lhe um olhar recatado, e ele corou um pouco.

"Ah, entendi. Só meus tornozelos. O canto das pernas da cadeira…" De manhã, Bobby tinha amarrado as pernas dela juntas acima dos joelhos e depois atado cada pé a uma perna da cadeira, e as pernas da cadeira eram inflexivelmente quadradas e pontudas (para ela). John tratou de modificar isso, os olhos discretamente voltados para o trabalho que, no entanto, pareceu muito vagaroso. Ele desamarrou cada tornozelo e depois os prendeu outra vez — frouxamente — juntos na frente dela, mas não à cadeira. Ela poderia balançar as pernas para cima e para baixo como uma criança num balanço, se quisesse, mas não o fez. Em seguida, ele afrouxou levemente a corda em torno dos joelhos desnudos dela.

Enquanto isso, Barbara — as duas Barbaras — teve a oportunidade de observar seu captor mais de perto. Ele era, como ela tinha percebido logo de cara, um garoto viril, mas ainda mais viril do que ela tivera tempo de notar antes. Tinha ombros e braços fortes, bronzeados de sol, macios e talvez infantis, mas com certeza desenvolvidos. E era um garoto limpo, sem nenhum dos cheiros pungentes que ela associava aos homens em formação. Era como um filhote de cão grande e forte.

Não, pare com isso, disse Barbara. Toda a sequência mental, toda a conversa imaginada com Terry voltou à sua mente. Não transforme as pessoas em bichinhos fofos. São pessoas; John é quase um homem feito. Ele é maior do que eu, mais forte do que eu, e pode fazer muitas coisas comigo que não tenho como impedir — agora. E por que parar?, disse Barbara Sexy.

Barbara Sexy, de fato, deixou-se manusear com indulgência e oportunismo (tanto quanto lhe foi permitido). Dobrou os dedos dos pés e os esfregou — um por cima do outro — quando foi libertada, e juntou docilmente os calcanhares quando ele voltou a amarrá-los. Mexeu as pernas juntas como se sentisse prazer quando ele afrouxou a corda acima dos joelhos — na verdade, ela mal conseguiu sentir a diferença — e suspirou agradecida quando ele terminou. Havia veracidade nisso, e havia virilidade em John.

Além disso, John Randall parecia ter um toque de bondade no caráter. Depois de um dia e meio, tinha sido o único que agora se esforçava para ajudá-la. As duas Barbaras achavam essa a sua característica mais agradável. Embora ela não estivesse mais livre que antes — não poderia ter se soltado nem com um mês de esforço ininterrupto —, de repente chegara a um estado que se aproximava do tolerável, e estava progredindo.

"Obrigada, John." Barbara Sexy lançou a ele mais um olhar propositalmente tímido por baixo dos cílios e ergueu um pouco a mão direita.

Por um momento ele pareceu prestes a apertá-la, mas, no último instante, pegou desajeitadamente só os dedos dela, como vira adultos educados fazerem. Foi como o começo de um minueto.

"Pode ficar assim enquanto eu estiver aqui", disse ele.

"Vai ser bom", respondeu Barbara. "Espere um pouco... não vá embora."

"Não vou a lugar nenhum."

"Eu quis dizer: não vá lá pro canto onde eu não posso te ver. Fique aqui e fale comigo."

"Bom... Falar de quê?"

"Qualquer coisa", respondeu Barbara Sexy. "Só não me deixe sozinha."

John titubeou. Depois, sentou-se na cômoda, uma perna apoiada no tampo, a outra esticada para se apoiar no chão.

"Bom... Onde fica sua escola?"

"Aqui. Bryce High."

"Penúltimo ano?"

"Começo esse no ano que vem. Quer dizer, mês que vem."

"Você pratica algum esporte?"

"Arrã, futebol americano."

"Participa dos campeonatos?"

"Joguei no time secundário no ano passado. Devo ir para o time principal agora."

"Você gosta?"

"Sei lá." Ele deu de ombros. "Serve como mais uma coisa pra distrair a cabeça."

"Você deve ser bom nisso. É bem grande."

"Não sou muito rápido." No entanto, John aceitou o elogio com um leve rubor.

"Você namora sério?"

"Não."

"Tem alguma garota de que você goste?"

"Bom... É, acho que tem."

"Qual é o nome dela?"

"Sue", respondeu ele. "Susan."

"Como ela é?"

"É difícil explicar. Normal, eu acho. Cabelo castanho."

"Ela sabe que você gosta dela?"

"Acho que sabe. Levei ela pra uns bailes da escola. Às vezes a gente vai ao cinema. É bem chato ficar preso aqui o tempo todo. Não tem muita coisa pra fazer."

"Ah." Barbara parou, um tanto frustrada. Durante o silêncio, mexeu-se para a frente e para trás várias vezes de modo a realçar os seios (que infelizmente não eram grandes).

"Ainda está muito apertado?"

"Ah... acho que estou bem." Cansada.

"Quando você está na faculdade, namora sério?" John foi um pouco mais solidário.

"Não, não muito."

"Por quê?"

"Não sei. Acho que não quero." Como isso não era exatamente verdade, ela se corrigiu. "Quero dizer, ninguém de quem eu goste tanto me pediu em namoro. Em todo caso, é mais legal sair com várias pessoas diferentes."

"É." Ele não parecia muito convencido. "O que você faz quando sai com alguém?"

"Bom... se não tiver algum evento importante no fim de semana, acho que a gente faz as mesmas coisas que você. Sair do campus, jantar no centro da cidade. Tomar alguma coisa num lugar aonde todo mundo goste de ir. Sair pra dançar. Você sabe."

"Todo mundo lá tem carro?"

"Muita gente tem."

"Eu queria um carro." Então, como se o pensamento instantaneamente desse origem a outro, ele perguntou: "Eles tentam te beijar depois?".

Barbara ergueu o olhar rapidamente e o pegou corando de leve mais uma vez diante do que deve ter considerado uma pergunta atrevida. Descoberto, porém, John não cedeu à timidez. Continuou esperando sua resposta com muito interesse, e foi Barbara quem baixou o olhar primeiro.

Fitando para as mãos inúteis ao lado das pernas nuas, teve a sensação intensa de que sua feminilidade em relação a John não era mais questão de diversão nem descrença. Só levara alguns minutos para Barbara Sexy provar que a suspeita estava certa. Os jovens — esse jovem, pelo menos — certamente percebiam que ela tinha sexualidade, e, por hábito, ela se retesou um pouco. Chega de flertar.

"Alguns tentam", respondeu, encolhendo os ombros como pôde.

"Você deixa?"

"Não."

"Sério? Nunca? Nem quando você estava no ensino médio? A gente beija."

"Bom..." Barbara teve que concordar. "De vez em quando eu deixo, quando é alguém de quem eu gosto muito."

"Achei que você não gostasse muito de ninguém."

"Ah, sabe como é", disse ela de repente, "quero dizer quando eles são bonzinhos. Alguns deles são tão..." Ela soltou um muxoxo. "É como lutar com um urso ou coisa parecida."

"Lutar?" John ficou curioso e interessado.

"Não é lutar. É... agarrar e apalpar. As meninas não gostam disso", declarou, "eu detesto."

"*Eu* posso te beijar?"

"Não, John, não quero."

"Por quê?"

"É bobagem. Desse jeito, não significa nada."

"Significa, sim."

"Como?"

"Bom... eu *gosto* de você..."

"Ah." Havia muitos rumos que Barbara de repente não queria que essa conversinha tomasse, e, por legítima defesa e perplexidade, ela se calou.

"Você está brava ou alguma coisa assim?"

"Não", respondeu Barbara rapidamente. "Não. Não mesmo. É... legal. Fico feliz que você goste de mim, mas..."

"Ainda não quer que eu te beije."

"Bom, não é muito romântico pra *mim*"— foi um pouco rude — "beijar assim."

"Você não tem como me impedir."

"Isso só piora as coisas."

John se levantou e ficou ao lado dela e muito acima dela.

Barbara virou-se e olhou para o outro lado, mas não disse nada. De repente, tudo ficou muito quieto — para ela, pelo menos. Esperava que, a qualquer momento, ele avançasse, agarrasse seus cabelos, puxasse a blusa — poderia ser qualquer coisa — e decidiu não se exaltar. Ele tinha razão; ela não poderia detê-lo de jeito nenhum.

Em vez disso, porém, ela o sentiu pegar seu pulso e levá-lo para trás das costas da cadeira outra vez. "Me dá a outra mão."

"Não, John. Não. Por favor."

"Dê aqui."

"Não quero. Por favor! Ainda é cedo."

"Tá bom, então não dá."

"Ai! Ai! Eu dou, eu dou. Mas não deixa tão apertado. Você está deixando pior do que estava."

"Não estou, não."

"Mas agora as minhas mãos estão doloridas..."

"Não posso fazer nada."

"Por favor, para. Pode me beijar, se quiser. Não ligo."

Ele havia começado a apertar a corda ao redor do corpo dela e da cadeira. Quando ela falou, John hesitou apenas um segundo e depois continuou a trabalhar. Em seguida, em silêncio, amarrou os tornozelos dela nas pernas pontudas da cadeira outra vez, apertando-os vingativamente.

Ai, disse Barbara. Droga. Eu o rejeitei e o deixei zangado. Ele é igual aos homens, ou os homens são iguais às crianças. Tentam te agarrar e te beijar e enfiar a mão por baixo do seu vestido com aquele olhar horrivelmente atrevido, e você poderia até deixar se não fossem os aparelhos verdes nos dentes ou as espinhas ou se desse para se livrar deles com um beijo. O problema, continuou Barbara, é que um beijo nunca significa o fim de nada, a não ser o de um filme velho. Muito pelo contrário, ela descobrira: o beijo era só o começo, depois vinha a outra mão por baixo da blusa e tentando abrir os botões e tudo o mais. E se você os fizesse parar, voltavam para a casa da fraternidade ou para onde quer que fosse e te chamavam de frígida ou faziam alguma maldade assim que tivessem a chance. Os homens só queriam uma coisa das mulheres, e elas — Barbara, com certeza — queriam tantas outras.

Ela viu John se levantar, obviamente satisfeito com o trabalho. Ele me machucou, está me machucando... que isso me sirva de lição, pensou ela. Além disso, ele não me beijaria agora nem se eu implorasse. Sou um lixo. Em vez disso, ele vai me deixar aprender bem minha lição, por horas a fio.

Barbara teria gostado de fazer várias coisas femininas — sair batendo a porta, gritar, jogar alguma coisa nele, bater nele — mas nenhuma delas, claro, era possível.

Em vez disso, ela baixou a cabeça, humilhada, e disse com voz fraca: "Desculpa, John". O tom da voz foi muito suave e agradável, mas não reconquistou nada.

Agora, era ele quem estava em silêncio. Ficou parado olhando para Barbara — ela não ergueu a cabeça, mas pôde sentir o olhar dele — a poucos centímetros de distância. Passado um bom tempo, ele disse: "Volto mais tarde". Logo Barbara o ouviu na sala de estar, remexendo o armário de bebidas do dr. Adams. Embora ele não tivesse feito nada parecido até agora, obviamente ia tomar um trago e se entregar a um humor adolescente. Acabaram-se as atividades de Barbara Sexy.

Eu nunca conseguiria ser sexy, de todo jeito, disse Barbara. Não gosto do que acontece quando todo mundo entra nessa onda.

Uma hora depois, quando Cindy entrou para que John pudesse nadar, a conversa que tivera com Barbara não parecia mais tão decepcionante para ele quanto antes. Expansivo além do normal depois de vários goles de uísque, ele até considerou a conversa um sucesso. Vestindo a bermuda jeans cortada que usava para nadar, reavaliou os acontecimentos da tarde até com certo grau de satisfação.

Foi tão bom quanto o dia anterior. Mais uma vez ele sentiu a mistura nova e ainda inebriante da submissão da garota e seu próprio domínio, mas hoje ele havia *lançado mão* desse domínio. Descobrira que podia amarrá-la e desamarrá-la sozinho. Isso mudava muitas coisas.

Esses pensamentos não vieram a John um atrás do outro em sequência, mas ele entendeu bastante bem o que havia aprendido. Em troca dos favores que ele podia oferecer, ela teve que consentir mais ou menos em ser manuseada. Em troca de coisas que ele queria que ela pudesse oferecer, podia negar esses favores. Que o favor a ser trocado fosse causar ou tirar a dor — ele não tinha dúvida de que ela estava certa: doía — era um bônus muito interessante. O tipo mais claro de poder. Assim como no dia anterior, ele sentiu que tinha vivido e visto uma coisa absolutamente fundamental e importante, não só sobre ele mesmo e Barbara, mas sobre a própria vida.

Empurrando a porta da cozinha e descendo depressa os degraus, parou por um momento ao pé da escada, balançando distraidamente a toalha numa das mãos. Era mais uma tarde escaldante de verão, úmida e nebulosa, o tipo de dia que geralmente produzia tempestades de raios à noite, mas isso não acontecia havia mais de um mês. A seus pés, insetos marrons de carapaça dura pulavam e zumbiam no mato, ocupados em tentar sobreviver à existência naquele forno. Não havia brisa nem esperança de brisa. Tudo parecia parado, à espera, mas ele mal se deu conta.

No dia seguinte, quem sabe, ele deixaria Barbara amordaçada, ou talvez não. Em todo caso, ela era uma pessoa idiota com quem conversar; ele preferia muito mais os sons abafados e os movimentos dos olhos às palavras dela. De todo modo, no dia seguinte ele faria trocas bem mais astutas. Se ela desejasse mais liberdade, teria mesmo que implorar, pois se quisesse ficar sem a mordaça também teria que ser beijada. E outras coisas. Conforme os detalhes interessantes das próximas aventuras vinham à tona, John Randall entendeu que estava progredindo. Mas progredindo em direção a quê?

A educação sexual de John tinha sido bastante liberal e vívida para que ele soubesse — pelo menos em teoria — exatamente em que consistia o ato sexual. Na imaginação, ele abordava o assunto sem rodeios, bem direto — o nome era trepar (palavra que, na verdade, o constrangia um pouco) —, mas sua mente impunha um tabu quase mítico. Não era exatamente medo, mas o ato era uma coisa que o aguardava adiante, num momento que não era o agora. Além disso, esperava que, depois de fazer pela primeira vez, alguma mudança cataclísmica ocorreria no mundo e nada mais seria igual.

Para afastar a leve mortalha com que esse pensamento cobriu a tarde, que fora isso tinha sido bem-sucedida, ele correu pelo campo, pulou na margem arenosa, atravessou a prainha do rio em dois passos e se jogou na água com um mergulho raso. A água morna e marrom se fechou sobre ele e voltou a se abrir, refrescando seu mau pressentimento, mas não o apagando de todo.

Ofegando agradavelmente depois de algumas braçadas breves mas vigorosas, ele subiu a praia e ficou de pé, secando-se perto de Paul e Bobby.

"Vocês não vão entrar?"

"Já entramos."

"Cadê a Dianne?"

"Está colocando a roupa na secadora. Daqui a pouco temos que ir..."

"É. Temos que tirar *ela* do lugar de novo."

"É fácil." Bobby se deitou de costas e olhou para o céu. "Ela não pode mais fugir, mesmo."

"É." Paul estremeceu de forma inconsciente.

John sentou-se e ficou quieto.

Depois de um tempo, Bobby suspirou. "Que chatice."

"O quê?"

"Isso. Ela. Tudo isso." Ele sentou-se, impaciente.

"Eu acho bacana." Paul tornou a estremecer. "Quantas pessoas você conhece que já fizeram uma coisa dessas?"

"Mas pra quê? Levar ela pra cá, levar pra lá, dar comida e fazer tudo de novo no dia seguinte."

"Eu acho legal."

"Legal, *como*? Não é *você* que precisa passar metade da noite acordado, toda noite."

"Bom, ok. Essa parte não é legal." Paul se inclinou para a frente e começou a desenhar à toa com o dedo na areia. "Mas seria uma doideira se a gente pudesse fazer todas as coisas que se faz com prisioneiros de verdade."

"Que coisas?", perguntou John.

"A-a-ah, que nem a gente fingia. Você sabe. Só que de verdade. Tirar toda a roupa dela... e chicotear ela e coisas assim." Sua voz foi se calando nervosamente.

"A gente não pode fazer isso", disse Bobby.

"Não sei por que não pode. Sério."

"Sabe, sim. A gente já está na maior encrenca."

"O que *você* quer fazer com ela? Soltar? Aí, sim, você ia ver o que é encrenca."

"De todo jeito, como é que você ia fazer isso?", perguntou John com cuidado.

"Fácil."

"Como?"

"Tesoura." Apesar das feições afiladas e contorcidas, o rosto pequeno de Paul adquiriu um ar de brilho angelical. Ele estava imaginando coisas.

"O quê?", indagou Bobby.

"Tesoura. A Dianne já pensou em tudo." Paul começou uma de suas explicações aceleradas e nervosas. O ar angelical deu lugar à intensidade. "Quando a gente chega de manhã, ela está toda esparramada e amarrada, certo? E antes de a gente desamarrar, é só a Dianne cortar as coisas por cima dos ombros dela e dos lados e... e... abrir ela." Suas pupilas pareceram se dilatar e brilhar.

"Ah, ela usa calcinha também. Eu já vi."

"É a mesma coisa. Dois lados."

"É. Pode ser", admitiu John.

"E depois? O que a Dianne falou?"

"Nada. Mas a gente pode pensar no resto."

Ao olhar para John, Bobby ficou subitamente infeliz. Assumiu a testa franzida e pensativa do pai outra vez, mais ainda porque John parecia estar considerando a ideia. O garoto parecia abobado e distraído.

"Mas depois disso", o silêncio incentivou Paul, "a gente pode fazer várias outras coisas legais com ela..." Ele parou. Todos haviam passado muitos anos brincando juntos. Sabiam o que ele queria dizer.

"Não podemos, não", objetou Bobby. "Isso só deixa tudo duas vezes pior do que já está."

"Por que não?" Todo o mundo de sua estranha imaginação parecia se descortinar para Paul naquele momento. Ele via coisas que os outros dois não conseguiam ver.

"Cala a boca", disse Bobby.

"A Dianne disse que..."

"Cala a boca!"

"John?" Paul buscou apoio.

John evitou olhá-lo e por um momento observou o rio, fazendo uma careta. Ele era o líder desde que aquele grupo tinha sido formado. Era o maior e o mais forte, morava no bairro havia mais tempo.

Entre as coisas que John aprendera a aceitar aos poucos, porém, estava o fato de que ele raramente liderava, isto é, inventava coisas para fazer. Tudo se resumia a seguir na frente. Você meio que sabia o que todo mundo queria, o que ia acontecer de qualquer jeito, então, para o bem ou para o mal, você dava uma razão para aquilo acontecer e ajudava a tornar realidade. Além disso, John havia aprendido — e, nisso, confessava a si mesmo certa falta de imaginação — que, se não aparecesse nenhuma sugestão ou solução, era só erguer a cabeça e olhar para o chão com toda a seriedade. Outra pessoa acabava tendo a ideia certa.

Nesse caso, era Paul — quantas vezes parecia ser Paul — quem, por ser mais jovem e talvez ter menos vergonha do que estava dizendo, havia traduzido em palavras exatamente o que John queria, de modo vago, mas não se atrevia a encarar sozinho. Além do mais, a sugestão veio acompanhada de um plano — Dianne faria tudo, John e Paul a ajudariam se necessário, Cindy não atrapalharia — e aí só restava Bobby. Havia uma noção peculiar de destino acerca disso tudo, como se desde a primeira vez em que viram Barbara soubessem que iam capturá-la, como se a partir daquele momento estivessem seguindo em direção a uma aventura cada vez maior. Com isso, uma preocupação diminuta obscureceu os pensamentos de John, mas o que ele deveria dizer e fazer foi de alguma forma antecipado. A escolha, se alguma vez existiu, simplesmente desapareceu.

"Vamos ter que criar regras novas", disse ele por fim.

"Quando?"

"Sobre o quê?" Bobby não concordava.

"Depois que a Dianne tirar a roupa de Barbara."

"Que tipo de regras?" Paul sofreu um espasmo trêmulo.

"Espera aí..."

"Bom, a gente ainda tem que vigiar ela — ficar de guarda."

"Lógico..."

"Mas temos que poder dizer o que queremos, e todo mundo tem que ajudar. Sabe, por exemplo, se você quiser que ela continue amordaçada na sua vez, tudo bem. Se não quiser, tudo bem também. Se quiser que ela fique na cadeira, sem problemas, e se quiser ela na cama ou qualquer outra coisa, assim será. O que a pessoa de guarda quiser, todo mundo tem que concordar em fazer. E ajudar. Se você quiser que a porta fique fechada, vai ficar."

"A porta?"

"A do quarto — da Barbara."

"Pra que fechar a porta?"

"Só se você quiser." John deu de ombros.

"*Não!*" Bobby se levantou de repente.

"Não o quê?"

"Você não vai arranjar mais encrenca pra Cindy e pra mim."

"Vale o mesmo pra todo mundo."

"Não vale, não. É a minha casa, são os meus pais e a minha..." Ele abanou as mãos, exasperado. "É a nossa babá. Se não fosse por mim, a gente não estaria fazendo nada disso, e você não vai tirar a roupa de ninguém."

"A Dianne é que vai."

"Não, ela também não vai!"

"Quem vai impedir, então?" Quando ele se levantou, a superioridade de John em relação a Bobby no tamanho e no peso era indiscutível. Por um segundo, eles ficaram cara a cara.

"Me deixa em paz!" Antes que alguém desferisse um golpe, Bobby tremeu. Lágrimas de raiva e frustração o fizeram piscar e esfregar os olhos. "Me deixa em paz agora!"

"Eu nem encostei em você."

"Então fica longe de mim. E esta praia é minha!"

"Bom, então você vai ajudar a gente?"

"Não!" Desviando-se para o lado, Bobby correu de repente pela areia rumo à costa.

"Pega ele!" Paul fez uma dancinha de empolgação.

John pegou Bobby enquanto ele tentava subir o terreno e o arrastou de volta à praia, gritando e esperneando. Depois de uma breve luta, ele torceu o braço de Bobby atrás das costas e o puxou com força. Prensou o rosto de Bobby na areia e o segurou lá. Isso o tornou menos barulhento.

Bobby começou a choramingar mais. "Ai! Droga, para com isso, John. Não precisa botar tanta força. A-i-i-i! *Por favor.*"

"Então para com isso. Cala a boca."

Bobby abaixou o rosto na areia e se aquietou, sentindo muita dor.

"Agora, você vai ajudar a gente ou não?"

"Não... *s-s-sim*... não. Não posso, John. Não me força." Agora ele soluçava.

Pela segunda vez naquela tarde, John teve uma sensação de poder cósmico. A única diferença foi que, desta vez, sentiu um pouco de medo, e lentamente afrouxou o aperto em Bobby. Houvera um breve momento em que, se Bobby tivesse mesmo se colocado entre ele e Barbara, John talvez o tivesse machucado para valer. Por fim, John até o soltou.

Bobby rolou devagar e sentou-se, soluçando e aninhando o braço no colo ao mesmo tempo que tentava tirar a areia dos olhos. John e Paul ficaram agachados, vendo-o chorar até cansar. Demorou um tempo.

"O que você vai fazer? Desistir de tudo?", perguntou Paul.

"Não", respondeu John, "só vamos ter que prender ele também."

Nessa hora, Bobby olhou para eles. Os dois rostos pareciam levemente lupinos e era óbvio que estavam prontos para atacar. Assim como Barbara, Bobby não era bobo para a idade que tinha. A ideia de que eles poderiam colocar praticamente todo mundo em cativeiro e fazer o que quisessem estava fora de questão. "Todo mundo" era uma coisa terrivelmente vaga; no entanto, com ele, eles podiam fazer isso, até com Cindy, e muitas coisas ruins poderiam acontecer antes de melhorar. Só a lembrança das tendências cruéis de Paul o fazia ter mais medo dos Cinco Libertadores do que de qualquer poder adulto que jamais viria.

"Decide. Anda logo."

Bobby suspirou, ainda fungando um pouco.

"Ok, traz a corda, Paul. Eu vigio ele."

"Não, espera aí..."

"Que foi?"

"Ok, ok, eu faço. Eu *ajudo* vocês."

Paul voltou a se agachar, um pouco decepcionado.

"Não vai enrolar a gente e depois soltar ela sozinho à noite?"

"Não."

"Porque se você fizer isso, quando tudo aqui acabar, a gente vai *mesmo* atrás de você."

"É. Tá bom", concordou Bobby, desanimado. Alguma coisa do tipo realmente lhe havia passado pela cabeça. "Mas ainda tô com medo."

Paul soltou um grito de triunfo e se levantou de um salto.

"Cara, isso é *muito* legal!"

"É, arrã." John suspirou e se levantou também. "A gente pode falar com a Dianne quando estiver voltando pra casa."

Bobby — humilhado, ainda no chão, aninhando o braço (que doía como o diabo), e, às vezes, tirando lágrimas e areia dos olhos — se deparou com o dilema tão conhecido pelos adultos e tão desconhecido e até inesperado para ele: o conflito de lealdades. Por um lado, ele prometera fazer o que sabia que deveria fazer para sobreviver — ser leal às crianças, aos Cinco Libertadores —, ao passo que, por outro, o mesmo juramento o havia comprometido a ver e aceitar a exposição e a humilhação de alguém do mundo adulto (Barbara certamente era isso) a quem devia a mesma lealdade.

Bom, havia mais uma coisa.

Bobby gostava de Barbara, e ela não era completamente e só "adulta". Gostava dela por razões que ele mesmo desconhecia, mas gostava e pronto. Ao submeter-se à lealdade aos Cinco Libertadores para escapar da dor e do castigo que lhe dirigiam, ele também submetera Barbara aos caprichos dos outros.

Bobby Adams não sabia o que significava ser viril, nem sabia, mesmo remotamente, o que significava não ser viril. Ao não deixar John quebrar seu braço, ao concordar com tudo, ao abandonar Barbara, ao não compartilhar o destino dela, Bobby Adams fez uma coisa que o deixou extremamente envergonhado e triste. Não sabia por quê. Era sensato não se deixar ferir e não fazia sentido deixar que Barbara fosse ferida, e os dois argumentos colidiam. Hegel tinha uma opinião sobre o assunto, mas Bobby Adams nunca a ouvira e pouco entenderia se ouvisse.

O que Barbara considerava sua segunda noite em cativeiro — na verdade, era a terceira, mas ela estivera inconsciente no domingo à noite — começou por volta das quatro e meia da tarde, quando os filhos dos McVeigh e John Randall estavam prontos para ir para casa jantar. Então, com sua cautela interminável — os braços e pernas dela estavam sempre amarrados a uma coisa ou outra —, eles a alimentaram, a puseram na cama de pernas abertas e tornaram a amarrá-la com força. Depois começaram as horas impossíveis entre a luz do dia e sua distante libertação num sono agitado, horas em que ela só conseguia fitar o teto e marcar o dissipar arrastado do anoitecer de agosto.

Durante as quarenta e tantas horas em que era prisioneira, Barbara já havia ultrapassado e muito o choque e a dignidade ferida. Sua mente, se não seu corpo ativo, aceitava a ideia de que agora não haveria escapatória nem soltura antecipada. Ela era o peão num jogo infantil que não havia chegado ao fim e ainda poderia piorar muito. A questão era simplesmente como suportar esse jogo.

Entre os dois principais problemas, o primeiro era mental, claro. Em suas aulas de psicologia na faculdade, tinha ouvido falar sobre o exemplo clássico do prisioneiro na cela redonda e cinza sem nada para fazer, ouvir ou ver, e nada para despertar sua atenção — o caso antigo do homem que enlouqueceu de tédio. Ela considerava sua própria situação perfeitamente paralela. Seu quarto na casa dos Adams não era redondo nem vazio, mas com o ar-condicionado sempre zunindo e as cortinas claras cobrindo a janela, ficava escuro e uniformemente iluminado na hora mais luminosa do dia. Além disso, as paredes eram de um azul- -claro que poderia ser facilmente considerado cinza, se você quisesse. Para aumentar a semelhança, embora o prisioneiro do livro pudesse pelo menos se mexer — se entreter com a flexão de tendões e músculos —, para ela até mesmo essa distração era proibida. O desafio de não enlou- quecer, para a pessoa normal e inteligente, era espantosamente real.

Com uma objetividade incomum — para ela —, percebeu que passava a maior parte do tempo entregue a fantasias. Desde o começo, conse- guira imaginar a voz e, às vezes, a pessoa de sua colega de quarto, Terry. Na noite anterior, Terry tinha sido bem real, mas mesmo nessa hora havia uma muralha entre elas — Barbara aqui, Terry lá. Agora a muralha diminuía: convocar Terry foi mais fácil nesta noite do que na anterior, e, quando ela chegou, não estava mais no quarto delas na faculdade, mas quase *aqui*, quase real.

Logo ela vai começar a aparecer aqui sem que eu peça e vou ter per- dido o juízo de vez, pensou Barbara.

Quanto mais tempo permanecia em cativeiro, porém, mais fantasias com Terry lhe ocorriam, e cada vez mais realistas. Barbara dava voltas na piscina e o momento era tão vívido que ela conseguia sentir a água turva resistindo aos seus movimentos, sentir o cheiro do cloro e ouvir os ecos em torno da piscina aumentarem. Estava em seu quarto em casa, e era a semana passada outra vez; a mãe tinha deixado flores na cômoda, e eram bonitas. Estava no Refugee Bar, e Ted estava pagando uma cer- veja para ela e falando sem parar, com seriedade, sobre tentar arranjar um emprego no exterior. Em detalhes, em cores, tato, olfato e paladar, as imagens de sua vida normal se aglomeravam e, mais interessantes do que sua imobilidade atual, exigiam a mesma realidade que o mundo ver- dadeiro. Além disso, surgiam em cascata, desabavam, inundavam sua mente fora de sequência, fora de contexto, até mesmo simultaneamente, até sua cabeça doer, tanta era a atenção que exigiam dela. A mente, pri- vada de estímulos normais, começava a criar outros a partir de si mesma.

Se me deixarem aqui por muito tempo, vão acabar com uma pessoa bem chapada nas mãos, pensou. Imagens desvairadas de um Rip van Winkle feminino voltando ao mundo, fora de época, fora de lugar, invadiram sua imaginação. Em voz alta — dentro da mente — ela disse: Não, parem com isso! E, como pássaros assustados, suas fantasias se espalharam pelo ar apenas para pousar novamente nas proximidades, na periferia segura e sombria do pensamento ativo.

Misturada a essa luta totalmente mental, havia uma segunda — a física.

A mente, é claro, recebia mensagens do corpo — a professora havia estudado *isso* muito bem. Sendo prisioneira, porém, ela considerou que tais mensagens eram de um tipo novo e desconhecido. Contido, imobilizado, detido subitamente após vinte anos de ação acordada e até adormecida — movimentos voluntários, egoístas e desimpedidos —, o corpo se tornava capaz de criar seu próprio pânico. Na noite anterior, ela fora tomada por espasmos de terror irracional, físico e instintivo em que seus braços e pernas lutavam contra cordas que a mente sabia que não cederiam. Isso produziu dores desnecessárias, firmando os nós que permaneceriam apertados até serem desamarrados horas depois, e, mesmo assim, ela reconheceu, ainda não conseguia deter os movimentos apavorados do corpo.

Nesta tarde, nesta noite, ela parecia ter conquistado algum controle sobre essas lutas. Às vezes, ainda era dominada pelo desejo de romper cordas, derrubar paredes, demolir casas, eliminar todas as restrições físicas com os golpes irrefreáveis de braços e pernas gloriosamente livres. Com esforço e atenção, porém, foi capaz de se conter. Mordendo o pano entre os dentes, ela se esforçou para ficar quieta. Nessa imobilidade imposta, porém, surgiu outra sensação.

Emanando do corpo, inarticulada, impensada, inconsciente e cega, ainda assim ergueu-se dentro dela. O domínio humano sobre a vida e a natureza só é garantido por vigilância, pensamento e ação ininterruptos. Detidos, contidos, observamos impotentes enquanto a vegetação e a selva voltam a cobrir a terra, enquanto a casa abandonada apodrece, enquanto o jardim sem rega seca até virar palha. Aprisionados, isolados, imobilizados, perdemos nosso direito à vida, nosso lugar nela e começamos a afundar.

Barbara, é claro, não pensava muito a respeito da humanidade, de jardins e todo o resto. No entanto, compreendia tudo. Disposta a se manter quieta, sentiu a cama debaixo das costas esfriar, como se estivesse deitada numa praia onde a maré subia lentamente até afogá-la e levá-la de volta ao nada.

Esse pensamento, mais assustador do que a perda do controle mental, levou-a à beira das lágrimas que ela não podia verter com a mordaça na boca. Não posso, disse ela, sem se importar com qual dos terrores desafiava. Não posso me entregar.

Contra isso e de outro canto da mente veio um pensamento que a interceptou: sou livre quando estou dormindo. E rezou pelo sono que estava a muitas horas de distância, exausta.

A noite se tornava mais taciturna à medida que escurecia. As árvores murcharam, um orvalho precoce surgiu e a noite ficou quieta o bastante para ser possível ouvir o som das asas dos andorinhões e morcegos caçando no crepúsculo. Na escuridão total, raios reluziam de um lado a outro em espasmos nervosos acima das árvores, do rio silencioso e dos campos além. Iluminadas num instante por esses clarões, nuvens escuras e carregadas cobriam a baía distante rumo ao oceano, no leste. Os gigantes caminhavam outra vez.

Sentada sozinha nos degraus dos fundos, pés descalços, maltrapilha, joelhos e cotovelos unidos, o queixo na palma das mãos, Cindy observava a plenitude crescente da noite com um incômodo antigo. Agora que tinha 10 anos, Cindy não tinha mais medo de relâmpagos e trovões, mas eles ainda a faziam lembrar a época em que era pequena, quando, no clarão breve do relâmpago, sempre pensava ter visto as formas de deuses terríveis e inomináveis à espreita no céu. No momento seguinte, os olhos deles poderiam encontrá-la e suas passadas gigantescas a esmagariam contra o chão. Tinha chorado e precisado de muito consolo.

Agora que entendia melhor essas coisas, tolerava as ventanias e tempestades como qualquer pessoa — externamente. Gigantes no céu, não havia nenhum. Mas em noites como essa, havia *alguma coisa* por aí, no mundo, algo que sempre estava lá, mas raramente era visível aos olhos. Com a chegada de trovões, vento e chuva, ela se lembrava dessa aparição e se lembrava de chorar.

Esta noite, achava que os gigantes talvez não viessem. A passagem âmbar e distante de um raio era vaga e remota. No entanto, ela estava solitária. As crianças mais velhas tinham ido embora havia horas, ela e Bobby haviam jantado e ele estava tentando dormir até seu turno. A televisão estava mais entediante do que nunca, e ela ficou sozinha fitando a noite na escuridão. A responsabilidade e a solidão eram insuportáveis. Ergueu a cabeça e apoiou as mãos no degrau, inquieta. Como escapar da liberdade?

A resposta continuava a mesma da noite mais branda de ontem: *Barbara*.

Embora ela não fosse tão birrenta quanto as pessoas achavam — na verdade, era tão birrenta ou obediente quanto achava que convinha —, ainda assim, Cindy sabia com a certeza de uma criança que, enquanto um de seus pés estava plantado em sua vida e em seus assuntos, o outro estava firmemente ancorado no mundo distante dos adultos. Ela dependia disso e desejava que fosse assim, principalmente quando ficava sozinha. E, quando o problema tinha solução — como agora —, era frustrante não poder fazer nada. John, Dianne, Bobby e Paul podiam levar Barbara para lá e para cá como quisessem, mas tudo o que Cindy podia fazer era olhar. Sua própria existência dentro do grupo, na verdade, se baseava na noção de que tudo o que ela fazia era olhar. Assim, Barbara, mais importante para ela do que para qualquer um dos outros, estava tão distante quanto se estivesse na Europa. Isso também era insuportável, e com metade da mente pensando na noite feroz e metade nas próprias necessidades, Cindy imaginou o que poderia fazer.

Assim como Bobby, ela não se atrevia a soltar Barbara. Assim como John e Dianne, não a movimentaria sozinha. Ainda assim — se Barbara concordasse —, poderia tirar a mordaça e pelo menos *conversar* com ela, e isso era tudo o que Cindy mais queria no momento. Era uma ideia perigosa, era atrevida; mas, sem isso, como Cindy conseguiria viver até chegar a hora de Bobby assumir a vigília? Decidida, e até mesmo sorridente, entrou na cozinha batendo a tela contra insetos.

Barbara estava acordada.

Ouvindo o clique baixo da lâmpada do teto, ela piscou e voltou os olhos para Cindy, que, por sua vez, se assegurou de que tudo estava seguro, de que a prisioneira continuava presa. Concluído esse reconhecimento silencioso e mútuo, Cindy foi até o lado da cama e, com súbita coragem, sentou-se na beirada, as mãos no colo.

Houve um breve momento em que criança e garota, captora e cativa, se olharam nos olhos com toda a atenção. Então Cindy perguntou: "Você tá acordada?".

Um gesto de cabeça — sim.

"Quer conversar?"

Por um instante, Barbara não fez nada. Não conseguia encolher os ombros, mas depois de um tempo balançou a cabeça como quem diz "tanto faz".

O gesto pareceu exausto, e Cindy de repente teve pena dela. O problema de Cindy, no entanto, vinha primeiro. "Você vai fazer uma gritaria se eu tirar a mordaça?"

Um gesto cansado de cabeça — não.

Cindy levou a mão até a parte de trás da própria cabeça e, pegando um cacho do próprio cabelo curto, o enrolou sensivelmente no dedo. Em seguida sorriu. "Você me deixa pôr de volta quando a gente terminar?"

Sim — sim. Um aceno, outro aceno.

Cindy hesitou apenas mais um momento, ao mesmo tempo amedrontada e atrevida, justa e malvada. Então ela se inclinou por cima de Barbara. "Ok, vira a cabeça um pouquinho..." Pousando os dedos pequenos na face de Barbara, ela conseguiu enfiar as unhas debaixo da fita adesiva e puxar. Tinha visto as crianças mais velhas fazerem isso, mas até então nunca havia percebido como a fita era pegajosa e como a pele de Barbara se esticava com ela. Ainda assim, persistiu e, muito lentamente, a fita se soltou até se separar do outro lado do rosto de Barbara.

"Umnn..." Barbara abriu a boca e expeliu pelo menos parte do pedaço de pano felpudo que era forçada a aceitar cada vez que a amordaçavam.

Para Cindy, era nojento — como uma função corporal obscena e desconhecida para as crianças —, mas estendeu a mão com delicadeza, puxou-o e o deixou de lado na mesinha de cabeceira. Barbara umedeceu os lábios.

"Você tá bem?"

"Não. Estou tensa. Tudo dói." Barbara tentou se mexer um centímetro e obviamente não conseguiu. "Me desamarra."

"Desculpa...", e Cindy realmente lamentava.

As duas se entreolharam por um minuto.

"Bom, estou com fome." Já que as crianças nunca se importavam com essa questão, Barbara disse isso com uma voz entediada. "E com sede."

"A gente comeu tudo o que tinha de bom... a Dianne vai fazer compras pra gente amanhã, mas eu posso trazer um sanduíche de manteiga de amendoim e uma Coca-Cola pra você."

Barbara suspirou.

"Ok?"

"Ok."

Cindy se levantou e foi até a porta. Lá, se virou, empertigada, e perguntou: "Quer geleia além da manteiga de amendoim?".

"Tá bom. Qualquer coisa."

Na cozinha, Cindy cumpriu sua promessa de modo presunçoso e organizado. A percepção de que os adultos não viriam limpar a cozinha para ela ia gradualmente imbuindo-a de um senso de propriedade. Cindy, por enquanto, era dona da casa e guardiã da prisioneira. Era um papel cheio de exigências. Depois de fazer o sanduíche, ela guardou o pão, a geleia, a manteiga de amendoim e a faca e limpou as migalhas. Serviu a Coca--Cola num copo com um canudo dobrável e pôs tudo junto numa bandejinha que a mãe usava quando alguém estava doente e tinha que comer na cama. Voltando ao quarto de Barbara, Cindy estava até um pouco orgulhosa de si mesma.

Fez questão de organizar tudo, abrir espaço para a bandeja e ajustar a luz. Finalmente, disse: "O que você quer primeiro, o sanduíche ou a Coca?".

Barbara bebeu avidamente e depois comeu um pouco mais devagar, com Cindy servindo-a como se ela fosse uma criança. Depois de alguns goles e mordidas, tudo foi arrumado — nada de migalhas nem respingos. Quando terminaram, Cindy levou a bandeja de volta para a cozinha, mas lá ela abandonou o asseio. Simplesmente largou a bandeja no balcão e correu de volta ao quarto de Barbara. Era divertido! Ou, pelo menos, era alguma coisa. Em vez disso, teria sido melhor se pudessem sentar-se de pernas cruzadas na cama e conversar como amigas de verdade ou irmãs ou qualquer outra coisa que não fosse *isso*.

"Dói muito ficar amarrada o tempo *inteiro*?" Cindy sentou-se delicadamente na beira da cama.

"Dói."

"Imaginei mesmo." Cindy franziu a testa, como se confirmasse uma suspeita particular que a estivesse incomodando. "Dói em mim também", disse ela, "ou doía."

"Em você?"

"Quando a gente brincava assim. Eu não brincava muito, mas de vez em quando eles me deixavam ir com eles."

"Aonde?"

"Pra floresta, pra cabana, onde eles quisessem brincar de Prisioneiro."

"Fizeram isso com você também? Você devia ser muito pequena."

"Era", concordou Cindy. "Mas todo mundo foi uma vez — era parte do jogo." Cindy ficou lisonjeada por ver que, de repente, Barbara mostrava-se mais interessada.

"Como era o jogo?"

"Não lembro tanta coisa assim." Cindy, porém, tentou. "O John era rei e a Dianne era rainha, claro. E o Bobby era general — todo mundo tinha alguma coisa pra fazer. Tinha uns mapas do campo e tudo."

"E era lá que vocês capturavam prisioneiros?", perguntou Barbara.

"Era." Cindy enrolou um cacho de cabelo no dedo outra vez. Ela o teria colocado na boca se fosse longo o suficiente para levá-lo até lá; em vez disso, só o puxou pelo canto do rosto e olhou para o nada, pensativa. "Depois de um tempo ficava chato."

"Então não é disso que vocês estão brincando agora?"

Barbara estava tentando bajulá-la em troca de informações.

"Nananinanão!" Cindy foi enfática. Balançou a cabeça e continuou a olhar para algum lugar acima e atrás da cama de Barbara. "Acho que esse jogo é Cinco Libertadores. Foi o Paul que inventou, é mais legal. Somos um bando de guerrilheiros que moram na floresta e matam gente e explodem trens e tal."

"Ah..."

Cindy sorriu. Para ela, parecia que Barbara entendia mais ou menos aquela história um tanto complicada. "E a gente sequestra os reféns e pega prisioneiros e tortura eles e tal. É bem legal."

"Legal!"

"Bom" — Cindy pareceu se sentir culpada —, "quando não é sua vez de ser pega. Mesmo assim, não é tão ruim na maior parte das vezes. Mas o Paul é o mais malvado. Quando ele é carcereiro, cuidado."

"Por quê?"

"Ah... ele tá sempre pensando em coisas novas pra fazer. Uma vez ele me prendeu tão apertado que amarrou até os meus dedos dos pés juntos. Aí ele me fez cócegas."

"Mas onde estavam os outros?"

"Estavam lá. É que era a minha vez."

"Eles não fizeram nada?"

"Fizeram. Depois de um tempo eu comecei a gritar e a chorar — eu era um pouco menor — e eles tiveram que me soltar. Ficaram com medo de eu dedurar."

"Ah."

Por um tempo, nenhuma das duas falou nada. Entretida com os próprios pensamentos, Cindy nem se deu conta. Quando percebeu, continuou de onde — em sua opinião — elas haviam parado. "O Paul gosta dos pés das meninas", disse com uma risadinha. "Ele é o melhor torturador."

"De verdade ou de mentirinha?", perguntou Barbara numa voz calma.

Ela entendia *mesmo*, Cindy decidiu. Era exatamente assim que os Cinco Libertadores falavam sobre isso.

"As duas coisas", respondeu ela, radiante.

"Bom, é melhor eles *não* me torturarem!"

"Não", admitiu Cindy. "Acho que não. A mamãe e o papai vão voltar pra casa e você tem que voltar pra faculdade. Mas é uma pena..."

"*O que* é uma pena?" Barbara parecia estar começando a ficar zangada, aos pouquinhos, do jeito que os adultos fazem.

Cindy procurou acalmá-la. "Sei lá. É que é legal ter você aqui pra brincar com a gente também."

"Eu — não — estou brincando."

"Bom, você meio que tá, sim."

"Não estou, de jeito nenhum. O que eu quero saber é quando vocês vão me soltar. Isso *dói*."

"Bom, eles não vão te soltar antes de amanhã, de qualquer jeito. Eu acho."

"Por que amanhã?" Barbara parecia ter se tranquilizado outra vez. De todo modo, estava mais doce.

"Eles vão tirar seu pijama."

"O quê?" De repente, Barbara levantou a cabeça do travesseiro e olhou diretamente para a garotinha. Quase seria possível ouvir as letras saindo individualmente da boca dela: O q-u-ê. "*O quê?*"

"É que nem uma *nixiação*." Cindy recuou um pouco, assustada.

A menina era capaz de pronunciar as palavras tão bem quanto qualquer outra pessoa e até fazê-lo de um jeito ríspido e petulante quando estava zangada. Quando estava só tagarelando, no entanto, balbuciava como uma criancinha (e às vezes para ser fofa). Em vez de "guerrilheiro", saía "guilhero"; em vez de "iniciação", dizia "nixiação".

"Todo mundo já fez isso", garantiu ela. "Não é tão ruim assim. Bom — é ruim quando é você e todo mundo fica rindo e tal, mas, quando é outra pessoa, é engraçado. Os meninos ficam..."

"Onde você ouviu isso?" Barbara não levantou a voz, mas de repente falava com aquele tom adulto de agora-você-vai-ver-só.

Cindy se levantou da cama e recuou em busca de segurança. "O Bobby disse isso no jantar. Ele andou chorando. Bateram nele e fizeram ele prometer que ia ajudar."

"Ah, agora *chega*!" Barbara olhou para os pulsos e puxou as cordas, com raiva. "Traz o Bobby aqui agora mesmo, e eu disse *agora*, senão eu vou começar a gritar."

"Mas não era pra você ficar sem mordaça", choramingou Cindy, o coração disparando de repente. Estava pensando *encrenca... encrenca... encrenca*.

"Eu disse *agora!*"

Cindy suspirou, infeliz. Isso era inesperado, incontrolável. As outras crianças a fariam pagar por isso.

"Bobby! Bobbyyyyy!", gritou Barbara. "Bobby, acorda!"

Em seguida, ela berrou. Não foi um berro completamente desamparado — ela não tinha muita prática em gritar —, mas alto o bastante para um começo.

Apavorada, Cindy saiu correndo do quarto em busca de Bobby, seguida por outro grito, desta vez um pouco mais alto. No corredor, ela deu de cara com o irmão e quase o derrubou.

Pálido, amarrotado, de olhos arregalados, quase sem ver nem entender nada direito, ele cambaleou para um lado e para o outro, tentando passar por Cindy. "O que foi?"

"Anda *logo!*", disse Cindy.

"Ela está solta?" Bobby recuou bruscamente, pronto para fugir.

"Não. Não! Ela quer falar com você. Vem!" Cindy finalmente o colocou em movimento, e juntos entraram no quarto de Barbara.

Ela ainda estava puxando as cordas e sacudindo a cama inteira. "Bobby, me solta agora mesmo. Estou falando sério. Me desamarra."

Atingido pelo tom terrível e irrefutável da raiva e da autoridade de um adulto, e ainda assim incapaz de obedecer — completamente —, Bobby ficou paralisado.

"Eu mandei *me desamarrar!*"

"O pote, o pote!" Cindy pensou rápido em seu terror. "Pega o frasco com a *coisa.*"

Em vez disso, Bobby se voltou contra Cindy — pela primeira vez, havia perdido a compostura — e também se pôs a berrar. "Você tirou a mordaça dela. Foi *você*. Agora a gente tá ferrado. Tá todo mundo ferrado."

Barbara gritou novamente. Desta vez, foi certeiro; desamparado e estridente e animalesco e prolongado.

Isso reanimou Bobby. Ele correu, tirou o travesseiro de baixo da cabeça de Barbara, jogou-o no rosto dela e o segurou lá. "O pote tá na cômoda. Na *cômoda*, não na penteadeira!"

Cindy se virou duas vezes antes de vê-lo. Atrás dela havia um caos assustador que preferia não ver. A cama se sacudia como uma coisa exposta ao vento forte. Nela, Bobby comandava o travesseiro como se fosse uma jangada, o rosto comprimido e determinado.

"Traz aqui", gritou ele.

Debaixo do travesseiro vinham sons abafados de desespero.

"Agora segura o travesseiro. Não pode ter medo agora! *Segura!*"

Cindy fez o que ele mandou, mas mal e fracamente. Barbara conseguiu virar a cabeça por baixo e gritar — agora abafada — num tipo de terror pessoal.

"Para. *Para*! Você vai me sufocar. Não consigo... para com isso!" Para Cindy, tudo foi muito feio.

Com as mãos trêmulas, seu irmão finalmente abriu o pote e tirou o trapo fedorento. "Continua segurando ela. Não liga pro que ela diz." Ele se inclinou e enfiou o pano debaixo do travesseiro de onde vinha o barulho e se jogou ao lado de Cindy para segurá-lo ali. Passado um tempo, o pesadelo cedeu e Barbara parou de se mexer. Por último, ainda tremendo muito, Bobby tirou o travesseiro e a deixou ventilar. Ela ainda respirava; logo a respiração se tornou mais ou menos regular. Mesmo assim, ele se sentou ao lado da cama e esperou um longo tempo antes de recolocar a mordaça, reforçando-a.

Parada ao lado da porta, pronta para fugir se as coisas piorassem, Cindy perguntou: "Ela tá bem?".

"Você ainda tá aí?" Bobby parecia tê-la esquecido.

"Tô."

Ele se virou, ainda pálido. O rosado de suas bochechas estava escarlate. "Ela apagou."

Cindy voltou cautelosamente. "Olha, ela se machucou."

De fato, ela estava certa. Os puxões de Barbara nas cordas as fizeram escorregar até o pulso, deixando linhas expostas, vincadas e vermelhas nos braços, a pele esfolada. Bobby levantou o lençol amassado e viu que ela chegara a rasgar a pele de um dos tornozelos até sangrar, mas não parecia nada sério. Ele suspirou.

"Ela tá bem." E então saiu da casa e sentou-se nos degraus dos fundos.

Depois de um breve intervalo sem saber o que fazer, Cindy — ainda amedrontada e agora arrependida — saiu e sentou-se ao lado dele sem dizer nada. Ela viu os gigantes andando pelo céu — agora estavam mais distantes — e esperou a polícia ou o xerife ou o FBI aparecerem para pegá-los por causa de todos aqueles gritos. Como ninguém apareceu, ela se rendeu à necessidade de dormir e foi se esconder embaixo das cobertas.

QUANDO OS ADAMS SAÍRAM DE FÉRIAS
Mendal W. Johnson

Barbara acordou com um medo súbito. A mordaça e a fita adesiva eram como a mão e o pano em sua boca. Não conseguia respirar. Sentiu que estava sendo sufocada outra vez; o travesseiro estava em cima da cabeça de novo. Movimentando os olhos arregalados de medo, ela ergueu a cabeça e se esforçou como se estivesse lutando para chegar à superfície da água depois de um mergulho profundo, e então, é claro, lembrou-se. Lá estava o quarto; lá estava o teto; lá estava — ela virou a cabeça — Bobby dormindo, exausto. Lá estava o mundo inteiro outra vez. Este era só mais um dia, o terceiro dia desse jeito. Todo o resto tinha sido na noite passada.

Tornando a baixar a cabeça e fechar os olhos, ela respirou fundo e devagar, como tentava fazer antes de um torneio de natação. Estava com dor de cabeça — o oxigênio era a resposta — porque Bobby a forçara a inalar muito clorofórmio na noite anterior. Além disso, seus pulsos e tornozelos doíam porque a corda os arranhara durante a luta com Bobby. Suas mãos e pés estavam gelados e dormentes; ela estava rígida e tinha dores musculares por toda parte, e mais tarde, de alguma forma, eles iam tirar seu pijama. Tudo voltou à mente.

Cada dia, em vez de começar de novo, como quando você levava uma vida livre e normal, parecia — para ela, em sua impotência — começar com o peso dos dias anteriores sobre ele, quase como se não tivesse pregado os olhos. A inconsciência era mera inconsciência; não restaurava. Ao acordar, estava no mesmo trecho da estrada, no mesmo estágio do processo, no mesmo degrau da escada cujo fim não conseguia ver.

Enquanto o peso dessa percepção, desse momento em especial, retomava o lugar sobre os ombros dela, era tomada por um sofrimento e por uma solidão peculiares, semelhantes à sensação de estar perdida. Lá fora, ia ser mais um dia calmo de verão. Os relâmpagos, as tempestades noturnas ameaçadoras haviam passado mais uma vez, e havia uma luz suave no céu — ela percebia sua presença no quarto — e os pássaros cantavam em torno da casa como só faziam no começo da manhã. O rio estaria cintilante e lindo de se admirar da cozinha.

Se ao menos eu pudesse...

Barbara formou um pensamento de liberdade tão amplo que nenhuma palavra era capaz de sequer sugeri-lo. Viu a si mesma sentada na beira da cama, de alguma forma miraculosamente libertada, esfregando os pulsos, incrédula. Então ela se levantou, andando livremente, quase correndo para onde quer que sua mente imaginasse. Que coisa tão simples era a liberdade. A pequena cena, tão encantadora e inatingível, também era tão doce que ela a repetiu para si mesma várias vezes. Depois, é claro, desapareceu.

Se ao menos alguém me encontrasse, disse Barbara. Socorro. *Por favor, me ajude.*

Pensou isso um pouco com o tom de suas preces de infância. "Deus, por favor, me ajude a encontrar o relógio de pulso que o papai me deu." "Deus, por favor, me ajude a ganhar [qualquer coisa] no Natal." "Deus, por favor..."

Na verdade, com bastante naturalidade, Barbara não fora muito bem servida por Deus. Embora sua natureza exigisse a presença Dele, havia muito tempo chegara à conclusão particular dos jovens de que Ele não era um solucionador instantâneo de pequenos problemas. Podia-se concluir (para manter o respeito) que Ele estava ocupado demais ou demasiado distante *lá*, num nível superior da administração.

"Deus ajuda a quem se ajuda", dissera sua mãe, e Barbara sempre havia se esforçado para ajudar a si mesma. Barbara alegre, Barbara ocupada; ela descobrira, de fato, que Deus ajudava aqueles que se ajudavam. *As coisas boas acontecem.* Era correto e também era uma regra de fé para ela.

Ninguém a encontraria, ninguém viria ajudá-la, a não ser que ela mesma ajudasse a situação a acontecer. Nesse momento — se estivesse acordada —, sua mãe provavelmente estava pensando em como era bom Barbara passar duas semanas no campo. Os Adams estavam pensando na sorte que tinham por terem uma jovem babá tão competente. Deus tinha seus próprios pensamentos, e Barbara devia ter os dela.

Remexendo-se em busca do conforto ilusório que nunca estava lá, Barbara disse: Ok, faço parte de um jogo. Provavelmente começou há muito tempo com bonecos e soldadinhos de brinquedo e histórias que as crianças inventaram com o que viram e ouviram. Depois, quando ficaram mais velhas e os brinquedos perderam um pouco da graça, elas foram brincar lá fora em busca de mais liberdade, mas o jogo continuou. Ou seja, desempenharam os papéis dos bonecos, *tornaram-se* os bonecos — brincar é praticar viver; isso era óbvio para os professores — e criaram para si um reino maior para governar. E isso aconteceu sem supervisão — outra palavra professoral — e completamente à parte do mundo adulto. Barbara entendia isso. Quem nunca teve um reino particular alguma vez na vida? Ela quase podia enxergar como eles guardavam zelosamente a integridade do segredo contra o ambiente dos adultos, aquele sobre o qual não tinham poder.

Mas a idade e o conhecimento corroem. Chegou um momento em que não acreditavam mais em reis e rainhas, quando novos modelos se fizeram necessários, e o jogo seguiu em frente.

Seguiu em frente, disse Barbara. Foi em frente ocioso, caprichoso, quase como se fosse um acidente (o que ela não achava que era). Ainda assim, do ponto de vista das crianças, um dia elas estavam jogando esse jogo, no dia seguinte estavam entediadas e irritadiças, e no terceiro dia jogavam alguma coisa nova (que não era nem um pouco nova). Elas se refugiaram nas montanhas e bosques e se transformaram nos guerrilheiros saqueadores de seus ex-reinos, seu Movimento de Resistência. Depois, isso também ficou tedioso — Cindy não disse que não tinham jogado muito até agora? — e aí Barbara apareceu.

E aí eu apareci, disse Barbara. Alguma coisa nessa frase a atraía. E aí eu apareci. Tudo ficou tão amargamente claro. Eu sou o quarto nível do jogo.

Os pais foram viajar; deveriam ficar fora por um bom tempo para os padrões das crianças. Agora as crianças podiam, agora podiam... o quê? Quem sabe? E a única coisa a impedi-las era a boba da Barbara, a professora tonta, que tinha aparecido ali com um vestidinho azul e quase mais nada. Como foi fácil a imaginação impaciente das crianças e a oportunidade de Barbara/alvo se unirem com um estrondo. Agora poderiam *mesmo* jogar o jogo.

Caso conseguissem. Caso se atrevessem.

E se atreveram.

Mas *qual* era o quarto nível do jogo?

Alguma coisa fria e escura passou pouco além da atenção imediata de Barbara e se acomodou em um ponto inalcançável de sua mente. Uma intimação.

Ela pensava.

Tudo bem, sou o novo brinquedo deles. Como Terry disse. Eu ando e falo quando eles deixam. Podem mexer meus braços e pernas. Podem até pôr e tirar minha roupa, se quiserem. Mas como eles *brincam* com os bonecos?

Alguém poderia imaginar e não ver nada de cruel na cena imaginada de uma criança como Cindy — num acesso de birra — atirando com fúria uma boneca para o outro lado do cômodo. As lágrimas cessariam; se a boneca estivesse quebrada, alguém a consertaria ou compraria uma nova para ela. Assim, Cindy aprenderia a não quebrar mais as coisas. Mas e se alguém de repente fosse a própria boneca? Ao pensar nisso, o rosto de Cindy se agigantou na imaginação da Boneca Barbara; os olhos límpidos, curiosos e simples de Cindy tornaram-se tão ameaçadores quanto os de um gato em sua insensibilidade.

Do mesmo jeito, alguém poderia não ver mal nenhum na imagem de Paul fazendo seus soldados de brinquedo marcharem para o calabouço e amarrando-os com barbante a estacas feitas de gravetos e atirando neles conforme a ordem. Paul estava expressando sua agressividade juvenil. De qualquer jeito, na manhã seguinte, com a elegância do metal e na eterna pose de sentido, eles estariam prontos para lutar, perder e ser executados outra vez. Soldados de verdade, pessoas de verdade, é claro, são executados apenas uma vez. Uma vez. Na mente de Barbara, Paul de repente tornou-se um garotinho ainda mais horrível.

E na floresta, na cabana abandonada que servia como o local de reuniões dos Cinco Libertadores, Cindy não dissera que eles levavam prisioneiros e reféns e os torturavam para ouvir segredos? Mesmo aqui, nada de cruel. Brincadeiras eróticas, descobertas, resolução de valores. No dia seguinte, no próximo ataque, os prisioneiros estariam intactos novamente, rabugentos e indispostos a contar segredos, e, portanto, prontos para mais uma leva de tortura. Mas e se os prisioneiros, se a prisioneira fosse de verdade?

Nesse ponto, o passo lógico era óbvio. No quarto nível do jogo, cinco crianças ou adolescentes iam torturar Barbara até uma morte lenta. Barbara descartou esse absurdo. Ela não era um brinquedo, eles *não* estavam livres para fazer o que quisessem, e o mundo das palmadas, castigos e autoridade ainda existia. Só a incomodava que eles *pensassem* nisso.

Também estava perturbada com o motivo pelo qual pensavam numa coisa dessas.

No faz de conta, as crianças representavam a vida como acreditavam ou queriam que fosse — ela aprendera isso no primeiro ano da faculdade —, mas, se o que a Professora Barbara havia aprendido era verdade, por que essas crianças queriam acreditar que a vida era *assim*? A corda, a fita adesiva e toda a dor vieram se juntar ao pensamento.

A matéria-prima das crianças é tudo aquilo que elas podem ver, imaginar e imitar. É todo o seu mundo. Ninguém pode dizer que não há muita guerra, crime e lixo para inspirá-las, disse Barbara. Por Deus, até os contos de fadas eram criticados por serem violentos demais. Mas existem outras coisas também, o ambiente total de amor, carinho, diversão e apoio. Essas crianças certamente tiveram isso, além de dinheiro (eu bem que gostaria de ter contado com tudo isso, disse Barbara). Então, por que, considerando tudo o que tinham na vida, essas crianças escolheriam os elementos mais sombrios para seus jogos mais interessantes? Eram maldosos *por natureza*? E, se eram, então quem não era ao menos um pouco maldoso por natureza? O que Terry diria?

Terry disse (sem se preocupar em se materializar por completo): Talvez elas não gostem do que veem a respeito das nossas opiniões sobre o que é o mundo "bonito". Talvez seja complicado demais ou chato demais ou difícil demais ou qualquer coisa demais. Talvez achem que precisam se conter muito para fazer parte dele. Talvez o que consideramos recompensa seja só um tipo diferente de castigo para elas. Talvez não queiram crescer de jeito nenhum. Talvez o mundo esteja fechado agora e não reste mais lugar onde viver.

Barbara não disse nada.

Você quer crescer, Barb?

Mais uma vez, Barbara não disse nada.

Você acha que essas crianças são esquisitas, diferentes e imundas, mas como pode saber se são *tão* diferentes das outras? O que achou delas quando chegou aqui? Você as achou bonitas e legais. O que achou delas quando as levou para a escola dominical? Quis que fossem os filhos que você teve com um homem bonito e respeitado como o dr. Adams. O que achou do jeito como obedeceram e se divertiram quando você as levou para nadar? Ficou transbordando de amor, amor, amor, disse Terry.

Você me dá nojo, continuou Terry. Uma pessoa é um pacote completo. Os primeiros-ministros provavelmente vão para cama à noite e "brincam" consigo mesmos. O que essas crianças estão fazendo com você é o resto da brincadeira delas; está tudo ligado. O que elas estão fazendo é bem natural.

Barbara meneou a cabeça em silêncio. Mais uma vez, o passo lógico e sutil a convidava, e mais uma vez ela se recusava a dá-lo. Não acredito em você, disse ela. Nem todas as crianças são assim. Nós não fomos.

Não fomos?

Barbara parou. Algo no tom da Terry imaginada evocou em sua mente a lembrança das crianças risonhas do estacionamento no início da sua adolescência. Ela as viu claramente outra vez, ouviu-as com clareza. Seus rostos iam e vinham, alternando-se com os de John e Dianne e Paul, Cindy e Bobby.

Não! Elas não faziam nada assim.

Até parece. Terry encolheu os ombros.

Bom, pode ser, admitiu Barbara. O que elas *realmente* teriam feito? O que alguém faria se tivesse poder total sobre outra pessoa? O que — em especial — crianças inexperientes fariam? Quem sabe o que as pessoas pensam quando são crianças e ainda não foram domadas?

Era dia, o sol alto e escaldante. Barbara não duvidava mais que as crianças tirariam sua roupa. Não seria tão difícil; elas estavam ficando mais confiantes e, no fim das contas, não seria nada fatal.

Já fiquei nua antes, disse Barbara, mas, enquanto esperava, continuou inquieta — apreensiva.

Na equipe de natação, no dormitório da universidade, com médicos e — por acidente, é claro — com a família, com certeza outras pessoas já a tinham visto sem roupa. Essas ocasiões transacionais, porém, tinham sido breves, profissionais e um tanto desagradáveis. Numa geração que pelo menos dizia preferir a sinceridade, a pele à mostra e o sexo mais natural, ela continuava reservada e controlada, evitando a exposição e geralmente evitando olhar a exposição alheia. Naturalmente, receava ser puritana — era uma sentença de morte em sua faixa etária —, receava que, na revoada iminente de amor e acasalamento, ela seria excluída da ação por ser acanhada e hesitante. Nada disso, porém, parecia alterar internamente sua timidez virginal, o tabu quase implícito que a inibia.

Racionalizando, disse a si mesma que era só questão de tempo, lugar e valores. Conseguia ver — se ninguém mais lhe contasse isso, Barbara Sexy o faria — que num momento de fé, confiança e amor, seria uma alegria libertar o corpo e viver. Havia nisso um certo aspecto de confissão, submissão e unidade. De fato, ela tivera muitos sonhos de menina sobre o assunto. É só que a situação ainda não havia acontecido, e, como resultado, ela estava se aproximando de um momento em que poderia olhar para trás e descobrir que havia "se guardado para o marido" ou pelo menos para um namoro sério — certamente uma abordagem antiquada, mas muito agradável, de certa forma, ou assim pensava ela ao amadurecer.

A indecência de hoje, porém, não tinha nada a ver com necessidade, amor, confissão ou o desabrochar de doces ofertas. O que a enojava e lhe causava arrepios era que havia perversidade e malícia naquilo, uma patifaria, uma furtividade de sexo em quarto de hotel barato com as cortinas fechadas. Estava sendo arrastada de volta a um mundo idiota e primitivo de matizes cinzentos e apalpadelas e risadas de desdém. O objetivo era o tormento, e ela receava demonstrar que estava sendo alcançado com sucesso.

Na verdade, o acontecimento em si foi pelo menos rápido e econômico nos termos dos toques lascivos que ela imaginara. As crianças chegaram antes do meio da manhã, um pouco mais cedo do que o habitual, e, depois de conversar aos sussurros na cozinha, entraram no quarto dela fingindo descontração. Sabiam que ela sabia o que Cindy havia contado, por isso agiram sem rodeios. Dianne havia trazido uma tesourinha de costura em sua lancheira e, enquanto os outros se afastaram, ela a usou com cuidado.

Dobrando a renda de algodão das alças do pijama de Barbara, ela cortou o tecido quase nas costuras escondidas ali, à direita e à esquerda. Barbara não conseguia ver o que Dianne estava fazendo, mas sentiu o metal seguir com cuidado, a ponta cega da tesoura tocando a pele, e sentiu que era um trabalho bem-feito. Entre outros talentos, Dianne aparentemente também costurava. Depois de ter despido os ombros de Barbara (até essa perda Barbara sentiu), a garota continuou.

Começando pelo quadril, cortou a costura lateral até a cava do lado direito. Era como abrir um presente de Natal tentando não estragar o papel do embrulho.

No momento em que sentiu a blusa ser tirada do corpo, Barbara fechou os olhos e sentiu as lágrimas que tanto desejara esconder deles. Mais um minuto e as costuras laterais do short haviam sido cortadas, e ela estava tão desajeitada e desgraciosamente nua e indefesa quanto possível. É claro que houve risadinhas — ela pôde ouvir cada uma separadamente — e pensou: enfim aconteceu. No fim das contas. Toda mulher já pensou a mesma coisa em alguma circunstância. Agora começariam a *fazer coisas* com ela.

Quando nada mais aconteceu, porém, ela abriu os olhos ainda lacrimejantes e levantou a cabeça. As crianças estavam paralisadas — Cindy meio encurvada de alegria, as duas mãozinhas cobrindo a boca para conter a gargalhada, os olhos brilhantes espiando por entre os dedos; Bobby estava solene; Paul, espasmódico; Dianne ainda segurava a tesoura; John incapaz de levantar a cabeça por algum motivo; e, ao vê-los, Barbara se acalmou parcialmente.

Tirando o choque de ver e sentir que estava nua, não havia nada de realmente cruel nisso. De qualquer modo, sua beleza não era do tipo capaz de levar quem a visse à loucura. Então, John finalmente ergueu a cabeça e ela viu os olhos *dele*.

Em vez de ser importunada e atormentada como imaginara, Barbara foi tratada como se esta manhã não fosse diferente da anterior nem da que veio antes. As crianças a desamarraram e a amarraram de novo, fizeram-na marchar até o banheiro e de volta, amarraram-na à cadeira e a alimentaram com o desjejum mesquinho de cereais e torrada, e depois se espalharam para cumprir sua lista de tarefas diárias. A única diferença era que Barbara estava nua.

No lugar da sensação um tanto libidinosa que o fluxo de ar sobre seu corpo nu geralmente tinha — como antes de tomar um banho, por exemplo —, ela estava, é claro, extremamente desmoralizada e constrangida. Mesmo sem olhar para baixo, era possível sentir cada parte de si mesma saliente aqui, arredondada ali, e assim por diante. Era assim mesmo: impressionante. Além do mais, não adiantava pensar que as roupas tinham apenas uma fração de centímetro de espessura, que sua presença ou ausência não fazia diferença, que, para começo de conversa, todos nascemos nus. O fato era que as roupas forneciam privacidade, proteção e (com a variedade à escolha) personalidade. Nua, Barbara era de alguma forma menos Barbara do que antes, e as crianças — sem o benefício de um pensamento tão amplo — de alguma forma sabiam disso. A nudez realçava o relacionamento entre captores e prisioneira, e provavelmente tinha mesmo essa intenção. Barbara suspirou.

Estava quente lá fora, provavelmente o dia mais quente desde que ela havia chegado aqui. Apesar do zumbido contínuo do ar-condicionado, uma atmosfera estagnada e morta tomava o quarto constantemente e deixava sua pele pegajosa e desconfortável. Uma mosca passou zumbindo. O cabelo fez cócegas na testa úmida e ela o sacudiu e afastou do jeito que pôde. Impotência: tormento.

Nesse instante, Terry estava na praia em Cape Cod, estendendo uma toalha e se acomodando com um livro ou talvez com alguém para conversar. A mãe de Barbara provavelmente estava a caminho do shopping center de Seven Corners, atrasada, sem paciência com o trânsito e imaginando o que teria se esquecido de anotar na lista de compras. O mundo seguia livre e despreocupado sem Barbara. Sei como é estar morta, pensou Barbara. Tudo continua exatamente do jeito que era antes.

Conseguia ouvir Dianne — parcamente, do lugar onde tinha que ficar sentada — usando o telefone da cozinha para fazer um pedido ao supermercado. Dianne meio que disfarçava a própria voz, meio que imitava a de Barbara, e estava se saindo bem. Barbara conseguia imaginar facilmente o sr. Tillman na mercearia local, onde os moradores da cidade compravam coisas intermediárias que não haviam comprado em Bryce às quintas-feiras — ele não teria a menor dúvida de que estava ouvindo a jovem babá dos Adams ao telefone. De jeito nenhum. Talvez ele até jurasse ser verdade num tribunal.

Ah, droga, pensou Barbara. Tudo está tão tranquilo, tudo corre tão bem sem mim. Nunca vão me encontrar. Estou com dor de cabeça. Até Dianne seria uma espécie de conforto.

Quando Dianne finalmente veio ver como ela estava, Barbara pediu uma aspirina. Quando Dianne a trouxe, Barbara foi forçada a se inclinar para a frente e abocanhar o comprimido na palma da mão de Dianne como um cavalo recebendo torrões de açúcar. Depois, Dianne cuidadosamente deu a ela um copo d'água.

"Obrigada."

"Não tem de quê." Dianne deixou o copo de lado. "Espero que ajude."

"Obrigada por cortar meu pijama também."

"Ah, eu vou arrumar. Hoje à tarde. Você nem vai ver a diferença. Eu poderia fazer isso na minha casa — temos nossa própria máquina de costura —, mas a sra. Adams tem uma muito melhor aqui. Faz casa de botão, ziguezague, tudinho..."

"Por que você fez isso, Dianne?" Barbara fez a pergunta num tom impaciente, talvez, mas também confidente. Afinal, Dianne era uma garota, devia conhecer o medo da nudez. "Quero dizer, foi só porque você queria me atingir por alguma razão, me envergonhar na frente deles?" *Eles* eram obviamente os meninos.

"Nada disso." Como parte dos deveres coletivos, Dianne tirava o pó no quarto de Barbara, arrumava a cama toda manhã e ajeitava as cobertas à noite. Fazia isso com a vaga irritação e a reprovação perfeccionista à bagunça típicas de uma mãe. Agora, ao fazer isso, ela saiu do campo de visão de Barbara, que se virou e tentou segui-la com o olhar.

"Eles fazem tudo o que você manda?"

"Eu? Não." Dianne talvez tenha balançado a cabeça ao falar, mas Barbara não conseguia ver. "A gente vota. Teve uma votação."

"Quero dizer no jogo, os Cinco Libertadores."

"Ah." Dianne riu alto. Era a primeira vez que ela fazia isso, e o som não era engraçado. "Isso já era."

"Então, o que é *isto* aqui?"

"Não sei", respondeu Dianne em um tom genuíno, recolocando os travesseiros no lugar. "Acho que isto aqui é isto aqui e pronto. A gente jogava outro jogo quando era mais novo, mas não joga mais."

Barbara suspirou, mas foi de irritação. "Bom, se vocês não estão me mantendo amarrada porque isso faz parte de um jogo, e não estão fazendo isso porque estão com raiva de mim, e todos votaram, então o que *é*? Por que começaram isso? É idiotice..."

"Bom..." Ouviu-se o som daquela última batida que uma cama bem-feita recebe. Obviamente, Dianne não estava disposta a confessar pensamentos íntimos — era quase inimaginável que chegasse um dia em que ela quisesse fazer isso —, mas também não estava sendo tímida nem vaga. A conclusão poderia ser que ela mesma não tinha pensado no assunto, ou então tinha e simplesmente não queria dizer.

"Não sei", respondeu Dianne. "A gente só começou a falar disso, depois fez, e pronto."

"Como se fosse um desafio?"

"É. Tipo isso. Acho que sim."

"Então por que ir em frente? Quero dizer, vocês já fizeram isso — vocês ganharam."

"Por que não?" Dianne estava espanando o pó. Atrás dela, Barbara conseguia ouvir as coisas sendo movidas e depois recolocadas no lugar.

Barbara mordeu o lábio. Com essas crianças tudo era um enigma dentro do outro. Não era real, não era um jogo, e ainda assim *era*. A incoerência não parecia incomodá-los.

"Então, como vocês vão se safar dessa", disse ela, "quando os Adams voltarem e tal?"

"Sei lá", respondeu Dianne. "Em todo caso, o que eles podem fazer? Que mal tem?" Dianne reapareceu na frente de Barbara e tirou o pó do tampo da penteadeira, tirando frascos e objetos com rapidez e destreza. "Alguém te machucou? De verdade? Alguém fez alguma coisa com você?" Ela se virou e olhou para Barbara. "Hein...?"

Barbara fitou aqueles olhos límpidos, cinzentos, perfeitos e indiferentes e, de alguma forma, ficou assustada. Ela nunca fora despida, imobilizada, encarada — era mais como uma inspeção ou inventário — por outra mulher. Além disso, não havia como adivinhar o que se passava por trás daqueles olhos frios.

Dianne e os outros não tinham deuses e heróis para servir como exemplo de uma vida boa e adequada, nem pareciam ter demônios à espreita. Dentro de seu mundo automático e bem administrado, eram serenos, reservados, experientes e práticos, e não tinham medo nem respeito. Não pagavam impostos ao Criador, nem aos pais, nem a ninguém — não mesmo, dentro de seus corações, Barbara *sentia* isso — e agiam livres de outros parâmetros que não os seus. No poder dos Cinco Libertadores, Barbara estava mais sozinha do que estaria num cárcere tradicional e solitário. Como adivinhar o que crianças como essas poderiam fazer, poderiam sonhar? Ela engoliu em seco.

"E agora?"

"Vou tirar o pó", respondeu Dianne, prática.

"Quero dizer comigo", disse Barbara.

Estava realmente muito nervosa. Seu verdadeiro pensamento — havia horror nele — era que ninguém simplesmente deixa uma garota nua e indefesa sentada num canto para os garotinhos brincarem. E, embora ela fosse o objeto/vítima, era *boazinha* demais para protestar. Ela perguntou: "O que eles vão fazer comigo agora?".

Se Dianne percebeu o que Barbara sentia, ela o ignorou. "Não sei", repetiu. "Quero dizer, afinal, o que é que eles *podem* fazer? De verdade?"

Quando chegou a vez de Paul vigiar, ele achou que não seria capaz de entrar no quarto de Barbara. Era como se ele estivesse efervescendo por dentro, uma garrafa de refrigerante que alguém tivesse sacudido demais; tudo formigava. Sentia como se houvesse uma espécie de névoa diante de seus olhos; um nó se formara na garganta. Ele estava com medo.

"Espera um pouco", disse ele quando Bobby avisou-lhe que estava na hora do seu turno. "Não vai embora ainda — quero amordaçar ela de novo."

"Por quê?" John estava sentado com só metade do traseiro apoiado na pia da cozinha, comendo um sanduíche.

"Eu quero e pronto. Essas são as regras novas. Vocês têm que me ajudar a fazer o que eu quiser com ela." Paul também estivera comendo, mas agora seu apetite desapareceu. "Não é verdade, Dianne?"

Ela deu de ombros. "Ok."

"Não precisa pirar, cara. Eu só estava perguntando por quê. Só isso." John se levantou. "Vamos lá, se você quiser. Vamos acabar logo com isso."

"Sério?"

"Vamos!", disse Cindy.

Quando todos entraram juntos no quarto, Barbara olhou para eles. Quando Dianne pegou a mordaça e a fita na cômoda, ela ficou alarmada.

"Pra que isso, Dianne? Por favor..."

Paul achou o tom da voz dela agradável e suplicante. "Você vai ser amordaçada." Com os outros ao seu redor, ele voltou a ficar seguro. "Amordaça ela, Dianne."

"Mas por quê? Eu não fiz nenhum barulho..."

"Eu sei", respondeu Dianne. "São só as regras novas. O Paul quer assim, então a gente tem que fazer."

"Que regras novas?"

"Quem estiver de guarda faz o que quiser. O resto ajuda."

"Quando isso começou?"

"Hoje de manhã." Dianne dobrou o tecido atoalhado ao meio. "Não se preocupa, eu tiro a mordaça depois, quando for a minha vez."

"Mas por que você quer me amordaçar? O que você vai fazer?" Barbara virou a cabeça por um momento e olhou para Paul. Ele se contorceu, inquieto, e ficou vermelho. Esse era exatamente o tipo de confronto que ele queria evitar.

"Ele quer e pronto", declarou John, sem paciência com os dois. "Agora, você vai colaborar ou não?" Ele olhou para o frasco de clorofórmio.

"Acho bom você não fazer *nada*", disse Barbara a Paul, mas abriu a boca e deixou que Dianne enfiasse o pano ali. Reclamou, mas não resistiu quando Dianne passou três faixas largas de fita adesiva por cima dos lábios.

Então, os outros saíram. Depois de fingir desinteresse por alguns minutos, Paul se aproximou e fechou delicadamente a porta do quarto. Em seguida, voltou e rodeou Barbara. Tudo havia se tornado realidade. Seu coração palpitava: ele podia ouvi-lo dentro da própria cabeça.

Quando tinham conversado pela primeira vez sobre tirar as roupas de Barbara, ele a imaginara como a garota do livro que Dianne estava lendo — alta, esbelta, apavorada, presa à estaca no meio de uma plataforma de pedra, os símbolos mágicos desenhados no corpo com sangue e o sacerdote com a adaga pronta para arrancar o coração de dentro do peito dela. A realidade, é claro, era bem diferente.

Para começar, Barbara tinha pelos entre as pernas, e isso não apenas o surpreendeu, mas o decepcionou. Ele imaginava a genitália feminina com base nas imagens retocadas que conseguira ver — uma coisa pequena, arredondada, absolutamente lisa e, de alguma forma, magicamente atraente (se não fosse, por que elas não poderiam *mostrá-la*?). Nesse sentido, ela o decepcionara. Em segundo lugar, Paul tinha visto o suficiente na mídia para saber que Barbara não tinha exatamente a silhueta de uma estrela de cinema. A ideia que ele fazia da anatomia não era tão vaga que não soubesse ter visto silhuetas melhores e mais curvilíneas — vestidas, distantes, é claro — muitas vezes.

No entanto, Barbara estava aqui, indefesa, e isso compensava todo o resto. Ele estava descobrindo a particularidade de uma pessoa em especial. Deu a volta na frente da cadeira à qual ela estava amarrada e pôs a mão no bolso.

Paul tinha um canivete. Era do tipo comum que se podia comprar na Tillman's por 1 dólar e 75 centavos, mas hoje o objeto estava quente como um atiçador de brasas e pesava uma tonelada em sua mão de garoto de 13 anos. Ele o sacou e abriu a grande lâmina. Só quando fez isso ele se deixou olhar nos olhos de Barbara. Ela não estava olhando para ele, como Paul esperava, mas para a lâmina, seguindo os movimentos das mãozinhas dele com toda a atenção.

Paul virou o canivete para lá e para cá, como se para experimentar o fio, que estava bem cego. Virou-o de um lado para o outro e mais uma vez viu os olhos dela o acompanharem; era como mostrar uma vara para um cachorro e ainda não bater nele, só que muito, muito melhor. Foi tomado por uma sensação extrema e deliciosa de vou-ser-malvado. Seu medo começara a desaparecer. Ele passou a lâmina por ela à distância de um braço — devia estar tão perto dele quanto dela —, mas ela se retesou mesmo assim.

Só isso?

Paul parou.

Barbara provavelmente não sentia o menor medo de que ele a matasse (isso, ele queria que ela temesse); provavelmente nem tinha medo de que ele a machucasse muito. Era óbvio que Paul estava no comando de certa forma, mas, como adulta, ela continuava obviamente no comando de uma forma diferente. Era melhor ele não fazer isso, senão... Isso magoava Paul. Irrite-o, menospreze-o em qualquer um de seus caprichos loucos e você terá que lidar com um garoto muito zangado.

Bom, é melhor ela acreditar em mim, disse Paul. Inclinando-se para a frente, encostou a parte plana da lâmina na garganta dela e apertou o lado cego contra a pele com delicadeza e segurança. Ela não teria como saber disso, é claro; não conseguia enxergar debaixo do próprio queixo. Ela balançou a cabeça com raiva, negando duas vezes e, ao fazê-lo, se cortou. Afinal, havia um lado afiado também. Não foi mais do que uma picada, mas ela sentiu, e isso a deteve perceptivelmente. Por um momento, com medo de tê-la machucado de verdade, Paul quase recuou, mas, quando viu que ela estava só arranhada, manteve o canivete no pescoço dela e continuou a apertar — com menos delicadeza. Havia pelos minúsculos e loiríssimos na pele dela — você nem os veria a menos que se aproximasse e experimentasse o pescoço dela com uma lâmina — e Paul ficou fascinado. A ponta do canivete deixou um pequeno sulco afundado e sombreado que era branco na ponta e avermelhado ao redor e depois todos aqueles toquezinhos de luz na pele e ela parou de se mexer totalmente. Agora ela sabe, agora ela sabe, pensou ele. Em seguida, começou a traçar o longo tendão de sua garganta para cima e para baixo, um pouco mais forte a cada vez até ela ter que recuar. Isso continuou até que ela estivesse com a cabeça praticamente colada ao ombro direito.

Deliciado, Paul a manteve ali com a ponta de aço logo abaixo da orelha. Tinham inventado um novo jogo: ele podia fazê-la mexer a cabeça na direção que quisesse, e ela resistia. Era emocionante e perigoso. Se ela ficasse zangada ou cansada e balançasse a cabeça outra vez, e ele não afastasse o canivete a tempo, acabaria se machucando para valer. Ele poderia até mesmo matá-la. E se mantivesse a lâmina num lugar por muito tempo, poderia fazer isso mesmo — por acidente. Mas ainda assim ele manteve o canivete ali por mais um segundo, e mais um, e o apertou com mais força. Então, finalmente, ele cedeu, apenas para dar a volta na cadeira e recomeçar o jogo do outro lado.

O tempo todo, é claro, Paul estava dolorosamente ciente dos seios dela, nus, logo abaixo do braço dele, às vezes quase tocando-o. Achava que, de alguma forma, havia algo sagrado nos seios de uma mulher — era uma das razões pelas quais quisera tirar a roupa dela, mas não ia tocar em nenhum deles, com certeza ainda não. Em vez disso, quando se cansou daquele jogo, deixou a ponta do canivete deslizar entre eles até o umbigo e a barriga branca e pálida, onde o apertou com força suficiente apenas para fazê-la estremecer e se contorcer. Então um novo jogo começou. Espete-a aqui e faça-a virar desse jeito; espete-a lá e faça-a virar de volta. Para lá, para cá. Mais forte.

Quando ele enfim se levantou, foi como se tivesse prendido a respiração por cem anos. Soltou o ar devagar e ficou à escuta. A vida na casa continuava como sempre. Ele ouviu as vozes das outras crianças em algum lugar, mas elas não pareciam se importar. Era melhor do que ele se atrevera a imaginar, e sua vez de vigiar não estava nem na metade. Olhou para Barbara — a cumplicidade da vítima e do torturador — e sorriu.

Agora, bem mais devagar, com muito menos medo, passou a desbravar todo o corpo dela com o canivete. Descobriu que, mantendo a lâmina deitada e apertando a ponta, deixava uma leve linha branca na pele dela onde quer que a passasse. Podia fazer desenhos, mesmo que só durassem um momento. Agora estavam cantando na caverna; à luz tremulante das tochas feitas de gordura animal, Paul preparava a vítima para o ato derradeiro. Até mesmo ele tremeu ao pensar nisso.

Quando se levantou novamente, Paul descobriu que se perdera nos sonhos por quase uma hora. O corpo de Barbara estava riscado e marcado com várias linhas rosadas que lentamente se tornavam mais vívidas. Depois disso, desapareceriam; pelo menos, ele achava que sim. Descobriu, porém, que na verdade não se importava. Não levaria nenhuma surra por isso esta noite, e a distância do castigo e o número de possibilidades formavam uma espécie de corredor inescapável pelo qual ele deveria seguir, cada passo levando ao próximo. Ele tinha que fazer o que estava fazendo.

Barbara também estava pensando. Paul ficou feliz por não saber o quê. Ela ainda não parecia estar com muito medo — embora entendesse muito bem quando ele a machucava — e continuava zangada. Mas havia outra coisa. Ela não parava de olhar para ele como se não conseguisse entender nada disso, como se tentasse contemplar seu interior e compreender tudo aquilo. Ele tolerou isso com certo incômodo enquanto voltava a respirar normalmente; ela estava estragando tudo. Então, Paul teve uma grande ideia.

Indo até a cômoda, abriu as gavetas uma depois da outra até encontrar a que continha as coisas dela. Como esperava, havia vários lenços de verão cuidadosamente dobrados e empilhados num dos cantos. Pegou um deles, estendeu sobre a cama, e em seguida o dobrou de um canto a outro, depois em várias outras camadas, até que estivesse com a largura de um cinto. Tinha feito uma venda para os olhos.

Barbara o viu se aproximar e não quis saber daquilo. Ela negou com a cabeça duas vezes e se contorceu violentamente para longe dele. No entanto, ao colocar a venda debaixo do queixo de Barbara e apoiar a nuca dela contra o próprio peito magro, Paul conseguiu passar-lhe o lenço por cima dos olhos e amarrá-lo no lugar. Foram necessárias várias tentativas e certa resistência, e, quando ele terminou, os dois estavam respirando com dificuldade outra vez. A mudança na situação, porém, foi notável.

No lugar do olhar de desprezo de Barbara, não havia nada. Era como se *ela* tivesse ido embora. A prisioneira era anônima — como aqueles com quem eles faziam coisas na floresta: inexistente — e o tabu a respeito dela havia acabado.

Pegando o canivete de novo, Paul McVeigh recomeçou o jogo, desta vez apertando aqui e ali como se estivesse desafiando a si mesmo a romper a pele e verter sangue. Agora. *Isso* devia doer, para variar. Ele até tocou o peito dela. Quando nenhum raio o atingiu para fazê-lo cair morto — como John, ele via o raio como a explosão que a tudo vingava e equilibrava a justiça —, ele baixou a ponta do canivete até o seio dela e passou até o mamilo. Os dela eram maiores que os dele, maiores até que os de Dianne, e tinham pequenas protuberâncias na parte rosada e ainda faltava muito tempo para acabar seu turno, por isso ele brincou com a ponta da lâmina.

John também teve um pouco de medo quando chegou a sua vez de vigiar Barbara. Embora ele sentisse que era o líder na maior parte das coisas, hesitou ainda mais em dizer o que queria fazer com ela. Seria como estar numa vitrine — todos ficariam sabendo — e ele quase deixou para lá. Depois, chamou-se de covarde e encarou a questão.

"Quero ela na cama. Como sempre fica."

"Tá bem". Paul estremeceu. Acabara de se juntar aos outros nos degraus da cozinha. Estava pálido e um pouco sem fôlego.

"É cedo demais", disse Dianne, lógica. "A gente ia ter que pôr ela de volta na cadeira de novo pra ela comer. E depois botar ela na cama outra vez."

"É. E de todo jeito, isso não tem graça", acrescentou Bobby.

"É a minha vez de mandar."

"Ok. Tudo bem." Dianne suspirou e se levantou. Os outros a seguiram.

Desta vez, Barbara resistiu. Quando a soltaram da cadeira e a fizeram se levantar, ela se recusou a andar, e, quando a empurraram, ela se ajoelhou no chão e curvou o corpo e deixou que a enforcassem com o cabresto. Quando agarraram seus braços e tentaram levantá-la, ela se contorceu e se soltou, rolou e chutou com os tornozelos presos, atingindo John e quase derrubando-o. Vendada, continuou a chutar em todas as direções até que finalmente agarraram suas pernas nuas e a prenderam contra o chão. No fim, foi necessário que os cinco a arras- tassem até a cama e prendessem de novo seus pulsos e tornozelos às quatro colunas. Bobby e Paul foram empurrados várias vezes, Dianne ficou arranhada e John quase perdeu o controle sobre ela uma ou duas vezes. Quando acabou e os outros saíram do quarto, ele sentou-se por um momento para recuperar o fôlego e pensar. O fato era que ainda tinha medo do que se desafiara a fazer.

Havia tantas Barbaras em sua mente. A primeira, que ele conhecera quando ela tinha chegado para ser babá dos Adams, era agitada, atlética e radiante. Ela o irritava com o jeito como levava os filhos dos Adams para lá e para cá na caminhonete, como se fosse a proprietária. Ela não estava nem perto de ser adulta e ainda assim agia mais como mãe do que a sra. Adams. Ela o irritava com o jeito como deixava as velhas da igreja tomarem conta dela e acolhê-la. Barbara nadava melhor, corria igualmente rápido, gerenciava as coisas duas vezes melhor, conversava melhor — sabia tudo — e por todo o tempo que passava sendo tão sabi- chona e mandona, sabia que era bonita e que todos os caras a olhavam de rabo de olho. Inclusive os velhos. Ela tinha aquele ar de pode-olhar- -mas-não-é-pro-seu-bico. Isso facilitava que brotasse a vontade de fazê-la descer um pouco daquele pedestal — como de fato haviam feito —, mas se lembrar dessa garota não facilitava aproximar-se dela.

Ainda havia a Barbara do primeiro dia depois que a capturaram, que não era mais metida e agitada, mas finalmente calada, amordaçada, indefesa e perplexa. Ainda era reconhecível, mas passara por melhorias.

No dia anterior tinha havido uma Barbara mais simpática. Agora ele percebia que ela o estivera enganando com toda aquela conversa sobre a escola, sua garota e tudo mais — por que isso era da conta dela, afinal? Aquilo tudo era coisa de criança para ela — mas, na verdade, ele tinha gostado. Agora, queria tê-la beijado quando ela desistira; queria ter coragem de tirar a mordaça agora e conversar um pouco mais, mas todos aqueles chutes revelavam o humor dela.

De modo que hoje ele tinha Barbara nua, para fazer o que quisesse com ela, e ainda estava amedrontado, assustado de verdade. John Randall também estava com nojo de si mesmo. Quando Dianne cortou a blusa do pijama de Barbara naquela manhã — com o consentimento de John, é claro —, ele achou que ficaria cego. Ela era tão bonita. Uma espécie de claridade tomou sua mente; mal conseguia olhar. Sentia todo tipo de fraqueza nas pernas; achou que sentiria isso de novo agora. Isso acontecia só de olhar para uma garota? Ninguém nunca havia lhe contado isso, e John se sentiu um pouco traído. Não era justo que as mulheres tivessem uma vantagem *dessas* sobre você. Isso o havia emasculado pelo resto do dia, até agora.

Agora.

Engoliu em seco, ruidosamente.

Nesse momento, de fato, ele teria gostado de se levantar e sair do quarto, mas não podia. Estava preso. De um lado estavam as outras crianças, que ririam dele; do outro, havia a razão de tudo aquilo — Barbara. Tudo bem, conseguia lançar-lhe um olhar firme e demorado de onde estava sentado e, embora ainda sentisse um pouco daquela semicegueira inebriante, descobriu que tinha certo autocontrole. Até percebeu, por fim, que conseguia se levantar — uma visão melhor — e andar como se estivesse num sonho, meio preso ao chão, meio flutuando. Descobriu que era capaz de ir até o lado da cama e sentar-se perto dela e aguentar isso também.

A uma distância tão curta, sentiu que estava na mira de algum tipo de raio mortal. Alguma coisa estava acontecendo dentro dele. Estava indeciso; sentia dificuldade para respirar. Muito hesitante, tocou a parte interna da panturrilha dela e deslizou os dedos pela perna — John Randall evitou com ardor o que considerava as "partes íntimas" de Barbara (apesar do fato de que, na turma, o padrão usado era a palavra "xoxota") —, passeou pela barriga chapada e voltou a descer.

É claro que o toque foi libidinoso. Na medida em que sentia ou entendia o desejo em si, ele queria a garota. Mas havia muito mais em sua mão; seus dedos viajaram numa carícia de verdadeira admiração e de compreensível assombro.

Barbara era *tão* diferente dele e de sua experiência. A descoberta óbvia mas repentina o encheu de espanto. Num momento de revelação, passou a entender alguma coisa sobre o amor. Quero dizer, disse John, se não fosse assim e nós gostássemos muito um do outro e ela não ligasse de eu tocar nela desse jeito, aí, sim, seria ótimo. Na verdade, se existisse essa possibilidade, ele a teria libertado no mesmo instante e se ajoelhado diante do corpo ereto dela. Sua mente mal conseguia conter as muitas possibilidades que se seguiriam. Mas não era assim.

Em vez disso, lá estava ela, dentro da própria pele, dentro da própria mente, dentro da mordaça, da corda, da fita adesiva e tudo mais, e ele estava aqui, também dentro de si mesmo. O isolamento mútuo era total e, para John, sinceramente, era muito triste. Não quero fazer isso com você, disse John, mas de que outro jeito eu poderia fazer?

Não havia outro jeito.

O que restava, pelo menos, era agridoce. Se ele não podia ser seu amante adulto, libidinosamente acolhido, era triste e bom pelo menos tocar o que ele amava, e — como Paul — também perdeu um pouco do medo. Sua mão desbravava cada vez mais todas as partes do corpo de uma mulher com o qual ele apenas sonhara acordado, e se movia com gentileza, quase de maneira protetora. Não havia para onde olhar sem ficar aturdido com a alegria de um garoto de 16 anos.

O ângulo pontudo do tornozelo levando à magreza da canela e à força do joelho; a fartura da parte interna da coxa fundindo-se ao complexo dos quadris, barriga, umbigo; o corpo, os seios, os mamilos (como se o desafiassem, estavam frios, minúsculos e intumescidos); a finura do pescoço, a linha do queixo, os cabelos de Barbara. John amava. No momento, amava loucamente.

O tempo todo, Barbara permaneceu absolutamente rígida. Não era só porque estava presa, mas porque havia uma rigidez interna que era de alguma forma sua defesa desamparada contra ele. Seu rosto quase coberto — amordaçado e de olhos vendados — estava voltado para o lado oposto. Não importava o que o garoto fizesse, não recebia nenhuma reação. Ele não estava lá. Assim, John chegou à segunda parte do plano da noite anterior um tanto frustrado e exaltado ao mesmo tempo.

Como parecera fácil antes. Como ele havia se virado e revirado na cama, impaciente. Agora, suas mãos tremiam enquanto se levantava, desabotoava a bermuda, tirava os mocassins aos chutes e se deitava temeroso ao lado dela. Não fique brava, disse John, não fique brava; e virou-se para ela.

A posição esparramada de Barbara dificultou todo o episódio. No entanto, houve um contato momentâneo de todo o corpo dele — mesmo das partes que ele raramente tinha chance de tocar em si mesmo — com o dela, a experiência conjugal que ele nunca sentira nem imaginara. Não era a nudez dela que o impressionava tanto, mas a sua, e nem tanto a sua, mas a dos dois. Embora fosse errado, isto é, embora esse momento tivesse sido obtido por meio de roubo numa hora emprestada na casa dos Adams com uma garota mais velha que estava indefesa para rejeitá-lo, embora a certeza do castigo estivesse à espreita, ainda assim a sensação mudou sua vida para sempre. Como ele sabia que seria. Ele a amava, e como prova sentiu-se levantar. Ficando de quatro — cotovelos e joelhos —, colocou-se entre as pernas dela. Pelo menos ela reconheceu sua presença, balançando a cabeça violentamente de um lado para o outro, não, não, não. Foi aí que ele fez com ela.

Dianne ficou com o último turno de vigia do dia. Quando olhou para o reloginho prateado de pulso, se levantou e saiu da margem do rio, isso significou que Cindy e os outros (a não ser por John, que estava de guarda) tinham que sair da água, se secar e segui-la até a casa. Depois, sempre havia o processo elaborado e possivelmente perigoso de levar Barbara para a cadeira e alimentá-la, a chatice de tirar os trajes de banho e pendurá-los para secar, e depois a parte triste de ver todos irem para casa. O sol ainda estava alto e tudo, mas era o fim do dia, e Cindy detestava isso.

Não era só o tédio de passar as noites sozinha, sem ninguém com quem conversar, cada vez mais difícil de aguentar, mas cada dia estava mais perto do último. A hora de prestar contas estava chegando.

Para Cindy, é claro, o tempo não passava com a mesma rapidez que para os adultos. Preocupações, tarefas, agendas, compromissos, reuniões não faziam parte de sua vida. Em vez disso, ela ficava à toa, às vezes de modo agradável, às vezes petulante, num vago continuum de noite-dia-noite, precisando apenas de entretenimento, aprovação e um pouco de mimo para ser feliz. Mesmo assim, separava os agrados e castigos com bastante precisão. Mamãe e papai voltariam na segunda-feira, e hoje era o fim da quarta-feira. Faltavam mais cinco dias.

A essa altura, podia-se presumir que as crianças teriam soltado Barbara e ela teria se voltado contra eles e os castigado. Pela *primeira* vez. Depois, contaria para a mamãe e o papai. Cindy não conseguia nem imaginar o que aconteceria depois disso — ela nunca tinha sido tão malvada — e isso a preocupava.

Imersa nesse humor com a intensidade singular de uma criança, ela entrou na casa e passou pelo corredor sem perceber a conversa séria e baixa à sua frente. Só quando chegou ao quarto de Barbara percebeu que alguma coisa diferente estava acontecendo. Então, parou à porta, suja, arrastando a toalha de praia que parou no chão atrás dela. John e Dianne estavam conversando.

"O que você fez com ela?" Dianne estava zangada.

John olhou para Cindy e voltou a encarar Dianne. "Tudo", respondeu ele.

Houve mais um segundo de hesitação em que Cindy pensou que eles olhavam um para o outro como se guardassem um segredo; com certeza, não iam contar para ela. Então ela olhou para a cama e viu uma manchinha de sangue no lençol entre as pernas de Barbara, bem *ali*.

Para uma criança de sua idade, Cindy, estranhamente, não ficou chocada. Já tinha visto isso. Às vezes havia sangue no lençol onde mamãe dormia. Mamãe havia explicado para ela — sem necessidade; Cindy não se importava muito, de um jeito ou de outro — que era algo normal, que acontecia de forma regular com a mulher uma vez por mês, mas Cindy sabia a verdade. Ela própria era mulher, isto é, menina, e isso não acontecia com ela, nem ela conseguia acreditar que aconteceria um dia. Cindy tomaria cuidado, não *deixaria* aquilo acontecer. Seria fácil.

O sangue na cama tinha alguma coisa a ver com o que os homens e as mulheres faziam sozinhos na escuridão da noite, alguma coisa a ver com os sussurros e sorrisos dos adolescentes — o "mistério". Se dominasse o vocabulário adulto, Cindy teria dito algo como "Ah, que se dane". Então John tinha feito aquilo com Barbara. A única reação de Cindy foi uma leve surpresa; achava que nenhum dos dois fosse *tão* velho assim. Afinal, eles nem eram casados, e uma coisa tinha algo a ver com a outra. Ela olhou para John e Dianne.

"Como você mexeu as pernas dela?"

John ficou esquisito por um momento. "Não mexi."

"Então não daria pra você ter feito isso", respondeu Dianne.

"Mas eu fiz."

Dianne olhou para Barbara e mordeu o lábio. "Bom, alguma coisa você fez."

"Você vai deixar ela levantar?"

"A gente precisa dar comida pra ela."

"Ela vai ficar brava de novo..."

"Ah." Dianne pareceu pensar por um momento. Depois deu de ombros, ainda aborrecida. Indo até a cama, tirou a venda de Barbara. Cindy observou a cena e viu que os olhos de Barbara estavam molhados, não de tristeza, nem de felicidade, nem de qualquer outra emoção que ela já tivesse visto. Talvez o que os homens e as mulheres faziam doesse.

"Umnn — *umnnn!*" Barbara não conseguia falar, mas tentou. Olhou para Dianne, levantou a cabeça, olhou para si mesma, depois para a porta e de novo para o alto. Ela queria ir ao banheiro. Até Cindy conseguiu entender isso, e Dianne também.

"É melhor a gente deixar ela levantar."

John, que tinha assistido a tudo isso um pouco envergonhado, pareceu um tanto aliviado. Barbara não estava com raiva dele, pensou Cindy, ou pelo menos raiva não era a coisa que ela *mais* sentia.

"Vai chamar os outros", disse John, e Cindy saiu, parando apenas para pendurar a toalha na maçaneta da porta.

Usando as técnicas normais e demoradas, os Cinco Libertadores puseram Barbara de pé e a levaram, com a corda em torno do pescoço, até o banheiro. Ela não lutou, mas, quando a levaram para dentro, começou a emitir sons novamente. Abaixou-se e esfregou a boca coberta de fita adesiva na pia. Queria que tirassem a mordaça.

"Você quer usar o vaso ou não?", perguntou Dianne.

Mais sons desesperados.

Dianne deu de ombros.

Barbara lançou-lhe um olhar de angústia que até Cindy percebeu. Em seguida, sentou-se no vaso sanitário e todos, menos Dianne, voltaram para o corredor. Depois, ouviram muitos sons de água espirrando e escorrendo lá dentro. Por fim, Barbara tornou a sair — arrastando os pés atados — e eles a levaram de volta para o quarto e a amarraram à cadeira perto da penteadeira.

Dianne fez um sanduíche para ela, um bom, para variar. Era de frango, pão de forma e maionese, e tinha um cheiro gostoso para Cindy, que estava ficando com fome outra vez, como acontecia de hora em hora. Quando tiraram a mordaça de Barbara, porém, ela não usou a mão livre para comer. Em vez disso, disse: "Dianne, você precisa me desamarrar agora. *Precisa*".

Dianne não disse nada. Estava de pé à direita de Barbara, perto, mas não apoiada na penteadeira.

"Aquele garoto me estuprou", disse Barbara. "Você sabe o que é isso, você é mulher. Tenho que me lavar ou alguma coisa assim."

"Você não toma pílula?", perguntou Dianne, curiosa.

"Não, é claro que não. Você toma? Alguém toma?" Barbara se retorceu nas cordas, furiosa. "Dianne, a menos que você se case ou decida ir pra cama com todos os garotos que conhece, *não precisa* tomar pílula."

"Achei que todas as garotas na faculdade tomassem." Dianne pareceu considerar essa informação estranhíssima. Analisou-a com uma surpresa acadêmica.

"Dianne, de um jeito ou de outro, não faz diferença. O que faz diferença é que eu posso engravidar daquele garoto. Posso *já estar* grávida. Basta *um* espermatozoide para fertilizar. Você tem que me soltar agora. Tem que me deixar *tentar*."

Dianne continuou calada, mas Cindy achou que parecia atenta, de alguma forma preocupada com Barbara.

"Dianne?"

"Como ele conseguiu fazer isso?" Dianne continuava intrigada.

"Ele *fez*."

"Fez mesmo?" Então, Dianne olhou para Cindy e disse, com uma prudência um tanto singular, considerando tudo: "Bom, não importa. Não podemos te soltar. Você sabe disso".

"Por quê?" Barbara estava à beira das lágrimas. "Dianne, ele pode me fazer ter um bebê. O bebê vai ser alguém igual a você, a mim ou qualquer uma de nós. Você sabe, como é que posso deixar isso mais claro? Você tem que me deixar sair daqui e tomar banho ou alguma coisa assim."

"Eu não posso." Pela primeira vez, Dianne não usou a palavra "nós" ao falar da ação conjunta dos Cinco Libertadores. Tomou a decisão sozinha, e Cindy pensou — também pela primeira vez — que Dianne era uma garota muito estranha.

Barbara aceitou a decisão em silêncio.

"Você quer o sanduíche ou não?", perguntou Dianne.

"Eu vomitaria", respondeu Barbara. Sua cabeça pendeu para a frente e Cindy pensou que ela ia começar a chorar de verdade, mas não o fez — não exatamente. "Vão embora e me deixem em paz."

Alguns minutos depois, com demonstrações de raiva de ambos os lados, os Cinco Libertadores amordaçaram a prisioneira outra vez, forçaram-na a ir para a cama e a amarraram. Bem firme. O sanduíche ficou por comer, ressecando ao ar; por fim, Bobby e Cindy o dividiram entre si e lavaram o prato.

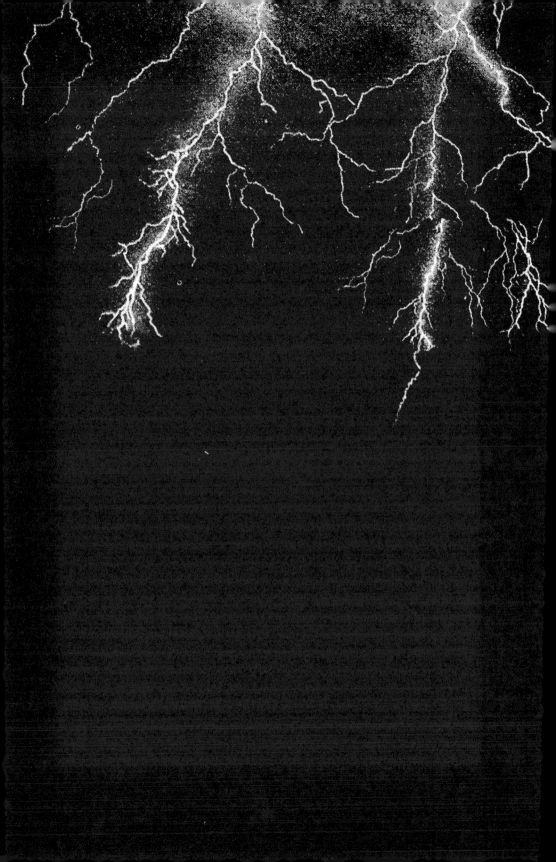

QUANDO OS ADAMS SAÍRAM DE FÉRIAS

Mendal W. Johnson

Como na noite anterior, o tempo estava quente, estagnado e úmido. Os mosquitos do pântano — obviamente enfurecidos — zuniam em torno da cabeça dele. E mais uma vez, como na noite anterior, a tempestade de fim de dia tinha se formado, ameaçado e depois se dissipado sem chover. As nuvens restantes estavam altas na escuridão longínqua, um castelo de corredores e salões através dos quais relâmpagos fracos e trovões frouxos vagavam sem gerar nenhuma ação. Ao contrário de Cindy, John Randall nunca tivera nenhuma superstição sobre as tempestades. Em vez disso, lançou um olhar de navegante às alturas e concluiu que a chuva, se viesse, cairia só no litoral leste ou se desperdiçaria no oceano além dele. Dispensou essas considerações intrusivas e voltou à sua primeira — e, pode-se dizer, totalmente cativante — paixão. Barbara e/ou os pensamentos provocados por ela.

Considerando que havia ajudado a capturar uma garota e mantê-la prisioneira, que a havia estuprado, que o castigo por isso seria tão severo que ele tinha literalmente se autodestruído, John estava animado além do normal. Havia escapado da prisão da infância; não era mais alguém que deveria só receber ordens, tinha revelado o que ele também considerava o "mistério". Poderia fazer *aquilo* daqui por diante, assim como qualquer adulto — poderia trepar: aquilo de que todos os outros falavam — e ele tinha feito. Com uma alegria desafiadora e autossacrificante, ele estava absolutamente radiante consigo mesmo. Havia executado um ato real, fundamental e humano: tinha entrado na vida apesar de todos eles. (*Eles* eram os adultos — aqueles pés no saco entediantes que o dominaram por tanto tempo e sentiram tanto prazer ao fazê-lo.) E ele também tivera uma pequena amostra de amor, não só o aspecto físico, mas também o aspecto espiritual e revelador. Agora ele contemplava — finalmente — a possibilidade de se apaixonar um dia. Em relação a isso, seus pensamentos eram tipicamente masculinos e nem um pouco generosos.

Ao se deitar ao lado e depois em cima de Barbara, ele a tinha amado e admirado — muito mais do que isso, ficara quase enlouquecido de paixão — mas, completada a inserção, concluído o ato, tudo desaparecera rapidamente. O corpo da velha Barbara era bem bom; era o que se poderia esperar, pensava ele; mas, olhando para trás, precisava se lembrar de que, debaixo da fita adesiva e da venda, estava apenas a própria garota, a certinha que tinha opinião sobre tudo. Sua submissão e seu apelo inegável foram impostos, quase criados por eles — os Cinco Libertadores — e, é claro, apenas temporários. Em vez dela, John Randall preferiria — nas mesmas condições rudes — várias outras garotas da escola e da região, as meninas que estavam em casa com os pais agora, que não sabiam que o pensamento dele, como um holofote apontado de perto, as iluminava uma por uma. John deu um safanão num mosquito, mudou de posição nos degraus dos fundos e suspirou. A vida seria eterna e subitamente maravilhosa.

John Randall, depois de cumprido o castigo por seus pecados atuais, atravessaria o mundo trepando com tudo em que conseguisse pôr as mãos. Nada de pensar em amor, bebês, Deus e todas essas baboseiras. Sua mente se concentrava no momento-da-primeira-captura. Exatamente ali. Isso, Barbara havia lhe ensinado. E se no fim das contas ele se casasse, seria com uma garota meiga, doce e mansa, com quem poderia fazer tudo que quisesse. Isso, Barbara também lhe ensinara — nada de sabichonas. Enquanto isso, tinha coisas melhores em que pensar (na verdade, a mesma coisa, mas em termos mais específicos).

"Amanhã, e amanhã, e amanhã", dissera Macbeth — era uma das poucas coisas que a memória de John havia gravado das aulas de literatura, intermináveis e entediantes — e era muitíssimo adequada para o humor atual do garoto. Amanhã, de fato. Amanhã ele ia estuprar uma prisioneira. Mais uma vez. Poucos homens vivos poderiam dizer que fizeram isso; poucas pessoas sabiam tão pouco sobre a técnica necessária quanto o impaciente estuprador.

Dianne — outra garota mandona — havia dito que os joelhos da mulher deveriam ser erguidos e separados para abrir a vagina. Pelo menos, se você escolhesse *essa* posição. Ela lera sobre isso num manual de casamento que os pais progressistas, para não dizer permissivos, haviam empurrado para ela logo depois que começara a menstruar. Agora, John aprendia isso com todo o cuidado e atenção. Poderia explicar várias coisas.

Quando ele havia tentado penetrar a garota — Barbara muda negando com a cabeça, não, não, não —, tinha sido muito difícil descobrir por *onde*. Com séria concentração, para não dizer intensidade, tivera dificuldade para aceitar o fracasso: destruía a dignidade masculina. No entanto, ele sabia mais ou menos onde procurar, por isso enfiou o dedo: depois, tentou pôr o pênis na mesma abertura (havia *duas*?). Suas próprias reações foram desanimadoras. Primeiro, doeu; depois, ficou tão excitado que gozou quase na mesma hora. Se restava alguma lembrança, era a de que Barbara soltou um som animalesco e furioso, muito diferente dos sinais de amor e paixão saciada que o mundo havia ensinado John a esperar. Em seguida, considerando a natureza insatisfatória da cópula, houve uma felicidade sonolenta e desejável. Isso era algo de que se poderia começar a gostar *se* fizesse do jeito certo. Aí estava, exatamente, o problema de amanhã.

Ele ia fazer de novo, é claro, mas melhor, se possível — pelo menos para ele. Nenhum outro pensamento — nenhuma consideração pelas ações e reações, pensamentos e sentimentos de Barbara — sequer rondava sua mente. Se alguém lhe perguntasse a respeito dela, ele diria — à maneira masculina — que não dava a mínima.

Paul, obviamente alheio aos pensamentos de John, tinha — igual e obviamente — o mesmo assunto principal na cabeça quando a noite um tanto contida caiu. Ao contrário de John, ele não estava livre para percorrer o riacho num barco a remo ou mesmo passear pela considerável propriedade dos McVeigh. Em vez disso, estava encapsulado em seu quarto, sentado, um coração palpitante no corpo inerte da casa. Mas amanhã — tal era o contrato assinado entre pais e filhos — ele não só seria libertado outra vez, mas também posto para fora, livre para correr e brincar e torturar uma garota adulta. Para Paul, toda essa aventura era como uma sequência de dias de Natal eróticos, um depois do outro.

Assim como John — mais uma vez —, o impulso dos pensamentos de Paul era inteiramente sexual. Comparado a outras crianças de 13 anos, Paul estava praticamente escolado. Aos 5, tinha espiado a irmã mais velha nua; aos 8, encontrara as revistas do pai; aos 10, sua imaginação já o levara muito além do que o mundo jamais poderia oferecer. Aos 12 anos, entendeu que estava confinado e que seus melhores sonhos nunca se realizariam por causa das "pessoas".

Assim como John — mais uma vez —, Paul detestava os adultos.

Sim, eles te barravam; sim, dominavam; sim, impediam que você se divertisse; mas Paul tinha uma queixa mais grave. Sim, eles eram mais idiotas — muito mais. Seu desprezo era idêntico ao que a "gente da mente" tinha contra a "gente sem pescoço". Ele detestava gente sem pescoço e, pelo menos nesse ponto, sentia-se coberto de razão.

Os adultos eram cegos, insensíveis, lentos, burros e catastróficos em sua composição. Quebravam e esmagavam tudo pelo caminho. Como é que podiam ser humanos? Paul não tinha nada a ver com eles. Empunhava, como a lâmina de seu canivete, uma divisão absoluta entre ele e eles, e a divisão nunca seria corrigida. Ele *enxergava* o que eles não viam; alegrava-se quando eles choravam; era objetivo onde eles eram vagos. O único problema era que *eles* dominavam. Comandavam o mundo.

O sentimento de Paul consistia menos de ódio e mais de pura separação. *Eles* não eram gente. Paul não admitia a existência deles, assim como, depois de acordar, não admitia a existência de seus sonhos estranhos. Não admitia a existência dos pais (embora tivesse que admitir o poder deles, sem dúvidas). Não admitia a existência dos colegas de escola, nem de um mundo tão imperfeito. Paul seria — fossem outros tempos e circunstâncias — capaz de promover um Auschwitz, uma Inquisição, um Rapto das Sabinas. Ele ficaria feliz em matar, simplesmente porque as vítimas ofendiam os padrões de perfeição que ele criaria. Um mundo de Pauls seria — para ele — um mundo perfeito.

Nesse sentido, quando pensava em Barbara, pensava apenas na pele dela e na lâmina de seu canivete deslizando de lá para cá, de cá para lá, acompanhada pelo aparecimento instantâneo do sangue. *Pronto!* Eles iam *ver* só. Em suas fantasias noturnas, ouviu um grito, mas eram *eles* que gritavam, não uma pessoa específica. Foi ótimo.

Só Dianne escapava de seu fervor; primeiro, porque ela o entendia e lhe contava coisas; segundo, porque era maior e mais velha; terceiro, porque era bem feia e desinteressante; e, por último, porque era sua irmã. Nessa lista de prioridades não sentimentais, o principal atributo de Dianne para ele continuava sendo o de contadora de histórias, provocadora.

Dianne era muito lida — ainda que não culta. Devorava os romances do clube de livros da mãe assim que eles chegavam pelo correio. Revirava a casa e lia tudo que encontrasse, de revistas de jardinagem a periódicos de fotografia. Ficava na biblioteca sempre que o carro da família os levava a Bryce. Era um poço de conhecimentos aleatórios e não muito bem avaliados. As coisas que dividia com Paul, porém, tinham certa direção.

Para ele, Dianne reservava as histórias sobre as atrocidades dos nazistas, os julgamentos das bruxas de Salem, o destino dos primeiros mártires cristãos e os sacrifícios humanos dos povos primitivos, e, quando o fazia, seus olhos cinzentos e frios ficavam arregalados e intensos além do normal. Paul devorava tudo. Ele via, via tudo enquanto ela falava. Via a gaiolinha de ferro içada por correntes tilintantes, para cima, para o lado e para baixo, rumo à fogueira que a esperava na praça da cidade medieval. Ouvia os gritos, via a figura mal iluminada na gaiola se debatendo em agonia no cativeiro, ouvia a carne chiar como bacon numa frigideira (sua analogia), via o ferro ficar cada vez mais vermelho até que seu conteúdo fosse totalmente consumido. Paul quase desmaiava com a força de suas fantasias tuteladas. Não era uma história de faz de conta, não eram os quadrinhos nem a TV — tudo inofensivo e chato —, era o que havia acontecido com pessoas de verdade, *feito* por pessoas de verdade.

Era demais para um garoto pequeno; porém, desde que se entendia por gente, Dianne lhe servia esse banquete. (Para fazer justiça a ela, é preciso dizer que ele nunca tampava os ouvidos com as mãos. Ficava ouvindo.) A natureza de ambos coincidia nesse ponto, e o "jogo" dos Cinco Libertadores, até onde foram capazes de influenciá-lo, era o jogo deles dois. (Novamente, em nome da justiça, é preciso admitir que, embora os outros pudessem mudar o enredo aqui e ali, eles jogavam. Gostavam.)

Assim, quando Paul considerou o amanhã e a prisioneira que chamavam de Barbara, ele o fez de um ponto de vista muito especial. Ficou deitado na escuridão de seu quarto, avaliando as possibilidades. Na verdade, era necessário mais que um canivete para fazer efeito.

Bobby, acordado na mesma noite, mal sabia o que pensar. Cindy, sonolenta e calada, sacudiu-o até despertar e depois, arrastando-se até a cama, deitou-se e adormeceu quase na mesma hora, de cabelos emaranhados, camiseta suja, calça suja, meias sujas e tudo mais. Na casa automatizada de ronronar baixo, Bobby estava sozinho outra vez. Embora não pensasse na casa exatamente nesses termos, ela parecia um navio. Foi fácil assimilar a atmosfera do momento. Era um navio no qual ele era ao mesmo tempo capitão e passageiro — a noite escura navegava lá fora. Ele tinha seus deveres e fardos.

Depois de bocejar e se coçar para reviver, Bobby fez uma inspeção superficial da prisioneira, embora isso mal fosse necessário na quarta noite. Ele não observara — a não ser quando Cindy havia tirado a mordaça da prisioneira — nenhum outro gesto em Barbara além do movimento ocasional de uma das mãos, o virar da cabeça, o abrir e fechar ocasional dos olhos, ou uma torção desse ou daquele pé. Ela simplesmente não podia fugir, e cada amarração tornava a fuga ainda mais improvável. As crianças se aprimoravam constantemente no papel de guardas, e Bobby era o melhor de todos.

A diferença esta noite — a nudez — não o afetava muito. Barbara parecia ser doce, indefesa e todas essas coisas, mas, para ele, também era um tantinho repugnante. A visão crua da genitália e dos pelos era demais para ele naquela idade; tudo era exagerado em comparação com sua própria constituição leve. A nudez dela era simplesmente mais um item grotesco na semana conturbada de Bobby.

No entanto, ao entrar no quarto e ver tudo isso — continuamente —, Bobby sentiu verdadeira compaixão por Barbara. Eles a estavam machucando *mesmo*. Ela não usava maquiagem havia dias, de modo que os olhos estavam tão nus quanto o corpo; tudo estava descoberto e, nos olhos dela, ele viu a mudança que os Cinco Libertadores tinham causado. Havia olheiras debaixo daqueles olhos. Ele sabia que Barbara tinha dormido, mas sua aparência era a de quem não dormia havia muito tempo. Seus olhos — possivelmente por falta de sono — estavam vermelhos, irritados, abertos e secos, e as pupilas estavam bem mais escuras que o normal (ou era o que Bobby achava). Os pulsos e tornozelos estavam esfolados e arranhados pelas cordas; as mãos, que ele não se atrevia a tocar, e os pés (tocou um deles, sabendo o que encontraria) estavam escurecidos e frios. Circulação. A barriga estava reta, para não dizer funda. Os efeitos da tortura começavam a aparecer.

Bobby sabia o que faria se só dependesse dele, o que *poderia* fazer agora mesmo — quanto antes, melhor. Filho de cirurgião, já estivera sentado em torno de muitas mesas de jantar ouvindo o pai falar sobre os pacientes. Bobby trataria de desamarrá-la, tentaria reativar a circulação, depois ia alimentá-la, cobri-la e deixá-la dormir na mais absoluta paz e segurança até que ela quisesse se levantar e voltar a ser parcialmente Barbara. Ele se lembrava de perguntar ao pai sobre seu trabalho e ouvir o dr. Adams dizer: "Nós impedimos que a pessoa fique mais doente e damos conforto, mas os pacientes melhoram sozinhos. Só o que você pode fazer é tentar ajudar".

E Bobby queria mesmo ajudá-la, mas essa não era uma das possibilidades dessa noite. Os medos juvenis estavam em guerra.

Se libertasse Barbara, era muito provável que ela o espancasse quase até a morte. Se não fizesse, os Cinco Libertadores (só que aí seriam três) fariam isso no lugar dela mais tarde. Se a mantivesse aprisionada e deixasse os outros brincarem com ela por mais dois ou três dias, seus pais o levariam ao mesmo fim. Agora, não havia saída nem maneira de tomar uma atitude.

Pessoalmente, ele estava triste por Barbara. Ele — eles — haviam provado que era possível. Haviam-na capturado e mantido com sucesso em cativeiro. Agora a responsabilidade era um peso para ele. Para um garoto que deveria estar vivendo sob a orientação, a bondade e a proteção dos pais, ele se mostrara extraordinariamente autodisciplinado. De que outro modo poderia ter feito a captura inicial, suportado as vigílias da manhã, evitado uma catástrofe na noite anterior e assim por diante? Assim como o pai, o cirurgião, tinha a disposição inata de se colocar à prova o tempo todo. Algum dia — também como o pai — ele poderia ter a vida e a morte nas mãos, e seriam boas mãos. No momento, porém, estava cansado de tudo e tinha muito medo do que aconteceria a seguir. (Cindy havia contado a ele o que John fizera.)

À uma hora da manhã, no entanto, ele simplesmente não conseguia pensar com clareza. Como qualquer adulto diante de fatos tão imponderáveis, ele simplesmente adiou o ato de pensar no assunto. Barbara, momentaneamente liberada na imaginação dele, foi — com certa apreensão — devolvida ao cativeiro. Bobby saiu do quarto dela e foi para a cozinha preparar um milk-shake.

Geralmente um prazer, esse ritual, repetido três noites seguidas sem companhia (ninguém para dar permissão, admirar nem compartilhar), havia se tornado algo corriqueiro, como tantas outras coisas que ele se via fazendo agora que Barbara era prisioneira, que seus pais estavam longe e ele no comando. Era só mais um dever; divertir-se era praticamente um dever. Como Cindy, ele sentia tédio. Ficou imaginando por que, afinal, os adultos se davam ao trabalho de crescer. Você tinha que ficar fisicamente maior, é claro, mas por que *crescer*, se era assim? Ele balançou a cabeça.

Bom, paciência.

Serviu o sorvete — de chocolate — com cuidado, acrescentou calda de chocolate para dar sabor, leite suficiente apenas para liquefazer a mistura e colocou a tigela com os ingredientes sob a lâmina do batedor de milk-shake dos Adams (diferente do mixer da mãe e do liquidificador do pai, cada um, também, em seu lugar). Ajustou o temporizador automático em quarenta segundos, baixou a alavanca e apertou o botão LIGAR. Tendo aos 13 anos de idade executado essa manobra sem sequer pensar nela, Bobby virou-se e observou a cozinha à toa. Foi no momento de se virar que ele viu — talvez um truque de reflexo — o que parecia ser uma luz na mata pantanosa de Oak Creek, onde não deveria haver nada.

Bobby não ficou alarmado. Os efeitos de paralaxe e prisma, principalmente numa casa com janelas com isolamento térmico, ar-condicionado e condensação aleatória, não eram apenas familiares para ele, mas também fazia parte dos jogos que ele jogava sozinho. (Mexer a cabeça de certo jeito e fazer a luz desaparecer etc.) Em vez de assustá-lo, isso despertou seu interesse, e ele tentou descobrir que fonte de luz poderia causar uma reação tão curiosa. A cor variava; era branca e depois bem amarela. Dançava. Bobby mexeu a cabeça. Não deu certo; a luz permanecia onde estava, não importava o que o garoto fizesse. Atrás dele, o batedor zumbia; faltavam quinze segundos para ficar pronto.

A conclusão a que ele chegou nos cinco segundos seguintes foi de que a luz não era seu velho amigo, o reflexo, mas de fato uma luz no pântano, não de lanterna, nem se aproximando, mas simplesmente uma luz desconhecida no pântano. Isso significava que havia *alguém* no pântano.

Bobby pensou primeiro em John Randall. John tinha falado muito sobre vir para cá à noite e ajudar a vigiar, mas Bobby conhecia as dificuldades de sair escondido daquela casa à noite e voltar muitas vezes. Além disso, a luz não estava perto da trilha pela qual John viria. Portanto, não era John. Atrás de Bobby, o batedor ronronou e parou, restando apenas o sinalzinho de LIGADO piscando em laranja para ele.

Como se quisesse esquecer o assunto, ele abriu o armário da cozinha, pegou um copo alto e, com mão firme e cuidadosa, serviu o milk-shake nele. Em seguida, tirou a lâmina do batedor, a enxaguou e deixou no escorredor para secar. Depois de fazer isso e se virar, porém, tornou a ver a luz. De vez em quando, ela desaparecia só para reaparecer. Em sua imaginação, era uma pequena fogueira num acampamento, e alguém passava de um lado para o outro entre ela e seus olhos. Recolhendo lenha, talvez.

Bobby pegou o milk-shake, apagou a luz da cozinha e ficou parado, segurando o copo frio e bebendo, o coração começando a acelerar em meio à escuridão do cômodo. Assim que seus olhos se acostumaram à noite, ele entendeu de uma vez por todas que havia *mesmo* uma luz no pântano, que era feita pelo homem e que havia uma pessoa alimentando o fogo.

Seguiram-se duas linhas de raciocínio muito rápidas:

1. Adulto. Poder dos adultos. Crianças mantendo uma garota em cativeiro no quarto. Descoberta. Alarme. Castigo.
2. Colhedores.

Embora os Adams não tivessem terras suficientes para um plantio sério, estavam cercados por fazendas comerciais cultivadas por máquinas e — quando os frutos estavam maduros — colhedores. E, no outono — já estava quase na hora —, os colhedores vinham ajudar. Eram latinos, com uma pele escura, oleosa e reluzente, olhos pretos e luminosos, "rostos pesados" e natureza volátil. Também não havia esperança no futuro deles. Se Bobby tivesse a capacidade de expressar sua opinião, os chamaria de escravizados — dos pais dele, do grupo dele.

Durante duas ou três semanas, os colhedores ocupavam a zona rural, gastavam seu salário minguado na Tillman's ou nos bares locais e depois desapareciam outra vez. Falavam em um idioma incompreensível que os pais de Bobby chamavam de *pachuco*, e ninguém que Bobby conhecesse, conhecia nenhum deles.

Durante sua estadia, os colhedores podiam aparecer em qualquer lugar e a qualquer momento, fazendo qualquer coisa. Primeiro, a comunidade local dependia deles, depois os tolerava, perseguia e por fim expulsava. E eles voltavam no ano seguinte, como sempre. Para Bobby, porém, a ideia de ter um colhedor acampando em seu pântano nas atuais circunstâncias era preocupante. O homem poderia vir até a porta, Barbara poderia fazer barulho e aí todo o conluio estaria arruinado. Na escuridão, ele ficou muito parecido com o pai — cauteloso.

Deixou de lado o milk-shake ainda pela metade, virou-se, foi para o corredor e desceu a escada até a sala de jogos, onde as armas ficavam guardadas. Lá, inseriu dois projéteis numa espingarda calibre 36, vários outros no bolso e subiu as escadas, o coração agora batendo de modo muito irregular. Com os Cinco Libertadores, Bobby havia adquirido noções bem avançadas de tática. O modo de defender um castelo não era ficar de guarda nas muralhas, mas deixá-lo ali como um alvo tentador. O que você realmente deveria fazer era entrar na floresta, deitar-se, deixar o inimigo passar por você e atirar nele por trás.

Isso, à sua maneira de menino de 13 anos, foi o que ele fez, abrindo a porta da cozinha (longe do fogo) e esgueirando-se pela horta, onde ficou escondido. Os pensamentos voaram, desvairados. Acordar Cindy? Não, ela não serviria para nada; poderia se machucar. Soltar Barbara? Mais uma vez, não adiantaria. Procurar socorro? Era longe demais, arriscado demais, indisponível demais. Em vez disso, rastejou por entre as fileiras de tomate (à direita) e feijão (à esquerda) e ajoelhou-se na terra. A não ser pelos trovões distantes, não ouviu nada e manteve a calma.

Como na noite em que seu cachorro fora posto para dormir pelas mãos misericordiosas do pai, como no dia em que estava doente demais para ir à formatura do ensino primário e não pôde ir à festa, como no dia... como no dia... descobriu que não havia nada a fazer além de aceitar a vida. Ela controlava a gente, e a gente não a controlava. A questão era fazer o melhor que pudesse com o que tinha à mão — era outro dos ditos de seu pai.

Então, ele ficou deitado na horta, sozinho, ciente tanto da pessoa ou pessoas desconhecidas no pântano lá embaixo quanto de Barbara e Cindy dentro da casa. Todos estavam em suas mãos, e não sabiam. Sentiu-se muito corajoso. E amedrontado.

O fogo no pântano continuou aceso, mas ninguém apareceu. A noite passou no orvalho e o verde tornou-se a cor do céu. Qualquer adulto que passasse teria sido atingido por um disparo de espingarda, mas felizmente (pensou Bobby) não foi necessário. Por fim — meneando a cabeça, resistindo —, ele dormiu a bochecha rosada apoiada nas mãos juntas, a arma ao seu lado.

O lado fisicamente doloroso do cativeiro de Barbara continuava a piorar. Por causa das várias lutas que travara contra os Cinco Libertadores, seus pulsos e tornozelos estavam tão esfolados que ensanguentavam as cordas que a prendiam, e é claro que ela não tinha esperança de sarar nessas circunstâncias. Devido à contenção e à inatividade, seu corpo tornava-se cada vez mais rígido e irritadiço; estava desenvolvendo lentamente uma espécie de fraqueza, de modo que, quando as crianças vinham e a punham de pé, ficava tonta por um instante. A boca estava sempre seca — o pedaço de pano a mantinha assim — e a garganta, por tentar engolir quando não havia nada para engolir, estava inchada e sensível. Os lábios, por serem cobertos e descobertos pela fita, estavam secos e rachados, e as dores da fome iam e vinham como cólicas menstruais. As crianças nunca a alimentavam bem, e recusar o sanduíche de frango naquela noite tinha sido burrice.

Nada disso era fatal, é claro. Ela sabia disso. Nada disso deixaria sequer uma cicatriz e, mesmo assim — considerando tudo —, seus pequenos tormentos aumentavam a tortura.

Aos pensamentos de Barbara esta noite acrescentavam-se novos problemas. Paul realmente a havia arranhado e espetado com o canivete. John tirara mesmo sua virgindade, desajeitadamente, mas tirara: ela havia sido aberta pela primeira vez e sangrado um pouco (muito pouco, notou quando a deixaram se levantar). Tudo o que restava agora era uma vaga ardência entre as pernas.

Também havia, é claro, a afronta mental — a humilhação, mas era mais do que isso —, uma sensação de queda. A cada dia, o tempo todo, seu status de adulta, seu domínio sobre os Cinco Libertadores, diminuía. Havia começado como guardiã deles, mas agora estava reduzida a sua igual — menos que igual, por ser a peça do jogo. Enquanto naquela manhã mal tinham se atrevido a tirar sua roupa, à tarde ela se tornara vítima de estupro. Amanhã, seria pouco mais que a boneca Barbie que Terry previra que ela se tornaria.

Amanhã, disse Barbara. Tenho que pensar. Ah, por que estou sempre dizendo isso, se *não consigo*?

Uma coisa ela havia aprendido. Se seu corpo era prisioneiro dos Cinco Libertadores, sua mente era prisioneira do próprio corpo. A queixa constante das terminações nervosas ao cérebro — pare tudo até ter dado um jeito *nisso*, e nisso e nisso e nisso — criava uma estática importuna que a fazia pular de um assunto para outro. No entanto, tentava imaginar o amanhã, e o máximo que conseguia pensar era que seria pior do que hoje.

Amanhã, Paul inventaria novas formas de provocá-la e feri-la (e disso, ela sentia medo real). À tarde, quando havia começado a passar o canivete sobre ela, faltando pouco para rasgar a pele, ele fora apenas Paul.

Com o passar do tempo, porém, seu rosto assumira uma expressão branda de prazer, até de honradez, como se — para ele — o que estava fazendo fosse a coisa mais correta do mundo. Ali estava o soldado vingativo levando a tocha à pira de Joana D'Arc; ali estava o bom frade franciscano ouvindo confissões de heresia por trás da treliça. Barbara havia pensado: esse menino é praticamente louco. A corda que o continha — o medo do castigo dos pais — poderia ter se rompido essa tarde, poderia muito bem se romper amanhã, quando a situação deixasse de ser novidade para ele. Se isso acontecesse, ele realmente a esfaquearia, ou pior, e se o fizesse uma vez, faria de novo e de novo, num frenesi. Barbara conseguia ver; via que amanhã poderia morrer sentada, amarrada a uma cadeira no quarto de hóspedes dos Adams. Quaisquer outros pensamentos que lhe viessem à mente não afastavam essa imagem — o menino a esfaqueando várias e várias vezes —, e tinha medo.

Amanhã — e mais uma vez sua mente deu um salto —, John provavelmente tentaria estuprá-la de novo e provavelmente conseguiria. Aqui, os pensamentos dela se estilhaçavam e fugiam em todas as direções de uma vez (de novo). Tinha medo da gravidez... do sofrimento... John... Midge...

Durante o primeiro ano de Barbara na faculdade, havia uma garota chamada Midge, pequenina, de cabelos castanhos, vivaz e bonita e, basicamente, a escolha de todos como Pessoa Mais Legal com Quem Andar. Na noite seguinte ao jogo em Indiana, ela e um garoto estavam à toa por aí, passeando de carro pelas estradas e fazendo bobagem quando bateram no pilar de uma ponte e morreram.

Tais coisas, é claro, causam uma onda de choque num campus, mesmo num campus tão grande quanto aquele. Durante vários dias depois do acidente, a conversa seguia, de forma típica, em frases como "eu a conhecia..." ou "um amigo a conhecia..." ou "ela estava na minha aula de Literatura Americana no ano passado..." etc. A questão principal era: uma de nós morreu, já morreu, *morreu de verdade*. Houve espanto. Posteriormente, houve discussões superficiais, ainda que mais ponderadas, sobre a vida, o amor, Deus, filosofia e assim por diante.

No dormitório em que Barbara morava, a segunda questão clara a derivar do tema era: se você soubesse que ia morrer amanhã, não se arrependeria de não ter se atirado na cama de todos os garotos que já te convidaram? Não era uma pergunta nem um pouco original, e provocou uma resposta também pouco original. Sim, eu me arrependeria, com toda a certeza. As garotas balançaram a cabeça. Já que não iam morrer, é claro (era verdade: aquela foi a única morte acidental de uma estudante no ano), não modificaram seus vários padrões. Só pensaram no assunto.

A morte de Midge não tinha significado mais nada para Barbara até esta noite, quando se refletiu assim: se você soubesse que seria aprisionada por um bando de crianças e estuprada por um garoto de 16 anos, não teria cedido quando o Ted tentou transar com você? Sim, com certeza eu teria, disse Barbara. Sem dúvida. Assim, teria sido bom.

Ted também nadava.

Não era um nadador de categoria olímpica — na equipe havia a piada constante de que, se você tinha 20 anos, já tinha passado do seu auge —, mas era tão bom quanto a maioria dos jovens. Os dois tinham se conhecido na piscina e saíram se esfregando como um par de lontras jovens e esbeltas, e depois considerou-se que Barbara estava namorando.

Ted também tinha várias outras qualidades. Sabia levar os estudos a sério; afundava nos livros com bons resultados e até pensava neles depois; para um garoto, era amável e atencioso; era cheiroso e, embora fosse forte como um touro, era extraordinariamente delicado e contido com Barbara. Uma noite, depois de um jogo diferente (foi no ano seguinte — o ano passado), eles também estavam passeando de carro pela costa à toa quando ele entrou num grande estacionamento vazio, estacionou e começou a dar em cima dela. Foi o primeiro cujo ataque não lhe causou repulsa. Barbara ficou surpresa.

A mão de Ted passou por debaixo do braço dela e cobriu seu seio, a outra foi por baixo da saia e acariciou-lhe a coxa (bom, acho que não há nada de muito diferente a fazer, pensou ela), e ela consentiu. Ela gostou. Ele não tinha aquele olhar desvairado e atrevido que alguns deles tinham. Se ela tivesse que traduzir os gestos em palavras, poderia ter dito que estava sendo venerada — era o que parecia, de todo modo —, e isso com certeza era admissível. Quem sabe eu faça, pensou Barbara, quem sabe eu faça, e se fizer e gostar, pode ser que continue fazendo. Mas não o fez. Seu jeito de "boazinha" era inato.

A mãe e o pai de Barbara não a criaram para transar num estacionamento. Nem num quarto de hotel à beira de estrada (pelo menos, ela achava que não). Nem no mato (não em qualquer mato, de todo modo). Onde exatamente consentiria com o amor de Ted, Barbara não havia decidido (até então). Imaginava que saberia quando acontecesse. Em todo caso, os carros continuavam entrando e saindo com os faróis acesos, estava frio e apertado e fora de cogitação. No máximo, fez uma promessa silenciosa de ir para a cama com Ted num momento e lugar não especificados e se entregar — usou a palavra no sentido grandioso de rendição feminina — aos caprichos dele (o que pareceu seguro e agradável). Contudo, nem isso aconteceu.

Principalmente por falta de dinheiro, tempo, lugar onde pudessem ficar sozinhos em paz, por causa da própria aversão dela, o fato é que os dois simplesmente não se conectaram. Em vez disso, o verão chegou e eles se separaram até o outono seguinte. Assim, John Randall, a muitos e muitos quilômetros de distância e até então desconhecido, tomou para si o que fora prometido sinceramente a Ted.

Mais uma vez, isso não era fatal, ela imaginava.

Vou sobreviver, disse Barbara. Depois disso, vou sobreviver. Há garotas que perdem a virgindade para um selim de bicicleta.

Mesmo assim, estava infeliz, destituída injustamente e modificada contra sua vontade pelo resto da vida. John a havia alterado. Talvez também a tivesse engravidado. Ela pensou nisso — agora era tarde demais para fazer qualquer coisa.

Por um lado, casamento e filhos era a coisa para que Barbara se considerava mais apta. Ela simplesmente não era ativista, não tinha vontade de competir, a política era como tirinhas de jornal da vida real, e a docência — sua área profissional — era só para ocupar seu tempo até que um rapaz aparecesse para organizá-la e levá-la na direção certa. Às vezes, isso parecia triste (principalmente na escola, onde se falava tanto sobre carreiras e tudo mais), mas na maior parte do tempo parecia bom e possível. Além disso, na idade dela, poderia acontecer a qualquer momento: no próximo outono ou daqui a três ou quatro anos. Na sua opinião, restavam-lhe "quatro anos no máximo". Nesse período, se não antes, seu foco mudaria adequadamente para o amor, a fecundação, a gestação, o parto e a criação dos filhos. Se às vezes parecia não se importar, por conta dos cabelos curtos, da pele bronzeada, dos vestidos de algodão e da descontração, era tudo encenação: quanto mais velha ficava, mais longe seus pensamentos iam.

Engravidar, isto é, ficar presa a um bebê fora do casamento, porém, era outra história. Barbara não era nem um pouco liberal. Ficar grávida, eis aí o pesadelo comum que percorria os corredores dos dormitórios das garotas, visitando as pobres (as garotas do banco de trás do carro) em seus quartinhos, e as ricas (garotas de hotel caro e fim de semana na estação de esqui) em seus quartos de irmandade, fazendo com que cada jovem transgressora franzisse a testa na escuridão e imaginasse, "Será que eu estou? Será?".

Essa era a situação em que, depois de quebrar um imenso tabu, de repente você sentia consequências cósmicas, impessoais, surgindo da noite para expô-la: a vida estava acabada, era o fim, e era cedo demais.

Como pude ser tão burra? Bom, eu me deixei levar e coisa e tal, fui longe, longe, muito longe.

Tal era o medo ensaiado e havia muito evitado que veio com os pensamentos conturbados de Barbara esta noite. Ela teria que fazer um aborto; com certeza, nessas circunstâncias, deixariam que o fizesse. Diante da ideia necessária, porém, ela vacilou um pouco.

Barbara conhecia uma garota que havia feito um aborto, um procedimento legalmente arranjado, caro e chique, e a garota contou tudo a ela. Descreveu sua chegada ao grande hospital universitário (em outra cidade) acompanhada pelos pais (sentados nas cadeiras de plástico, todos irrequietos e envergonhados), descreveu como entrou, foi levada a um quarto com duas camas, tirou a roupa, fez exames, rasparam seus pelos pubianos, o papai apareceu mais tarde com doces, revistas e flores e isso traiu totalmente aquela expressão nobre nos olhos dele. O que ficou mais marcado na lembrança de Barbara, porém, foram os *formulários*. À noite, uma médica jovem e prática trouxe vários documentos para a garota ler e assinar sozinha, e a médica ficou sentada lá, com uma eficiência fria, pronta para responder a toda e qualquer pergunta enquanto a garota lia os papéis.

A paciente estava ciente de que havia solicitado e estava prestes a passar por um procedimento para remover certos tecidos do corpo; a paciente estava ciente de que o hospital não seria responsabilizado pelos resultados mentais e físicos. A paciente estava ciente de que o procedimento poderia ser testemunhado por estudantes de medicina qualificados; o tecido retirado de seu corpo poderia ser estudado em laboratório ou descartado pelas vias adequadas. A paciente estava ciente disso, a paciente estava ciente daquilo... A garota concordou, inexpressiva, assinou e voltou a fitar uma revista que não conseguia ler. Depois, os pais — mamãe e papai — também tiveram que ler e assinar os papéis. Eles estavam cientes de que como pais da menor de idade etc.

Aquilo de que a paciente, a mamãe e o papai estavam extremamente cientes era que tinham concordado mutuamente em matar um futuro bebê, presumivelmente saudável e perfeitamente capaz de *se tornar um deles*. (Essa foi a parte que realmente horrorizou Barbara.) Que fosse.

O procedimento foi realizado conforme o combinado, às sete em ponto da manhã — rápido, limpo e com uma agilidade profissional. Quarenta e oito horas depois, a paciente estava em casa outra vez, com náuseas (o útero voltando ao tamanho normal), náuseas do espírito e náuseas da vida. O que teria sido? Como teria sido? A quem teria puxado? O que foi que eu fiz?

Nada é fatal, a não ser a morte, é claro. Poucos meses depois, Barbara viu a garota — nada sofredora, nem de coração partido — sair por aí com o frasquinho de comprimidos que a médica da mãe havia receitado. O aborto, ela chamava simplesmente de "curetagenzinha da mamãe e do papai": "Eles ficaram bem abalados". E assim, com leveza, o assunto foi encerrado.

Barbara, porém, não conseguia ver as coisas dessa forma. Para ela, toda essa experiência se estendia à frente, como uma barreira intransponível entre ela e o resto da vida. Preferiria morrer antes disso (e sabia, é claro, que não morreria). As invasões ao corpo sofridas até agora poderiam em breve parecer insignificantes em comparação com a curetagem e a remoção de um possível bebê de seu útero. Havia chegado a hora de *ela* olhar para o teto escuro e se perguntar: "Será que eu estou? Será?". A seguir, de alguma forma, ela superou o assunto e pensou em John.

Barbara também tinha opiniões variáveis sobre o parceiro de cópula. Lá estava John, o garoto; John, o sequestrador; John, o estuprador maldito; John, o-possível-pai-de-seu-bebê; e John, o Primeiro. Sem ceder nem um pingo do choque, da tristeza e da amargura, ela ainda era forçada a se lembrar do acontecimento com um mínimo de clareza pós-fato.

Pensando bem, Barbara imaginou que, se fosse o seu destino ser estuprada (um grande "se", mas havia certo fatalismo em sua natureza), então teve a sorte de ter sido um garoto que ela conhecia e não um homem bestial num beco ou na floresta ou sei lá onde. Com John, a luxúria foi pelo menos um pouco suavizada pelo afeto. O toque dele — indesejado, repugnante e inseguro — fora gentil, mesmo assim. Ele havia tentado excitá-la, convencê-la, e se no fim havia se adiantado e se satisfeito à custa dela, pelo menos marcava pontos pelo esforço.

Se ela tinha gostado? Com certeza não. Havia sido aberta e rasgada (só um pouco, desconfiava; afinal, não conseguia *ver*); tinha sido penetrada e houvera atrito, o suficiente para que ir ao banheiro depois fizesse a área arder.

Então *é isso*, disse Barbara, e ponderou.

A Professora Barbara tinha uma boa educação sexual — tecnicamente —, mas sempre há a questão de realmente *fazer* uma coisa para entendê-la de verdade. Eu não deveria ter sentido pelo menos *alguma* coisa boa? Não conseguia lembrar; o estupro era um assunto que pertencia mais ao dormitório em vez de um tópico discutido em sala de aula.

Nesse ponto, foi interrompida. Bobby passou pelo corredor na frente do quarto. Ela ergueu a cabeça e o viu correr de volta para o outro lado, com a espingarda na mão. A visão foi momentânea, mas bastou para gravar na memória dela a expressão fixa e assustada de Bobby, o grau de desespero em seus movimentos, a necessidade absoluta de pressa.

Passados os dois primeiros dias, quando perdera a esperança de se ver livre, Barbara tinha começado a prestar tão pouca atenção a Bobby e Cindy quanto eles a ela. Interrompiam seu sono difícil, vinham espiar seu sofrimento com olhos grandes, inocentes e mesmo assim impessoais, depois iam embora. Ela não tinha medo deles nem os via como agentes da esperança. À noite, quando estava cochilando e sonhando com Terry, Ted ou outras coisas, as crianças iam e vinham mais como visões, coisas imaginadas, semelhantes apenas a outras coisas imaginadas. Agora isso havia mudado.

Era impossível, mas Barbara soube de imediato qual era o problema. Os modos de Bobby, sua força rápida e a espingarda nas mãos contaram tudo a ela. Ouviu as luzes da cozinha serem desligadas, ouviu o abrir e fechar da porta dos fundos e entendeu. Havia um invasor na área. Isso, mais do que qualquer outra coisa que acontecera, a amedrontou de verdade.

Suportar as pequenas torturas das crianças, até mesmo estupradores juvenis, era uma coisa, mas a impotência diante do desconhecido era outra. Qualquer que fosse o ruído que assustara Bobby, fora feito por humano, não animal, macho, não fêmea, alguém poderoso, não fraco. Não poderia ser diferente.

Além do mais, Bobby, armado e tudo, não seria páreo para o homem-na-escuridão que Barbara de repente imaginava. Ele seria tirado do caminho, se necessário, e a porta da cozinha se abriria outra vez. O que aconteceria com ela quando o invasor finalmente entendesse que o que estava acontecendo aqui era inimaginável, ou melhor, *não* imaginado. Ela prendeu a respiração para tentar ouvir o som de uma briga, o som de uma arma — o som de *alguma coisa* — e não escutou nada durante uma hora, depois mais uma. Olhou para os próprios pulsos, que pareciam a quilômetros de distância, bem atados com nós de escoteiro — "voltas de fiel", para usar o termo correto — e sentiu que no dia seguinte, se houvesse um amanhã, ela teria que fugir de qualquer jeito.

Com cuidado, muito cuidado, desenterrou os contornos de um plano que bolara antes e fora "boazinha" demais para executar.

No jardim, Bobby foi acordado tardiamente pelo calor súbito do enorme sol de agosto; o garoto estava frio, úmido, sujo e tenso com o cano da espingarda brilhante e molhado onde ele o deixara, apoiado às estacas dos pés de feijão (a espingarda ainda estava perigosamente armada). Ele acordou assustado, um sobressalto físico, todos os medos e o suspense da noite passada, toda a culpa por ter que abandonar a guarda de Barbara pesando imediatamente em seus ombros. Um momento de raciocínio, contudo, informou-lhe que tudo estava bem: ele pôde sentir. O céu era de um verde pálido com nuvens muito úmidas e tropicais aquecendo as faces à luz do leste. Os pássaros estavam fazendo sua algazarra matinal costumeira, e o rio — quando ele se levantou com cuidado e inspecionou o lugar — estava vagaroso e pacífico. O mais importante era que agora não havia nenhum esconderijo, nem sombra, escuridão ou confusão. Será que o colhedor tinha ido embora também? (Na mente de Bobby, agora era definitivo: alguém estivera ali, e tinha sido um colhedor.) Ou o colhedor ainda estava dormindo nas folhas de pinheiro, coberto com uma camisa rasgada para ficar seco e se proteger dos mosquitos?

Ele tinha ido embora. Bobby também sentia isso. O novo dia estava livre de ameaças. Pegando a espingarda, Bobby pôs o cão de volta ao lugar, abriu a arma, removeu os projéteis e andou com firmeza por entre as fileiras de legumes, subiu a escada da porta e voltou à cozinha, a mente sonolenta relembrando.

E se o colhedor tivesse mesmo vindo aqui e o encontrado dormindo na horta, a arma pronta para pegar e usar? Ou se tivesse vindo e passado sem vê-lo como Bobby planejara? Bobby teria atirado nele ou atirado no ar para afugentá-lo? Bobby teria feito alguma coisa, qualquer coisa? Mesmo? Era sim-não, não-sim. Ele não sabia a resposta, nem o que faria quando anoitecesse outra vez. E se o colhedor aparecesse hoje pedindo trabalho e de alguma forma descobrisse — não precisaria ser um gênio — que não havia ninguém na casa, a não ser um bando de crianças mantendo uma garota amarrada na cama? Não sei, disse Bobby, não sei mesmo.

Na sala, apoiou a arma com cuidado na lateral da lareira, tirou os projéteis do bolso e os deixou em cima da cornija antes de afundar no sofá, exausto. Ainda estava lá — dormindo — quando Cindy, toda emaranhada e de olhos sonolentos, apareceu a caminho da cozinha em busca dos Pop-Ups de sempre.

"Alguém veio aqui ontem à noite", disse ele quando acordou pela segunda vez.

"Hã?" Cindy estava de boca cheia, a voz, a princípio, desinteressada. Depois, quando todos os pensamentos lentos e complicados que Bobby tivera horas antes começaram a lhe ocorrer, ela parou de comer e com muito, muito cuidado deixou de lado a massa doce.

"Quem foi?" Estava intimidada.

E ele contou.

QUANDO OS ADAMS SAÍRAM DE FÉRIAS

Mendal W. Johnson

Os Cinco Libertadores — todos reunidos — ouviram sobre o colhedor com seriedade, mas sem pânico. John traçou o primeiro plano: Cindy e Dianne ficariam vigiando Barbara e o terreno em volta da casa e tocariam a buzina do carro se precisassem de ajuda; Bobby e Paul iriam com ele para investigar.

Foram armados. John levou a espingarda calibre 20 de ação deslizante do dr. Adams; Bobby, sua 36; e Paul, um fuzil 22, carregado com cartuchos de fogo circular. As armas eram objetos que eles conheciam bem. Até mesmo o inquieto Paul saía para caçar patos com o pai no inverno. Os três garotos já haviam atirado, e os três tinham matado pequenos animais e uns poucos pássaros. Eram, de fato, um grupinho bem formidável, levando em conta os dedos nervosos no gatilho.

Desceram a estrada particular dos Adams, passando a horta, o caminho para a casa de John e fizeram a primeira curva, logo depois do pântano. Geralmente seguiam paralelos com as curvas e reviravoltas do Oak Creek até chegarem à área que chamavam de "pinheiral". Ali, as plantas silvestres e os brejos formavam um bosque quase impenetrável de árvores e arbustos, cada um engalfinhado com o outro, cada um lutando por sobrevivência, luz do sol e ar. Árvores minguadas, mortas, apoiavam-se nas vizinhas, incapazes de tombar por causa da proximidade, e trepadeiras trançavam seus troncos, estendiam os ramos e criavam cavernas verdes onde alguém poderia se esconder.

A um gesto de John, eles se espalharam como exploradores, mas foi inútil tentar se esconder. Folhas secas e gravetos se quebraram sob seus pés, anunciando seus movimentos. Esquilos tagarelaram e correram, espalhando uma chuva de cascas secas que estalaram na penumbra.

Gaios resmungaram e coisinhas invisíveis fugiram invisivelmente para a esquerda e vadearam as poças de água com pequenos salpicos. Os garotos pararam — separados — espiando as sombras verdes e vendo qualquer coisa que suas mentes sugerissem, mas no fim todas as formas cinzentas eram árvores e cada movimento, luz na folhagem. Por fim, John gritou da direita.

"Achei!"

"O quê?" (Duas vozes diferentes.)

"Aqui...!"

O que havia para encontrar era uma fogueira apagada. Tinha sido feita num buraco, escavado à mão para esse fim, dotado de uma entrada de ar que poderia ser fechada com uma pedra e fora coberta com muito cuidado depois; na mata seca como palha, alguém acostumado a viver ao ar livre fizera tudo do jeito certo. Havia também — Bobby tinha razão — um leito bem denso feito dos ramos e das folhas mais verdes dos pinheiros. Além disso, havia algumas pegadas indistintas — grandes — onde o chão fora limpo para fazer fogo, algumas bitucas de cigarro (sem filtro), uma lata de ensopado vazia e duas latas de cerveja vazias. Nada mais. Os Cinco Libertadores — só que agora eram três — ficaram em silêncio e absorveram a visão.

John se abaixou e pôs a mão nas cinzas descobertas.

"Não sei quanto tempo faz."

Bobby e Paul assentiram; juntos, todos haviam feito e extinguido muitas fogueiras dos Cinco Libertadores.

"Bom, foi aqui que eu vi, sim", disse Bobby.

"É." John se levantou, desarmou a espingarda e a descarregou. Os outros descarregaram as suas e se sentiram um pouco mais nus na floresta, mesmo tendo certeza de que estavam sozinhos.

"Quem você acha que é?"

"Como o Bobby disse, um colhedor qualquer."

"Mas por que ele está *aqui*?"

"Encheu a cara, se escondeu, foi despedido — eu é que sei?"

"Ele estava com fome", declarou Bobby.

"Como é que você sabe?"

"As coisas que ele comprou, ensopado, espaguete, cerveja. Essas coisas satisfazem." Ele chutou uma lata. "Não sobrou nada, como se ele tivesse usado os dedos pra pegar tudo." (Como bom limpador de tigelas de glacê, Bobby reconhecia seus semelhantes.)

"Se ele estiver com fome, deve estar procurando mais coisas." Paul estremeceu.

John e Bobby olharam para ele um tanto surpresos. Talvez estivesse certo. Estava ficando mais inteligente.

"E, se continuar procurando, vai acabar achando a gente."

"É."

"Bom, aqui não tem mais nada", disse John. "Não mexam em nada."

"Por que não?", perguntou Paul. "Assim ele vai saber que alguém achou ele."

"Não. Assim ele vai pra outro lugar", Bobby respondeu primeiro.

"Claro, ele vai embora!" Paul se contorceu.

"Ou vai acabar encontrando a casa."

"Vamos falar disso com a Dianne", determinou John, e eles voltaram.

Dianne, quando soube, estreitou os olhos cinzentos e passou um minuto sem dizer nada. Nos últimos cinco dias — contando o domingo em que haviam planejado a captura de Barbara —, ela tinha ficado menos retraída e se tornado mais assertiva ao fazer planos para todos eles e se certificar de que fossem postos em prática. Seu território havia se expandido até que, agora, a casa dos Adams parecesse a casa *dela* (Cindy ficou zangada com isso). Todos, até John, pediam sua aprovação, nem que fosse só erguendo a sobrancelha antes de qualquer ato importante. Por isso, agora, esperavam.

"O que a gente faz se ele vier pra cá pedindo comida como o Bobby disse e aí descobrir que não tem nenhum adulto aqui?"

"Ele *não veio*, né?"

"Faz pouco tempo que ele chegou..."

"É, mas e se ele vier?"

"Aí vocês me deixam falar com ele e ficam por aqui. Vamos dizer que a mamãe está na cidade, o papai foi trabalhar e, além disso, já temos alguém pra cuidar do campo. Deixem uma arma aqui neste andar, e alguém como o John ou o Bobby pra atirar com ela, e vamos ver como fica." Dianne decidiu, bem decidida. "Não se preocupem."

"E se a gente tiver que atirar nele?", quis saber Cindy, radiante.

"Aí a gente atira nele", respondeu Dianne.

Os Cinco Libertadores ponderaram sobre o assunto. Ela estava falando de matar um adulto, talvez alguém não muito importante (os adultos variavam nesse quesito), mas mesmo assim, *matar*. A ideia não era de jeito nenhum inaceitável, só que outros adultos descobririam e os castigariam por isso.

"Isso não vai estragar tudo?", perguntou Bobby em voz baixa.

"Não se a gente fizer do meu jeito."

Eles concordaram. O dia, no entanto, havia começado em tons sombrios.

O próximo problema do dia — que se transformou numa crise — surgiu com Barbara. Por causa do colhedor, as crianças demoraram a levá-la da cama para o corredor e de lá para o banheiro; mesmo assim, ela foi bastante dócil e realizou a cerimônia de sempre (cada vez mais breve, já que comia menos) com a elegância possível. Só ela e Dianne saberiam exatamente o que aconteceu a seguir.

Enquanto se lavava com uma das mãos, Barbara deixou a toalha cair no chão e, estando amarrada, não conseguiu se abaixar direito e apanhá-la. Dianne entrou, se abaixou para pegar a toalha e Barbara a agarrou. Seus dedos fortes e flexíveis de nadadora se cravaram nos cabelos penteados de Dianne e agarraram um punhado pelas raízes. Embora só a mão direita de Barbara estivesse livre, e apenas do cotovelo para baixo, toda a sua força se concentrou ali, e ficou claro para ambas que Barbara nunca a soltaria. Os cabelos repuxaram as raízes com a força do aperto. Além disso, Barbara jogou o quadril e bateu a cabeça de Dianne na lateral da pia para enfatizar o gesto. Em seguida, tudo ficou confuso.

Dianne gritou, é claro. O som foi de surpresa, dor repentina e raiva, mas — ainda era a fria Dianne — não exatamente de pânico. Ela levantou as mãos acima da cabeça e atacou Barbara. Logo foi empurrada contra a pia outra vez, e por um momento seus olhos perderam o foco.

Os outros Cinco Libertadores chegaram correndo ao banheiro, imprudentes, de olhos arregalados, e houve uma breve luta. Barbara parecia determinada a nunca, jamais soltar, e, mesmo de tornozelos amarrados, resistiu às tentativas deles de desvencilhar seus dedos. Dianne sofria e continuava fazendo exatamente o mesmo barulho enquanto tentava se levantar da posição ajoelhada que Barbara a tinha forçado a assumir. No emaranhado de corpos, nus e vestidos, não havia nada claro, a não ser a questão central Barbara-tem-que-soltar-senão-Dianne-vai-ficar-ferida *versus* Barbara-precisa-resistir-e-machucar-Dianne. Eles balançaram e se contorceram; Paul foi empurrado por cima da borda da banheira e caiu lá dentro; Cindy fugiu; Bobby entremeou as mãos entre as de Barbara e Dianne. Só John conseguiu desatar o nó, e só do seu jeito.

Ele cerrou o punho e, contrariando toda a sua educação, deu um soco na cara de Barbara. O golpe, que deveria acertar o queixo, subiu e a atingiu bem na frente da orelha, mas foi desferido com tanta sinceridade que ela, por sua vez, perdeu o foco, e sua mão, em resposta, soltou Dianne e tentou proteger o rosto ferido, e John bateu mais uma vez. Não havia ninguém para ampará-la. Tornozelos amarrados, ela não conseguiu recuar e, assim, caiu de encontro à parede e escorregou de lado, desenrolando o rolo de papel higiênico numa cascata ao cair. Em seguida, tudo mudou mais uma vez.

Na cena seguinte — meio segundo depois —, Dianne estava sentada no chão de azulejos, chorando, a cabeça nas mãos, o rosto escondido. Barbara, amarrada como sempre, estava retorcida e meio fora de vista atrás do vaso sanitário, e John, agora frenético, tentava grotescamente pegá-la e arrancar a fita da sua boca. Ela não podia chorar, senão poderia sufocar por trás da mordaça. Finalmente, tudo acabou.

Dianne, chorando, levantou-se devagar e saiu cambaleando às cegas do banheiro; cruzou o corredor, chegou à sala de estar e se jogou no sofá, ainda aninhando o rosto nas mãos. Ficou ali por um tempo, as lágrimas diminuindo gradualmente, seu autocontrole voltando. No banheiro, Barbara estava deitada no chão, contorcida num s amarrado, o rosto pálido, a bochecha apoiada no azulejo frio. Paul seguiu Dianne e ficou a olhá-la em espasmos impotentes; Cindy se colocou timidamente atrás dele enquanto John e Bobby vigiavam a prisioneira. Mais minutos se passaram.

Quando os olhos de Barbara recuperaram o foco e a inteligência, John e Bobby arrastaram os pés dela primeiro, os seios no chão, até um espaço onde conseguissem pegá-la. Virando-a, apanharam sua mão livre e a amarraram de volta à outra atrás do corpo. Ela dizia coisas como "não..." e "por favor..." e "está doendo" e só o que eles entenderam era que agora ela estava bem. Depois, voltaram a amordaçá-la e reforçaram a fita na boca. Por ora, a rebelião havia acabado.

A breve visão noturna que Barbara teve de Bobby com sua espingarda descomunal (ou assim pareceu), seu rosto de menino assustado e determinado ao mesmo tempo, o silêncio que se seguiu quando ele abandonou o posto no interior da casa e saiu — tudo provocou nela um novo grau de desespero. Ela *não* seria repassada pelos captores a outro captor, dos vencedores a um novo vencedor. Um possível plano de fuga que ela havia concebido muito antes voltou à mente.

Como as crianças não estavam ficando mais descuidadas com ela conforme o tempo passava, só mais experientes, ela só poderia esperar cada vez menos possibilidade de libertação. Uma oportunidade de colocar sua ideia em prática já escapara dela porque a situação não fora grave o suficiente, porque ela tinha sido sensível demais. Porque, porque, porque. Mas tenho que agir agora, disse Barbara.

Tudo começou como uma proposta simples, mas desesperada. Num momento em que pudesse movimentar a mão ao menos parcialmente, agarraria uma das crianças e a seguraria até que as outras a libertassem. Já que com o clorofórmio e a superioridade numérica eles poderiam facilmente impedir isso, ela criou uma variação. Com a mão livre por um momento, *machucaria* uma das crianças. Isso acabaria por gerar investigação por parte dos adultos, e a investigação levaria ao seu resgate e daí à libertação.

Ela poderia facilmente ter enganado Cindy na noite anterior, mas não quisera machucar *aquela* criança — quem faria isso? O senso de bondade de Barbara não permitiria tal coisa. Além do mais, não fazia sentido tentar apanhar Bobby; ele não apenas seguia o manual do sequestrador, ele o escrevera. Tinha o cuidado de se manter fora de alcance. Assim, restavam os outros — John, Dianne e Paul. Ela mandaria sua mensagem ao mundo exterior via olho roxo, couro cabeludo ferido, nariz inchado. Afinal, ela era uma nadadora competitiva, alguém que tentava ao máximo.

Como John era forte demais, e Paul também — bom, se ela falhasse, ele poderia matá-la na mesma hora —, concentrou-se em Dianne. As manhãs ofereciam a Barbara os maiores momentos de liberdade: ela se levantava e pelo menos o antebraço ficava livre, o espaço no banheiro era apertado o bastante para possibilitar um ataque, e quem mais entrava lá? Só a distinta e às vezes prestativa Dianne. Além disso, a garota magra era a integrante mais responsável do grupo; se deixasse de ir para casa, ou chegasse muito machucada, com certeza haveria uma investigação. Na manhã anterior, Barbara havia feito até um ensaiozinho particular; tinha certeza de que conseguiria *pegar* Dianne.

Aquela certa delicadeza que permeava e marcava a personalidade de Barbara, contudo, até agora a havia impedido de fazer mais que planejar. Todas as pessoas eram suscetíveis ao amor e à caridade, e podia-se contar com a colaboração das crianças, não é? Ela poderia suportar tudo até o fim desse jeito, não é? A violência não era necessária, era? Esqueça os pensamentos generosos e liberais de ontem. Depois de ter sido arranhada com um canivete por um garoto de 13 anos, estuprada por outro que não era nem quatro anos mais velho que o anterior e ameaçada pela presença de um invasor desconhecido, ela mudou de ideia. *Agora*, garota.

Na manhã seguinte, então, ela deixou a toalha cair e sentiu todo o seu organismo funcionar duas vezes mais rápido. Argumento e argumento se encontraram: preciso fazer isso *versus* não posso fazer isso. Logo Dianne estava abaixada ao lado dela e sua própria mão — mal parecia ser sua — estava desferindo um golpe.

Assim que enfiou os dedos nos cabelos penteados de Dianne — Barbara teve que se contentar com o primeiro punhado do que quer que fosse —, soube que tinha pelo menos determinação suficiente para jamais soltar. Contudo, em se tratando de machucar Dianne *o bastante*, ela se conteve, com medo de fazê-lo. Mentalmente, deu o comando e por um instante a vantagem foi sua. Um empurrão dado por uma nadadora de verdade batendo a cabeça e o rosto de Dianne na pia teria sido o fim da linha; se não fosse, o próximo empurrão seria. Enquanto agia, porém, ela se refreou; sendo Barbara, de alguma forma esperou que aquele *pouquinho* bastasse. Desferiu um belo golpe em Dianne, com certeza, mas o fez com misericórdia, e esta não foi retribuída; Dianne não era tão delicada quanto Barbara havia pensado; e assim o momento da oportunidade ficou para trás, e a luta continuou.

Barbara não percebeu o primeiro soco de John chegando a não ser na forma de um borrão visto pelo canto do olho, mas, mesmo com os clarões verdes e brancos que se seguiram à explosão em sua têmpora, de alguma forma ela o gravou na memória. Ele também era de uma natureza mais rígida e não hesitaria em matá-la, e bateu nela outra vez, e em seguida ela estava caindo. Barbara havia subestimado todos eles.

Quando caiu, estava atordoada. Soltou Dianne tarde demais e ergueu o braço direito livre tarde demais, de modo que atingiu o chão de azulejos desprotegida, e o frio se apressou a encontrar seu rosto e machucá-lo.

Ficou assim por algum tempo. Ouviu vagamente o choro e as vozes, sentiu indistintamente as coisas que eram feitas com ela, mas de alguma forma estava anestesiada. Havia um nevoeiro vertiginoso entre o essencial dentro de Barbara e fora dela. Ficou grata pelo torpor. Gostaria de continuar assim, mas a dor e a consciência voltaram, implacáveis.

Ela abriu os olhos e se viu imóvel no chão do banheiro, as duas mãos amarradas outra vez e os pés não só atados, mas unidos firmemente, tornozelo contra tornozelo. O pano úmido e volumoso estava enfiado na boca outra vez, e os lábios estavam cobertos com muita fita adesiva. Pequenas ondas atordoantes de choque e dor — punhos feridos, cabeça latejando — percorreram sua consciência. Acima dela, do outro lado desse despertar tremulante, John e Bobby a encaravam. Embora entrassem e saíssem de foco, ela viu que também estavam pálidos e ofegantes. Virou o rosto para baixo, encostando-o no piso frio de cerâmica, e deu voz ao sofrimento.

Não fora capaz de ir até o fim.

A dor no ponto onde a cabeça de Dianne acertara a pia tinha diminuído e dera lugar só a uma dor de cabeça e a um leve galo. Quando isso ficou óbvio para ela, tranquilizou-se e recuperou a calma, uma calma quase sobrenatural. Enxugando os olhos, levantou-se do sofá, foi até a cozinha, abriu o congelador, tirou cubos de gelo do compartimento, esmagou-os com o picador de gelo do bar do dr. Adams e enrolou-os numa toalha, que ela molhou e encostou na testa. Seus movimentos eram tão confiantes e positivos quanto os das várias máquinas que usou. Os outros Cinco Libertadores a seguiram e a rodearam, observando-a, ansiosos.

Embora não tivesse perdido a consciência, houvera um momento em que o tempo até aquele instante tinha parado e depois recomeçado. Havia uma lacuna breve em sua vida. De um lado dessa interrupção, os assuntos pareciam uma coisa, e agora, do outro lado, estavam muito diferentes.

Para começar, os rostos dos outros jovens estavam alterados. Pareciam mais jovens e menos seguros de si que antes. Paul tremia, Bobby estava imensamente abalado, Cindy calada e submissa, e até John, com quem ela contava, estava inseguro e quieto. Em torno dos quatro havia uma mesma aura: estavam esperando que ela falasse.

De repente, Dianne entendeu que esperavam que ela falasse.

A primeira coisa que dissesse — sabia disso — seria acatada e executada, não importando o que fosse. Pareceria uma ordem e seria cumprida. Os Cinco Libertadores, perturbados e desorientados nos últimos minutos, tinham se tornado plenamente subordinados a ela. Dianne sentiu a autoridade total — levou apenas a milésima parte de um segundo — passar para suas mãos.

Ainda de pé, ainda em silêncio, ainda menos que uma respiração depois, ela sentiu-se envolver por uma sensação lenta e deliciosamente doce de liberdade. Tirou a toalha gelada da cabeça, derramou o conteúdo dentro da pia, torceu-a e pendurou na torneira para secar. Examinou a cozinha e achou-a suficientemente arrumada.

"O que a gente faz agora?"

"Leva ela pro andar de baixo", disse Dianne.

A casa atual dos Adams começara a ser construída quando Cindy tinha 6 anos — quatro anos atrás — e, nessa época aparentemente longínqua, a família havia morado na cabana no campo. Vinham de Baltimore toda sexta-feira à noite, parando no restaurante Howard Johnson's para as crianças comerem e chegando à fazenda bem tarde. Noite escura ou não, a primeira coisa que o dr. Adams sempre fazia era subir o morro ao longo do rio e ver o que os empreiteiros tinham feito desde que ele estivera lá pela última vez: a casa era sua obra de arte do momento. Cindy se lembrava de tudo com clareza.

Primeiro vieram as escavadeiras rasgando uma vala longa e profunda logo atrás do morro junto do rio. Depois vieram os caminhões de cimento e os pedreiros construindo um forte de tijolos. No fim, as máquinas voltaram e nivelaram a terra até o alto no lado de fora. No topo desse lugar escuro e afundado, ergueu-se devagar o velho barracão, e, embora tivesse aparecido primeiro, o porão nunca fora totalmente terminado. O dr. Adams havia especificado que o empreiteiro lhe deixasse um brinquedo particular.

Para chegar ao porão, era preciso descer uma escada situada no canto sudoeste do corredor no lado da casa voltado para a terra. Lá embaixo, virava-se à esquerda e havia três opções. À esquerda ficavam a despensa e a lavanderia; à frente, o depósito; à direita, a futura sala de jogos do dr. Adams. No projeto, essa sala deveria servir por cerca de cinco anos como sua oficina, e assim foi. Cirurgião especializado em problemas de rico, o médico também levava jeito para a carpintaria. Era aqui que ele serrava, lixava, encaixava e colava as prateleiras e peças de mobiliário destinadas ao andar de cima. Aqui faziam-se consertos; aqui os presentes de Natal eram construídos; aqui Bobby fazia pequenos reparos em dias chuvosos; aqui ficavam guardadas as armas e outras coisas; aqui — em suma — era o lugar de tudo o que era áspero e rude.

Ao cabo de cinco anos, o cômodo seria convertido num tipo especial de sala que o dr. Adams ainda estava criando. Até agora, nas horas vagas, ele começara a transformar vigas expostas em retrancas de navio com suportes e cavilhas e ensambladuras pintadas, passara a fazer experimentos com painéis de madeira nas paredes e no piso. Quando terminasse, provavelmente pareceria um restaurante caro sem mesas, o tipo de coisa que um dia figuraria na coluna de estilo da edição dominical do *Washington Post*. Por ora, contudo, era um caos semiconfortável, um lugar que abrigava ferramentas e pás e equipamentos para acampar e velejar, madeira empilhada e churrasqueiras (havia *duas*).

Cindy nunca tinha gostado daquele cômodo. O cheiro de tinta e madeira e alcatrão e cimento não a agradava nem um pouco. Com desdém feminino, nunca entrava lá a não ser para pedir um favor ou fazer com que Bobby ou o papai consertassem um dos seus brinquedos. Havia muitas coisas mortas ali — móveis sem uso, equipamentos enferrujados, poeira e uma sensação de umidade — e isso a lembrava do buraco fundo do poço quando estava aberto e os homens consertavam o motor ou coisa assim. No entanto, quando Dianne falou, Cindy entendeu na mesma hora o quanto era apropriado; parecia *mesmo* uma câmara de tortura.

Se no começo os Cinco Libertadores haviam sido cuidadosos ao lidar com Barbara, depois mais autoconfiantes, agora eram brutos e vingativos. Ela os pegara de surpresa, até os atacara — quase entenderam o que ela pretendia — e os havia amedrontado, a coisa mais imperdoável de todas. Reagiram como alguém que esbarra num móvel e depois se vira e chuta a cadeira ou mesa agressora para dar a ela uma lição.

Meio levantando, meio arrastando, levaram Barbara para o corredor e a puseram de pé. Embora não oferecesse — mas pudesse oferecer — resistência, ela se manteve rígida e, olhando para trás, emitiu sons óbvios de dor. Eles, porém, não estavam inclinados a ouvir, nem mesmo Cindy. Não confiava mais nela desde a outra noite, quando havia tirado a mordaça de Barbara e ela se pusera a gritar. A confusão da manhã e o fato de Barbara ter machucado Dianne apenas aumentavam a desconfiança. Quando os outros começaram a levar Barbara escada abaixo, Cindy quis ser grande o bastante para ajudar; faria Barbara bater em alguma coisa e ela ia *ver* só.

"Cuidado aí — ainda está segurando ela?" John e Dianne a carregavam pelos braços, um de cada lado.

"Arrã. *Cuidado*, Paul! Arrã, tudo certo." Respirando com dificuldade e andando desajeitadamente, Bobby e Paul desceram os degraus, as mãos entrelaçadas debaixo dos joelhos dela.

"Vai devagar..."

"Não consigo continuar..."

"Mas não solta *aqui*."

"Não tenho espaço pra me virar."

"Sai da *frente*, Cindy!"

Trombando e cambaleando, desceram lentamente a escada até o porão, onde deixaram Barbara no último degrau enquanto Bobby abria a porta da sala de jogos e acendia a lâmpada descoberta sobre a bancada de trabalho. Barbara se inclinou e tentou apoiar a cabeça na perna de John, mas ele a afastou.

"Ok, vamos." Andando com mais facilidade no piso plano, eles a carregaram para dentro da oficina e a soltaram — com força — no chão de concreto. Houve uma pausa para respirar.

"O que a gente faz agora?" Embora estivesse quieto por fora, Paul parecia quase espasmódico em sua agitação contida. Seus olhos disparavam de um lado para o outro com um prazer perverso e agitado.

Eles pensaram.

O porão estava abafado: o ar-condicionado não chegava até ali. John pegou a barra da camiseta e enxugou os olhos. Bobby parecia incomodado. Todos olhavam para Dianne.

Inclinando a cabeça para trás e olhando para os canos e as traves e cavilhas do "navio" nas vigas expostas, Dianne disse: "Vamos pendurar ela".

"É isso aí!" Paul fez o que é conhecido como um pulinho de alegria (raramente visto). "Pelos dedos dos pés!"

"Ah, não dá pra fazer isso", respondeu John.

"Por quê?"

"Foi uma coisa que eu li..."

"Você arrancaria os dedos dos encaixes", esclareceu Bobby, informado.

Barbara tentou sentar-se, emitindo ruídos pelo nariz.

"Só pelos braços", disse Dianne. "Isso machuca bastante."

"Cara!"

A manobra complicada, contudo, desencadeou mais uma luta. Tiveram que carregá-la de novo — para baixo das pesadas argolas de ferro — e, sabendo o que viria, Barbara chutou e arremessou para longe os dois garotos menores. Por fim, foi preciso que até Cindy ajudasse a carregá-la pelos dois ou três metros necessários.

"Ela é alta demais", disse John.

"Como assim?"

"Quando a gente conseguir levantar os braços dela por cima da cabeça, ela vai conseguir encostar no cano. E ele pode não aguentar o peso dela."

Não tinham pensado nisso, mas era verdade.

"Já sei!" A hora de Paul havia chegado (estava óbvio). "Deixa as mãos dela atrás do jeito que estão e puxa elas pra cima!"

"Vai dar certo", Dianne respondeu devagar.

Isso os Cinco Libertadores ainda não haviam experimentado consigo mesmos. Seria interessante.

Os pulsos e tornozelos de Barbara (ainda presos aos pares) foram soltos do corpo e amarrados atrás das costas. John passou uma corda desde os pulsos até o cano, passou-a por cima dele e a baixou. Puxou a corda e içou os braços dela por trás, inclinando o corpo dela para a frente. Convencida de que deveria ficar de pé ou sofrer a torção e o deslocamento dos ombros, Barbara se deixou levantar e John puxou mais um pouco. Não houve a menor dificuldade. Para evitar a dor, ela tirou os calcanhares do cimento e ficou na ponta dos pés; os tendões atrás dos joelhos ficaram sombreados e os músculos das panturrilhas se destacaram. Os seios penderam e a cabeça, agora escondida pelos cabelos desgrenhados, se lançou para a frente. John amarrou a corda numa coluna de sustentação, e os Cinco Libertadores fizeram uma nova pausa.

Nos minutos de luta, a nudez de Barbara tinha deixado de ser novidade para Bobby e Cindy e já mal empolgava os outros. Até aquele instante, a manhã havia provado que a prisioneira era um fardo, um perigo, uma oponente, um estímulo à culpa e à ansiedade, mas nunca um alvo de atenção erótica. Agora, contudo, forçada, torcida, amarrada e imóvel, a não ser pelo deslocamento limitado na tentativa de aliviar a agonia, ela se tornou para eles — mais uma vez — absolutamente extraordinária.

"A gente conseguiu." Paul não acreditava. "Conseguiu mesmo."

Cindy olhou para ele e entendeu o que dizia. De fato, sentiu que todos entendiam. Era o jogo transformado em realidade. Jogado tantas vezes na imaginação e, portanto, na inocência se tornara verdade. O que Paul dissera servia para todos eles, e havia um sentimento de intensa cumplicidade e comprometimento no porão. Todos sabiam que ali havia outras possibilidades. De repente, ficou um pouco assustador — pelo menos, na opinião de Cindy — e ela não respondeu nem disse mais nada.

"Bom, o que você esperava? Que a gente não conseguisse ou o quê?" John aparentava uma descontração que Cindy viu como falsa. Ele estava nervoso e não nervoso, olhando e não olhando para o traseiro branco, liso e arredondado de Barbara.

Só Dianne agiu. Em pé diante da prisioneira, ela estendeu a mão por baixo do corpo dobrado e envolveu o seio da garota mais velha com os dedos. Então, com frieza deliberada, apertou e torceu com toda a força que pôde.

É possível sentir quando outra pessoa é ferida, e Cindy sentia agora. A carne de Barbara ficou mole e grotescamente distorcida, e a mão estava dura, magra e tinha os nós dos dedos brancos. Além disso, Cindy ouviu: a prisioneira irrompeu em contorções e ruídos fúteis e sua reação foi permitida por alguns segundos. Por fim, Dianne soltou o seio, pegou a cabeça de Barbara pelos cabelos e deu um único tapa forte no rosto dela. Assim o momento obsceno acabou.

Dianne não dignificou seus atos nem com uma única palavra.

Os joelhos de Barbara cederam, e por um momento ela pareceu a ponto de romper os tendões dos próprios ombros com o peso do corpo. Fez os mesmos velhos ruídos de sofrimento e similares. Depois a maior dor assumiu o controle, e ela ficou na ponta dos pés, as pernas esticadas outra vez.

Aquilo deu nos nervos de Cindy, a coisa toda lhe dava nos nervos. Impunha emoções, responsabilidades e pensamentos complicados que ela não queria ter. Sentiu o rosto esquentar como acontecia quando estava prestes a ter um ataque de choro desesperado. Tudo era ruim. E Barbara era ruim por ter causado tudo aquilo, e Dianne tinha razão. Sentindo algo semelhante a uma entrega impulsiva e repentina, Cindy fechou o punho insignificante e deu um soco em Barbara, depois Dianne pegou seu braço e a deteve.

"Não!"

Cindy entendeu. Tinha se metido num assunto particular.

"Ela não fez nada pra você", disse Dianne, "não machuca ela... ainda." Ela amoleceu e fez um carinho em Cindy. "Mas você foi boazinha. Ajudou muito."

Cindy olhou para ela, ainda zangada mas hesitante, e viu que o rosto de Dianne não era o de sempre, frio e coberto de razão. Ainda assim, fez o que não teria feito nem pelos pais, nem por Bobby, nem por qualquer outra pessoa no mundo. Assentiu e saiu da sala com os punhos cerrados. Mas sabia o que ia acontecer de qualquer jeito.

"Escutem!"

Como já estavam no porão havia algum tempo, as crianças não ouviram a caminhonete até que ela estivesse quase na frente da casa. Segundos depois de identificarem o som do motor, ela estava lá, o freio de emergência resmungando, a buzina gritando — depois dos dias de silêncio, era estranhamente alegre — e a porta da caminhonete bateu. Não ouviriam passos imediatamente porque a trilha em torno da casa era feita de areia e terra fofa, solta e queimada de sol. Os Cinco Libertadores pararam de respirar, todos de uma só vez, e todos pelo tempo de um segundo. Um por um, ergueram o olhar como se tentassem ver através do piso sólido e das paredes acima deles. Cindy cobriu a boca com a mão.

A cabeça de Barbara — até onde ela podia erguê-la — se inclinou com a das crianças. Ela tentou se virar, fazendo um barulho assustadoramente alto (para eles) pelo nariz. A palavra não pronunciada era clara para os ouvintes — *socorro*. Por instinto, John avançou e, com a mão em concha, cobriu a boca já tapada com fita, posicionando-a logo abaixo do nariz. O som quase cessou enquanto Barbara começava a sufocar. Ela se debateu em desespero.

"Dá pra calar a boca?"

"É melhor calar mesmo!" O sussurro de Dianne foi tão ríspido quanto um disparo de 22. "Subam, vistam as roupas de banho e vão para a cozinha." Ela estava olhando para Bobby e Paul.

"Roupas de banho?"

"*Rápido!*"

Agora, finalmente, ouviram-se passos diante da porta dos fundos e batidas — quase pancadas — na porta do rio (a da cozinha). Era um adulto.

"Vem!" Menos abalada e mais autoritária a cada segundo, Dianne agarrou Cindy e subiu a escada dois degraus por vez. "Já vai!", gritou do alto da escada. Então, parando no banheiro, puxou Cindy para dentro e ligou o chuveiro.

Mais batidas.

"Só um segundo!"

Dianne estava exasperada, trêmula, mas ainda no comando. "Você fica aqui e deixa o chuveiro ligado. Entendeu? Deixa a água caindo. E se eu disser alguma coisa do outro lado da porta, grita só sim ou não e tenta agir igual a Barbara. Entendeu?" Ela fechou a porta, não parecendo tranquilizada pela expressão confusa da criança.

"Já vou!" Quase trotando pelo corredor, ela viu da primeira janela que era a caminhonete de entrega da Tillman's. Meio minuto depois, Dianne entrou na cozinha, atravessou o cômodo e abriu a porta para o sr. Tillman, que estava parado nos degraus do lado de fora segurando uma sacola de papelão e equilibrando outra no joelho enquanto batia na porta de tela.

"Desculpa. Pode entrar."

"Obrigado, Didi." Ele passou por ela, desajeitado, uma massa pungente de pele masculina suada, e deixou as sacolas no balcão da cozinha com um baque. Tirando um lenço úmido do bolso, enxugou a nuca e o pescoço por baixo do colarinho, depois a testa e o rosto. Voltando a dobrar o pano para encontrar um ponto seco, ele terminou enxugando debaixo do queixo. "Caramba, tá quente demais lá fora, vou te contar." Ele tinha um sotaque forte da Costa Leste. "O que está fazendo aqui hoje? Visita? Cadê a menina que fez o pedido?" Ele demorou a decidir se chamava Barbara de menina ou mulher.

"Barbaraaa!" Dianne virou-se e gritou pela casa. "Você fez algum pedido pro sr. Tillman?" Depois de um momento de silêncio, Dianne se voltou para ele. "Ela está tomando banho." Nesse ponto, Dianne assumiu um tom de confidência. "Acho que ela não consegue me ouvir."

"Ah, ela fez o pedido, sim. Agora só precisa assinar."

"Ok, vou chamar ela. Só um minuto..."

"É melhor não demorar muito. Metade das coisas congeladas já derreteu. Posso tomar um copo d'água?"

"Claro!" Dianne se virou à porta e deu meia-volta. "Aqui tem um copo", ela o tirou do armário e entregou para o homem, "e água gelada." Abriu a geladeira e colocou uma garrafa alta e verde na bancada. "Fica à vontade."

"Nossa, querida, não preciso de nada tão chique assim", respondeu ele, rindo.

"Pode usar. É o que eles usam." Ela saiu, gritando no corredor: "Barbaraaa!"

"Heiiin?" Apesar do chuveiro ligado, a voz que veio do banheiro era alarmante, parecida demais com a de Cindy.

"O sr. Tillman trouxe umas compras..."

"Assina pra ele igual a mamãe faz!"

Ah! Dianne teve vontade de matá-la. Nenhuma babá teria dito isso, mas agora era tarde, e talvez o sr. Tillman não tivesse escutado. Tratando de falar numa voz alta o bastante para ser ouvida, Dianne gritou: "Ok", e voltou à cozinha. "Ela disse pra eu assinar, está tudo aqui?"

Tillman havia esvaziado o copo e estava de pé na frente do ar-condicionado. Ele se virou, tirou uma nota fiscal úmida da sacola mais próxima e franziu a testa. "Bom, estávamos sem algumas das comidas congeladas que ela queria, mas, conhecendo as crianças, eu trouxe uns frangos fritos no lugar do peru. Lógico que ela não precisa aceitar, o único problema é que eu não sei quando o homem vai voltar com o peru porque o caminhão dele quebrou lá em Bryce e eu achei melhor trazer bastante comida, de todo jeito." Ele mostrou a ela a nota da entrega.

Dianne a examinou.

"Pode ser. Não sei... Espera um pouco." Dianne pegou a nota e tornou a seguir até o banheiro. Desta vez, voltou com a assinatura e com Cindy a tiracolo. "Ela disse que tudo bem e agradeceu."

"A gente vai nadar!" Cindy, a rainha do condado na opinião do sr. Tillman, correu até ele e abraçou-lhe a cintura. Foi um gesto espontâneo, acidental e inspirado. O sr. Tillman ficou alegre e completamente distraído.

"Ah, vocês vão, é?"

"Assim que a Barbara levar a gente." Ela olhou para cima e abriu um sorriso brilhante como cristal.

Dianne suspirou e perdoou. Em seguida, Paul e Bobby entraram na cozinha com roupas de banho, os rostos absolutamente inexpressivos. Parecia até que estavam a caminho do dentista.

"Nada de ir pro rio antes de a Barbara aparecer", disse Dianne.

"Quê?" Olhares despreparados dispararam de um lado para o outro.

"Foi o que ela disse, e usem as toalhas que já estão no varal pra ela não ter que lavar todo dia."

"Ok." Eles saíram e desceram a escada dos fundos. Assim que deixaram a casa, dispararam no que Dianne poderia chamar de fuga aterrorizada, mas imaginou que poderia ser encarada como um gesto de alegria. Talvez.

Tillman olhou para eles. "Não tem nada melhor que nadar." Ficou calado por tempo suficiente para, quem sabe, lembrar sua própria juventude naquele mesmo rio. "Que bela casa o dr. Adams construiu aqui. Bacana."

Dianne assentiu.

"Segura e sossegada, também. Um ótimo lugar pra criar os filhos."

"Bom, e hoje à noite?" John se deitou de bruços na areia fina e cinza. A seus pés, ondulações que não chegavam a dois centímetros de altura lambiam suavemente a prainha fluvial.

À sua volta, em várias posições de repouso após nadar, os Cinco Libertadores — com exceção de Paul, que estava de guarda — descansavam à sombra. Os ataques nervosos de riso, a recordação de como sentiram medo em vários momentos do dia finalmente chegando ao fim, eles ponderavam o que viria a seguir. Embora — eram só quatro da tarde — o sol ainda estivesse alto e a escuridão, distante, as sombras que haviam se recolhido durante toda a manhã agora tinham se invertido e tornavam a se esticar. Era possível que um dia alarmante se tornasse uma noite alarmante.

"Bom..." Bobby usava o dedo para desenhar a esmo na areia. "Estou falando do colhedor."

"O que tem ele?"

"Bom, como ontem à noite, quando vi o fogo, tudo aqui estava tranquilo. Como se todo mundo estivesse dormindo. E se ele estiver com muita fome ou alguma coisa assim hoje à noite e vier aqui procurando alguma coisa pra roubar? E se ele parar na porta ou olhar pela janela? Estamos só nós dois aqui. Sozinhos."

Cindy — a outra parte de "nós"— ainda não estava visivelmente alarmada, mas obviamente pensava em tudo aquilo. Com delicadeza feminina, havia pegado o que chamavam de carrapicho de areia e testava com cuidado os espinhos na ponta macia do dedo.

Silêncio.

"Eu não posso atirar nele, sabem. Não posso nem atirar perto dele." Bobby parou de rabiscar e olhou para cima. "É só disparar uma arma aqui à noite que todos os vizinhos vêm correndo."

"Não vêm, não."

"Vão fazer perguntas." Dianne concordou com Bobby. Sentada em sua toalha, um pouco afastada dos outros, ela estava — com a mesma delicadeza feminina — arrancando pétalas de uma margarida-amarela: *bem-me-quer, mal-me-quer*. Era impossível imaginar Dianne usando essa brincadeira infantil como acompanhamento. Quaisquer que fossem seus pensamentos ao arrancar as pétalas, ela guardou para si.

"Deixa tudo bem trancado."

"Grande coisa", respondeu Bobby.

"Queria que a gente pudesse atirar nele" — John ignorou o sarcasmo —, "até mandar uma bala ou duas por cima da cabeça. Isso ia dar um jeito nele."

Todos riram. O assobio imaginado do projétil — em que a TV fazia com que todos se achassem especialistas —, a explosão de galhos cortados caindo do alto, a corrida repentina dos animais noturnos em torno do acampamento —, tudo isso os divertia. Com certeza bastaria para fazer com que qualquer colhedor itinerante e ansioso abandonasse seu abrigo temporário e fugisse noite afora, gritando por misericórdia. A visão da fuga era engraçada. Eles inventaram novos percalços até cansar — atolar no pântano, ficar preso nos espinheiros, pisar numa cobra etc. — para acompanhar a fuga do homem.

"E depois um carro passa por cima dele!" A risada de Cindy tinha uma alegria prateada e brilhante.

"É, mas não é isso que vai acontecer." Só Bobby estava de mau humor.

"Não", respondeu Dianne. "Bom, deixa todas as luzes que puder acesas. Ninguém vai ver elas aqui."

"A noite inteira?"

"Se precisar."

"Eu queria que *vocês* tivessem que ficar aqui", declarou Bobby. Incluiu o grupo inteiro. "Sozinhos com ela."

"Comigo?" Cindy ficou ofendida.

"Não. Com *ela*."

"Ah." Concordância.

A conversa parou. Estava tão sossegado à margem do rio que toda a situação deles em relação ao mundo parecia quase imaginária. À noite, todos teriam um bom jantar e (a não ser por Bobby e Cindy) receberiam o carinho e a aprovação dos pais. Era difícil — quase impossível — perceber que aqui estava a verdade e que suas vidas domésticas agora eram completamente irrelevantes. Essa tinha sido a vontade deles.

Por fim, John disse: "O riacho corre até onde o cara fez a fogueira...".

"E daí?"

"Não sei, acho que..." John apoiou o queixo na mão, pensativo. "Quem sabe, se eu for até lá com meu barco a remo, dê pra ficar de olho nele. Pelo menos por um tempo."

"De que adianta?", perguntou Bobby.

"Você pode assustar ele!" Cindy ainda queria sangue.

"Ah, é." Bobby olhou surpreso para a irmãzinha. "Se você puder jogar umas pedras grandes por trás, ele pode ficar com medo."

Foi a vez de John considerar os perigos que *ele* correria. Franziu a testa. Conhecia muito bem a escuridão e os insetos, os sons da água e os estados dos arbustos, e as folhas e galhos acumulados por anos que poderiam denunciar alguém na floresta. "É, pode ser."

"Ele pode ficar bravo", argumentou Dianne, pensativa.

"Ou sair correndo na direção da casa", concordou Bobby.

"Nã-ã-ão."

"Eu queria..."

"O quê?"

"Queria que tivesse um jeito de pôr a culpa nele", disse Dianne. (*Mal-me-quer*).

"Que culpa?"

"Ah... por ela. Por tudo." Dianne parecia distraída.

"Barbara?"

"Arrã."

"Não tem como fazer isso."

"Eu só disse que queria." Dianne descartou a flor desnudada e arrancou outra. "Só isso."

"Isso não ajuda nada." Bobby — seu problema ainda vinha em primeiro lugar — suspirou.

"Pode ser que não aconteça nada."

"É. Pode ser."

"Já sei." John se virou e se sentou, limpando a areia do peito.

"Que foi?"

"E se a gente pegasse as armas e fosse pra lá agora?"

"Por quê?"

"Bom", John ficou decepcionado com a falta de compreensão, "se ele estiver lá, a gente pode assustar ele um pouco. Se não estiver, a gente pode esculhambar um pouco o lugar e deixar claro que alguém passou lá e descobriu o acampamento dele."

"*Agora?*"

"Bom, a gente tem que ir pra casa logo mais..."

Bobby franziu os lábios, pensativo. Ficou claro que o plano não o entusiasmava muito.

"Em todo caso, se ele não estiver lá, você vai ficar mais tranquilo, não vai?"

"É. Se *não* estiver."

"E mesmo se estiver."

Bobby pegou um punhado de areia e o deixou cair. "Aaaah, ele não ia ter medo de um bando de moleques que nem a gente. Você sabe que a gente não ia atirar nele de verdade. Nem que a gente quisesse."

"Ele não sabe disso."

"Claro que sabe. O que pode acontecer é ele tomar as nossas armas, e aí, como é que fica?"

"De jeito *nenhum* ele consegue tomar a minha arma." John se levantou de repente.

"Não é sua."

"A que eu uso, então."

"Se vocês forem, é melhor levar o Paul", sugeriu Dianne em tom brando.

"O Paul?"

"Ele sabe atirar. Sai para caçar com o nosso pai. Ele *gosta* de atirar."

"É. Nos coelhos." Mesmo assim, Bobby se levantou com John, depois as meninas também. Tomaram lentamente o caminho até a casa, gritando por ele.

No começo da tarde, eles haviam baixado Barbara da viga da qual — até então — ela estava praticamente pendurada, semiconsciente, a cabeça e os cabelos apontando para o chão, os joelhos quase cedendo, os calcanhares no piso, ainda que isso aumentasse a dor. Ela desabou como se estivesse morta, os joelhos tocando o cimento primeiro, como numa prece, depois a têmpora, o ombro e o quadril. As mãos estavam completamente exangues e pálidas. A não ser para desviar o rosto do concreto, ela não fez nenhum movimento e definitivamente não criou dificuldade para eles. Por insistência de John, eles a amarraram — com o rosto voltado para cima — num banco de piquenique empoeirado, e aqui, mais tarde ainda, Paul a encontrou quando chegou sua vez de vigiar.

Se — tirando a manhã — havia esperado quase um dia inteiro por sua vez de ficar com Barbara, Paul se decepcionou. O dia exigira demais dela, que não recuperou os sentidos; na verdade, ficou deitada como se estivesse dormindo ou em coma. Quase não reagiu em resposta aos cutucões e tormentos dele — alguns muito exóticos para um garoto tão jovem — e as reações que teve foram pouco mais do que um breve virar da cabeça e uma careta. Era como se ele não existisse, e isso o enfureceu. Descontrolado, pensou em todas as coisas que *poderia* fazer para recuperar o poder sobre ela. Seus olhos percorreram avidamente a série de ferramentas e instrumentos no porão, até que suas pernas ficaram fracas e ele começou a transpirar por trás dos joelhos. Ainda estava meio cegado pelo mundo da imaginação quando eles desceram as escadas e o chamaram. Piscando, tremendo e se contorcendo, ele seguiu John e Bobby até o andar superior, sentiu a 22 ser colocada em suas mãos e o punhado frio de projéteis cair no bolso.

Lá fora, começara a escurecer no oeste, não por causa do anoitecer iminente, mas pelo esforço diário do céu para fazer a chuva cair. O sol, ainda bem alto, começou a escurecer por trás de uma névoa cor de cobre de poeira e umidade e, contornadas pela luz reduzida, enormes nuvens de tempestade se acumulavam devagar por milhares de metros. Quando os garotos pegaram a estrada particular pela floresta, a temperatura começou a esfriar sensivelmente.

Mais rápidos agora que sabiam o caminho, os Cinco Libertadores se aproximaram do acampamento. Desta vez, porém, marcharam com passos ruidosos e prepotentes, esperando que qualquer colhedor fugisse deles em vez de enfrentar suas armas (inúteis). Se tinham sido bem-sucedidos ou não, o acampamento e o leito de folhas de pinheiro estavam tão desertos quanto antes. Isso foi satisfatório e ao mesmo tempo frustrante.

"Bom... Acho que já era."

"É", concordou Bobby.

"Bom, a gente tem que ir pra casa."

"Eu sei." Incomodado, Bobby se virou e foi o primeiro a tomar o caminho de volta.

Só Paul não fez nenhum comentário. Na retaguarda, caminhou às cegas como se ainda estivesse no porão, em transe.

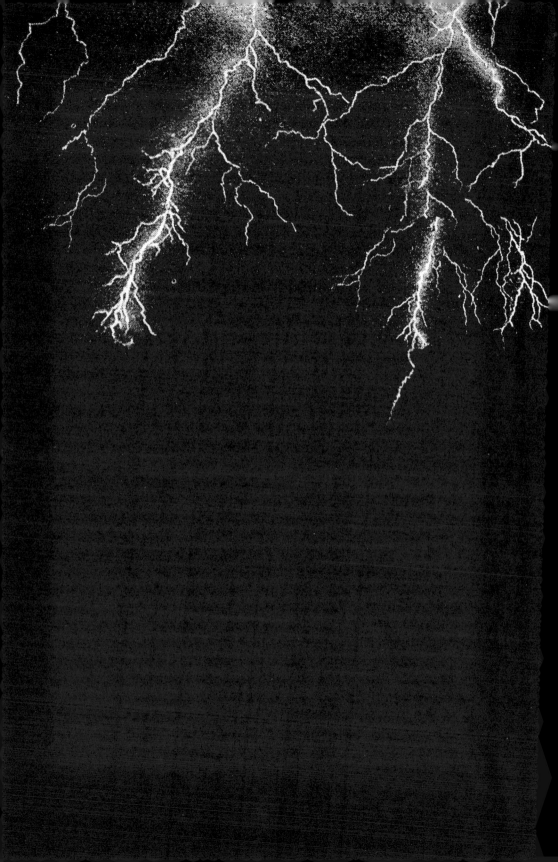

QUANDO OS ADAMS SAÍRAM DE FÉRIAS
Mendal W. Johnson

Mais uma vez, houve relâmpagos e trovões, e mais uma vez a chuva não caiu. Ela queria cair, John sabia. Na escuridão, o ar estava carregado por conta da umidade e do calor, esperando, mas simplesmente não conseguia se elevar. Em vez disso, os trovões continuavam abafados e confusos — em todos os lugares ao mesmo tempo — e os relâmpagos eram suaves e difusos, não bruscos e crepitantes como deveriam ser.

De pé e descalço em seu barco a remo no Oak Creek, a certa distância de casa, John agarrava os galhos acima da cabeça para se impulsionar adiante seguindo apenas os estrondos. Valia-se dos raios, por mais fracos que fossem, para enxergar a água à sua frente.

Um peixe pulou e John estacou de imediato.

Atrás dele — fez um sinal com a mão, em silêncio — os homens no outro barco também pararam. O Delta era sinistro. Um respingo como aquele *poderia* ser um peixe, uma pedra atirada para forçá-lo a revelar sua posição ou um nadador vietcongue. Por um bom tempo, ele continuou imóvel: sua tarefa era encontrar, localizar com precisão e detonar os *Charlies*. De manhã, faria uma chamada via rádio e depois limpariam a área. Ele saboreou a ideia; talvez usassem napalm. Olhou para trás durante o clarão produzido pelo relâmpago seguinte e pensou ter visto o resto de sua patrulha, pessoas de uniforme, sem rosto nem importância, assustadas (com certeza, ele via a guerra do ponto de vista de um administrador). Desprezava os patrulheiros; eles queriam viver, não matar. Bem, se quisessem ter uma dessas coisas, teriam que fazer a outra. Fez sinal para que o seguissem. Relâmpago — pausa — prossigam.

Ergueu a mão, prendeu um mosquito de encontro ao pescoço suado e o esmagou.

Em algum lugar na floresta, na escuridão, havia uma sentinela. Se John pudesse passar por ela, poderia chegar à casa. Estavam com a garota lá, torturando-a. Ele precisava se aproximar o bastante para tirá-la de lá ou garantir que a informação morresse com ela (mais uma grande trama). Era parte do trabalho. Bom, vamos em frente; agora falta pouco.

E, de fato, já estava quase lá.

Segundo os cálculos de John, estava quase no ponto onde o riacho chegava mais perto do pequeno acampamento do colhedor. Suas reflexões e devaneios, indolentes, ainda que interessantes, o haviam levado até ali, mas desvaneceram conforme se aproximava. O resto, se houvesse resto, teria que ser feito por John Randall, 16 anos, pessoalmente. Mesmo se não o fizesse, estava orgulhoso de si mesmo até esse ponto. Quem mais viria aqui sozinho à noite e empreenderia a espionagem que ele estava fazendo? Pensou na bela história que isso daria na manhã seguinte e prosseguiu.

Ao se aproximar de sua origem nebulosa — um pântano alimentado por uma nascente em outro município —, o Oak Creek ficava mais estreito e estrangulado e obstruído por plantas e obstáculos. Em determinado ponto John teve que se deitar no barco e passar por baixo de um enorme carvalho caído — era apropriado que fosse justo a árvore que dava nome ao riacho — que ia de uma margem a outra. Foi uma proeza assustadora, digna de uma aranha.

Ele se abaixou, passando os pés por baixo do banco de trás, apoiando as costas no banco do meio. Levantou as mãos, agarrou o tronco molhado, preto e apodrecido, e impulsionou a si mesmo e ao barco, devagar. Seus dedos, esperando encontrar larvas, cobras ou coisa pior, tateavam com cuidado. A umidade caía em seu rosto. Em determinado momento, o barco raspou na lama abaixo e na árvore acima, e ele ficou preso. Em vez de se entregar ao pânico, descansou — são e salvo, ou pelo menos tão são quanto estivera uma hora antes, em casa — e pensou. Retrocedendo, voltou pelo riacho, recomeçou e fez o barco serpentear lentamente por baixo do tronco até ver a luz outra vez. Comparado à escuridão pela qual passara, o céu noturno nublado era luminoso — surpreendente. Logo o barco estava livre e subia a correnteza no charco abaixo da árvore. Ele descansou. Houve um trovão vagaroso, um raio, mais um trovão. Ele se levantou.

À luz do dia, John conhecia o lugar. Aqui dava para apanhar pequenas percas-sol, cavar na lama e encontrar lagostins no meio do caminho entre a água salgada e a doce; você poderia construir pontes de gravetos na água se fosse mais jovem e não tivesse mais nada para fazer à tarde. À noite, poderia se dar uns sustinhos para se divertir, e contemplar os arredores.

Usando o remo para manter o barco em movimento riacho acima, John mudou de direção. Havia uma curva fechada adiante por causa de um banco de areia, um local de despejo para onde vinham os caminhões do condado, e a trilha que levava à estrada rumo à sua propriedade. Sua casa ficava atrás do ombro esquerdo; à frente do direito ficavam "o pinheiral", o platô ao lado da casa dos Adams e... lá estava o colhedor.

Os olhos de John devem ter passado por sobre a mesma área escurecida duas vezes antes de seu olhar e o lampejo amarelo de um relâmpago nas nuvens lhe mostrarem a figura de um homem nu imerso até os joelhos na água barrenta a menos de trinta metros de distância, na margem mais próxima — seria a dos Adams? O homem estava tomando banho — como John poderia saber disso? — ou já tinha tomado. Em todo caso, estava olhando para John.

A situação tática ficou imediatamente clara e foi um desgosto para John, para não dizer humilhação. Ele tinha feito barulhos enquanto lutava para passar debaixo da árvore. Não havia como recuar. O colhedor fora alertado; estava a cinco saltos curtos de distância; estava no leito do riacho e John estava num barco instável com — não pôde deixar de olhar para baixo — uma pequena pilha de pedras que pretendia atirar na floresta para assustar seu adversário. Que bobagem. Ele e o colhedor se avaliaram. Ficou claro, depois escuro; barulhento, depois silencioso.

Conforme o silêncio se estendia e a situação ficava mais óbvia, outro fato se apresentou a John. Ele o aceitou com surpreendente serenidade: era quase um fato consumado. Os dois eram inimigos. Quaisquer pessoas que se encontrassem em tais circunstâncias deveriam se temer e odiar. Para John, isso era normal.

Nos livros e nas histórias em quadrinhos, o silêncio é considerado intolerável. As pessoas despejam palavras. Esse silêncio, contudo, se mostrou não apenas tolerável, mas logo preferível.

Calado, o colhedor se abaixou, pegou um punhado de água e o derramou sobre a cabeça. Calado, John levou o barco para o meio da correnteza, usando os galhos instáveis da árvore para dar impulso e depois se afastando deles. Ao chegar a uma área aberta, pegou os remos e, encaixando-os nos toletes, foi até o meio do remanso. Lá, isolado, seguro por ora, descansou e arfou de pura emoção.

"Peixe?" O colhedor falou baixo, só o necessário para fazer ouvir sua voz numa sala, e ainda assim o som de "peixe", o som ciciado do "x", pareceu durar para sempre. Tinha o sotaque dos colhedores.

"Arrã."

O homem se virou e, andando devagar, subiu na margem e pegou suas roupas escuras e indistintas. Em vez de se vestir e sumir na mata, porém, ele se virou e agachou comodamente, as mãos fechadas diante dos joelhos. Depois de um tempo, viu-se o clarão de um fósforo aceso e logo o brilho de um cigarro. John baixou os remos e manteve a posição contra a corrente fraca.

John teve raiva de si mesmo, alívio e medo, tudo ao mesmo tempo. Com todo o trabalho que tivera para vir até aqui, agora era ele quem estava em desvantagem. Uma dezena de planos alternativos — fruto de percepções tardias — vieram à mente, mas quem imaginaria que o desgraçado estaria andando pelado no riacho no meio da noite, afinal?

"Você... da casa?" A voz calma e grave do colhedor se ergueu outra vez. O som pairou, ameaçadoramente próximo.

"É... não", respondeu John, nervoso. "Da *outra* casa."

Silêncio.

"Muita casa bonita aqui", disse o colhedor, por fim. Para John, as palavras pareciam contemplativas, como as da raposa avaliando o número surpreendente de galinheiros nas proximidades.

"Beleza", afirmou o colhedor, ponderado. Tudo se prolongava; desta vez foi o som do z, transformado em ss. Ele parecia ter bigode e barba pretos; estava coçando o queixo, pensativo. "Sossego."

"Arrã", repetiu John. Desta vez, começou a remar devagar contra a corrente, mas sem demonstrar alarme. No banco de areia acima do remanso, o barco encalhou e John teve que sair e rebocá-lo de volta à área aberta. Não se atreveu a olhar em volta nem aparentar pressa. Era ali que o colhedor poderia simplesmente dar três passos largos e apanhá-lo. (Por quê? Eram inimigos — isso bastava.) John puxou. O suor escorreu em seus olhos. Lutou contra o pânico, e logo o barco se soltou e voltou a flutuar. Quando ergueu o olhar, contudo, John não conseguiu ver o colhedor; simplesmente não estava mais lá. Sentindo-se terrivelmente idiota, John gritou para o vazio: "Até mais", e subiu no barco.

Não houve resposta. Foi assustador.

Mais quarenta ou cinquenta metros adiante, no riacho cada vez mais estreito, ele chegou a uma espécie de local de despejo não oficial — sua própria família largava as latas e garrafas ali, num terreno baixo

— e aportou no banco de areia. Amarrando o barco num galho de árvore, desceu à margem do seu lado do riacho e foi depressa até a estrada particular que levava até a casa dos Randall. Chegando à via de terra com duas pistas, virou à esquerda e passou a correr, virando a cabeça para a esquerda e para a direita.

John podia se sentir grande e forte perto dos Cinco Libertadores e até de uma garota mais velha, se ela estivesse completamente amarrada, mas no colhedor ele tinha visto o que os homens são e os meninos só têm esperança de ser. O corpanzil largo e poderoso que trabalhava nos campos e pomares, branco onde raios aleatórios o iluminavam, de resto uma voz sombria da floresta, o apavorava. A escuridão transpirava perigo simplesmente porque ele estava lá, e John imaginou se deveria contar ao pai a respeito disso. Quanto mais se aproximava da casa, porém, menos dava atenção a essa ideia.

John entrou; estava a salvo e tinha distraído o colhedor por um tempo. Só esperava que Bobby não precisasse enfrentar aquele homem sozinho.

Assim como os Adams, os McVeigh não eram nativos da Costa Leste. Tinham vindo da Filadélfia e, depois de quase dez anos, ainda encaravam sua mudança da cidade como algo semelhante à viagem de Darwin a bordo do *Beagle*, e a vida no campo como um romance cômico e sofisticado. Donos de mais terras que os vizinhos, tinham adquirido alguns animais aos quais tiveram o cuidado de atribuir nomes e personalidades imaginárias; tinham um vizinho que cuidava do campo deles e do seu próprio, e que, sem saber, tornara-se o herói popular de cartas espirituosas endereçadas a amigos e parentes. Edna McVeigh ainda se referia a ir às compras em Bryce como "ir à cidade resolver uns assuntos" e sempre usava vestidinhos acinturados de algodão xadrez que lhe davam o tom certo (na opinião dela) entre chique e condescendente. Era frequente que o sr. McVeigh, em vez de dizer que estava a caminho do seu escritório (recebera permissão para exercer advocacia na cidade), dissesse que estava "indo lá abrir a lojinha".

Um dos rituais da família era sair de carro depois do jantar e dirigir até o cruzamento da rodovia federal com a estadual. Tomar sorvete ali combinava com o verão, quebrava a monotonia e dava a eles uma divertida e bucólica sensação de aventura.

Dianne, quando ia com eles (geralmente, o passeio não era digno dela), podia dirigir o carro até a estrada estadual e, de lá, na volta para casa. Depois de dois anos, a sensação de novidade e o privilégio tinha se desgastado. Ela era uma boa motorista, aprendera depressa e, em geral, tinha bom discernimento, mesmo quando olhava para os faróis à noite.

Esta noite, contudo, ela não estava concentrada em seu passeiozinho inocente. Ao vê-la ao volante, você perceberia que estava empertigada demais, tensa demais. Desviava de repente de coisas que nem sequer estavam perto da estrada, virava o volante quando não precisava e freava nervosamente metros antes do sinal fechado. Mesmo depois, debaixo do néon azul e branco, ardente e lotado de insetos do drive-in da sorveteria, estava distraída ao pedir um sorvete e o lambeu igualmente distraída com a língua delicada. Preferiu prestar atenção à estrada e pareceu analisar os relâmpagos lentos e preguiçosos que contornavam as árvores adiante.

Se a liderança dos Cinco Libertadores havia ou não passado para as mãos de Dianne McVeigh naquela manhã, ela não sabia mais. John, afinal, ainda era o maior e o mais forte. O que havia passado para ela, porém, era o fardo mais pesado — a responsabilidade. Isso, sim, ela vira nos olhos deles. Não importava o que decidissem fazer, teria que ser ela a informar quais eram as ordens e o que eles executariam. Ninguém mais faria isso. Ninguém mais poderia, isto é, se tivesse de haver algum resultado da situação com Barbara além de soltá-la e receber o castigo.

Dianne acolhia o encargo e se ressentia dele, acolhia-o pela sensação de liberdade que tinha e se ressentia pelo que isso lhe permitia entender a respeito das crianças. Os pequeninos sempre souberam do que iam abrir mão e chorar ou algo assim quando as coisas ficassem difíceis; a coragem e confiabilidade que aparentavam ter não passara de um empréstimo a ser devolvido assim que o retorno dos adultos estivesse próximo. Eles não tinham dito isso, mas Dianne sabia que seria assim, e aconteceria logo, logo, se ela não pensasse em outra saída. A esta hora, na noite do dia seguinte, Barbara poderia estar livre; poderiam estar libertando-a neste instante. E John, até John. Agora que ele estava mexendo com a garota (Dianne tinha nojo demais para olhar, mas tentava imaginar como seria entre um homem e uma mulher), ele também não era confiável. Poderia até ser o primeiro a se render. Sentada, rígida e fria como marfim no carro com sua família, Dianne refletiu sobre a questão.

Estava ficando mais complicado. As chances de alguém interferir, descobrir, de Barbara fugir e eles mesmos perderem a coragem aumentavam. Até agora, haviam tido muita sorte, e por um bom tempo. Dianne não examinava o caso de modo tão analítico, é claro, mas seu espanto com o sucesso deles e seu claro pressentimento de que iam passar por uma mudança eram o estado constante de sua mente. O pavor do fim do jogo — o pavor de cada um deles — era seu e devia carregá-lo. E, além de tudo, tinha o problema de Paul.

Mesmo em seu estado normal ele era errático, previsível apenas em sua estranheza, explosivo, temperamental e instável. Como babá do irmão havia anos, inteligente e embutida no lar, Dianne aprendera alguns jeitos de controlá-lo. Sua mãe tomava tranquilizantes e remédios para dormir no dia a dia. Ao trocar cápsulas por cápsulas e pílulas por pílulas, Dianne vinha medicando o irmão havia um bom tempo. Quanto mais velha ficava, com mais ousadia se portava, e Paul mal demonstrava os efeitos. Espasmódico e de aparência frágil, ele parecia conseguir metabolizar as drogas na metade do tempo normal, e, com todo o episódio de Barbara, ele ficara pior. Gemia durante o sono, gritava e acordava chorando até ela fazer com que contasse a história toda. Presa entre sua responsabilidade para com os Cinco Libertadores, o suprimento finito de sedativos da mãe e a superenergia de Paul, ela o distraía com pistas sobre o que aconteceria e promessas e — quando tudo mais falhasse — roubava mais uma pílula e lhe enfiava goela abaixo. (Até Bobby vasculhava as coisas do dr. Adams em busca de pílulas que pudessem funcionar, mas poucas eram úteis.) Paul se agarrava agora apenas a uma vaga expectativa que Dianne dera a ele: um jeito de sair do jogo que seria pura diversão — o tipo de diversão de que *ele* gostava.

Tudo aquilo bastava para fazer uma garota de 17 anos simplesmente desistir daquilo tudo, libertar a prisioneira e seguir para o julgamento, e é claro que essa opção havia lhe ocorrido. Seu castigo provavelmente seria o mais leve. Ela só tinha entrado depois que já tinham capturado Barbara; tinha cuidado da casa e mantido todos alimentados e seguros, e assim por diante. Essa seria uma boa defesa. Mas... e mas. Não era isso que ela queria fazer.

O jogo estava certo. Não tinham feito nada de errado, não mesmo. Ela se apegava a isso. Os adultos e as crianças estavam em lados opostos; qualquer pessoa que soubesse alguma coisa da vida sabia ao menos disso. Uns eram presas fáceis para os outros, e sempre tinham sido. Se havia justiça ou lealdade entre eles, era o afeto relutante e exasperado entre opostos que sempre se opunham. Dianne não podia — com orgulho — se imaginar chorando por uma injustiça, nem, considerando a rara circunstância, imaginar os adultos fazendo menos que isso. Portanto, dos inícios corretos, das circunstâncias fortuitas e da boa administração viera uma situação lógica (para ela, totalmente lógica) que deveria ter — em algum momento, em algum lugar — um final em harmonia com o começo. Para ela, era questão de fé, tanto que começou — ao pensar nisso, jogou fora a parte murcha e intacta de sua casquinha de sorvete — a imaginar em detalhes como poderiam concluir aquele joguinho.

Na estrada estadual, o pai saiu do carro e deu a volta até o lado do passageiro, enquanto Dianne assumia o volante. Tinha muito em que pensar. Dirigir o carro era algo automático, mas, ao tocar de novo no volante e trocar a marcha, um pensamento forasteiro e imprevisto lhe ocorreu, como se alguém tivesse cochichado em seu ouvido: "Os Adams têm um carro". Não houve mais nada, nem pista, nem dica, nem sugestão de uso, só o milagre da voz. Os Adams tinham carro. Ela se sentiu arrebatada por uma espécie de sabedoria. Barbara poderia ser tirada de lá.

De repente, Dianne desejou que o ato de voltar para casa, ver TV e ir para a cama já fossem tarefas encerradas. Queria muito ficar sozinha onde pudesse imaginar as coisas, *fazer* as coisas. Por fim, ela tinha uma "história" em mente.

Talvez ele tivesse ouvido alguém chamar seu nome enquanto dormia. Logo a voz se aproximou em gritos breves e aflitos. Depois houve um clarão branco diante dos olhos e ele estava sendo sacudido, empurrado e esmurrado por Cindy, com o rosto quase colado ao dele.

"Bobby, Bobby... tem alguém olhando pela janela! Levanta! Tem um *homem* lá fora olhando pela janela, Bobby, acorda, tô falando *sério!*" O barulho continuava como um rádio no volume máximo.

De alguma forma, entre o sono e o despertar, Bobby, ainda entorpecido, entendeu que o que ouvia era verdade. Estava para acontecer desde que ele vira a luz no pântano na noite anterior; em sua mente, passara de simples possibilidade para acontecimento futuro absoluto. Agora o pânico de Cindy era a prova. Foram descobertos. E ela continuava a sacudi-lo, a empurrá-lo e a puxar o lençol, ou para tirá-lo da cama ou para se esconder lá embaixo. "Bobby, *anda!* Ele tá aqui! Ele tá vindo!", ela chorava de medo.

O colhedor.

Ele se sentou tão de repente que bateu a testa na dela, mas nenhum dos dois notou. "Quê?", perguntou, embora soubesse. "Onde? Qual janela?" Olhou — assustado — para a do seu quarto, que estava vazia.

"O porão, Barbara, a sala de jogos." Todas as palavras de Cindy se derramaram de uma vez. "Você sabe"— ela estava em agonia —, "*lá!*"

"Que tipo de homem?" Bobby não fez menção de sair da cama. Apesar do calor do quarto, de repente sentiu frio e náuseas.

"Um homem, ué."

"Ele viu ela?"

"Como é que eu vou saber o que ele viu?"

"As portas estão trancadas?"

"Vai lá e descobre", sibilou Cindy.

"Você *abriu* alguma delas agora à noite?"

"Sei lá... não... abri, sim. Uma. A da cozinha."

"Trancou de novo?"

"Não!" Cindy começou a chorar de verdade. "Não, não. Levanta, *vai!*"

Bobby sabia que precisava se levantar, mas tudo dentro dele dizia que esse era o fim. Alguém tinha visto o segredo deles, olhado pela janela do porão e descoberto tudo — Barbara, o jeito como a haviam deixado, Cindy, o vazio da casa e tudo mais. Agora haveria batidas na porta da cozinha, gritos, passos pesados na sala de estar, empurrões e safanões e pancadas, Barbara livre e contando a história completa. "Fique quieta", disse ele, e esperou o fim.

"O que você vai fazer?"

"Fica quieta e pronto." Ele finalmente afastou o lençol, passou os pés pela borda da cama e sentou-se. Cindy olhou para ele, os olhos bem marejados, embora não estivesse chorando no momento, os cabelos encaracolados em espirais ao redor do rosto, os lábios franzidos. Esperaram.

Na verdade, nada aconteceu, e Bobby achou isso muito intrigante. O que deveria acontecer não aconteceu. Ouviam-se apenas o ruído das cigarras lá fora, das mariposas na janela do quarto e o som muito distante, quase reconfortante, das trovoadas de verão. Ele estendeu a mão e apagou a luz. Fez isso devagar, com medo, quase religiosamente.

"Não faz isso."

"Não tem outro jeito."

"Tô com medo... quero *ver.*"

"Então, vai se esconder. Não quero que ele veja *a gente.*"

"Esconder onde?"

"Qualquer lugar."

"Quero ficar com você-ê-ê..."

"Tá bom, mas cala a boca, hein?" Bobby se levantou devagar, verificando a quietude da casa com os ouvidos — foi como se os esticasse a um quilômetro de distância da cabeça. "Agora, sai de perto. Para de ficar no meu caminho." Foi até a janela e olhou para fora. Nada. Depois, foi para o corredor e olhou pelas janelas de lá. Nada.

"Tá vendo alguma coisa?"

"Cala a boca." Ele foi para a sala e parou diante da espingarda que havia deixado lá. Estava longe de ser um gesto belicoso. Ele agora sentia que, se pegasse a arma nas mãos e um adulto realmente aparecesse — um adulto *bom* —, isso de alguma forma tornaria o crime deles ainda pior. Tinha sido ótimo desfilar por aí com as armas até agora, mas ele sabia, simplesmente *sabia* que não seria capaz de atirar em ninguém esta noite. Principalmente em alguém que não deveria ser baleado. Se um adulto entrasse e só encontrasse Barbara amarrada e duas crianças bem-comportadas (de outro modo, é claro), seria melhor. Não havia muito a considerar; era verdade e pronto. "Fica aqui", disse ele a Cindy.

"O que você vai fazer?"

"Fica aqui e *pronto*."

Descalço, ele foi até a porta da cozinha, que dava para o rio, e olhou através da tela destrancada (Cindy). Durante dois clarões de relâmpago, tudo continuou quieto, e ele abriu a porta e olhou lá fora, para um lado e para o outro da casa. Embora não tenha visto nada mais uma vez, todos os arbustos e árvores além do quintal pareciam ameaçadores. Ele fechou a tela, trancou-a com firmeza e passou o trinco na porta interna atrás dela. "Acende todas as luzes."

"Todas?", perguntou Cindy, à porta do corredor.

"Todas. Liga a TV também."

Ele acendeu a luz do teto da cozinha, a do balcão e as do fogão. Cindy foi de lâmpada em lâmpada na sala de estar, ligou a TV fora do ar e a luz pouco usada na varanda da frente. Juntos, percorreram o corredor de quarto em quarto, até que, por fim, estivessem inundados de luz.

"A gente tá seguro agora?"

"Acho que sim." Na verdade, Bobby sentiu o mesmo que sentira na noite anterior: o colhedor conseguia ver o interior da casa e Bobby não podia ver o lado de fora. A diferença era que em 24 horas ele perdera a coragem. Nada de sair para a horta esta noite — de jeito nenhum. Agora, estava em modo defensivo e amedrontado.

"Bom...", começou Cindy.

"Não esquenta." Era a primeira vez na vida que Bobby fazia o que os adultos faziam com tanta frequência, escondendo seu medo dos outros, mas ele o fez por compaixão. E talvez as luzes servissem de algo. Com certeza deixavam tudo iluminado como se estivessem em pleno dia.

"Aonde você vai?"

"Lá embaixo, tonta."

"Não quero mais ir lá embaixo." Cindy cruzou as mãos à frente do peito. "Dá medo."

"Então não vai." Bobby virou-se e começou a descer. A ideia não o entusiasmava mais do que a Cindy, mas tinha Barbara — mesmo à beira da rendição, ele era responsável — como seu próximo dever.

"Bobby-y-y-y." Cindy começou a chorar de novo, mas em silêncio.

Isso bastou. Ele quis chorar também. "Tá bom, entra no armário ou debaixo da cama. Eu não ligo. Tenho que ir lá embaixo."

Dividida, Cindy o seguiu até o meio do caminho, olhando para a casa assustadora atrás de si e depois para o horrível porão. Ainda assim, pé ante pé, ela o seguiu.

A porta da sala de jogos estava aberta como Cindy a deixara, e, olhando para a janela, Bobby se tranquilizou por não ver ninguém lá — isto é, ninguém que *pudesse* ser visto. Além disso, um olhar lhe informou que quem quer que tivesse espiado o interior da casa — ele não duvidou de Cindy nem por um instante — teria que olhar com muita atenção para ver alguma coisa fora do normal.

Barbara estava sentada na beira do banco de piquenique que havia sido apoiado a uma das colunas de aço que sustentavam o primeiro andar. Os pulsos e cotovelos estavam amarrados atrás da pilastra, e a corda enrolada em torno do corpo, mantendo-o empertigado. As pernas estavam totalmente livres e dobradas mais ou menos graciosamente debaixo do banco e, é claro, ela estava amordaçada. Nessa posição, ela estava à esquerda da janela e, felizmente, de costas para lá. Por fim, a luz que vinha de uma lâmpada descoberta sobre a bancada de trabalho era fraca, mantendo as costas e as mãos amarradas de Barbara na sombra.

Hesitante, Bobby entrou na oficina e, mais hesitante ainda, foi até a parede abaixo da janela, que ficava quase no nível do solo. Cindy não entrou, mas parou à porta, olhando com cautela para ele.

Ele se virou e se imaginou espiando pelo vidro atrás de seus ombros. Não haveria barulho, logo, nenhum perigo imediato. Olharia rapidamente para dentro e logo à frente — nada. Em seguida, com mais atenção, para a esquerda e para a direita. Por fim, avistaria alguém sentado à bancada de trabalho balançando as pernas sujas para a frente e para trás. A pessoa — a criança — ergueria o olhar por algum motivo, avistaria o espião e gritaria. Depois, todas as luzes da casa se acenderiam, e seria hora de cair fora.

Esse tipo de dedução passo a passo é atribuído a pessoas muito mais velhas do que Bobby sem serem verdadeiras em nenhum aspecto. Com ele, foi a mesma coisa. Não pensou nisso; ele *sentiu*, sentiu-se de repente mais seguro. Além do mais, era o colhedor, e tinha *fugido*; caso contrário, um dos bons vizinhos teria vindo bater à porta muito tempo antes. Mesmo assim, ele estendeu a mão e apagou a única luz.

"Bobby, isso dá medo. Eu não quero entrar..."

"Entra ou vai pra outro lugar", respondeu ele. "Vou trancar a porta e ficar de guarda. Se você não quiser ficar, tudo bem."

"Tô cansada."

"Então vai pra cama."

Ela não repetiu que estava apavorada demais; em vez disso, entrou e, obediente, fechou a porta. Ficou escuro, mas depois de um tempo, quando seus olhos se acostumaram à escuridão, viram um pouco de luz vir da janela de todos os cômodos que eles haviam iluminado lá em cima. Não era tão ruim depois que você se acostumava — e, passado um tempo, eles se acomodaram, tão desconfortáveis quanto a prisioneira. Agora, era questão de *ouvir*.

No começo da quarta noite depois do quarto dia, Barbara havia sido subjugada pelas crianças, embora — já que estava amordaçada — não pudesse denunciá-las nem lhes fazer súplicas. Havia chegado a hora em que, depois da rebelião fracassada da manhã, ela fora pendurada por trás pelos pulsos. Se ao menos a tivessem libertado e dado um único momento de conforto, ela teria — sem truques nem ardis — feito tudo o que eles quisessem de boa vontade. Ela os teria servido; teria deixado que batessem nela; teria jurado guardar segredo para protegê-los; só, por favor, acabem logo com isso. E era verdade, era verdade; ela pensava assim, acreditava nisso. As crianças, contudo, haviam passado o dia sem desconfiar nem ligar para isso.

Na verdade, deixaram-na passar a noite numa posição que Dianne havia inventado — amarrada à coluna, apoiada num pé só, com o outro atado aos pulsos. Era insuportável e não poderia ter durado, não fossem as cordas que, enroladas em volta da pilastra, da perna e do corpo — cordas totalmente supervisionadas por Dianne —, simplesmente a mantinham no lugar. Mesmo se desmaiasse, Barbara não teria feito mais do que tombar uns centímetros à frente, continuando de pé.

É demais, é *demais*, disse Barbara. Amanhã de manhã, teria chegado a um estado inimaginável, quase vegetativo. A piedade melodramática com que repetia isso para si mesma — não conseguia pensar em mais nada — não se devia tanto ao desconforto presente quanto ao fato de que este também crescia.

O objetivo do jogo, como as crianças jogavam entre si, era infligir, observar e experimentar as sensações de impotência, humilhação e — ocasionalmente — dor. Era uma exploração experimental de pelo menos um dos relacionamentos que as pessoas têm com as outras. Ninguém, contudo, jamais passara quatro horas nisso, muito menos quatro dias e noites. O *tempo* era o ingrediente que elas não entendiam, ou — sem entender — não queriam brincar com ele agora. A *realidade* do tempo.

Dianne entendia.

"Agora, deixem ela sozinha", dissera ela. Dianne passara o dia zangada, mas depois começara a se acalmar; Barbara quase conseguia vê-la se encaixando no papel calmo e obediente que interpretaria quando voltasse para casa, uma hora e meia depois. "Deixem ela exatamente desse jeito. Nada de soltar nem coisa assim só porque ela fez um barulhinho..."

"Não vai amarelar", acrescentou John.

"Tá bom, tá bom, não vou." Bobby suspirou.

"É bom mesmo." Paul, cuja brincadeirinha com o canivete parecera tê-lo levado quase além do limite, se contorcia inquieto ao lado de Bobby.

"Eu já disse que tá bom."

"Certo, então vamos embora. A gente tá atrasado." E Barbara os vira sair. Estava subjugada, e eles não ligavam. Estava subjugada, e esse nem mesmo era o objetivo.

O cansaço beirando a exaustão a impedia de especular especificamente sobre qual seria o verdadeiro fim do jogo (já que até mesmo ela percebia que *precisava* ter fim). No lugar de ideias específicas, sua mente criava apenas uma aura geral de pavor. O esforço abortado da manhã havia polarizado a posição dela e a das crianças. Sim, elas eram — para qualquer pessoa que não fossem eles mesmos — um grupinho frio e insensível, e haviam avançado de modo quase fluido, quase natural, desde a ideia de capturar Barbara até a execução da ideia e depois firmemente aos maus-tratos. Até o dia anterior, porém, o processo havia sido gradual, com os torturadores e a vítima cientes de que coisas proibidas estavam sendo feitas. A casa estava encoberta por uma limitação implícita mas combinada sobre o que poderia ser feito com Barbara.

A partir da batalha da manhã, contudo, um veio brutal — que ia além do tormento indolente — surgira neles. Ela não acreditava que eles, nem qualquer outra pessoa na vida real, pudessem realmente amarrar os braços de uma pessoa atrás dela e desfrutar da agonia subsequente, e, ainda assim, foi exatamente o que fizeram com ela. Não acreditava que meras crianças — John e Paul — fossem capazes de tamanha selvageria, um pelo estupro e o outro pela tortura, e, ainda assim, foi exatamente o que fizeram com ela numa tarde de verão. Não conseguia acreditar que outra garota, como Dianne, poderia condená-la a uma noite nessa posição, e ainda assim, é claro, Dianne fizera isso e demonstrara grande satisfação no ato.

Eles eram capazes.

Só com relutância a mente de Barbara forneceu o fim do pensamento: agora, eles eram capazes de qualquer coisa. Talvez nem soubessem — na verdade, Barbara achava que não — mas eram capazes de fazer qualquer coisa com ela, até matá-la. Talvez não soubessem que conseguiriam, e ela não sabia se o fariam. Nesse ponto, a aventura era novidade para todos.

Ainda assim, os minutos e as meias horas passavam. Barbara não conseguia mais se entreter com a imaginação nem com especulações vagas — como pensar o que várias pessoas diriam ou fariam se soubessem do seu sofrimento, por exemplo. Os rostos que conjurava com mais facilidade — Terry, sua mãe, Ted, o papai —, todos pairavam nebulosos e irrealizados, pouco além de sua visão, e, com o fracasso dessa função de imaginar e visualizar, ela enfim ficou totalmente isolada. Seu mundo encolheu até incluir apenas seu eu central, angustiado e mais egoísta, e o círculo brilhante, bonito e fugaz de crianças ao seu redor.

Na escuridão, antes de ir para a cama, Bobby desceu e fez uma coisa surpreendente: teve pena dela. Ele entrou no porão como se tivesse acabado de lutar contra a própria consciência; parecia sentir-se culpado. No entanto, desamarrou o tornozelo esquerdo de Barbara para que ela pudesse apoiá-lo no chão e sustentar o peso do corpo com os dois pés. Depois de pensar (e andar ao redor dela algumas vezes), ele desamarrou todas as cordas, menos as que mantinham os pulsos e cotovelos atados atrás da pilastra; depois, trouxe o banco de piquenique ao qual ela fora amarrada à tarde e a deixou sentar-se nele.

Embora ele tenha voltado a amarrar o corpo dela na pilastra, não o fez com tanta força e completude quanto antes. Doeu, é claro — tudo o que faziam doía —, mas ela ficou relativamente mais confortável do que em qualquer outro momento desde que fora capturada. Ela esticou as pernas e refletiu. Embora tivesse sido ele a enfiar-lhe o trapo com clorofórmio na boca e assim condená-la a esta semana de tormento, era estranho que Bobby — somente Bobby — não a tivesse machucado de propósito nem demonstrado desejo de fazê-lo. (Até mesmo Cindy dera--lhe um soquinho inócuo mas vingativo de manhã.) Além disso, ao contrário dos outros dois garotos, a reação dele ao vê-la nua fora de timidez e aversão; ele sempre hesitava em tocá-la, mesmo quando era necessário. Se não tivesse havido nenhuma outra diferença, isso teria feito dele o mais normal dos cinco, na opinião de Barbara.

Além disso, enquanto o observava, também lhe ocorreu que ele parecia o mais cansado e amedrontado do grupo. Não parecia mais gostar de nada daquilo. Não parecia gostar de mantê-la ali nem de machucá-la, e provavelmente não gostava da ideia de os pais voltarem para casa dali a três dias e meio (para ela, parecia uma eternidade, mas para ele provavelmente pareceria a manhã seguinte). Acima de tudo, ele obviamente não gostava da escuridão que se espalhava lá fora, ao redor da casa. Para um garoto tão jovem, estava sob considerável pressão e demonstrava isso. Quando terminou de dar os nós nas cordas e se endireitou para ver o resultado, Barbara viu que ele estava um tanto pálido, apesar do sol forte a cada dia, e, quando ele deixou Cindy de guarda e saiu, parecia exausto. Barbara o viu partir.

Talvez ele tivesse descido para libertá-la e depois não tivera coragem de fazê-lo. Talvez Barbara ainda tivesse um aliado entre os Cinco Libertadores, afinal. Com certeza ele tivera um comportamento bem diferente esta noite.

Mas era Bobby. Se ela não conseguia falar com ele (o garoto nunca mais tiraria a mordaça — a culpa era dela) nem usar seu sexo contra ele como tentara fazer com John, como poderia convencê-lo a soltá-la? Fingir que estava doente? Gemer e resmungar muito?

Barbara quase tinha caído no sono enquanto pensava nisso — o queixo caído no peito, as coisas começando a ficar indistintas — quando, de repente, Cindy começou a gritar quase ao lado da orelha dela. A menina estava apontando algo com o braço e gritando com Barbara como se *ela* pudesse resolver alguma coisa ruim, e Barbara — surpreendida — *tentou*. Ela puxou as cordas e tentou se levantar antes que seus sentidos despertassem por completo e a verdadeira situação tornasse a se impor. Então, obediente, ela virou a cabeça o quanto pôde para a direita e olhou para o dedo indicador de Cindy — ela estava apontando para a janela? Nesse caso, não havia nada para ver além de um quadrado escuro.

Barbara ficou apavorada e confusa. Então a menina saiu em disparada, as sandálias estalando no concreto, os gritos ecoando na escada do porão à sua frente.

QUANDO OS ADAMS  SAÍRAM DE FÉRIAS

Mendal W. Johnson

Já era tarde quando os Cinco Libertadores se reuniram na manhã seguinte; também estava quente, o dia mais quente da seca do fim do verão. Quando John, Dianne e Paul saíram da mata ao longo do Oak Creek, seus rostos brilhavam de suor. A poeira — que cobria cada folha e agulha de pinheiro — grudava na pele deles. Abrindo caminho debaixo do céu escaldante da manhã, atravessaram o campo e passaram em silêncio pela horta rumo à escada da cozinha dos Adams. Bobby e Cindy, que mal tinham dormido e estavam com os olhos remelentos, esperavam por eles.

"Desculpa o atraso", disse John.

"O John teve que deixar o barco dele no riacho ontem à noite."

"Ele *viu* o colhedor."

"*Falou* com ele..."

"Tivemos que subir o riacho hoje de manhã pra buscar o barco", explicou Dianne.

Bobby e Cindy se entreolharam. "Ele veio *aqui* também ontem à noite", contou Cindy, na defensiva.

"Quem, o colhedor?"

"Eu *vi* ele."

"A Cindy diz que viu alguém olhando pela janela do porão ontem à noite", contou Bobby. "Ela me acordou e eu dei uma olhada por aí, mas não consegui ver nada."

"Bem que você ficou com medo!"

"Não fiquei, não."

"Ficou, sim." Cindy não cedeu. "Você ficou com medo igual eu fiquei."

"Por qual janela ele estava olhando?", perguntou Dianne.

"Sei lá", respondeu Bobby. "Vai ver, ele olhou por todas, *se é* que ele veio aqui. A Cindy acha que viu alguma coisa enquanto estava de guarda."

"Ele viu *ela*?"

"A Barbara? Quem sabe?"

"Onde ela está agora?"

"Ainda amarrada à pilastra. Desmaiou. Tive que deixar ela sentar."

"Que mais?"

"Mais nada. A gente acendeu as luzes no andar de cima e lá embaixo, mas não aconteceu nada. Ninguém fez nada. Pelo menos, ainda não."

Por um momento, os Cinco Libertadores ficaram em silêncio. Eram solenes demais para a idade que tinham. John passou a mão — polegar, indicador e palma — pela testa para tirar o suor. "Acho melhor a gente fazer uma reunião."

Havia certo caráter cerimonial na reunião dos Cinco Libertadores. Talvez fosse causado por pequenos detalhes, como o calor que fazia, seus próprios desejos egoístas e gulosos, hábito ou o exemplo dos adultos observados inconscientemente, mas havia um ritual ali. Dianne abriu a geladeira e tirou o gelo — ele se soltou do compartimento automático que estava sempre cheio —, John e os outros pegaram os refrigerantes e os copos e os puseram na bancada da cozinha. Então, como os adultos que eles desprezavam, serviram suas próprias bebidas — para um, Coca-Cola; outro, refrigerante de laranja; e outro, um de gengibre. Depois, foram para a sala e se sentaram formalmente, para variar.

Só Cindy continuou a ser quem era. Sentou-se ao piano e começou seu ataque torturante a "The Happy Farmer"— dum, *dum, pam, pam,* dum, *dum,* (erro), *pam, pam* (começa de novo) — com uma concentração completa, ainda que temporária.

"Ok. Chega", disse John.

"Vocês ainda não começaram." Cindy foi ofendida em sua própria casa.

"Começamos, sim. Agora, para com isso."

Cindy bateu as mãos nas teclas com um efeito dissonante, mas parou. Cada membro dos cinco olhou para um dos outros em silêncio.

"Hã", começou John, "acho que a gente precisa decidir umas coisas."

"O quê?", perguntou Bobby.

"Bom, tudo." Ele olhou em volta e ninguém o ajudou. "Bom", recomeçou, "seus pais voltam pra casa daqui a três dias. Primeiro, tem isso. E o colhedor — descobrindo a gente — em segundo lugar. Eu vi ele ontem à noite, falei com ele, mais ou menos, e ele é grandão. Se ele resolver entrar aqui, a gente só vai conseguir impedir se matar ele. E, claro, tem *ela*."

"Você quer dizer soltar ela", disse Bobby. Se nada mais tinha lógica, o acúmulo de obstáculos só podia levar a uma conclusão (que, obviamente, livraria Bobby de suas responsabilidades como carcereiro).

"Ainda não."

"Então, o que vai ser?" Cindy estava impaciente. Continuou sentada ao piano, as mãos envolvendo um dos joelhos, balançando o pé. "Quer dizer, se você vai ficar aí sentado falando, então *fala* alguma coisa."

Houve uma pausa. Lá fora, as cigarras começaram outro ciclo de sua ode infinita ao verão.

"Mata ela." Paul se contorceu, inquieto.

Despejou as palavras à sua maneira de sempre, e, embora estivesse sentado em uma posição normal na cadeira, parecia efervescer por debaixo da própria pele como uma coisa engarrafada. E todos olharam para ele. Havia força suficiente em sua voz para exigir atenção.

Além das paredes da casa, além dos aparelhos automáticos de ar-condicionado, além dos campos, da estrada e da rodovia, ficava o mundo rotineiro. Lá — na cidade de Bryce — os adultos faziam suas coisas, coisas incompreensivelmente idiotas a respeito de lojas, dinheiro, carros e tudo mais, e seus filhos iam atrás deles, chorando ou reclamando ou carregando pacotes ou apenas sofrendo em silêncio. O peso desse mundo opressivo não fora esquecido de jeito nenhum. Juvenis, no entanto, os Cinco Libertadores se mantinham um tanto afastados deles. Afinal, aquilo não os importunava neste exato momento, não é? Eram privilegiados em seu próprio mundo, não eram? Podiam pelo menos pensar nas coisas, não podiam?

"Mata ela", repetiu Paul, e desta vez de modo mais suplicante. "A gente pode matar ela."

"E botar a culpa no colhedor", acrescentou John.

"Que piada", disse Bobby. Se estivesse na escola, onde todos tentavam usar as gírias e expressões do momento, teria dito: "Cara, cê tá tirando uma com a minha cara", mas, no calor da emoção, voltou a um linguajar mais antiquado. "Você tá brincando."

"Não tô, não. A Dianne pensou nisso ontem à noite." John olhou para ela.

"Vocês gostariam?" A pergunta foi feita como um convite formal.

"*Matar* ela?" Cindy parou de balançar o pé no meio do gesto.

"Por que não?"

"Você sabe o que vai acontecer com a gente se ela contar..."

"Você sabe o que vai acontecer se matarmos ela", declarou Bobby.

"Eu já falei. A gente pode botar a culpa no colhedor. Dá pra fazer isso e se safar."

Isso fez com que os Cinco Libertadores realmente parassem para pensar.

As coisas se desenrolavam de um jeito extremamente simples para o bem deles. A Voz dizia: "Faça isso, senão eu bato em você". Esse era, em essência, o som da educação que receberam, como o ouviam. Até John e Dianne, na idade atual, ainda ouviam a melodia: a ameaça de represália pela desobediência. A realidade do julgamento e do castigo — e pelas razões mais esquisitas — estava clara em suas mentes. O que aconteceria depois *dessa* experiência estava além da compreensão. Eles não seriam mortos, mas essa provavelmente era a única coisa de que seriam poupados.

(Na verdade, também haviam sido abordados com esta frase: "Faça isso porque é muito mais legal". Eles a consideravam com cinismo e nunca se deixavam enganar. As ameaças funcionavam melhor; eram fáceis de entender.)

As crianças também avaliaram a proposta em relação à desvantagem da culpa. Desde o começo, "o jogo" fora dirigido para AS COISAS PROIBIDAS. Nascidos num emaranhado de — e quase sufocados por — TV, revistas, quadrinhos e jornais, tinham plena consciência de que os adultos matavam outros adultos o tempo todo. Era só *aqui*, neste bairro, que o ato estava estranhamente fora de moda, mas eles não se iludiam. Brincavam com a ideia e gostavam dela.

Todo mundo gostava — em todo lugar.

Mas esse tipo de brincadeira desenvolveu neles um senso de sigilo, culpa e — agora, no momento da descoberta *versus* execução — uma indecisão excruciante. Sentiam-se sérios. Devido à beleza e à juventude de seus rostos, a diferença e a vantagem com que superavam os mais velhos, a seriedade tinha um efeito quase cômico. Cindy chegou a rir.

"A gente *não pode* matar ela", declarou Bobby. Aqui, seu tom separou a ele e a Cindy dos outros três.

"Por quê?" Lágrimas vieram aos olhos de Paul. Estava ávido.

"Bom...", Bobby fez uma pausa. "Ela... bom, ela é... é só uma criança que nem a gente."

"É", concordou Cindy.

E mais uma vez os Cinco Libertadores pararam e se puseram a pensar. Entenderam o argumento que Bobby expusera sem conseguir traduzi-lo numa declaração articulada. Barbara ainda poderia estar do lado deles na guerra. Os adultos se matavam e sofriam acidentes, então, claro que era difícil se importar com um adulto que não fosse da família (e às vezes era difícil até com esses). Mas alguém como *eles*... Tinha uma força estranha; eles conseguiam se identificar consigo mesmos ou com seus iguais, e não sabiam de nenhum deles que já tivesse morrido ou sido morto. De fato, isso era novidade.

"Aaah, ela tem idade pra ser mãe da Cindy."

"Não tem, não!" Cindy ficou ofendida. "Ela só tem 20 anos."

"Mãe de alguém, então." (As mães — para os fins dessa discussão — tinham um status muito baixo.)

"A Dianne também", declarou Bobby, "e o John tem idade pra ser pai. Os dois vão estar na faculdade daqui a uns anos, que nem ela." Ele olhou à sua volta e viu que seu argumento vencera. Ele tornara tudo "sério".

Os Cinco Libertadores o avaliaram em silêncio.

Passado um tempo, Dianne disse (e ela havia encarado o argumento de Bobby como se fosse algo novo): "Que diferença faz?".

"Sei lá. Mas faz."

"A gente estaria na mesma situação e teria o mesmo problema se ela tivesse a idade da Cindy. Problema em dobro. Não se deve matar criança *pequena*."

"Eu não sou tão pequena assim!"

"Ah, cala a boca, Cindy."

Ela se calou. Sua expressão demonstrava que a situação estava ficando um pouco assustadora.

Os outros quatro estavam igualmente sem palavras e, de alguma forma, a tensão havia aumentado ligeiramente. Falando de um ponto de vista *ético*, eles jamais vitimariam uma criança pequena, nem — se a brincadeira fosse um ensaio para a vida — pensariam duas vezes quanto a matar uma pessoa mais velha. Barbara era indeterminada. A questão não poderia ser resolvida com base na idade. O júri ainda estava em recesso.

"Em todo caso", disse Bobby, sempre prático, "como vocês fariam isso?"

"De qualquer jeito."

"Pergunta pro Paul."

Paul disse muito pouco, mas ficou pálido com o esforço de falar. Havia muito mais em sua mente do que seria possível expressar numa única frase, e ele estava a ponto de desmaiar. Ele disse: "Como a gente sempre faz".

"Ah."

Bobby, que conhecia Paul, se recostou na poltrona e deixou a ideia assentar na mente o máximo possível.

"Ah." Cindy ficou impressionada.

John cerrou a mandíbula.

Dianne nunca demonstrava muita emoção; se você a conhecesse, diria que ela não tinha nenhum sentimento à flor da pele (e você só admitiria que os profundos existiam por educação). Ela ouviu Paul e ficou quieta como sempre, mas estava rígida e, por baixo da rigidez, tremia.

"Bom, é isso que a gente sempre brincou que queria fazer, né?" Paul escancarou a verdade.

Os Cinco Libertadores ouviram e suspiraram. Ao imaginar uma coisa dessas, não iam tão longe quanto a infância permitiria que fossem e continuavam sendo crianças, mas iam tão longe quanto a idade *adulta* jamais permitiria. Só por considerar tal coisa, iam tão longe quanto os sonhos e mais sonhos os levariam — certos sonhos.

Sonhos de...

As peculiaridades filosóficas de uma pessoa tirando a vida de outra — uma sutileza que raramente parece ser considerada em acontecimentos reais — estavam além do seu alcance. A questão precisava ser esclarecida; eles não poderiam ter *debatido* sobre ela. A literatura sobre o tema, os códigos da lei escrita que prescreviam as provocações e instâncias de retribuição, a história do assunto — toda a história, com todos os prós e contras precedentes — eram indisponíveis, ilegíveis e incompreensíveis para eles. Encararam o tema mais uma vez.

Afinal, cada pessoa, em sua capacidade de criar ou destruir a vida, é uma espécie de deus. Se uma pessoa nasce, duas outras pessoas (presumivelmente; quem é que sabe?) a criaram; se essa pessoa é deliberadamente assassinada, pelo menos uma outra pessoa igualmente humana a eliminou. Ser deus numa escala local é possível; qualquer criança que já tenha esmagado uma lagarta molenga sabe disso.

"E a gente pode se safar", disse John. Apesar do ar-condicionado, ele parecia estar suando.

"Não dá", objetou Bobby.

"A Dianne já pensou em tudo."

"Vocês vão ter que... bom", explicou Dianne rapidamente, "alguém vai invadir a casa amanhã à noite."

"O colhedor", disse John.

"Como ele vai fazer isso?", quis saber Cindy.

"Cala a boca."

"E ele vai obrigar a Barbara a trancar vocês"— Dianne olhou para Bobby e Cindy — "no armário, pra vocês não poderem sair. Aí ele vai levar a Barbara pra cabana e matar ela. Depois, ele vai fugir, e a gente vai vir aqui de manhã e soltar vocês, e vocês vão contar o que lembrarem." Ela fez uma pausa.

"O colhedor?" perguntou Bobby.

"É o que vai *parecer*." John estava empenhado.

"Tenho que passar a noite num armário?" Cindy estava angustiada.

"É tipo uma brincadeira." Paul estremeceu.

"Não quero."

"Quer levar uma surra em vez disso?"

Cindy não disse nada.

"Quero outra Coca." Bobby se levantou e foi para a cozinha, e os outros se levantaram um por um e o seguiram. A casa estava quente *mesmo*. Depois que todos voltaram e se acomodaram, Bobby olhou para Dianne e disse: "O que você quer dizer é que a gente vai inventar uma história pra contar".

"Isso."

"Não vai dar certo."

"Escuta", começou John.

"Bom" — Dianne pareceu ensaiar por um momento —, "a gente usa a caminhonete pra levar ela até a cabana. Daí a gente... bom, faz o que tiver que fazer."

"Mata ela."

"Isso", concordou Paul.

"Em todo caso, essa é a parte fácil", continuou Dianne. "Depois que a gente limpar o lugar e tudo tiver acabado, voltamos pra cá e trancamos você e a Cindy no armário. No domingo de manhã, quando vocês não tiverem aparecido na igreja, a gente faz o maior auê e vocês são encontrados e contam pra todo mundo o que eu acabei de falar."

"Até a parte que entraram no armário", acrescentou John. "Depois disso, vocês não sabem de mais nada." (Ele foi decididamente enfático aqui.)

"Isso mesmo, mais nada", concordou Dianne. "Aí alguém vai pro campo, encontra o corpo e chama a polícia e..." Ela encolheu os ombros.

"Mesmo assim, não vai dar certo." O tom de Bobby, porém, continha uma certa aquiescência relutante à ideia.

"*Vocês* não poderiam ter feito isso; estavam trancados no armário." Dianne usou um tom tranquilizador.

"E vocês?"

"A gente estava em casa antes disso acontecer."

"Impressões digitais."

"É só limpar. Nunca usamos o carro."

"Pegadas", insistiu Bobby, um pouco desesperado.

"É só esfregar mato nelas pra apagar."

"Hora da morte", disse ele. Era um comentário sofisticado para um garoto de 13 anos; era por ver TV e ser filho de médico.

"É", concordou John.

"Vai ser por pouco", respondeu Dianne. "É aí que a gente vai ter que depender de que os adultos não vão desconfiar de nós. Se a gente for pra casa na hora certa e agir com a maior naturalidade" — aqui, ela olhou para Paul —, "os pais nunca vão saber. Eles não sabem de nada, mesmo."

Bobby soltou um suspiro absolutamente monumental. Disse com toda a simplicidade: "O colhedor vai dizer que não foi ele, porque não foi. Ele vai estar em outro lugar nessa hora. Aí vai ter que ser a gente".

"Não se a gente chamar ele aqui pra fazer algum serviço e deixar impressões digitais em tudo." Dianne havia esperado que Bobby desse sua maior cartada para apresentar seu ás. Ela sorriu, triunfante.

Bobby ficou desarmado. Dianne era muito má. Tinha uma mente perversa. Com voz fraca, sentindo a maré contra ele, Bobby disse: "Mesmo assim ele vai falar que não foi ele".

"Vão pegar ele e bater nele ou qualquer coisa assim." (Dianne tinha uma ideia um tanto sórdida a respeito do trabalho policial.) "E não importa o que ele diga, não vão acreditar nele."

"Por quê?"

"Quem liga pro que um colhedor diz?"

"Os adultos não acreditam uns nos outros, mesmo."

"Impressões digitais", Dianne retrucou para Bobby, valendo-se dos argumentos dele. "Hora da morte..." Ela deixou a frase por terminar.

"Sei lá..."

"Quer dizer que você *topa*?", quis saber Paul.

"Não."

"Mas toparia, se pudesse se safar."

"Não podemos fazer isso."

"Por que não?"

"Nós." As lágrimas afloraram sem aviso e começaram a escorrer rapidamente pelo rosto de Bobby. "Somos só *crianças*. Alguém vai dar com a língua nos dentes e começar a tagarelar assim que um adulto puser as mãos nele."

"Amarelou?", perguntou Paul.

"Se eles não conseguirem fazer o colhedor confessar que foi ele, nós também não vamos confessar", declarou John. "Eles vão ter que escolher entre ele e a gente."

"Acho que podemos contar com a ajuda dos nossos pais", comentou Dianne, ponderada. "É só dizer que não foi a gente e chorar muito, eles vão acreditar."

"O Paul vai contar."

"E quem vai acreditar nele?", respondeu John.

Dianne ficou em silêncio.

Quanto a essa questão, havia uma curiosa concordância entre as crianças: Paul era diferente, muito diferente. Não tinham como se livrar dele, então deram um lugar para ele, por mais problemático que fosse. Mas ele *não* batia muito bem das ideias.

"Ninguém", respondeu Cindy, e era verdade.

Paul se levantou, furioso. O que quer que houvesse de estranho nele, burrice é que não era. Gritou, contestando: "Eu... eu... eu...".

Paul queria dizer uma coisa que não podia ser expressa em palavras, isso estava claro. Se tivesse olhado à sua volta, teria até encontrado compreensão; estavam todos em vários estágios de preocupação consigo mesmos. Mas não olhou e não conseguiu falar. Em vez disso, sem conseguir encontrar as palavras, abaixou a cabeça como um pequeno touro e correu num impulso de total autodestruição para se chocar direto contra a parede da sala. Bateu com força suficiente para emitir um som audível e depois caiu no chão, mas não perdeu os sentidos. Com aquela energia aparentemente frágil e, no entanto, incrível, de certo modo aparentava "ainda estar ali".

Os Cinco Libertadores (ou três deles, pelo menos) ficaram paralisados. Tinham ouvido falar das investidas de cabeça suicidas de Paul, mas ninguém, a não ser Dianne, jamais tinha visto uma. Olharam para ele, completamente perplexos.

Frustrado, magoado, ainda incapaz de dizer o que queria dizer, ele estava deitado no chão, soluçando. Era um som de partir o coração, não apenas o som de uma criança magoada, mas um de abandono, de ter sido abandonado por fosse lá o que o apoiasse.

Dianne se levantou e correu para ele. Ela geralmente se movia com uma calma glacial, mas desta vez voou com os movimentos de uma criança, repentinos, desajeitados, frenéticos. Ela virou Paul de barriga para cima e aninhou a cabeça dele no colo; sofria *por ele*, era fácil perceber. E Paul, quando não estava espasmódico nem nervoso, era um garoto relativamente normal. Tinha cabelos castanho-claros, finos e encaracolados; os olhos eram castanhos e calorosos. Apoiado no algodão do vestido curto de Dianne, ele parecia encantador. E suplicante, de alguma forma.

Dianne tateou a cabeça dele em busca de algum galo. "Machucou?"

"Eu... eu...", ele começou de novo e de novo.

"Paul! Paul, escuta. Fica calmo."

"Eu... quê?"

"Paul, *você pode*."

"O quê?"

"Matar ela."

"Eu?"

"Mata ela", declarou Dianne. "Como a gente disse."

Isso apaziguou Paul um pouco. Ele chorou menos.

"Você pode dizer pra gente o que fazer, e fazer primeiro. Entendeu?"

"Posso?" Uma luz diluiu a cor dos olhos dele até um tom de âmbar — como os de um gato.

Dianne olhou para os outros três. Na vida, tinha pedido muito pouco e não sabia como fazê-lo. "Ele *pode* ser o primeiro, não pode?", perguntou ela. "Não é justo, mas ele gostaria..."

"Eu... eu..."

"Ser o primeiro em *quê*?", perguntou Cindy.

"Ser primeiro... matar ela." Paul ainda estava um pouco incoerente. Rolou de lado e apertou o rosto contra a barriga da irmã magra, como se quisesse se aninhar no útero dela. Com as pernas dobradas em posição fetal, ele parecia uma criatura esperando para nascer.

"Ele *pode*, não pode?"

"Espera aí", objetou Bobby. "A gente estava fazendo uma reunião sobre isso. Não teve votação. Não decidimos nada..."

John precisou reconhecer que era verdade, embora isso parecesse irritá-lo. "Tá bem, então, vamos votar. Quem vota em matar?"

"Eu." Paul (bem, quem mais?).

"Eu." Dianne.

"Eu", concordou John.

"Ah... acho que sim." Cindy.

"Não." Bobby. Tinha parado de chorar, mas ainda estava angustiado.

"Bom, você que quis votar."

"Não é justo!"

"O que não é justo?"

"*Eu* sou o único que não quer..."

"É pra isso que serve a votação."

"... e eu tenho que fazer uma coisa idiota só porque vocês não têm bom senso pra perceber. A gente vai se dar mal. Tô dizendo, eles vão descobrir."

"A gente votou!"

"Espera aí", disse Dianne friamente. "A gente pode passar pela primeira parte — deixar tudo pronto — e depois, se parecer que não vai dar certo, a gente pode parar. Ainda dá pra soltar ela, mesmo que seja no último minuto."

"Sem machucar ela até lá?"

"É claro."

"A gente não é maluco, sabe."

Bobby não ficou nem um pouco satisfeito com a reunião, mas tinham feito uma votação justa e pretendiam cumprir o que diziam, se pudessem. Isso meio que levava à questão interna, a última pergunta.

"Bom", disse ele. "Ok." Precisava de tempo para pensar.

O resto da manhã foi sombrio até para os padrões dos Cinco Libertadores. Paul foi persuadido a se deitar e descansar por um tempo, e teve que abrir mão de nadar na primeira ida ao rio do dia. Assim como qualquer outro garoto, não estava disposto a cochilar enquanto o sol ainda brilhava, mas desta vez ele cedeu.

"Se você for pra casa machucado ou rabugento, a mãe vai querer saber por quê", disse Dianne.

"Você pode estragar tudo", acrescentou John.

"Pra você mesmo, também..."

Até Cindy, um quêzinho de altruísmo aflorando nela, pousou a mãozinha macia na cabeça dele. "A gente pode brincar e nadar depois do almoço", sugeriu. "Eu vou com você. Se você quiser. A gente pode construir umas pontes e tal."

Bobby assentiu, e Paul fechou os olhos, relutante. Estava obviamente entregue a um estado persistente de perturbação — pálido, trêmulo, transpirante —, mas tentou obedecer, e eles o deixaram.

Mesmo na prainha, porém, o clima não se abrandava. Fazia um calor terrível: a água parecia lama morna e os mosquitos, com um apetite vingativo, os expulsavam de um lugar para outro.

"Vai cair mesmo hoje à tarde", comentou John.

"Chuva?", perguntou Bobby.

"Tempestade."

"É", concordou Cindy.

"O que é que você sabe sobre isso?"

"Eu *sei*!..."

"É, vai, sim."

"E a gente vai fazer mesmo?", perguntou Bobby um tempinho depois.

"O quê?"

"Você *sabe*. Matar ela."

John suspirou. Estavam sentados na margem, metade lama, metade areia, imersos na água até os ombros para afastar os mosquitos. Ele pegou um punhado de água e o deixou escorrer por entre os dedos. "Acho que sim", respondeu. "A Dianne pensou em tudo direitinho."

"Por quê?"

"Sei lá." O fato de John ter dito que não sabia o motivo não parecia diminuir de forma alguma a sua determinação de ir em frente e fazer aquilo.

"Temos mesmo que fazer isso? Quer dizer, e se a gente fosse lá e falasse que ela tem que prometer não contar nada, senão vai morrer?"

"Ela prometeria."

"Ia ser mentira!", exclamou Cindy.

"Cala a boca."

"Não tenho que calar a boca. A casa é sua mas também é *minha*."

"Você devia parar de implicar com ela", disse John gentilmente. "Ela também é inteligente. Ela tá certa. A Barbara ia contar pra todo mundo, de um jeito ou de outro."

"É", admitiu Bobby. "Aí a gente leva uma surra e pronto, acabou. Não vamos morrer por causa disso. A gente já se divertiu."

"Não é essa a questão", respondeu John.

"Qual é, então? Quer dizer, a gente provou que podia amarrar ela e fazer o que quisesse com ela. Já provou que pode matar ela. Você só precisa ir lá dentro, pegar minha espingarda e — bum! — ela morre. Pra que passar o resto da vida na cadeia por causa disso? Pra que ela serve, se estiver morta?"

John não era nem um pouco religioso, mas disse: "Se você não tem fé, não tenho como te explicar".

O argumento antigo teve um efeito razoável sobre Bobby; também era incontestável, mas ele tentou. "Então me explica."

"Lembra o jeito que a gente brincava quando era criança?"

Na época, tinha sido legal, Bobby lembrava, mas, agora que estavam falando da vida real, era horrível demais para repetir.

"É, eu lembro", respondeu rapidamente.

"De quando a gente cortava os dedos do cara pra ele não conseguir sair do poço?"

"Já disse que *lembro*."

"Bom, e aí?"

"E aí, nada. Era só de brincadeira."

"Sair pra jogar futebol americano depois da escola também é brincadeira, só que o Namath ganhou 400 mil pra jogar com os Jets. Estudar que nem louco também, só que alguns caras vão pra todo canto do mundo com bolsas de estudo por causa disso. De graça."

"Eu...", Bobby relutou. "Acho que *aquilo* foi legal, e *isso* não é. Eu não queria matar ninguém de verdade."

"Eu também não", disse John. "Que engraçado."

"O quê?"

"Bom, quer dizer, *agora* eu quero."

"Dá pra dizer *por quê*?"

"Matar-é-o-que-uma-pessoa-faz-com-outra-pessoa-que-não-pode--se-defender." Para John, essa bobagem era dotada de certa profundidade. O rosto adquiriu uma expressão severa com o esforço de externá-la.

"Não é, não", retrucou Bobby.

"Bom"— John deu de ombros, irritado —, "talvez só quando você não é pego por isso."

"Mesmo assim, não é desse jeito."

"Então por que acontece o tempo todo? Toda vez que alguém tem a chance?"

"Não, não acontece o tempo todo." Contudo, Bobby ficou abalado, curvado diante do fato óbvio, sem nenhuma resposta que pudesse expressar com facilidade. O que estava num canto de sua mente era o argumento geral de que "todos devemos tentar não fazer isso" ou coisa do tipo, mas era uma coisa besta e covarde de se dizer, porque só ele queria tentar, de todo jeito. No que era — a seu ver — a avalanche da opinião dos Cinco Libertadores, ele só podia dizer: "Enfim, não quero matar ela".

"Você não precisa fazer isso. O Paul faz. Ou a Dianne. Ou eu, se precisar."

"Ou eu!", disse Cindy, radiante. Tornava-se mais selvagem a cada minuto.

"Nem tenta!"

"Eu faço o que eu quiser."

"Deixa ela em paz..."

"E eu não quero nem assistir."

"Não precisa. Fica no seu quarto com a cabeça enfiada debaixo do travesseiro o dia inteiro, se quiser."

"Então *o que* eu tenho que fazer?"

"Ficar de guarda. Calar a boca. Senão, vai ser você no lugar dela. Você não pode escapar da *gente*."

De fato, isso era bem verdade. Bobby não poderia escapar de John. Estavam sentados a pouco mais de meio metro um do outro na água. É nesse tom que os camaradas falam.

Bobby suspirou. Uma lágrima escorreu pelo rosto e ele a lavou desajeitadamente com água do rio.

"Ah, deixa disso, pelo amor de Deus", disse John. "Vai dar tudo certo."

"É. Larga de ser chorão", acrescentou Cindy.

Nesse momento, Dianne apareceu acima deles no alto da margem. "Vamos comer." Ela estava arrumada como sempre, porém mais bonita e mais animada do que o normal. "Temos que limpar a casa e nos preparar, depois precisamos levar ela pro banheiro."

"Pra quê?", perguntou Cindy.

"Pra ter certeza de que ela já fez tudo que tinha que fazer", respondeu Dianne.

Quando as crianças se atrasaram, e quando, depois que entraram na casa, não desceram, e quando ouviu os sons abafados das vozes ressoando através do chão do outro lado da casa, Barbara presumiu que fosse uma reunião. Não deixara de perceber a formalidade ocasional das crianças quando atuavam como os Cinco Libertadores. Mas a respeito de quê? Um formigamento muito estranho — seria uma coisa tão prosaica quanto a esperança? — começou em seu íntimo. Seria sobre a pessoa, o homem que, segundo achavam, tinha espiado pela janela na noite passada, aquele que fora visto perambulando pela mata nos últimos dias? (Na cabeça de Barbara, a existência dele já era concreta.) Seria sobre a volta dos Adams para casa? Sobre alguma coisa nova? Sobre *libertá-la*?

Liberdade?

(Ah... meu... Deus!)

Liberdade. A liberdade, roubada dela tão de repente, negada com tanta persistência, voltou como o acorde de uma música grandiosa (Ravel? Tchaikovsky? Wagner?) soando em sua cabeça, um acorde tocado por uma orquestra de mil instrumentos acompanhada de corais, canhões e foguetes. Ela se viu envolta pela grande majestade do som em lá maior. Era pura tolice sentir-se tão momentaneamente livre nessa situação, e ainda assim o som ecoava. Por um instante, a força voltou até ela sentir que poderia simplesmente atirar as mãos para o alto e arrebentar a corda como se fosse um barbante. *Liberdade!*

De modo característico, esse pensamento de liberdade — na crença momentânea de que ela se aproximava — não veio a Barbara trazendo nenhum desejo de vingança. O que ela faria com as crianças e a respeito delas parecia perdido numa parte irrelevante e um tanto despropositada de sua mente. Em vez disso — muito ao contrário — o lampejo de se imaginar livre a fez sentir-se caridosa, expansiva, filantrópica. Fez com que se sentisse quase culpada. Nunca fora compreensiva o bastante, solidária o bastante, generosa o bastante com seu afeto. O que faria quando estivesse livre outra vez!

Me soltem, disse Barbara, me soltem e eu vou... O pensamento evaporou num banho esplêndido de emoção. Soltem-na, e ela fará uma coisa — ou coisas — tão belas e altruístas que... *Ah, droga*, disse Barbara, *se ao menos eu conseguisse me lembrar disso depois*. Mas sabia que não se lembraria — não completamente.

Já estava desaparecendo.

De modo leve, irresistível, todo o sentimento minguou até não restar mais que um brilho de fundo contra o influxo de uma cautela nova e muito fria, uma cautela detalhista. Era de cautela, afinal, que Barbara precisava agora; temporariamente, era melhor ter cuidado. Os grandes gestos ficavam para depois.

Quando eles a soltassem... se a soltassem... mas se antes de soltá-la eles fizessem alguma negociação com ela, fazendo-a prometer certas coisas a fazer e não fazer, ela *aceitaria*. Isso era cautela; era bom senso. Ah, sim, ela aceitaria, sem dúvida. O poder e a autoridade que tinha sobre as crianças no mundo exterior poderia voltar às suas mãos — daqui a sessenta horas, pertenceria a ela, não importava o que acontecesse —, mas essas sessenta e tántas horas eram tempo *de verdade*, o tempo dos Cinco Libertadores. Isso, ela não queria vivenciar; qualquer coisa que eles definissem, ela aceitaria.

É, vou aceitar, disse Barbara, e prestou atenção, mas só ouviu a mixórdia distante e indistinguível de vozes. Não havia palavras. Era enlouquecedor; era como ouvir a água. Ainda não. A liberação não aconteceria já, mas poderia vir em breve. Assim, em voltas silenciosas, sua emoção passou da ilusão à realidade, à cautela, ao medo brando.

Geralmente, Barbara não era supersticiosa nem aberta a inundações emocionais avassaladoras. Seu mundo era regular e amoroso. No entanto, agora as porteiras estavam escancaradas. Assim como pouco antes ela fora santificada e exaltada, agora tornava-se tribal, profunda, mística. Parecia que, se antecipasse demais, quisesse demais, ansiasse demais — principalmente agora, perto do fim —, de alguma forma, não daria certo. Não mostre ao Destino a face de seu desejo; você ficará decepcionada.

Seja boa. Seja comedida e alegre. Mas, acima de tudo, seja boa.

Quando as crianças finalmente desceram, quando a desamarraram e tornaram a amarrar, quando ataram seus tornozelos e a puseram de pé sobre as próprias pernas, ela foi de bom grado. De bom grado subiu a escada sem criar problemas, de bom grado usou o vaso sanitário e depois a pia. No dia anterior eles a haviam subjugado e hoje poderiam medir, se quisessem, os resultados do trabalho.

No entanto, do banheiro, levaram-na de volta ao andar de baixo. Onde antes ela se sentira à beira da remissão, foi, em vez disso, sentenciada ao porão mais uma vez. Levaram-na até a bancada de trabalho e serviram o almoço — sua primeira refeição em 36 horas — e foram embora. Todos, menos Cindy.

· Havia um sanduíche de pão de forma com frango — só um — e um copo descartável com refrigerante. Com a mão livre da cintura para baixo, Barbara comeu; na verdade, devorou. Levantou o prato e lambeu desajeitadamente as migalhas e restos, depois bebeu.

"Posso comer mais?" Agora, já estava totalmente acostumada a implorar para as crianças. O estômago doía muito mais que o orgulho. "Posso comer outro sanduíche?"

"Você só ganhou *esse* porque o Bobby insistiu", respondeu Cindy. Apesar de Dianne a supervisionar e tentar mantê-la arrumada, Cindy havia parado de cuidar do cabelo. No clima úmido e nas águas salobras do riacho e do rio, tinha voltado ao seu estado habitual; encaracolava, e os caracóis formavam mais caracóis, e as pontas terminavam em espirais. Tinha cabelos cacheados, era radiante e não sabia guardar segredos.

"Bobby?", perguntou Barbara.

"É pra ter pouco resíduo."

"Pouco resíduo?"

"O Bobby falou que você precisa ter alguma coisa no estômago quando..."

"Alguma coisa no estômago quando o quê?"

"Bom", começou Cindy com ares de importância, "se você tiver muita coisa no estômago e alguém te assustar ou te machucar, você se borra. Faz cocô." Cindy riu. "Mas se tiver só o bastante na hora certa, não faz, e ninguém percebe a diferença."

"Ninguém, quem?"

"Os legistas." Um sorriso radiante.

"Legistas!"

"É o que o Bobby falou."

"O que os legistas têm a ver com isso?"

"São médicos que..."

"Eu *sei*!"

"Bom" — esta deliciosa porção de conhecimento, Cindy soltou palavra por palavra —, "eles vão te matar e tem que parecer que estava tudo bem antes."

"Eles", repetiu Barbara em voz baixa.

"Bom, a gente", respondeu Cindy.

Barbara ficou rígida e olhou para o prato vazio e lambido, a última oferenda. Em seguida, abriu a boca e começou a gritar. Cada fibra de seu ser se concentrou nos gritos, e ela os soltou, um por um.

Os Cinco Libertadores desceram a escada quase cansados. Conheciam Cindy e aquilo não os surpreendia.

John agarrou o cabelo de Barbara e puxou sua cabeça para trás até que ela não conseguisse fechar a boca. Dianne enfiou o trapo no buraco de onde saía o som, e Paul e Bobby cobriram os lábios e a mandíbula com fita adesiva. Depois disso, só restou um gemido baixo. Eles não se olharam muito e não pareceram capazes de olhar para Barbara. Em vez disso, deixaram Paul de guarda e levaram Cindy para o andar de cima.

Como haviam feito no início do dia, os Cinco Libertadores olharam para cima e franziram o cenho. Acima deles, o céu era de um azul sedoso com nuvens esparsas de verão aqui e ali, mas a oeste — rumo à estrada do condado — tinha cor de bronze e, ainda mais longe, havia uma sombra tênue logo acima das árvores. O sol havia perdido sua luz ofuscante — quase podiam olhar diretamente para ele através da neblina cada vez mais densa — e suas bordas ardentes estavam indistintas e pálidas; vazavam na névoa. Não havia vento perceptível e o calor era insuportável. O mundo era uma caixa de desconforto.

Das quatro crianças sentadas à sombra escassa à margem do rio — só Paul, de guarda, estava ausente —, Bobby era quem mais franzia o cenho. Sempre o mais improvável dos conspiradores, ele era, no entanto, o mais escrupuloso. Os problemas do grupo pesavam sobre ele.

Embora realmente não achasse que tinha sido necessário capturar Barbara, tirar sua roupa (queria que não tivessem feito isso) nem brincar com ela, ele havia colaborado porque era o que todos os outros queriam. O que estava por vir, porém, era um desastre. Ele sentia no ar. Sentia o cheiro do desastre se aproximando, um pouquinho por vez.

O plano de Dianne era bom. Ele reconhecia isso. Havia até a possibilidade de que, na TV ou coisa assim, uma ideia como aquela desse certo. Mas tudo tinha que correr com perfeição, e já não corria.

"Vai chover", disse ele por fim. Agora, toda vez que falava, sabia que começaria uma discussão com os outros.

"Vai chover *mesmo*", concordou Cindy, inocente.

"E daí?"

"Rastros de pneu."

"O quê?", retrucou John.

"Rastros de pneu." Bobby deu de ombros. "Tipo, se chover, amanhã vai ser só lama. Se vocês levarem ela pra cabana, vão deixar a marca das rodas do carro até lá. Vão saber que foi a gente."

"O colhedor dirigiu."

"Impressões digitais." (De novo.)

"Em todo caso, ninguém *nunca* vai lá *de carro*." Espantosamente, Cindy entendia os detalhes técnicos da trama agora.

Ficaram calados. Nas árvores entre eles e a casa, as cigarras recomeçaram seu canto.

Dianne estreitou os olhos cinzentos e concordou. "É melhor a gente levar ela pra lá antes de ir pra casa. Se chover, a chuva apaga as marcas. Se não, a gente pode apagar."

"Vai chover", determinou John.

"E vamos ficar de guarda lá a noite inteira?", perguntou Bobby. "Nada disso."

Entenderam o que ele queria dizer. Era uma velha casa de madeira, de material barato, cheia de frestas e quase sem janelas, assustadora mesmo à luz do dia (e era por isso que a valorizavam como sede do clube) e inacessível à noite. Ainda por cima, se chovesse com raios e trovões...

"Por que a gente tem que matar ela *lá*?", perguntou Cindy, inspirada.

Bobby olhou agradecido para a irmã, mas não disse nada.

"Porque sim."

"É. Tem que ser lá", concordou John.

Houve concordância. A cabana era um *não lugar*, uma construção onde você podia fazer o que não faria na bela casa do dr. e da sra. Adams. Era um argumento a favor da conveniência de certas coisas em certos momentos e lugares.

"Bom, *eu* é que não vou ficar lá vigiando ela", determinou Cindy.

"Não precisa."

"E também não vou ficar sozinha na minha casa."

"Tem que fazer uma coisa ou a outra."

"Quero o Bobby comigo e quero ficar no *meu* quarto."

"A gente pode levar a Barbara pra lá e amarrar ela tão bem que não dê pra ela fugir de jeito nenhum", sugeriu John.

"E deixar ela sozinha a noite inteira?"

"Por que não?"

"De jeito nenhum", disse Bobby.

"Não entendo por que não."

"E se alguém quiser se abrigar da chuva e entrar lá?"

"Quem é que...", John começou e parou. Todos se entreolharam.

"Agora, *você* quer ficar lá de guarda?", perguntou Bobby.

"O colhedor."

"É."

Olharam para Dianne. Ela estava decidida. "Bom, a gente vai ter que dar um jeito."

"Você ouviu o que eu disse." Cindy estava irredutível.

"Você pode vir com a gente e passar a noite lá em casa", sugeriu Dianne.

"Por quê?"

"Você acabou de falar que não queria ficar aqui."

Cindy ficou desorientada. A questão era que estava com medo e não queria ficar sozinha nem vigiar a cabana. Estava tão concentrada nisso que qualquer outro pensamento lhe chegava devagar.

"Você pode vir jantar na nossa casa e passar a noite com a gente", disse Dianne. "Podemos... fazer um bolo de surpresa pra Barbara e pros seus pais na segunda-feira."

"Mas a Barbara..."

"É isso que a gente vai *dizer*", explicou Dianne.

Cindy sentiu uma leve esperança. "Ah."

"É uma boa ideia", declarou John. "Mas e o Bobby?"

Bobby olhou para John.

Se você analisasse a lista de participantes, não haveria mais ninguém. Ponha Dianne, Paul e Cindy na casa dos McVeigh e Bobby vigiando a prisioneira sozinho, e só restará um — John. Bobby olhou para ele.

"Quem sabe eu possa ajudar", disse John.

"Como?"

"Não sei. Meus pais não iam querer que eu saísse à noite na chuva, a não ser pra dar uma olhada no barco ou coisa assim, mas eles dormem cedo."

Há coisas que não precisam ser ditas, mas a necessidade de Bobby era grande. "Você consegue sair escondido?", perguntou ele.

"Sei lá. Acho que sim", respondeu John. "Bom... claro."

"Quando?", quis saber Bobby. "A que horas? Por quanto tempo?"

"Umnn." John fez uma careta.

"Quando você consegue fugir dos seus *pais*? Por quanto tempo pode vigiar?"

John tentou ser sincero. Não era hora de enrolar. "Não sei. Tudo depende de quando eles vão dormir. Acho que posso chegar aqui perto das onze ou da meia-noite e tenho que voltar pra casa lá pelas quatro. Mais ou menos isso. Quem sabe um pouco mais tarde." John olhou à sua volta em busca de compreensão. "Bom, eu não posso simplesmente sair de lá na hora em que eu quiser, sabe."

"E eu não posso ficar acordado dois dias seguidos", respondeu Bobby.

"É."

"Então, você vem hoje à noite ou não?"

"Venho, sim."

"Quando?"

"Já disse que venho."

"É a última noite, sabe", disse Dianne.

Olharam para ela.

"Quer dizer, a esta hora, amanhã à noite, tudo vai ter acabado."

"É, vai ter acabado", concordou Bobby.

QUANDO OS ADAMS SAÍRAM DE FÉRIAS
Mendal W. Johnson

A cabana ficava do outro lado da estrada de acesso que começava na caixa de correio na propriedade dos Adams e formava uma curva. Ficava ao sul do rio e a uns sessenta metros ou mais de distância, num milharal muito desnudado e queimado pela seca que agora farfalhava e estalava à menor brisa. A altura e a proximidade sufocante dos pés de milho mortos — o campo fora cultivado até chegar às paredes da cabana — escondia a construção até o meio das janelas do primeiro andar, de modo que ela parecia flutuar como uma ilha de madeira cinzenta sobre ondas marrons.

O que restava para ver era típico da região. Era uma cabana velha de dois andares, toda quadrada e feita de tábuas e ripas, cujas laterais de pinho haviam se deformado, envergado e expulsado os pregos enferrujados que as prendiam, até que os marimbondos pudessem fazer ninhos nas paredes, os esquilos pudessem correr livremente pelo sótão e os ratos pudessem viver confortavelmente debaixo do chão. De resto, tudo combinava: telhado de zinco avermelhado e corroído pela ferrugem; janelas com peitoris e caixilhos apodrecidos; vidraças quebradas; uma porta que não fechava e uma estradinha que levava daquela porta até a curva da estrada.

Embora essa cabana tivesse sido a moradia de verão e fins de semana dos Adams até a nova casa estar pronta, depois disso fora ladeira abaixo. Agora, só permitiam que continuasse de pé porque não fazia mal a ninguém e porque — na opinião do dr. Adams — era uma rica fonte de "madeira de celeiro", ou carvalho, que estava se tornando escassa em todos os outros lugares. Além disso, sempre estivera lá.

Encarada puramente como um objeto no cenário, podia ser vista de duas formas. Por causa da idade e do abandono, desgaste e isolamento no campo, poderia parecer — principalmente debaixo da tempestade em formação — muito lúgubre, deplorável e até agourenta. Abordada de outro modo, poderia — em condições semelhantes — ter um aspecto pacato à maneira peculiar dos cemitérios, um lembrete do passado rural e longínquo, das virtudes simples, da vida tranquila, da aceitação concordante da morte.

Os Cinco Libertadores não deixavam de perceber tais coisas. Embora não conseguissem se expressar a respeito do assunto — para eles, o lugar era só sinistro e às vezes "legal"—, sentiam a presença do tempo lá. Era mesmo uma casa velha; conferia autoridade aos seus debates. Essa também foi uma das influências que contribuíram para fazer dela o lugar óbvio e "adequado" para encerrar toda aquela situação com Barbara. Parecia certo.

Mas Barbara não foi até lá de bom grado.

Embora a enrolassem com cordas e varais suficientes para conter vários reféns, as crianças, mesmo assim, foram obrigadas a permitir-lhe os movimentos contorcidos e coleantes de uma cobra. Diversas coisas de caráter meramente prático — carregar seu peso, contornar os cantos, remover obstáculos — impediram que a carregassem numa espécie de padiola. E Barbara, desesperada, ainda era forte.

A luta começou na oficina/sala de jogos e seguiu porta afora e escada acima, chegou à garagem, atravessou o chão de cimento até a parte traseira da caminhonete aberta e depois subiu na traseira do próprio carro. John e Dianne começaram carregando o peso do corpo pelos ombros; os três jovens menores carregavam as pernas. Contudo, as torções e trancos dela sobrepujavam todos eles, e Dianne teve que trocar de lugar com Paul e Cindy para começar tudo de novo. Várias vezes deixaram-na cair, e depois de um tempo ela ficou obviamente esfolada e ferida.

"Não tem problema", declarou Dianne na segunda vez que isso aconteceu. "Quando o estuprador arrastou ela pra fora de casa, aconteceu a mesma coisa."

"Como assim?" A mudança no tempo verbal e nos níveis de realidade foi confusa.

Bobby estava evidentemente arfante. "Ela quer dizer", respondeu ele, "que a partir de agora qualquer marca no corpo dela já teria acontecido, mesmo. Quer dizer..."

"Combina com a história." John estava pálido. Tanto o esforço quanto a óbvia influência erótica do trajeto deixaram sua voz trêmula.

"O relatório do legista", disse Bobby.

"Ah." Eles não entenderam — Paul e Cindy —, mas não iam admitir. "Ok, vamos."

Por baixo daquela pilha de crianças, Barbara fazia sons que ninguém escuta na vida real, ou pelo menos não todo dia. Os vários tons poderiam ser entendidos como soluços, e muito embaraçosos. Os Cinco Libertadores, porém, estavam se acostumando a esse tipo de coisa. Para Dianne, era gratificante; para John, excitante (já que, na verdade, tudo em Barbara era excitante); para Bobby, insuportável; e Paul e Cindy achavam tudo irritante; queriam bater nela, fazer qualquer coisa para que ela calasse a boca.

"Anda, vamos."

Mais uma vez, as crianças se desenroscaram e apanharam seu fardo inquieto. Agora moviam-se ao longo das laterais empoeiradas da caminhonete, esbarrando e escorregando pelos painéis de metal.

"Não deixa ela encostar no..."

"Não tem como evitar."

"Continuem..."

"A gente vai ter que lavar o carro."

"Deixa ele na chuva."

"*Se* chover."

"Vai chover, sim."

Olharam para cima.

"Depressa!"

"Agora, é só dar a volta aqui."

Foi diante da porta abaixada da traseira da caminhonete que a maior batalha aconteceu. Barbara não aceitava ser posta ali de jeito nenhum. Ela chutou e se debateu, tentou rolar para baixo do carro, desferiu cabeçadas. Era impossível agarrá-la e contê-la, e a luta continuou até que, finalmente, John, perdendo a paciência, bateu nela com toda a força. Ele pretendia deixá-la sem ar, mas, em vez disso, acertou-a perto da junção da caixa torácica, e o corpo de Barbara ficou mole.

"O que aconteceu?"

"O John bateu nela."

"Ah, não." Bobby tinha visto. Ficou nauseado.

"'Ah, não', o quê? O que mais dava pra fazer?"

"Você *nunca* pode bater em ninguém aí."

"Por quê?"

Bobby se aproximou depressa da garota inconsciente. "Porque", respondeu, "pode arrebentar o coração da pessoa."

"A-a-ah..."

"Ela tá morta?"

"Deixa eu ver." Dianne se ajoelhou ao lado de Bobby. John ficou vermelho.

"Consegue sentir o pulso dela?"

"Com as mãos dela amarradas assim?"

"O coração, então."

Dianne abaixou a cabeça e encostou a orelha no peito nu de Barbara. "Fiquem quietos."

Todos se esforçaram para ouvir o que só ela podia ouvir.

"Está batendo", disse Dianne. "Escuta."

Bobby, que não gostava nem um pouco de encostar em Barbara, não encontrou outro lugar para pousar os olhos de modo a não encará-la no momento do toque. Em vez disso, fechou os olhos e encostou o ouvido no corpo dela. Mais silêncio.

Depois de um algum tempo, ele disse: "É".

"Caramba..." John ficou aliviado.

"Por quê?", perguntou Cindy. "Vocês vão matar ela de qualquer jeito."

"Assim não", disse Dianne. "Isso estragaria tudo." Ela se levantou. "Ok, vamos pôr ela pra dentro. Está tudo bem."

Passaram as pernas de Barbara por cima da porta traseira e, em seguida, usando-as para sustentar parte do corpo, todos se juntaram e a içaram do jeito que puderam.

"Agora ela está toda suja", disse Cindy, como se estivesse criticando o trabalho deles.

"Não tá, não."

"Está, sim." Cindy tinha seus próprios padrões. "E o cabelo dela está todo bagunçado."

Dianne olhou para Cindy de mulher para mulher, um acontecimento inédito, e concordou. "Vamos ter que lavar ela."

"E pentear o cabelo. É isso que você me manda fazer."

Bobby não prestou atenção a nenhuma delas. "Vou tirar a mordaça", anunciou ele.

"E deixar ela começar a gritar que nem louca *aqui*?"

"Temos que fazer isso. Ela não está respirando muito bem."

"Não!"

"Ela não vai gritar", disse Bobby.

"Tá, então faz você. Vai ser culpa sua."

"Você quer que ela morra aqui? *Agora*?" Ele precisava de ajuda, e a recebeu. Eles a apoiaram sentada na traseira da caminhonete, viraram-na para um lado e a seguraram enquanto Bobby tirava a fita adesiva e o trapo.

"Pronto, dá pra mim." Dianne estendeu a mão. "Cindy, vai buscar mais fita, traz o rolo todo."

"Por quê?"

"Impressões digitais. Vou ter que jogar isso tudo fora com o que for queimado. E a gente vai ter que amordaçar ela de novo mesmo."

Por um momento, Bobby pareceu interromper os pensamentos de Dianne. "Isso mesmo. Fita é a melhor coisa do mundo pra impressão digital. Faz o que ela disse." Ele voltou a atenção para a paciente. Mais uma vez, seu rosto tornou-se uma versão em miniatura do pai cirurgião — sério, interessado. "Ela ainda não está respirando muito bem." Ele estava realmente preocupado.

"Por quê?"

"Como é que *eu* vou saber?"

"O que a gente faz?"

Bobby se pôs a refletir. Imaginou que, em uma situação como essa, um médico de verdade faria alguma coisa rápida e inteligente — oxigênio, injeção de adrenalina, *alguma coisa*. Infelizmente, ele era apenas filho de médico, não médico. Não havia nenhuma dessas coisas à mão. Então, lembrou-se: "Respiração boca a boca".

"É."

"Quem?"

"O John bateu nela..."

"John?"

"Ok", respondeu John. (Na verdade, todos eles poderiam ter feito isso. Todos haviam sido instruídos pelos pais na piscina de Bryce, e os mais velhos tinham aprendido de novo na escola.) "Virem ela pra mim." John subiu na caminhonete e os outros Libertadores moveram Barbara. "Não temos canal de ventilação." Ele olhou à sua volta como se pedisse desculpas antecipadas por falhar.

"Anda logo."

"Temos que abrir a boca dela."

"Pronto..." Um tanto desajeitado, Bobby conseguiu abrir as mandíbulas de Barbara. "Anda."

Como se recitasse as lições que aprendera, John puxou uma respiração profunda e regular, abaixou-se, colou os lábios nos dela e exalou com firmeza. Recuperou o fôlego e repetiu o gesto. Houve resistência.

"Ei, ótimo! Continua assim."

"Está funcionando", disse Dianne.

John inflou seus pulmões de atleta mais uma vez e voltou a expirar na garota. Como se tratava de Barbara, ele o fez com ternura e perfeição (embora estivesse comprometido a ajudar a matá-la no dia seguinte).

Nesse ponto, ela chegou mesmo a resmungar. "Não..."

Ele o fez mais uma vez.

"Não preciso disso." Ela tentou desviar o rosto e, como também era nadadora, John parou. Ela saberia quando estivesse bem.

Cindy voltou à garagem. "O que está acontecendo?"

"Nada", respondeu Dianne em tom tranquilizador, ela própria tranquila. "Está tudo bem. Entra."

Quatro subiram na traseira da caminhonete com Barbara. Dianne dirigiu. Sentou-se no banco do motorista com gestos calculados, pôs a chave na ignição, acionou o acelerador como fazia no Chevrolet da família, virou a chave e deu partida no motor. A caminhonete ganhou vida custosa: as luzes se acenderam e apagaram, o ar-condicionado começou a sibilar, e eles estavam prontos.

"Ela está bem?"

"Depressa", disse John. "A chuva..."

Com a expressão inflexível de quem faz a prova para a carteira de motorista, Dianne deu marcha à ré, soltou o freio de mão, tocou no acelerador e se viu em movimento. O carro recuou na estradinha, fez uma ou duas manobras e deu a volta até o caminho que levava à cabana. Ali, Dianne parou.

"Não posso dar ré até a cabana do jeito que pensei. O caminho é estreito demais. Vai dar na cara."

"Carrega ela."

"Arrasta ela."

"O que a gente tiver que fazer, vamos fazer logo, pelo amor de Deus." Mais uma vez, John olhou para trás.

"E se alguém vir a gente?"

"Quem está aqui pra ver?"

"Agora é tarde demais pra isso."

Todos desceram. Barbara parecia ter recobrado mais da metade da consciência. Ela ouviu. Pareceu entender. Seus olhos transmitiam que ela *sabia* por que estava aqui. "Por favor..." O som era exausto, arrastado, suplicante.

"Amordaça ela de novo." Dianne contornou o carro até a traseira. "Rápido."

Eles a amordaçaram. Não foi difícil; ela não resistiu. Um trapo novo substituiu o antigo, uma nova fita selou os lábios.

"Podemos fazer ela andar?"

"Não."

Um suspiro. Com um esforço de todos-juntos-agora, eles a puxaram até a porta traseira e a puseram sentada. Então, todos os cinco pegaram em seus braços e ombros e arrastaram-na rumo à cabana. Os calcanhares dela, nus, deixaram dois rastros paralelos atrás deles.

À porta da casa, eles a passaram pela soleira lascada e apodrecida e a levaram até o pequeno corredor cinzento, onde a deixaram cair. Embora ainda fosse o meio da tarde, as nuvens do oeste estavam se aproximando e o sol desaparecia prematuramente numa névoa azul-escura. Dentro da casa, estava estranhamente escuro para aquela hora do dia e, também estranhamente, fresco.

"Onde?"

"No andar de cima", respondeu Bobby com firmeza.

"Ah, meu Deus, não."

"Aqui embaixo dá pra ver dentro da casa por todas as janelas. Olha, John, dá pra entrar por elas se quiser. Você sabe disso."

John ficou em silêncio.

"Se eu tiver que ficar de guarda, quero ficar lá em cima. Assim, só preciso vigiar a escada."

"Você não vai ter que fazer isso sozinho a noite toda."

"Se *você* quiser vigiar ela, então..."

John curvou o corpo, mas a natureza de sua resistência estava diferente. Da teimosia, passou à dúvida relutante e, por fim, à concordância.

"O Bobby tem razão", disse Dianne. Estava tão cansada quanto os outros.

"É. Ok."

Sem dizer mais nada, pegaram Barbara pelos braços novamente e começaram a subida íngreme pela escada de madeira até o segundo andar. Barbara ainda resistia, mas estava fraca. Mesmo assim, ao longo do percurso, tiveram que colocá-la no chão e tomar fôlego. No alto da escada, estavam à beira de um colapso.

"Qual quarto?"

"Acho que tanto faz", respondeu John.

"Não", objetou Bobby. "Aquele ali."

Eles olharam para o garoto.

"A tempestade está vindo *daquele* lado", disse com um suspiro. "Esse quarto vai ficar mais seco."

Agora estava ficando escuro demais para aquela hora da tarde. Uma luz acobreada invadia os cômodos superiores. Pequenos animais — ratos, esquilos? — corriam pelo sótão acima deles. Agora que estavam quase concluindo o serviço, os Cinco Libertadores erguiam e puxavam com força renovada (e, agora que havia perdido, Barbara pareceu ficar mole). Eles a levaram para a parte mais protegida do quarto sudeste e a puseram no chão quase com gentileza, para variar. Estava feito. Todos se levantaram, aliviados.

"Temos que levar o carro de volta pra casa e limpar."

"Por dentro também..."

"Pegar um pouco de mato pra esfregar nos rastros", disse Dianne.

"E na estrada!"

"A gente pode deixar isso pra amanhã. Vamos voltar", disse Bobby.

"Mas e *ela*?"

"Ela não tem como fugir", respondeu Cindy aos risinhos.

Isso era bem óbvio. Barbara estava deitada, os ombros e seios voltados para o piso rachado que já fora de linóleo, os quadris para cima, as pernas dobradas formando um s. Estava atada por tantas cordas que chegava a ser ridículo, mas ainda assim eles estavam inseguros. Sua fuga era o único risco que não poderiam correr, agora que ela sabia.

"Bom, quem sabe..." Bobby fez uma careta.

No fim, acabaram virando-a completamente de rosto e barriga para baixo, puxando seus tornozelos para trás e amarrando-os nos pulsos. Era impossível fazer qualquer outro movimento ou som.

"Isso deve servir até o Bobby voltar."

Os Cinco Libertadores começaram a encobrir os indícios o mais rápido que puderam. Dianne retomou o volante da caminhonete e a levou de volta até a casa principal. Lá, ela, Cindy e Paul limparam-na centímetro por centímetro. Não deixaram o menor sinal de que tivesse sido usada nem de que Barbara tivesse estado dentro dela. Atrás deles, John e Bobby varriam a curva com galhos, apagando os rastros dos pneus.

Uma noite precoce havia caído, por mais cedo que fosse, mas ainda assim noite. Os sinais clássicos de tempestade estavam no céu, distantes mas visíveis.

O oeste era de um preto azulado, impenetrável; o sol havia desaparecido e havia apenas o começo de uma "barbicha" ao longe — nuvens pequenas, parecendo espuma suja — formando-se antes da tempestade. As crianças estavam indecisas. De acordo com o cronograma de Dianne, ainda havia muito a fazer, mas...

"É melhor a gente cair fora", disse John. "Vai chover forte."

"É." Com Barbara sozinha na cabana, Bobby não queria que os outros fossem embora. O que estava para acontecer, porém, tinha que acontecer.

"Eu volto à noite", garantiu John, "mas talvez demore."

"E a Cindy?"

"Eu cuido disso." Dianne, com toda a tranquilidade e educação — que filha maravilhosa — ligou para casa e recebeu permissão para levar Cindy para passar a noite lá. Sem tempo para delicadezas, esfregou o rosto da garotinha para tirar a sujeira, escovou seu cabelo — seis vezes de cada lado —, jogou uma muda de roupa numa das malas de viagem do dr. Adams e estava pronta para partir. Lá fora, John, Paul e Bobby esperavam, andando para lá e para cá em meio à poeira e lançando olhares ansiosos para o céu.

"Pronto?"

"Pronto." Dianne e Cindy saíram da cozinha e desceram os degraus.

"Vamos logo, então", disse John.

Os Cinco Libertadores — reduzidos a quatro — correram pelo jardim, atravessaram o campo e entraram na mata ao longo do Oak Creek. Sozinho, Bobby os viu partir, suspirou, endireitou os ombros magros e entrou.

Sem as crianças e a presença magnética de Barbara na casa, os cômodos pareciam tomados por um silêncio e um vazio fora do comum. Os motores elétricos zumbiam — a geladeira, o relógio da cozinha, o ar-condicionado na janela —, mas era só isso. Lá fora, até as cigarras estavam quietas. E, claro, havia o ribombar distante das trovoadas.

Ele estava sozinho, triste e com pena de si mesmo.

A solidão era evidente e continuaria pelo menos até a meia-noite. Bobby não estava otimista; só veria John à meia-noite, *se é* que ele daria as caras.

A autopiedade era igualmente óbvia. Ele tinha feito a maior parte do trabalho e assumido riscos o tempo todo, e *os outros* tinham ficado com a diversão. Agora cabia a ele a pior tarefa até agora. Por horas, seriam apenas ele e *ela* e um colhedor por aí — talvez — e a tempestade e o resto.

A tristeza era mais difícil; ele não conseguiria explicá-la de nenhum outro modo porque era uma coisa cheia de partes pontiagudas. Quando ele se concentrava — e assim fez —, as coisas se tornavam um borrão demasiado indistinto para classificar.

Quando, por exemplo, Bobby deveria ter recebido qualquer tipo de encerramento com alívio, na verdade, ele lamentava — temia — que a aventura chegasse ao fim, principalmente o fim planejado. Assim como cada um dos Cinco Libertadores, ele havia desenvolvido um relacionamento particular — ainda que só ele soubesse disso — com Barbara, e era de afeto. Depois da captura inicial, depois que o medo de ela fugir tinha ficado para trás, ele passara a prestar cada vez mais atenção nela por si só. Embora não sentisse nenhum desejo físico verdadeiro por ela que pudesse ser consumado — na verdade, sua timidez diante dela continuava quase esmagadora —, ainda assim, não era jovem demais para contemplar e admirar. Barbara era linda.

A forma dela — sendo a primeira experiência de Bobby, ela tanto definia quanto atendia aos seus padrões — era bonita. Assim como Paul, Bobby tinha uma noção da forma feminina — impossível ser diferente na família de um médico — e apreciava a juventude, a flexibilidade e a leve imaturidade da garota, apesar dos muitos ferimentos que a marcavam agora. Sua graça, mesmo diante das coisas difíceis que a tinham forçado a fazer, e a forma como era diferente dele e de todos eles, eram atraentes. A voz, as palavras, embora não tivesse podido dizer quase nada, eram realmente encantadoras. Se ele tinha um desejo, era o de poder mantê-la aqui por um bom tempo — como uma corça ou raposa selvagem, e adestrá-la e domesticá-la — até que ela pudesse ser libertada sem coleira e bastasse chamá-la para tê-la de volta.

Desse ponto em diante, os pensamentos de Bobby se dirigiam a uma emoção um pouco adulta demais para ele, mas, na verdade, era carinho e desejo de proteger, o que os homens adultos sentiam pelas mulheres adultas. Ele lutava contra o sentimento de querer abraçá-la e protegê-la e o achava complexo demais. Outras coisas se intrometiam.

A luta de Barbara naquela manhã em que acordara como prisioneira, os puxões que quase quebraram a cama, seus chutes e trancos, seu ataque a Dianne, sua luta essa tarde, informavam-lhe que a Barbara de seus sonhos completamente secretos não estava lá de jeito nenhum. Dentro dela, na verdade, havia outra pessoa — uma que era possivelmente perigosa.

E ainda havia o dever de Bobby para com os Cinco Libertadores, um dever que envolvia o castigo por *não* cumpri-lo. Ali, mais uma vez, estava um mundo que ele não conseguia entender, em que a honra e a responsabilidade se enredavam às lealdades que se enredavam aos requisitos que — por fim — envolviam sofrimento e perda pessoais.

Não podiam ficar com Barbara porque os pais dele estavam voltando para casa. Pela mesma razão, não podiam libertá-la e ser pegos. Isso tudo o confundia e entristecia, mas, como sempre, ele tinha uma responsabilidade e havia coisas a fazer. Pela segunda vez desde que chegara à porta da cozinha, ele se empertigou e se pôs a trabalhar.

Fechou todas as janelas diante da tempestade que se aproximava (sua mãe ficaria furiosa se o papel de parede estivesse manchado quando chegasse em casa) e trancou todas, menos uma. Bobby era assim. Ele poderia querer entrar sem ser visto mais tarde. Depois, desceu para a sala de jogos e juntou seu saco de dormir enrolado, sua velha jaqueta corta-vento e uma boa lanterna. Levou essas coisas para o andar de cima e as organizou sobre a bancada da cozinha, ao lado de sua pequena espingarda (que ele ainda preferia por seu padrão de tiros de curto alcance) e cartuchos extras. Por fim, ele comeu. Não estava a fim, mas o pai dizia que o corpo era como uma lareira: se você colocasse combustível nela, funcionaria; caso contrário, não. Depois, preparou um segundo sanduíche para si, embrulhou-o cuidadosamente em plástico-filme, pegou um litro de refrigerante na geladeira e guardou tudo numa mochila de acampamento.

Luzes acesas ou apagadas? Bobby ponderou.

Depois de pensar um pouco, decidiu deixá-las apagadas. Se o colhedor — sua principal preocupação no momento — quisesse fugir da chuva, talvez estivesse inclinado a ir para a casa escura em vez da cabana onde Bobby certamente pretendia que houvesse pelo menos uma luz acesa.

Tudo decidido, tudo feito, ele tirou a chave da porta dos fundos do gancho, colocou a mochila nos ombros e trancou a casa ao sair, e então seguiu pela horta.

Agora estava frio e cada vez mais escuro — mais frio do que nas semanas anteriores — e ventinhos agitados se erguiam sobre a poeira estranhamente perfumada. A tempestade estava perto e ao mesmo tempo longe. Estava claramente a 45 graus no céu, mas Bobby já vira tempestades assim, que só rosnavam e se elevavam direto no ar como na noite passada. Mas elas poderiam cobrir os quilômetros restantes em dez minutos ou menos. Ele apertou o passo.

Dentro da cabana, parou só um momento para ouvir — não havia nada —, depois continuou. Fechou a porta cujo trinco não funcionava e empurrou a velha mesa de reuniões dos Cinco Libertadores contra ela, mais para proteger o interior do vento do que de possíveis invasores. A porta não barraria nem Cindy. Ele subiu a escada e deixou suas coisas perto do que seria a parede mais seca quando a tempestade chegasse. Barbara, é claro, não havia se mexido a não ser para dar um jeito de se virar de lado. Ela ergueu a cabeça e o olhou quando ele entrou, depois tornou a abaixá-la, os olhos fechados outra vez. Só isso. A tristeza de Bobby voltou.

Abandonando-a mesmo assim, ele voltou à escada escura e vasculhou as "tranqueiras" que guardava num dos armários que o pai havia construído no verão em que viveram ali. Enfim encontrou o objeto que procurava, um lampião a gasolina com o corpo queimado e torto, mas ainda funcionava. Fiel à sua natureza, o dr. Adams o havia jogado fora no minuto em que apresentara o defeito e, fiel à sua, Bobby o tinha recuperado e consertado. Também havia trazido fósforos dentro de um frasco. Sentindo um orgulho digno de lenhador, ou tanto quanto poderia reivindicá-lo, ele acendeu o lampião, ajustou a camisa da peça e deixou o armário perfeitamente fechado. Restava o problema de onde colocá-lo.

No andar de cima, seria reconfortante, mas se alguém — especificamente, o colhedor — invadisse a casa, seria Bobby quem ficaria na luz, incapaz de enxergar, e o colhedor no esconderijo da escuridão medonha. Ainda assim, Bobby não se separou do lampião com facilidade. Mais ponderação. Por fim, ele o deixou no meio do segundo degrau mais baixo, de modo que iluminasse a porta da frente, a única utilizável, e a sala, lançando pelo menos um pouco de luz no andar de cima. Isso ele podia aceitar, e subiu a escada até Barbara.

Mais uma vez, é claro, ela não havia se mexido, e desta vez nem sequer levantou a cabeça. Era como se já estivesse morta, dada a posição tortuosa em que a haviam amarrado, por medo ou por exaustão, e estava mais pálida que o normal à luz dos relâmpagos que iluminavam o quarto de quando em quando. Um tanto alarmado, Bobby se ajoelhou e encostou nela. Estava fria — má circulação, ele imaginava —, mas se mexeu na mesma hora e abriu os olhos lúcidos. Será que estivera cochilando e sonhando, e de repente pensou que já era de manhã? A *próxima* manhã, ele lembrou. Passando os dedos pelo braço dela e sentindo que as cordas, tão apertadas e fundas na carne, pareciam meras saliências na pele, ele sentiu a complexa emoção da ternura. Teve pena de Barbara, mas ainda tinha tempo para decidir sobre tudo aquilo.

Levantando-se, ele foi até a parede e dispôs seus poucos bens. Colocou o refrigerante cuidadosamente junto da parede; o sanduíche, deixou ao lado da garrafa; a lanterna, acendeu; e a espingarda, carregou e apoiou de pé no canto. Depois, pegou o saco de dormir e o estendeu ao lado de Barbara, empurrando-o o máximo que pôde para perto dela. Depois de puxar o zíper e abri-lo, pegou os tornozelos dela e a rolou delicadamente de um lado para o outro até ela sair do chão e deitar-se totalmente na maciez do acolchoado. Por fim, ele se ocupou em afrouxar algumas das cordas, tirar outras, soltar as pernas de Barbara para que ela pudesse esticá-las, e em seguida esfregou as marcas fundas nos braços e pernas dela. Depois de deixá-la tão acomodada quanto se atrevia a arriscar, ele a cobriu com a parte superior do saco de dormir e colocou a jaqueta dobrada debaixo da cabeça dela para servir de travesseiro.

Sendo Bobby, não esperava nenhum olhar de gratidão. Teria adorado conversar, fazer com que *ela* aliviasse a solidão *dele* com o simples som de sua voz. Mais tarde, ele cederia e faria isso, mas ainda estava ocupado.

O prenúncio da tempestade chegou à propriedade dos Adams cerca de uma hora depois. Os ventinhos agitados desapareceram, e um silêncio teatral tomou conta de tudo, como se ambos estivessem debaixo de um arco de proscênio, como de fato estavam. As nuvens barbadas, baixas e arrastadas antes da chuva — Bobby as divisou apenas durante os clarões dos relâmpagos — pareceram se elevar pouco acima das árvores quando passaram. A temperatura voltou a cair, provavelmente cinco ou mais graus desta vez, e depois as primeiras gotas vigorosas atingiram o telhado de zinco. Os animais que moravam no sótão também se agitaram, e o vento chegou.

Soprou entre as árvores distantes, cruzou os campos e atingiu a casa como se estivesse ensaiando, só ensaiando. Parou por um instante. Em seguida, voltou com um acorde contínuo e crescente, começando na metade do condado e sacudindo a terra como o rufar de um tambor. Quando a primeira rajada chegou, a cabana cedeu fisicamente a ela. Centenas de pedaços de madeira repuxaram os buracos dos pregos já alargados, tábua rangendo contra tábua num lamento de muitas vozes.

Viajando dentro do vento, veio a chuva de verdade; um mar de gotas, partidas em pedacinhos, alvejou a madeira como se fossem tiros. As folhas de zinco que formavam o telhado saltaram para cima e para baixo e tentaram voar em vão. Rajadas ecoavam sobre eles, criando um som semelhante ao do trovão — trovões por dentro e trovões acima. Além disso, agora que estavam dentro da tempestade, o que antes parecera o clarão obstinado dos relâmpagos se revelou como galhos, árvores, rios de energia se descarregando por quilômetros em todas as direções, mas sempre descendo para onde eles estavam (ou pareciam estar). A velha construção se retorceu àquela luz; a chuva entrou pelas janelas como névoa e se espalhou pelo quarto, ainda que eles estivessem do outro lado da casa, ao abrigo do vento. Bobby continuava acendendo a lanterna e olhando em volta.

Ele entendia esse tipo de coisa. Seu pai — sempre o pesquisador, o explicador — havia discorrido sobre esse tipo de tempestade. Em algum lugar lá em cima, talvez estendendo-se por muitos quilômetros no céu, havia um "buraco" que levava da terra quente até os níveis superiores e frios da atmosfera. Lá — por causa do frio — o ar quente se fragmentava na forma de chuva e se libertava. Subindo, o ar atraía mais em seu rastro. A carga elétrica do ar ascendente — era positiva ou negativa? Bobby não conseguia lembrar — se acumulava e descarregava outra vez rumo ao solo. Isso era o relâmpago. Tudo muito interessante para a mente do garoto, e até possivelmente verdadeiro. Lembrou-se de ficar na chuva com o dr. Adams, ouvindo essas explicações e pensando que poderiam mesmo fazer sentido. No entanto, ele nunca fora exposto a um desses temporais espantosos em circunstâncias tão dramáticas — ainda que autoimpostas. As crianças são crianças, e a fúria da natureza é sempre a fúria da natureza.

Vinha uma rajada e a casa chacoalhava; vinha uma rajada e a casa chacoalhava; vinha uma rajada e a casa chacoalhava mais uma vez. A repetição exigia o reconhecimento de forças insuperáveis. As tábuas sob os pés de Bobby deslizavam para dentro e para fora abaixo do linóleo rachado; as janelas sibilavam pelos vãos dos vidros quebrados; e o teto vertia água como uma peneira. O som também não estava confinado ao quarto onde eles esperavam.

No outro cômodo do andar superior — mais aberto ao vento —, a chuva caía como baldes cheios d'água contra o velho reboco cinzento. Uma porta do armário bateu, e alguma coisa — quem poderia se lembrar do que estava largado por aqui? — caiu no chão. No andar de baixo, o barulho — tão fácil de ouvir de onde Bobby estava, encostado na parede — foi igual. Houve um tilintar de vidro — talos de milho encharcados forçando uma vidraça já trincada —, coisas batendo e balançando. Num instante, ouviu-se um estrondo repentino, como se a casa tivesse recebido o golpe fatal, mas era o velho portão abandonado tombando de onde estava, apoiado à parede da casa. Mesmo com o frio, Bobby transpirava.

Os sons do céu tinham intensidades sutilmente variadas. Havia o trovão abafado pela chuva que estava longe. Havia o estalo inesperado de um raio muito próximo, uma pausa e, em seguida, o som de um disparo direto que nunca chegava a se concretizar. A casa inteira tentava se agachar debaixo da explosão de ventos acima. Depois disso, poderia haver uma trégua, quase brincalhona e bem-humorada antes dos próximos raios e trovões. Perto ou logo ao lado? Agora ou nunca? Bobby ouviu, sentiu e esperou.

Seus olhos observavam principalmente o campo entre a cabana e a floresta de pinheiros ao longo do Oak Creek. Uma tempestade como essa com certeza levaria qualquer colhedor num acampamento improvisado a procurar abrigo em algum lugar — supondo que ele tivesse voltado hoje à noite — e a propriedade dos Adams era o mais próximo. Ele passaria reto pela cabana? Viria aqui? Viria em linha reta, cambaleando pelo mato rumo à proteção, ou contornaria a curva da estrada e depois correria até a casa?

No clarão médio de um relâmpago, pareceu não haver nada além dos pés de milho mortos, achatados e trêmulos debaixo da chuva, como um vasto músculo nas costas da terra. Em outro, mais brilhante, Bobby pensou ter visto uma figura encurvada, os contornos iluminados pela luz no campo. Ele prendeu a respiração. Via o homem, depois não via, até que, a cada estouro de luz, via homens vindo de todas as direções e se aproximando da janela.

Bobby, porém, apoiou-se em Bobby; nesse ponto, era um garoto notável. Pulava num susto infantil diante de um estrondo, depois esperava; ao confirmar que não havia nada lá, afinal, recobrava o autocontrole. Era só fruto de sua imaginação. Ainda assim, um vulto no canto do olho dizia que o colhedor estava mesmo *ali*, daquele lado. Olhar de novo era irresistível; ele pegou a arma. Outro clarão — nada. Talvez o colhedor estivesse saindo da floresta nesse momento; talvez tivesse ficado lá o tempo todo, do outro lado da cabana.

Esforçando-se para se afastar do que achava ser a melhor janela para observação, Bobby percorreu trêmulo os outros três lados da casa. A pior janela, aberta diretamente para o temporal, ele deixou por último. Aproximando-se dela em jorros de luz e vazios de escuridão, segurando a arma protegida atrás do corpo, olhou diretamente para a tempestade. Não havia nada senão aqueles movimentos bruscos no canto dos olhos.

A janela estava localizada acima do que já havia sido uma varanda dos fundos e, mais tarde, só um alpendre coberto onde deixar equipamentos de fazenda e coisas sem uso (tranqueiras). Ele olhou para baixo, espiando por baixo das bordas quebradas do telhado de zinco, e viu no clarão seguinte a figura de um homem. O registro instantâneo do olho era indelével. Homem... sapatos pretos, molhados e brilhantes... calças cor de terra com as barras enroladas... camisa clara grudada na pele escura... encostado no pilar... mão com lenço, enxugando o rosto... cabeça virada para o alto e para ele. Em seguida, a escuridão voltou.

Relâmpago.

Confirmação.

Ele *estava* lá.

No instante que se sucedeu entre os clarões, Bobby se jogou para longe da janela e ficou contra a parede seca do quarto. Com os dedos bambos como canudos de plástico, ele tateou a espingarda. Seria bem fácil disparar pela janela por sobre o telhado do alpendre neste instante e não ser ouvido, e poderia afugentar o colhedor. Lembrou-se, então, do plano de Dianne para o homem. Não sabia o que fazer. E *Barbara* estava *lá dentro*. No dilema, ele se comportou feito um verdadeiro soldado; soltou um jato de urina quente na calça jeans já ensopada.

"Meu Deus...", disse ele. Depois, lembrou-se do que o pai havia dito e do que dizia a si mesmo toda semana na escola dominical.

Não acreditava num deus que ouvia preces.

"Apague as luzes antes de subir."

"E não fique vendo TV a noite toda."

"Tá bom." John se levantou e deu um beijo na testa da mãe. Já estava muito mais alto que ela e era um filho obediente. "Se parar de chover antes de eu ir pra cama, vou descer e resgatar o barco."

"Não saia enquanto a tempestade estiver caindo."

"Pode deixar, não se preocupa. Em todo caso, já está quase acabando."

John viu os pais subirem a escada e depois foi pegar outra Coca-Cola na geladeira. Fez isso com um sentimento distante de culpa: achava que a Coca-Cola lhe dava pontadas no lado do corpo quando corria, e o treino de futebol americano começaria dali a uma semana. Para ele, era importante ser escalado para o time principal este ano.

Depois, voltou e ocupou a poltrona do pai em frente à TV e se esforçou para esperar por mais duas partes do filme. Quando achou que os pais já estavam na cama, desligou o aparelho e foi pegar sua jaqueta impermeável com capuz. Assim como Bobby, havia feito alguns preparativos (furtivos e bem debaixo do nariz dos pais). Estava com uma faca, uma lanterna e um apito nos bolsos, além de um sanduíche. Também tinha sua própria arma — uma 22 — esperando por ele num estojo debaixo da casa. Estava tão preparado quanto um garoto assustado pode estar.

John saiu pela porta da frente em silêncio, pegou a arma e foi até o barco. A grama estava alta e cheia d'água, de modo que, ao caminhar, ele chutava a umidade até a altura das canelas. Quando chegou ao cais, seus mocassins estavam encharcados.

A água preenchia um terço do interior do barco. Ele imaginou que deviam ter caído vários centímetros de chuva nas breves duas horas de temporal. Ainda assim, o trabalho estava lá para ser feito. Ele deixou a arma no cais, tirou os sapatos e, descalço, sentou-se no banco de madeira molhado. Pôde sentir cada lasca de tinta e vão de tábua separadamente; o barco balançava debaixo dele, saturado de umidade, e qualquer pessoa menos experiente o teria feito emborcar bem ali. O equilíbrio de John, porém, era perfeito. Sentou-se com cuidado bem no meio e começou a tirar a água em silêncio, uma lata após a outra. Era uma tarefa lenta e exasperante, e ele ganhou por pouco mais de um centímetro.

Quando o barco estava quase totalmente esvaziado, ele reuniu suas coisas na única tábua do píer, soltou o cabo e remou devagar — não quis arriscar o barulho causado pelos remos quando apoiados nos toletes —, seguindo o riacho até o lado dos Adams. Lá, amarrou o barco no tronco preto e úmido que sempre usava de ancoradouro e desceu na lama da margem do riacho. Em sua casa, tudo estava escuro e silencioso e, portanto, bom. Com o estojo da arma numa das mãos e os sapatos na outra, ele subiu a margem e entrou na floresta.

Ainda havia um vento soprando por entre as copas distantes das árvores, e a cada rajada os pinheiros descarregavam um novo jorro de água que caía através das agulhas na trilha por onde ele andava. Cerca de vinte metros depois, ele parou, calçou os sapatos, passou a arma para a outra mão e pegou a lanterna. Estava escuro, assustador e cheio de insetos que picavam, bem ali, no meio do nada. Agora, também estava extremamente emocionante. Menos de uma hora antes ele estava assistindo à TV com os pais (na idade dele, a própria palavra "pais" era quase repulsiva), e agora estava bem no meio de uma coisa infinitamente mais empolgante e real. A menos de oitocentos metros, a linda garota em cativeiro aguardava sua chegada. E era verdade. Ele imaginou o que seus amigos diriam se soubessem o que ele estava fazendo neste exato momento.

À beira do campo que praticamente cercava a casa dos Adams, ele estacou. A casa principal, baixa e atarracada além da horta, estava completamente escura. O carro — uma massa indistinta — estava estacionado na curva da estradinha, iluminado apenas pelos clarões cada vez mais distantes dos raios. De onde ele estava, a cabana era quase invisível. Só o telhado escuro e pontudo se destacava acima do milharal assolado no clarão decrescente dos raios. Não havia ninguém por perto — pelo menos, não muito perto — e ele se sentiu estranhamente corajoso. Era um daqueles sentimentos passageiros.

Caminhando cuidadosamente em torno das poças, ele chegou à curva, atravessou o centro gramado para evitar deixar rastros na lama, parou para tirar carrapichos dos tornozelos e cruzou a passagem de novo, pegando a estradinha que levava à cabana. Lá ele parou. Mais ou menos como já imaginava, havia uma luz um tanto oscilante nas janelas quebradas da frente — o lampião a gasolina de Bobby, ele adivinhou —, mas, aos olhos da imaginação, o lugar parecia proibitivo. No mesmo instante, o caráter definitivo da aventura, mais do que o aspecto erótico, tomou conta dele. Tudo aqui estava terrível e especificamente silencioso. Ele conseguia ouvir as árvores sussurrando ao vento agonizante, é claro, o estrépito encharcado dos pés de milho duros e o funcionamento interno de seu próprio corpo, mas da cabana — nada. Bem, o que ele esperava? Os Rolling Stones?

O que John esperava era marchar pela estrada, como o bom líder dos Cinco Libertadores que era, e substituir o vigia. Agora, em vez disso, ele vacilava e nutria várias fantasias e possibilidades em sua mente. O colhedor havia chegado e dominado Bobby e estava esperando por ele lá dentro; o colhedor estava em algum lugar perto dali, observando a casa da mesma forma que ele... Bobby estava sentado atrás daquela porta com a arma pronta para estourar os miolos de John por engano... John não estava em casa na cama, e seus pais estavam descobrindo isso neste exato momento. Esses e outros pensamentos — talvez não houvesse colhedor nenhum aqui esta noite — colidiam uns com os outros. Não fosse pelo fato de que Barbara provavelmente ainda estava lá, ele teria voltado para casa e ido direto para a cama.

Em vez disso, John pegou o apito e emitiu um som comedido — estridente onde ele estava, mas calculado para chegar até a sua casa do outro lado do riacho — e sacou a lanterna outra vez. Saindo da estrada, cruzou o milharal encharcado até um lugar onde pudesse avistar uma das janelas da frente e, ainda assim, ter esperança de estar fora de qualquer linha de fogo normal que Bobby escolhesse. Em seguida, apitou duas vezes e esperou. Alguns segundos depois, pensou ter ouvido um apito responder dentro da casa, mas havia trovões distantes e ruídos na mata suficientes para impedir que tivesse certeza. Apontando a lanterna para a janela, ele enviou o sinal "C-L". No céu, as nuvens começavam a se rasgar em serpentinas atrás da tempestade. Ele olhou para cima e pensou ter visto uma estrela.

Na cabana, a porta se abriu poucos centímetros em uma fresta iluminada. "John?" A voz soava mais tímida que a de Bobby.

"Sou eu." John se inclinou para a frente e passou pelas moitas e pés de milho velhos o mais rápido que pôde. O estojo da arma estava molhado e ele o deixou com o conteúdo dos bolsos em cima da mesa. Os dois garotos se entreolharam à luz do lampião a gasolina.

"Ele está aqui."

"Quem?" John sabia muito bem.

"Está *lá fora*. Como a gente disse. Pra se proteger da chuva. Debaixo do alpendre", disse Bobby. "Eu vi ele e ele me viu."

"Onde você estava?"

"Lá em cima."

"Como ela está?"

Bobby deu de ombros.

"Ele sabe disso?"

"Como é que ia saber? A não ser que tenha visto alguma coisa ontem à noite..."

"Cadê ele agora?"

"Como eu te disse" — Bobby apontou pelo cômodo sem uso até as janelas fechadas com tábuas nos fundos —, "acho que embaixo do alpendre."

"Ele tentou entrar?"

"Não. Eu estava esperando." Bobby, na verdade, estava segurando a espingarda desde que deixara John entrar na casa, algo que parecia tão normal para John que ele nem havia notado. Agora, porém, abriu o zíper do estojo de sua própria 22 e a pegou. "O que a gente faz?"

John olhou para as próprias mãos, limpas, molhadas, mãos de menino, pegando seu fuzil, verificando-o, carregando-o, e então meneou a cabeça. "Não sei..."

Bem na hora, um trovão ressoou — ainda mais distante — e a casa ecoou ligeiramente. John virou o ferrolho e travou a arma.

"Matar ele? Atirar por cima da cabeça dele?", perguntou Bobby. "Ficar aqui dentro? Estou com sono." Uma ideia era tão desesperada quanto a outra, e o tom de voz de Bobby denunciava isso.

"Sei lá. Falar com ele, talvez. Ele com certeza não pode machucar a gente."

Conversa, argumentação, persuasão, o falatório interminável das pessoas da cidade — diálogo, compreensão, polêmica, adiamento —; John sentiu um gosto azedo na boca ao mesmo tempo que dizia isso. No entanto, ele e Bobby eram jovens demais para lidar sozinhos com um assassinato e, além disso, Dianne não estava aqui para lhes dizer o que fazer. Talvez ela nem fosse gostar. Mas seria divertido. Seria como a vida real e também resolveria o problema.

"É só falar com ele." John se recuperou dos devaneios. "Ver qual é a dele. Amanhã a gente fala com a Dianne."

"Você quer dizer, dar a volta na casa e começar a falar?"

"Eu falei com ele antes. Não é tão ruim." John abriu a porta com cuidado. Lá fora, é claro, não havia ninguém. Ele pôs o pé para fora e pisou no mato.

"A gente vai deixar ela aqui sozinha?"

"É o jeito."

"Hããã... agora?", perguntou Bobby.

"Quanto mais a gente espera, pior fica. Vamos?"

"Tá." Uma enorme falta de entusiasmo.

Contornaram a esquina da casa, John na frente, e tropeçaram no portão, que havia sido derrubado pelo vento. Depois disso, não houve mais esperança de chegar de surpresa, e John acendeu a lanterna pelo resto do caminho. O colhedor — o homem — estava lá como Bobby havia dito, esperando que eles viessem. Estava sentado numa mesa suja, velha e esmaltada que havia sido usada na cozinha e, no facho de luz da lanterna, ele os observava com olhos de pálpebras pesadas.

"Quem é você?" Para os garotos, o mistério do colhedor chegara ao fim e metade do medo se fora. Agora que o viam lá, agora que tinham armas nas mãos, o jogo estava aberto.

"Cruz", respondeu ele com cuidado. "Meu nome é Cruz."

"O que está fazendo aqui?" A voz de John saiu um pouco estridente.

"A chuva", disse ele, e encolheu os ombros. Não fez menção de ir embora. Não estava alarmado.

John e Bobby ficaram onde estavam, a céu aberto, fora de sua fortaleza, parados na lama e um pouco indecisos. O colhedor continuou sentado onde estava, os pés erguidos para não os molhar, as costas solidamente apoiadas na parede da cabana, os braços cruzados diante da barriga grande. Entre as duas partes, ele era a mais acomodada e protegida; a distribuição de seu peso e seu volume indicavam conforto. Entre ele e os garotos havia uma terra de ninguém.

Os jovens ficaram em silêncio, e John, pelo menos, zangado. Não podiam expulsar o colhedor e dar o caso como encerrado; não podiam ir até lá e dar uma surra nele; não podiam atirar nele; e não podiam deixá-lo ficar onde estava. Barbara era um fardo pesado demais para eles. O que Dianne faria?

John abaixou a arma e a apoiou casualmente na dobra do braço. "Está com fome?"

"Fome?" Havia uma incredulidade divertida na voz do colhedor, mas também um quê de interesse.

"Comida." Bobby abaixou a espingarda e seguiu a deixa de John.

"Onde?" perguntou o colhedor.

"Lá na casa."

"O quê?" Tudo o que o colhedor dizia parecia se prolongar, como som do "o" e do "quê".

"Sei lá. Alguma comida diferente. Vamos pegar alguma coisa pra comer. Estamos com fome." Isso quase sempre era verdade; tinha o toque da sinceridade.

"Vem", acrescentou Bobby.

"Para casa?" Lá estava o som prolongado outra vez: *cassa*.

"Não tem ninguém lá, já faz um tempo."

"Eles saíram."

"A gente tá só acampando aqui hoje."

"Ah, acampando." Havia ironia na voz do colhedor.

"Bom, é melhor do que ficar parado aqui fora." No gesto mais corajoso que fez nessa noite, John deu as costas ao inimigo e começou a voltar para a frente da cabana. Incentivado pela demonstração de confiança, Bobby fez a mesma coisa. "Vamos lá."

Depois do que pareceu uma eternidade, ouviu-se um som atrás deles e um volume pesado encurvou as moitas e os pés de milho na lama. O colhedor estava vindo logo atrás.

"Pode dar certo", sussurrou Bobby adiante.

"Cala a boca."

De manhã, a grama e as moitas pesavam o dobro por causa da chuva e do orvalho, e Dianne estava no cais, sentindo-se suja e imperfeita. Suas pernas compridas como varetas estavam molhadas, as meias brancas ensopadas, e havia lama nas sandálias. O joio e as plantas do fim do verão grudavam em quase todas as partes do corpo dela, e até os pelos claros e finos em seus braços retinham fibras macias de lanugem vegetal que a tempestade da noite anterior havia arrancado. Atrás dela, tremendo em silêncio, estava Paul — num estado que poderia ser chamado de choque antecipado —, igualmente amarrotado e desalinhado. Sua bela bermuda azul, imaculada quinze minutos antes, agora estava manchada de preto e amassada por ter aberto o caminho até a casa dos Randall à frente da irmã. Atrás dele — porque o cais era estreito —, Cindy estava sentada na tábua solitária e molhada, balançando os pés para um lado e fitando o horizonte indefinidamente. Na manhã do dia em que aquilo ia acontecer, tudo parecia injusto e conspiratório, mas Dianne conteve sua decepção e esperou à sua maneira rígida e contida.

A lata que John usava para tirar água do barco raspava, enferrujada, a tinta gasta na lateral da embarcação.

"Ele passou a noite lá", disse ele.

"Onde?" Todos falavam em sussurros teatrais.

"Na sala de jogos. No chão. Num saco de dormir." John esvaziou a lata e continuou a tirar a água sem olhar para eles. "O Bobby ficou no quarto dele com a arma e eu fiquei na cabana com ela."

Dianne olhou para John e, quando ele não disse mais nada, presumiu que sua preciosa prisioneira continuava assim — cativa, indefesa e à espera. No entanto, sentiu-se zangada e amargurada.

Durante a noite, havia empreendido esforços muito acima da capacidade mental da maioria dos jovens de 17 anos. Havia a questão de ajudar Cindy a fazer um bolo para as boas-vindas dos Adams — (projeto que Cindy detestava) —, contrabandear um sonífero para Paul e fazer com que ele o tomasse, e manter-se tranquila e no comando. Acima de tudo, porém, houvera o problema consigo mesma, quase com a pessoa-dentro-da-pessoa chamada Dianne.

De certa forma, era um fenômeno novo. Como qualquer pessoa, Dianne sempre fizera confidências a Dianne, de si para si, íntima e sigilosamente, mas as conversas ou trocas de ideias sempre haviam sido controladas pela Dianne exterior que todos pensavam ver. Uma Dianne propunha e a outra fornecia: Dianne definia o tema, a fantasia, o devaneio do momento, e de seu íntimo vinham os detalhes, as variações, todo o rico conteúdo da imaginação cooperativa, ainda que inventiva. Dianne julgava que tal rotina era exclusivamente sua — tinha só 17 anos — e guardava-a por trás de seus olhos cinza-claros como se fosse uma fonte de magia ou riqueza. E de fato era. Ela esfregava a lâmpada do "e se..." e o gênio aparecia.

Durante a aventura com Barbara, contudo, desde o momento em que vira Barbara amarrada à cama e soubera que os Cinco Libertadores controlavam a situação, o gênio de Dianne não fora tão obediente assim. Tendo feito o improvável — ela o mencionara primeiro a Paul, e ele o havia revelado aos outros Cinco Libertadores —, o ainda mais improvável se insinuou para ela.

Uma frase proferida em seu íntimo estava relacionada a isso. Tinha ocorrido a ela quase como uma sensação física, de alegria e poder sem limites, e começava com as palavras: "A gente pode..." (Às vezes, vinha como "*Eu* posso..."). O djim da imaginação falou, e ela ficou cega por um instante, obscurecida pelo potencial implícito no começo da frase; seu interesse cresceu, as pontas dos dedos arderam.

Mais tarde, naquela semana — depois de ter ajudado a limpar a casa dos Adams ou ver Barbara nua ou sonhar na prainha fluvial —, uma ampliação dessa frase lhe ocorreu: "*A gente podia fazer de um jeito tão lindo que...*".

E Dianne ficou surpresa. Essas palavras ressoando em sua mente, parecendo independentes de sua vontade, lhe informaram: ao reino da possibilidade, ilimitado mas urgente, acrescentava-se o fator da beleza e da completude simétrica. Mitologia. Como no livro dela. Era como se a mão errante, inocente, tendo começado a traçar um segmento de arco, descobrisse — a linha certamente controlada e não a pessoa — a inevitabilidade do círculo. A cada bom começo, prometem-se a solução e a finalidade.

"A gente podia matar ela de um jeito tão lindo que..." Dianne havia se levantado — elétrica, arrebatada, visionária — e quase chorado. "A gente podia matar ela de um jeito tão lindo que..." Seus planos para a execução tinham começado de pronto. "A gente podia matar ela de um jeito tão lindo que..." Tinha dito isso a Paul.

É claro.

É... claro!

A visão se dissipou, o transporte místico da mente evaporou, e Dianne fez uma careta. Em sua defesa, ela tinha considerado, por um ou dois momentos, que se fossem bem-sucedidos, estariam matando uma pessoa como eles. No entanto, preferia outro tipo de mérito, por isso descartou essa ideia em nome do projeto grandioso no qual eles haviam — sem saber? — embarcado. Não era frieza.

Se tivesse uma crise em mãos, Dianne teria sido uma daquelas pessoas de cabeça fria que se atiram sobre a cama e sopram a vida de volta a um bebê recém-nascido ainda arrastando — se atado — o cordão umbilical rompido. Se tivesse a vida adulta em mãos ou poder sobre essa vida, estava igualmente disposta a extingui-la.

Ainda de pé, ainda franzindo o cenho, Dianne tinha tomado a decisão, em nome dos Cinco Libertadores (presumindo sua concordância), de matar Barbara. A decisão não foi baseada em nenhuma moral de certo ou errado, de compaixão ou fraternidade humana, nem mesmo em causa e efeito, crime e castigo. É só que a grande roda se aproximava, silenciosamente, girando sem parar, seus mecanismos internos brilhantes visíveis por um momento e disponíveis ao toque. Ponha o dedo aqui e você cria vida; ponha-o lá e você a altera; ponha-o ali e você a apaga. Sem orientação, sem instrução, sem obstáculos, ela estendeu a mão — ou foi atraída para dentro da roda? — e a tocou. Era o fim de Barbara, quem quer que ela fosse. Dianne respirou fundo e sem culpa.

"O que a gente faz?"

"O quê?" Dianne foi surpreendida.

"O que a gente faz com o colhedor?", perguntou Cindy.

Dianne virou-se num jorro súbito de emoção, de anseio e desejo, frustração e raiva, todos misturados. Agora, estavam tão perto de fazer uma coisa maravilhosa, fora de vista, *verdadeira*, que não podiam deixar que nada os impedisse. O projeto, descoberto tão ao acaso, *tinha* que ser concluído e, assim — na sua mente —, ela estendeu a mão e tocou novamente a roda giratória brilhante.

"A gente mata ele também", declarou.

"O quê?"

"Faz parte da história..."

"Fala baixo!", John sussurrou num grito, ou gritou num sussurro. "Minha mãe pode ouvir a gente aqui."

"A gente mata ele." Dianne imediatamente passou a sussurrar também, mas as palavras continuaram saindo. "Como eu disse. Se a gente for lá e soltar eles no domingo, e eles contarem o que aconteceu com ela, e a gente for pro campo e encontrar o colhedor com o corpo, vai *ter* que atirar nele." Ela se virou para John. "Você consegue? Você é o único que pode conseguir."

"Para de fazer tanto barulho", respondeu John. "Vamos esperar até entrar na floresta pra conversar sobre isso. Do outro lado."

"É." Até Paul entendia as táticas do sigilo.

"É isso aí", murmurou Cindy.

"Mas você *consegue*?", insistiu Dianne.

"Entra."

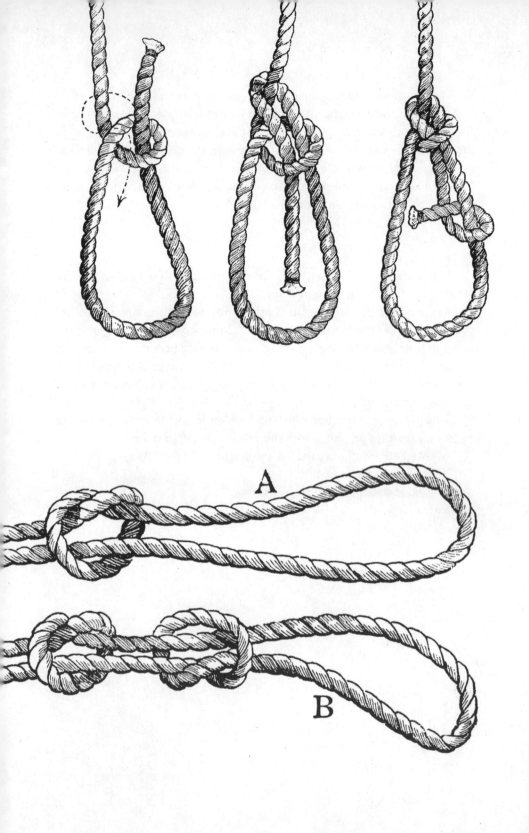

QUANDO OS ADAMS SAÍRAM DE FÉRIAS
Mendal W. Johnson

Depois que as crianças a deixaram sozinha na cabana, Barbara lutou de maneira lamentável contra as cordas que a prendiam, balançando e contorcendo-se no piso de linóleo rachado, tentando ver se havia alguma coisa ali que pudesse ajudá-la a escapar. Ser deixada sem vigilância num local novo por uma ou duas horas deu-lhe esperança. Com tudo isso, porém, o corpo dela rolou por acidente, a lateral chocando-se dolorosamente contra o chão, e isso eliminou toda possibilidade de fazer mais alguma coisa. Como os Cinco Libertadores haviam previsto, fugir estava fora de cogitação. Barbara deixou a cabeça pender, a face apoiada no ombro, fechou os olhos e desejou não que estivesse livre agora, mas sim...

A palavra era *morta*.

Com qualquer tipo de presença verdadeira, é claro, ela poderia ter dispensado a emoção. Afinal, não haviam feito tantas coisas com ela. Fora capturada e confinada; constrangida; forçada a proporcionar uma relação sexual — isso estava longe de ser fatal — e fora mal alimentada e vigiada ao extremo. As crianças até bateram nela algumas vezes e, mesmo assim, para uma garota forte e atlética, a soma dos tormentos poderia ter sido tolerável se espaçada. O corpo é uma máquina notável, diziam seus treinadores; e era verdade. Nos treinos e torneios de natação, ela sentira dor por períodos de tempo, dez segundos, trinta segundos, possivelmente um minuto e, em seguida, pudera desistir e recuar.

Agora não havia como recuar, e aquele período ia além da sua imaginação, que ia além apenas do próximo zilionésimo de segundo. O tempo era uma curva terrível em que o primeiro segundo durava dois segundos; o segundo; cincó; o terceiro, quinze; o quarto, trinta; e assim por diante. As pessoas que sofrem vivem de acordo com um relógio diferente, ela pensou; os ponteiros *nunca andam*.

Suas costas, ombros, braços e pernas estavam unidos atrás do corpo numa teia de cordas e nós inacessíveis. Calcanhar contra calcanhar, tornozelo com tornozelo (e a pele sobre eles estava profundamente ferida). Pulso contra pulso, cotovelo no cotovelo, e os ombros arqueados numa tensão que não afrouxava. O peso da cabeça dobrava o pescoço e forçava o nariz e a testa de encontro ao linóleo sujo, e os seios, costelas e barriga contra o piso áspero.

Tinha sido o provimento, a constância incessante da dor — constante como uma enxaqueca — que a tinha levado a um estado que beirava a histeria. Os próprios pensamentos e emoções que faziam de Barbara quem ela era mal estavam presentes: foram afogados por uma única frase: "Queria estar morta (em vez de estar assim)".

Não! De repente, ela levantou a cabeça e fitou o céu tempestuoso além da janela — nunca havia sido tão livre, violento e belo — com os olhos arregalados perante o horror da autotraição. Não!

"Morta", na verdade, era o que haviam prometido. Eles iam fazer *coisas* com ela — no sofrimento, não conseguia conceber mais sofrimento a não ser numa escuridão mental que afastou de si —, iam matá-la ou disseram que iam. Essas coisas acontecem.

As crianças tinham poder, oportunidade, imaginação e mais do que disposição, mas será que tinham...? Barbara abaixou a cabeça e intensificou uma nova dor em algum ponto do corpo. Seriam tão *desumanas* assim? A vida seria simplesmente impossível se uma pessoa tivesse que andar por aí sabendo que a próxima pessoa que ela conhecesse — na primeira oportunidade — a mataria. Mas não é *assim*? Não fazem *exatamente* isso?, pensou Barbara. O tempo todo? Todo dia?

Não entendo, disse Barbara. Não consigo acreditar. São só *crianças* inocentes.

No entanto, se o não saber e a humildade são o começo da religiosidade, agora Barbara era mais religiosa do que em qualquer momento de sua fé anterior e pueril. E, se a necessidade e a confiança inexprimíveis são preces, ela rezou.

Ninguém está acostumado a ser manobrado. Isto é, nenhuma pessoa está acostumada a que outros vivam sua vida por ela, a respirar só quando alguém permite que respire, mover-se apenas quando o outro permite que se mova, obter conforto — relativo — só quando outro ser humano o concede. No entanto, Barbara ficara tão condicionada a esse sistema que ficou absurdamente grata quando Bobby estendeu o próprio saco de dormir, a rolou por cima dele, afrouxou as cordas e apoiou a cabeça dela na jaqueta dobrada. De repente, ele estava lá na casa outra vez, e ela não estava sozinha. De repente, houve pelo menos maciez junto de seu corpo. De repente, houve privacidade e um fiapo de dignidade humana dentro do saco de dormir. De repente, a bondade lhe doeu.

As pernas de Barbara, mediante a permissão para se esticar, o fizeram com uma sensação de choques elétricos, e a dor, antes bloqueada pela dormência, a percorreu. Ela tentou se alongar, mexer os dedos dos pés e das mãos, e não conseguiu sentir nada além de formigamento e calor. Palpitava tanto de alívio quanto de dor e gratidão. As crianças *eram* boas, ou pelo menos esta era. Obrigada, Bobby, pensou Barbara.

Ele havia tirado as cordas desnecessárias dos braços e do corpo dela; havia desatado os tornozelos dos pulsos para que ela pudesse se esticar; e havia arranjado algo em que ela pudesse apoiar a cabeça. Ao som do soluço de Barbara, além do mais, ele a olhou alarmado e entristecido e ofereceu o presente supremo — tirou a mordaça.

Desde o começo, amordaçar Barbara havia sido um dos problemas dos Cinco Libertadores. Se a machucassem demais, e ela começasse a chorar e o nariz ficasse entupido (sabiam muito bem como era isso, quando resfriados), ela não conseguiria respirar e sufocaria por trás da fita adesiva e do trapo. Que ela — sendo essa a situação — morresse de angústia, autopiedade e assim por diante, era uma ironia que os Cinco Libertadores não notavam. Só sabiam que ela poderia morrer se não tomassem cuidado. Em seus turnos de guarda, prestavam atenção à respiração dela, e nos tormentos que lhe impuseram, ouviram com ainda mais atenção.

E assim Bobby agora removia a mordaça com rapidez e agilidade. A fita saiu com um som audível e rasgado, e o trapo saiu da boca e caiu ao lado dela. Barbara fungou e umedeceu os lábios secos com a língua seca. Estava muito escuro e silencioso lá fora. Garota mais velha, garoto mais novo, estavam extraordinariamente — os dois sentiam — sozinhos, e ele a deixara falar, e ela não conseguia dizer nem uma palavra.

Palavras, olhos e tom de voz seriam capazes de persuadir? Será que alguém consegue convencer outra pessoa de alguma coisa? Será possível mudar o rumo das coisas que estão para acontecer?

O que Barbara queria dizer era o tudo de tudo, o *eu do eu*, a necessidade absoluta da necessidade. Palavras, frases, parágrafos, discursos, livros, bibliotecas inteiras de súplicas deveriam ter preenchido a mente dela, mas teriam se resumido a uma única coisa. *Preciso viver.* E será que ele entenderia ao menos isso? Ela olhou para Bobby e percebeu que não poderia fazê-lo entender. Agora não. Não mesmo. Um dia, ele poderia criar a vida e — amanhã — poderia ajudar a acabar com ela, mas não conseguiria entender o que significava perdê-la. Ele era jovem demais, rico demais em vida-por-vir. A vida ainda não era tão valiosa. O que ela realmente disse foi: "Posso beber alguma coisa, por favor? Não precisa ser muito. Só alguma coisa".

O que ele disse foi: "Só tenho refrigerante". Mas pegou a bebida para ela, abriu, apoiou a cabeça adulta dela na curva do próprio braço, e a deixou beber. Quando o refrigerante escorreu pela lateral do rosto dela, ele o limpou com a mão e depois limpou a mão no saco de dormir. Ela tossiu.

"Sinto muito", disse ele. "Tá tudo bem?"

Ela ignorou a monstruosidade absoluta da pergunta. Eles iam matá-la — Bobby também — e ele estava sendo simpático. Inacreditável. No entanto, essa era a situação em que se encontravam. A realidade tem força; Deus ajuda quem se ajuda.

"Bobby", disse ela, "eles vão mesmo me matar? *Vocês* vão me matar?"

Bobby puxou o saco de dormir para cobrir os ombros dela e ficou agachado. Ela o olhou e ele pareceu estar muito acima dela: era um menino-deus. "Não sei", respondeu, sério. "Não sei mesmo. Acho que sim." Parecia estar pensativo, até inseguro.

Barbara o encarou com uma intensidade que nunca tinha adotado na vida. Havia bondade em Bobby. Parecia estranho, nessas circunstâncias, reconhecer isso, mas ela estava certa. Era possível apelar a ele. Ele tinha boa educação, nobreza, coragem de trabalhar duro e abrir mão das coisas, e era doce. Entre seus pares, ele se destacaria — já se destacara —, entre as crianças, era aquele que os futuros pais escolheriam para si. Algum dia ele daria orgulho à raça humana, e ainda assim estava pronto para matar. Essa era a única coisa que ele não conseguiria entender. Quando ela morresse, tudo *pararia*: não de fato, é claro, mas para *ela*, pararia. Ela considerava o infinito enquanto ele comparava unidades e números percentuais.

"Por quê?", perguntou ela. "*Por que*, Bobby?"

Ele deu de ombros. Abrangeu toda a história da oratória no gesto. "Não sei", repetiu. "Não sei mesmo. Sério."

"Bobby..." As cordas a detinham, a nudez a detinha, a impotência a detinha. "Bobby, pense um pouco."

"Tá. Ok."

Um trovão retumbou por perto e as primeiras gotas de chuva caíram no telhado de zinco. Isso é loucura. Eu vou morrer, pensou Barbara.

"Bobby, pense muito bem nisso."

"Eu já disse ok."

Durante todo o tempo em que ficou sentado lá — reflexivo, bonito, o rosto jovem iluminado, ponderação no olhar —, ele ainda parecia distante. A compaixão e a humanidade de Bobby estavam sob um estranho controle. Parecia a caridade contra a consequência, a bondade contra o dever. Na escala pessoal dele, Barbara era apenas relativa, e ela nunca tinha se dado conta de que era possível haver uma coisa dessas entre as pessoas. Ele estava do outro lado, um lado que ela nunca imaginara existir — outra raça de seres humanos totalmente separados dela — e, ainda assim, a separação era absoluta.

A estranheza incorrigível e alienígena de outro ser humano completo e isolado, outra pessoa — a outra pessoa — a engolia. Ela não pensou nisso com palavras, mas a sensação a atemorizou mesmo assim: não somos semelhantes. O jeito como eu penso não é como ele pensa. O que dá certo para mim não dá certo para ele. Ele é o outro. *Eu* sou a outra para ele.

Com esse pensamento, a vida amigável e confiante de Barbara finalmente chegou ao fim. As possibilidades muito doces, leitosas e vagas do amor em geral minguaram e desapareceram. As crueldades sofridas no cativeiro eram para valer, não uma brincadeira. Foram intencionais e planejadas. O fato de terem sido perpetradas por crianças não significava nada. Ignoradas por muito tempo, uma certa frieza e indiferença, permeando toda a vida, surgiram diante dela. Ela entendeu; queria contar para Terry.

Estamos sozinhas, Terry, disse ela. Não há ninguém aqui além das pessoas, e, quanto mais perto chegamos, mais ficamos sozinhas.

Terry continuou em silêncio.

"Bobby", disse Barbara, "vocês estão me machucando. Não consigo me mexer. Dói tanto que não consigo nem pensar direito." Ela deixou a cabeça afundar na jaqueta dele e fechou os olhos. "Bobby" — uma última tentativa —, "por que vocês fizeram isso, pra começo de conversa? Sério, bem no começo?"

"Não sei", respondeu ele pela terceira vez. Virou-se e sentou-se de pernas cruzadas. "Porque a gente *podia*, eu acho. Ia ser legal."

Barbara abriu os olhos e o encarou. Ele parecia tão inocente e bonito que ela quase entendeu o que ele queria dizer. "Mas não é."

"O quê?"

"Legal."

Bobby não disse nada.

"Você acha que é? Agora?"

"Bom... acho que não muito."

Mas mesmo assim ele não a desamarrou. Ainda não. Não estava pronto para deixá-la viver. Barbara não disse nada.

Mais um trovão soou. Uma lufada nervosa de vento sacudiu a cabana. Bobby olhou para a janela atrás de si e passou mais um tempo entregue a pensamentos. Parecia tão solitário quanto ela. "Não muito...", ecoou a si mesmo. "Engraçado."

"Qual é a graça?"

"O jeito como não foi assim", disse ele. "Quando a gente estava pensando se daria pra fazer isso, parecia uma coisa que a gente *precisava* fazer. Sabe? Assim, se você pensa que consegue fazer uma coisa, *precisa* fazer."

"Você não *precisa* fazer nada. Não *precisa* machucar ninguém."

"Eu sei o que você vai dizer, mas..." De repente, Bobby se fechou, teimoso.

"Desculpa." Barbara estava esticada e acomodada, e tinha permissão para falar. Não posso fazer com que ele pare agora, disse Barbara.

"Tudo bem", disse ele.

Ela quase morreu de alívio.

Ele não percebeu. "Sei lá, era assim, uma coisa que tinha *mesmo* que ser feita. Como se a gente não pudesse evitar." Ele parou e olhou para ela, carrancudo. "E no começo foi tudo ok. Depois ficou um saco. Agora..." Para Bobby, essa era uma longa fala, e de repente ele pareceu perceber. "Eu tirei a sua mordaça porque sinto muito."

"Pelo quê?"

"Porque é você."

"Sou eu, sim." Alguma coisa em Barbara cedeu, e com todas as suas forças ela puxou as cordas e nós que a prendiam. "Sou eu." Ela desabou de novo. "Eu... sou eu. Você gosta de mim. Não tem nada contra mim. Me deixa... ir... embora. Por favor!"

"Eu *queria*, mas não dá." Ele parecia ter encerrado a conversa; já sabia o que ela ia dizer, de todo modo. Apoiou as mãos no chão para se levantar.

"Bobby, não vai embora."

"Não vou pra lugar nenhum. Quer dizer, não vou muito longe. Só vou dar uma volta." Ele chegou a parecer solícito. "Não fique com medo."

Monstruoso, novamente.

"*Já estou* com medo", disse ela. E estava mesmo. Ao lutar contra as cordas, havia se machucado outra vez, e a dor não cedia. Ao lutar contra a mente de Bobby, ordeira, mas orientada por outros, ela vira o futuro possível, e essa dor também não cedia. Desolação. Ela ergueu a cabeça e gritou o nome dele, e isso também não ajudou. Deixou a cabeça cair e chorou.

Durante todo o tempo e entre todas as coisas que as crianças haviam feito com ela, Barbara nunca tinha chorado para valer. A dignidade adulta havia resistido até aquele ponto. Mas agora chorava, e muito. O diafragma arfava; o nariz escorria; as lágrimas desciam pelo rosto; ela fazia sons deselegantes: chorava.

Bobby a observava — ela o viu a encarando e não fazendo nada para ajudar — e parecia angustiado. Quando o choro não parou — ela não conseguia parar —, ele se levantou com a pequena espingarda e foi para outro lugar. Agora, estava começando a chover. As tábuas e pregos, o piso da cabana, tudo se mexia embaixo dela. Não havia solidez em nenhum lugar do mundo. Eles iam matá-la, se pudessem; todo esse mundo acabaria cedo demais. Sua mente mal conseguia abarcar o pensamento.

Mas a criatura humana é tão resistente que o choro por fim cessou. O corpo — sem que ela mandasse — ignorou a dor e o desespero e se recuperou: lutou por si mesmo. Ela se acalmou sozinha e ficou fungando sozinha e, depois de um tempo, Bobby voltou e se curvou sobre ela. Tirou um guardanapo de papel amarrotado e úmido — cheirava a sanduíche — do bolso da bermuda e a deixou assoar o nariz nele, depois enxugou os olhos dela com o mesmo pedaço de papel. Ela olhou para ele.

"Bobby..." Quanto cabe numa palavra? Como comunicar o fim do fim? "Bobby, só me diz uma coisa. Por que você não me solta? *Agora*? O que te impede? Eu não quero morrer."

Bobby parecia — afora sua preocupação com a tempestade e tudo mais — pesaroso. Ele disse: "Eles não iam gostar".

"*Eles*", repetiu Barbara. A chuva desabava sobre a cabana e um raio lívido pareceu cair nas proximidades. "Não existe *eles*, Bobby. É você quem está fazendo isso. Você está fazendo isso comigo. Você começou. *Você* é responsável." Ah, meu Deus, é como falar com uma parede.

"A gente votou", respondeu ele, "e eu perdi." Dever, princípio democrático, moralidade, desejo, confusão. Ele parecia genuinamente muito trágico, um garoto envolto numa grande teia de filosofia e religião e homem e eternidade e tudo mais. "Eu tentei o tempo todo. Eu fiquei do seu lado", disse ele, "mas agora não consigo evitar."

"*Consegue*, sim!"

"Bom... acho que até posso."

"Pode, sim! *Vai*."

"Mas ainda não", declarou ele. Bobby ficava cada vez mais nervoso à medida que a tempestade aumentava. Não parava de olhar à sua volta. Estava pronto para ir embora outra vez.

Ela tentou desesperadamente manter a atenção dele. "Bobby, o que é mais importante, eu ou eles?"

"Bom, eu disse que ia fazer a minha parte..."

"*Eu ou eles*?"

"Eles."

Depois, antes de deixá-la, Bobby recolocou a mordaça na boca de Barbara. Primeiro, pegou o clorofórmio, mas ela reclamou, e entraram num acordo. Ele enfiou o trapo de novo na boca dela, língua abaixo, o que quase a fez vomitar, e passou a fita.

Socorro!

Que socorro?

O temporal trouxe a noite. Não haveria passagem rápida e, em seguida, o alívio do pôr do sol que tantas vezes sucedia essas tempestades de verão. A chuva entrava pelas janelas quebradas dos cômodos do andar de cima da cabana e criava uma camada fina de lama no piso de linóleo. Ficou frio e muito escuro. Bobby patrulhou e repatrulhou as janelas do segundo andar, a espingarda apoiada no braço. Barbara o observou até que quase não houvesse mais luz vinda do lampião da escada para que pudesse enxergar, e depois ela o ouviu ir e vir.

Ouvindo, ela se retesou. Pequenos terrores subiam e desciam.

Os trovões e raios e rajadas de vento eram ruins; aumentaram a desolação que ela sentia. Os passos eram bons; ele estava de volta. O som de maré do vento e da chuva ondulando sobre o telhado de zinco era o pior. Ela prestou atenção, tentando ouvir mais, qualquer coisa, e havia mais, mas apenas a intervalos.

Ouviu Bobby emitir um som no outro quarto. Percebeu o medo dele. Ouviu o silêncio depois da tempestade, tão prolongado que o cricrilar de um grilo teria soado como uma explosão. Ouviu o apito de John quando ele chegou; ouviu a conversa sussurrada entre os meninos no andar de baixo. Conseguiu ouvi-los conversando com o colhedor e, muito tempo depois, ouviu John entrar na cabana e subir a escada para vigiá-la. Ele trouxe o lampião a gasolina, a chama ainda baixa. Deixou-o no chão perto da parede que estava seca e a luz o iluminou por baixo, projetando sombras longas na direção errada sobre seu corpo e rosto.

Bobby parecera triste, até consolador. John, por outro lado, parecia uma porção de coisas — todas conflitantes. Apoiada no travesseiro com zíper que Bobby havia feito para sua cabeça, Barbara ergueu o olhar e achou que John parecia apavorado, e é claro que isso aumentou o temor dela. Ele não parecia ter medo de nada concreto, como o homem que ele e Bobby haviam encontrado lá fora (agora que isso tinha passado, de qualquer forma), mas medo — talvez — de toda essa situação que seria sucedida pela situação de amanhã. Mais uma vez, a palavra era *morte*, conforme vista pelos jovens e despreparados.

Toda a postura de John — seus olhos de bebê brilhavam à luz da lanterna — indicava que alguma coisa importante ia acontecer e mudar o mundo, o mundo inteiro conforme ele o conhecia. Ele temia a mudança e esperava por ela. Disse a Barbara que, sim, ela ia morrer, e comunicou-lhe isso sem fazer mais do que ficar de pé olhando para ela, a bermuda curta e a camisa de cambraia azul, que a chuva tornara preta, os cabelos loiros levemente caídos nos olhos.

John também contou a ela mais uma coisa — tanto quanto se pode transmitir num rápido olhar —, disse que a valorizava pelo que ela tinha entre as pernas e que a queria esta noite. Embora ele pudesse se tornar um dos assassinos de Barbara, embora estivesse aterrorizado por esperar e imaginar o que poderia acontecer depois, embora tivesse que pensar num *mundo* de coisas fundamentais, tudo isso estava subjugado a uma espécie de olhar canino, ofegante e atrevido. Ela viu isso, conhecia os homens.

John percorreu a casa superficialmente; olhou pelas janelas; conferiu sua arma não disparada. Depois de qualquer que fosse o tempo que levou para fortalecer sua determinação, ele se aproximou e a descobriu. Manuseou todas as partes do corpo dela e depois a moveu.

Nos últimos dias, John aprendera bem o seu ofício de carcereiro. Amarrou cada uma das panturrilhas de Barbara na coxa correspondente, soltou os pés para que as pernas pudessem se abrir e a rolou, deitando-a de costas. Ela se apresentou a ele de barriga para cima, os quadris apoiados nas mãos atadas, joelhos separados, abertos e preparados para o ato do estupro. Assim ele pretendera, assim faria. Começou a tirar as próprias roupas, poucas e molhadas de chuva, e ela observou — o que ele havia feito, o que pretendia fazer, agora ela entendia muito bem — e esperou por ele.

Várias coisas passaram pela cabeça dela. Nada suplantava o fato central de que as crianças haviam votado por matá-la, e ainda assim várias outras coisas passaram pela mente sem ter sido convidadas. Transcorriam todas ao mesmo tempo e não se distinguiam bem umas das outras.

Ele vai me machucar, disse Barbara. Era estranho pensar numa coisa tão pequena quanto uma lesão vaginal quando a morte era o próximo passo do processo, mas tal era a preocupação autodefensiva com o corpo que, de fato, ela pensou: ele vai me machucar. E ele não vai dar a mínima.

Nenhum deles vai, disse Barbara. Nenhum deles vai ligar, nunca. Era um pensamento estranho.

Por causa de John, Barbara não era mais virgem; por causa dele, sua única experiência tinha sido dolorosa. Contudo, também por causa dele, o mundo além da virgindade ao menos havia sido descoberto. A partir desse ponto, era possível ter uma visão mais ampla. Os amantes — assim ela classificava os homens ainda sem rosto, de certa forma poderosos e (de preferência) atraentes, que poderiam habitar sua vida se ela pudesse viver —, os outros amantes estavam invisíveis atrás de John. E eles também não dariam a mínima.

Mesmo agora — quando não havia como saber quem (ou mesmo *se*) eles seriam — ela sabia disso. Eles estavam só esperando sua vez de desfrutar dela.

Barbara não disse "estou ofendida". É improvável que alguém diga isso. Ela viu John e entendeu o que pensava entender, e simplesmente estava, portanto, ofendida. Estou aqui para ser usada. De resto, ela consentiu. John, os implicantes do estacionamento, os amantes de rosto vazio todos enfileirados, eram demasiados. A pressão era demasiada. Eles a pegariam; eles a invadiriam inevitavelmente. Não importa se eu quero ou não, disse ela.

Ele até que é bonito, pensou Barbara, e esse foi um pensamento ainda mais impossível. John tinha tendência a engordar depois de um verão preguiçoso, e os cantos duros, musculosos e angulares de sua futura forma ainda estavam envoltos na maciez e na redondeza e na informidade. Homem-criança, criança-homem, o corpo estava coberto de pelos finíssimos de bebê. E mesmo assim era alto, tão alto quanto ela: e ainda assim era forte, mesmo agora, talvez mais forte que ela. E ele estava lá, e ia fazer aquilo com ela. (A mente de Barbara, educada-acima-de-tudo, não conseguia traduzir o termo exato que descreve a relação sexual em nenhuma outra palavra além de *aquilo*.)

Ele é o único, pensou ela, o primeiro e único, o primeiro e, quem sabe — agora era terrivelmente possível —, quem sabe a última pessoa que entrará no meu corpo. Que desperdício, que desperdício. Quanta coisa tenho a oferecer e nunca percebi. Eu posso oferecer, posso fazer, posso *ser*. *Poderia* ser.

Ele vai me matar, disse Barbara, os pensamentos voltando à questão central entre eles. John poderia ser aquele que, no fim, faria o verdadeiro "aquilo" com ela, de alguma forma e por escolha própria. O estupro por vir era apenas um pré-assassinato. Somos inimigos.

Os homens e as mulheres são inimigos, pensou Barbara.

Se ela sobrevivesse, se por alguma caridade descuidada de crianças inconscientes, ela pudesse viver, essa parte ainda seria igual. Um homem mudaria sua vida, transformaria seu ser ao conduzi-la à maternidade, e, sendo outra coisa e tendo feito isso, ele mesmo não mudaria. Os homens alteravam as mulheres; era a sentença feminina. No presente caso, ela poderia ser alterada para "morta".

Tenho poder sobre ele, disse ela. Só por ser eu. Neste momento, ele não poderia viver sem que eu estivesse viva. Estava claro.

John, olhando para a indefesa Barbara, tornava-se também indefeso. Era atraído. Suas narinas estavam dilatadas; respirava em haustos curtos enquanto tirava a bermuda e ficava de pé, nu. Sua *coisa* borrachuda se ergueu (a delicadeza de Barbara outra vez). A coisa o guiava; ele devia obedecer. Parecia confuso e inexpressivo. Não controlava a si mesmo, e era por causa *dela*. O que quer que acontecesse algumas horas depois, ela o conduzia nesse momento, e nesse momento e nesse conduzir, talvez achasse um modo de escapar.

Tudo isso passou pela cabeça dela não como um pensamento sequencial, mas como um lampejo de reconhecimento e esperança quando ela olhou nos olhos dele. Tudo de uma vez. Ela percebeu que não sabia como agir nem tinha tempo para aprender.

Não sabia se o agradaria mais como escravizada resistente ou como amante cooperativa. Tinha tanta ideia de como agradá-lo quanto ele de como agradá-la. E, no entanto, sabia que *precisava* agradar — era a palavra-chave —, tornar-se valiosa, valiosa demais para matar. Queria saber como é que as prostitutas fazem isso, pensou Barbara, desesperada.

Tudo estava acontecendo rápido demais.

Barbara — o corpo de Barbara — estremeceu de medo feminino e diretamente em benefício de John. O movimento foi sincero em sua origem. Nunca em sua vida a sensação de estar verdadeiramente assustada tivera qualquer semelhança com a realidade, mas agora era bem real. Também foi acentuada: a Barbara Sexy (que, afinal, não passava de uma amadora) ajudou. Os seios não-tão-excitantes se ergueram; os quadris mais-que-suficientes se empinaram; os olhos-menos-que-fatais cintilaram. Será isso?, imaginou Barbara. Será que *basta*? Ela jogou a cabeça para o lado e fechou os olhos com uma angústia que não era totalmente encenada, e então esperou.

John se ajoelhou num estado de reverência adolescente, o garoto para a garota. Ele abriu as pernas dobradas de Barbara e se deitou em cima dela e a beijou e se perdeu. E pronto. *Peguei* ele, pensou Barbara. Não é que ela não fosse forçada de algum modo; é que havia despertado um pouco de afeto, além e acima da simples luxúria.

Eles se aconchegaram, tudo por instigação dele. Ou seja, ele esfregou o rosto nela, e até o ponto que pareceu viável — afinal, não havia precedentes a serem seguidos —, ela o acolheu. Pescoço apoiado em um rosto, boca amordaçada no peito, seio na boca. Eles rolaram. Quando chegou a hora, ele usou cuspe — como tais atos são necessários e instintivos — e foi feita uma intrusão juvenil, curta e marcada pelo atrito.

Doeu por um tempo, mas aconteceu — teria sido assim, de qualquer jeito — e, dentro dela, ele relaxou em segurança. Dentro dela, o pênis intruso era como uma coisa que pertencesse a ela, a ponta junto do ponto interno e inexplorado de seu corpo. Ela cerrou os punhos amarrados debaixo do corpo e esperou — criança bonita, menino bobo, homem--matador — e baixou os olhos.

John relaxou assim, longa e disciplinadamente para alguém com apenas uma única experiência, depois começou a fazer o vaivém. Barbara pensou em como a palavra era estranha, vaivém, vai e vem. John ia e vinha com aquele olhar distante — suplicante — e, com métodos tão diretos, provavelmente conseguiria. Não havia como fazer contato com ele, não, negocie depois.

A carne dela deslizou para fora a contragosto, e a contragosto deslizou para dentro. Foi puxada e repuxada. Outra pessoa estava dentro dela o mais fundo que ela poderia imaginar. Além da arremetida do pênis dele, havia apenas o eu dela, e não doía tanto quanto antes. Em vista do fato de que seu amante era seu estuprador e possivelmente seu assassino, a complacência do próprio corpo a chocou.

Não vou, disse Barbara. Não vou, não vou, não vou.

Ai, meu Deus, talvez eu vá, Barbara descobriu. Às vezes, é possível ser forçada a ter prazer.

Por favor, *não.*

John fez um ruído e se derramou completamente nela — ela percebeu mais do que sentiu —, e depois desabou em cima dela. Houve uma pressão que chegou até o alto, até o umbigo.

Não posso, disse Barbara. Não se ele vai me matar.

Aguenta, disse Barbara, só mais um segundo...

Tão vagaroso quanto a chegada do Natal, John tirou a fita adesiva e o trapo da boca dela e a beijou como deveria ter feito dias antes. Ficaram deitados, juntos, e ele a beijou, e cada parte possível do corpo dele tocava e se colava a cada parte possível do corpo dela.

Agora, agora, pensou Barbara. Não, caramba, agora não. Com ele, nunca.

Eram inimigos amantes, e ele esticou a língua dentro da boca dela e a deslizou pelos dentes dela, e mais uma vez ela o sorveu. Não mordeu. Esticou também a língua dentro dele e explorou toda a dureza na boca de John.

Ah, não, nada de amor agora, pensou Barbara. Não quero. Não me dê nem um pouco.

Sim, *agora*, Barbara admitiu.

É impossível descrever um orgasmo, certamente é impossível descrever o primeiro, possivelmente o único e último orgasmo de uma vida iniciante. É a morte, como já se disse; uma morte que pode — com sorte — se repetir. É uma morte a ser prolongada imortalmente, uma morte a ser buscada, uma morte a que se entrega voluntariamente.

Para, pensou Barbara, e não pôde parar.

John estava lhe dizendo alguma coisa e beijando-a, e ela o beijava também, e não poderia ter se importado menos com isso em nenhuma situação. Ah, John, para e deixa pra lá.

"Ah..."; esse era o som principal e inteligível que saía da boca dele. Ela entendeu.

"Ah...”; foi da mesma forma a única resposta decente, e ele ainda relaxava dentro dela e sobre ela e aparentemente em torno dela. "Ah...” E desmoronaram.

Os dois desabaram, e se deitaram juntos como um, e olharam o quarto molhado e a lama de poeira no linóleo e o teto de gesso rachado e as paredes de gesso manchadas. E, já que caíra uma tempestade — como parecia distante agora —, ouvia-se ainda o ribombar do trovão distante.

"John.” Ela beijou o rosto dele. "Johnny?”

"Que foi?” Ele falou por baixo da orelha dela, nos cabelos dela.

"John, por que vocês vão me matar?”

Ele ficou calado. Pensou ou pareceu pensar. Na mera hesitação havia perigo. Não era questão de se, mas — para chegar ao ponto exato — de responder à pergunta *por quê*.

"John...”

"Eu sei.”

"John”— ela beijou a orelha dele —, "por que fazer isso quando você pode ficar assim?”

"Não sei.” Ele manteve o rosto enterrado na curva do pescoço dela.

"John, não faz isso.”

Ele não disse nada.

"Só diz se é você que vai fazer isso comigo.”

"Já disse que não sei.”

"Sabe, sim.”

"Não sei.”

"Sabe.”

Há mulheres que movem seus órgãos internos para agradar ao homem; outras, para se defender. Barbara não sabia que isso era possível, mas o fez por instinto ancestral e o expulsou.

"Por... quê?”

Por um momento, ele pareceu aniquilado. Ficou deitado em cima dela como um peso morto e machucou suas mãos amarradas que sustentavam os dois. Depois — com que rapidez os jovens revivem —, ela sentiu o movimento dos braços dele. Ele se recompôs e se apoiou no cotovelo para olhá-la. "Porque é a próxima coisa que acontece.”

"Eu não vou contar. Já prometi que...”

"Não estou falando de contar.”

"Quero dizer que não vou contar pra *ninguém*.”

"Ah..." Ele levantou a cabeça, olhou além dela e suspirou. "Isso não tem tanta importância agora."

"Então, *o que* tem?", perguntou Barbara. "John, eu sou eu. Sou uma pessoa. Tenho o direito de continuar sendo eu. É *isso* que importa."

"É, acho que pode ser."

"Como assim, você acha?"

"Acho que é bem difícil. Desculpa." Ele parecia lamentar mesmo. Abraçou-a com um carinho aparentemente genuíno. Seus braços fortes de bebê envolveram os ombros dela, e ele a beijou na testa, mas agora tudo isso havia acabado.

Barbara não conseguia nem fingir para John. Disse por cima do ombro dele: "Então por que essa tem que ser a próxima coisa que acontece?".

"Sei lá. Eu... acho que foi longe demais." Ele a soltou e se afastou muito devagar e se agachou.

Ela sentiu frio onde o corpo dele a tinha coberto.

"O jogo."

"É." Ele pegou a bermuda, levantou-se e começou a vesti-la.

"*Como, pelo amor de Deus?*"

"Bom... quando você chegou, primeiro a gente queria saber se ia conseguir, e foi só nisso que a gente pensou. E aí quando aconteceu e ficou chato, a próxima coisa foi..." Ele deu de ombros. Pelo movimento, indicava a nudez dela, o estupro recente, o medo. "... isso."

Depois de cada passo, tinha vindo outro passo. Bobby estava certo: começou porque era possível. A mera possibilidade foi irresistivelmente compulsiva, viciante. Era só disso que alguém precisava para se transformar num torturador, estuprador, assassino, a simples possibilidade e depois o poder e no fim um jeito de se safar? Barbara contemplou os dias anteriores e viu uma revelação única e pavorosa. "Ah."

John pegou a camisa úmida e a vestiu. Não disse nada.

"Mas por que vocês não pararam? Vocês viram o que estava acontecendo, estão vendo o que está acontecendo *agora*. Ainda está acontecendo."

"Porque a gente não sabia, eu acho."

"Mas agora vocês sabem!"

"É, acho que sim." Ele terminou de abotoar a camisa e calçou os mocassins.

"Então para agora."

"Não posso."

"Pode, sim!", gritou Barbara. "Me solta. Já. Agora mesmo. Não vai levar nem um minuto. E aí tudo vai acabar e você vai ficar bem. É a sua vida também, sabia? Eles vão te pegar, não importa o que vocês tenham inventado, e você vai passar o resto da vida na cadeia. Você sabe disso."

A expressão de John demonstrou que ele havia, de fato, pensado no assunto, ainda precisava pensar, é claro. Também demonstrou que *havia aceitado correr o risco.*

"Você não vai me soltar. Ah, meu Deus! Você pode e não vai." Barbara começou a chorar outra vez. "Ele não vai", disse ela em voz alta para o mundo, "não vai, não vai, não vai..."

"É tarde demais." O pesar estava desaparecendo da voz de John. Ela o havia perdido pela última vez.

Barbara ergueu o olhar e, embora as próprias lágrimas turvassem o rosto de John, viu onde os pensamentos dele começaram a divagar. Era tão horrível que ela molhou o saco de dormir e a si mesma. Ele estava pensando em... um mundo que ela nunca conheceria, uma época (poderia ser menos de doze horas depois de agora?) que estava além de qualquer época que ela jamais vivenciaria. Ele estava pensando em *depois da vida dela.*

Era impossível. Ele estava pensando numa coisa tão comum quanto a tarde de sábado ou o domingo, talvez, e isso tudo era depois da vida dela. E onde ela estaria? No céu de que lhe haviam falado? Fria e rígida na morte e meio escondida pelo mato numa vala de beira de estrada? No fundo do rio? Enterrada?

Ela não podia nem ficar histérica. A expressão dele, embora não fosse realmente destinada a ela, era entorpecedora demais para que houvesse alguma coisa além do jato reativo de urina escorrendo pelas pernas dela. Até parou de chorar. Era como estar em choque. Ficou gelada; tremia incontrolavelmente; respirava com dificuldade; sentiu que tinha esquecido como piscar. Os olhos estavam secos, abertos e sem foco. Ela mal sentia o que estava sendo feito com ela.

John amarrou os tornozelos dela um ao outro e depois aos pulsos como se não fosse nada. Ele a rolou de lado e fechou o saco de dormir por cima dela até o pescoço, depois passou a corda do varal em torno do saco de dormir até virar um casulo. Em seguida, juntou suas coisas, lançou um olhar atento aos arredores à procura de erros, amordaçou-a e foi embora. Ela o ouviu descer a escada e sair.

Barbara entendeu.

Ela não ia escapar, não ia morrer, e o invasor, quem quer que fosse, tinha partido. Não havia mais nenhuma necessidade de vigiá-la.

Ninguém viria.

No fim da manhã, Dianne chegou. Subiu a escada da cabana e se ajoelhou ao lado de Barbara.

O dia havia raiado, gentil, num mundo cruel para Barbara. A chuva da noite tinha varrido a poeira, a névoa e os mosquitos do ar e, através da janela, o céu estava tão verde e claro e imaculado quanto o mar, tão verde e azul-frio quanto o outono, ou a promessa do outono (o que realmente era). Havia cantos e bordas de nuvens incrivelmente fofas, nuvens branco-acinzentadas que ela podia ver através da janela. Amarrada, nua, tremendo mesmo dentro do saco de dormir, ela vira e sentira o frio do amanhecer e do outono prometido.

O dia — em seu campo de visão limitado — havia crescido da mesma forma, transformando-se num dia claro e imenso de mudança de estação, verão mas não mais verão, não inverno mas inverno por vir. O dia havia se transformado numa coisa de indescritível beleza para ela, inescrutável, irônica, cruel e, ainda assim, bonita.

Será o último e o único?, perguntou Barbara.

Sentia o desejo voraz de estar lá fora nesse dia, livre e nua e ajoelhada, a testa encostada na terra: tinha o desejo ávido de abrir a boca e morder a terra sadia, sentir a areia e os grânulos frios e úmidos na boca e entre os dentes. Era uma forma de prece mais antiga do que ela soubera antes. Quero a terra na minha boca, e aí vai ficar tudo bem, pensou ela. Quero a terra no meu rosto todo, terra no meu cabelo, terra em todo o meu corpo, e aí vou ficar bem. Na terra, com a grama e as ervas daninhas, havia anonimato, unidade, inviolabilidade.

Será este o último e único dia? *Terra, eu rezo a você.*

E pouco tempo depois, Dianne subiu a escada. Aproximou-se devagar, tranquila e silenciosa, e trouxe coisas impossíveis. Trouxe uma jarra de água — estilo rural —, uma toalha umedecida, uma escova de cabelo nova com cerdas de nylon e — como Barbara viu — água-de-colônia.

Antes de mais nada, Dianne deixou essas coisas no chão e tirou o short e a blusa. Fez isso com gestos calculados, obviamente mais por vontade de ser organizada do que por uma quase tentativa de se mostrar. (Era difícil imaginar que Dianne ficasse totalmente nua em algum momento. Talvez nunca ficasse.) Depois, Dianne se ajoelhou e desamarrou quase tudo em Barbara. Soltou as cordas ao redor do saco de dormir, abriu-o e soltou a corda que John colocara horas antes. Então, só restaram três — nos tornozelos, pulsos e braços. Todo o resto ficou no chão em torno delas. O sangue fluiu pelas artérias machucadas e tornou a arder no corpo de Barbara. Dianne era boa. Foi um simples agradecimento: talvez Dianne ajudasse a matá-la, mas Dianne foi gentil. Barbara endireitou-se rigidamente. Então Dianne começou a dar-lhe um banho.

Fez isso com destreza, gentileza e feminilidade. O toque de Dianne era experiente de tal forma que Barbara teve a sensação de que suas próprias mãos a tocavam. Ela lavou o rosto e o pescoço de Barbara e a parte superior do corpo e os enxaguou com suavidade. Pôs a mão entre as pernas de Barbara, onde John a forçara a ter um orgasmo e onde ela havia urinado em si mesma, e a lavou delicadamente *lá*. Lavou as pernas e os pés, secou-os e depois aplicou a colônia que trouxera. Por fim, colocou a cabeça de Barbara no colo e penteou seus cabelos.

Havia sensibilidade nisso. O sabonete era suave e perfumado, e a toalha úmida era de um conjunto caro com monograma. A colônia cheirava a verão, e as escovadelas eram leves e tranquilizantes. Sentindo tudo isso e sabendo que poderia ser morta em breve, Barbara recebeu esses pequenos prazeres com amargura.

Se nada acontecer, disse ela — que grande "se", um "se" em constante desaparecimento, um "se-que-nunca-existiu", um "se" totalmente impossível —, se nada acontecer para impedir o que está acontecendo, eu vou morrer. E, ah, meu Deus, o sol já está tão alto, a manhã está acabando, o socorro está longe, e eu posso morrer assim. Posso mesmo. Barbara, ciente dos movimentos sensoriais da escova, disse: talvez não exista saída, afinal.

Mas eu *não vivi o bastante*, disse Barbara. Nem cheguei a viver. Não vivi até agora, e por que agora? Por que no *último minuto*?

Não.

Eu *não* vou morrer, disse Barbara. Não importa o que eles digam e não importa o que façam, vou viver. *Tenho* que viver. Fui enganada. O horror daquilo que chamam de horrível não é tão ruim assim. Não importa o que façam, vou aguentar e sobreviver. Fui enganada. Nem precisa ser do meu jeito. Vou conceder isso a eles também. Eu perdi e preciso.

Faço... qualquer... coisa... para... viver.

E a escova penteava seus cabelos, e continuava. Dianne seguia escovando os cabelos dela — direita e esquerda, para lá e para cá; Barbara não conseguia resistir —, até que os cabelos curtos e anelados ficassem tão finos e airosos quanto as teias das aranhas que são tecidas em prata. Os fios se ergueram. Barbara apoiou a lateral do rosto nas coxas finas e bronzeadas de Dianne e deixou acontecer, porque não podia fazer mais nada. Estou linda de morrer, disse ela.

Eu *não* estou morta e nunca vou estar.

Para sempre é muito tempo, e vou viver para sempre, e estou com medo.

A proximidade da morte, a sensorialidade da morte, a sensorialidade absoluta da morte-está-chegando-e-eu-vou-partir, o repuxar suave da escova nos cabelos e a proximidade do rosto com o corpo de Dianne criaram um vínculo entre elas.

Barbara sentiu que sua meio-assassina a amava. Tanta bondade e amor.

Barbara sentiu que Dianne a amava e a invejava, invejava-a em sua morte. Não consigo entender, disse Barbara. Não consigo entender e nunca vou entender como você pode querer matar alguém e ao mesmo tempo invejar a pessoa e mesmo assim eu entendo. É a grande experiência, a maior que você pode imaginar, e eu vou fazer isso — morrer — e Dianne não pode. Cada um de seus olhos se encheu de uma grande lágrima suja.

"Não", sussurrou Dianne em tom reconfortante, "agora não." Ela enxugou os olhos de Barbara, deixou a toalha de lado e tirou a mordaça. Em seguida, enxugou o contorno da boca de Barbara. "Não vai adiantar." Ela poderia estar falando com Paul ou Cindy depois de terem esfolado o joelho.

Pela primeira vez, Barbara não estava com sede. Talvez nunca mais tivesse sede. Segurada pelo lado direito e pelo esquerdo, nas mãos e pés, ela ergueu o olhar e disse: "Por quê?". Suspirou. "Por que, Dianne? É porque vocês acham que vão *gostar* de me matar? Que vão ver uma coisa nova, sentir uma coisa nova, se transformar numa coisa nova?"

"Nã-ã-ão..."

"Então" — Barbara se contorceu num frenesi inesperado (para ela) e mesmo assim não conseguiu se mexer —, "então (ah, meu Deus) por que, Dianne?"

Dianne não estava com medo e não despejou palavras. Olhou para Barbara — estavam de cabeça para baixo, uma em relação à outra —, e com lentidão elementar disse: "Porque alguém tem que ganhar e alguém tem que perder".

"Ganhar o quê?" Agora Barbara não falava em voz alta com ninguém, nem com Bobby, Paul, Cindy, nem com John, nem sequer consigo mesma. Contudo, a necessidade urgente de saber estava expressa em seu tom de voz. Ah, que lindo dia. "Ganhar o quê?"

"O jogo", respondeu Dianne.

Dianne estava tão calma quanto no dia em que se conheceram.

Barbara disse muito devagar: "*Q-u-e j-o-g-o?*".

Dianne tocou o rosto de Barbara com os dedos. "O que todo mundo joga", respondeu. "O jogo de quem ganha o jogo." Parecia satisfeita com sua lógica circular e incompreensível. "Gente mata gente", declarou ela. "O perdedor perde."

"Mas vocês inventaram o jogo", insistiu Barbara. "Vocês inventaram *este* jogo."

"Não inventamos, não." Dianne deixou a escova de lado. "Eu já te disse isso. Todo mundo sempre fez isso, e a gente está fazendo, acho. Não é nenhuma novidade."

"Mas vocês são crianças...!"

"Que diferença faz? De todo jeito, não somos tão burros quanto você pensa."

Barbara estava quase derrotada. Ela disse: "Dianne, por que vocês me odeiam?".

"A gente não te odeia." Dianne acariciou os cabelos de Barbara. "O Paul não te odeia, nem o John, nem a Cindy, nem o Bobby, nem eu. Engraçado."

"Qual é a graça?"

"A gente gosta de você. O John está meio apaixonadinho por você. Bom" — ela pareceu um pouco triste —, "acho que você sabe. Mas todos nós gostamos de você."

"*Gostam?*"

"Arrã." Dianne assentiu. "Nunca achei que seria assim com alguém..."

Barbara terminou a frase para ela: "... que vocês fossem matar".

Dianne assentiu outra vez. "É por isso que tem que ser bonito, o mais bonito que eu puder fazer."

"Bonito por quê?"

"Ah... porque você é bonita e o dia está lindo e a gente tem *tempo*."

"Tempo pra quê?"

"Você sabe."

"Dianne." Barbara ignorou aquilo porque estava medo. "Dianne, escuta. Por que vocês não fazem uma reunião? *Comigo*? Só mais uma reunião. Tem tempo, você mesma disse..."

"Por quê?" Dianne ficou surpresa.

"Se eu pudesse falar com vocês todos ao mesmo tempo em vez de falar um por um, se a gente pudesse se juntar só uma vez, se vocês todos me escutassem um pouco..."

"Não vai ter reunião *nenhuma*!"

De repente, todo o carinho de Dianne desapareceu. Ela saiu de sua jaula aparentemente mental com fúria. "Não vai ter. Que tal?"

"Dianne..."

"Você se acha tão linda e inteligente e dona da verdade", disse Dianne. "Você vem pra cá e" — aqui ela imitou a voz de Barbara de um jeito infantil, uma vozinha de boneca — "você vem aqui com essa de 'e se todo mundo fizesse um passeio depois da igreja?' e 'e se todo mundo fosse nadar?' e 'vai ser mais legal se todo mundo fizer assim ou assado'."

Dianne deixou a cabeça de Barbara cair sobre a jaqueta e levantou-se.

"Bom, a gente não vai fazer nada de 'e se', nem isso nem aquilo nem qualquer outra coisa. Não vai ter nada pra ninguém. Nunca. Por que a gente ia querer fazer isso? Você sabe com quem está falando?"

"Não."

"Com a gente. Nós somos nós e temos o direito de sermos quem somos. Vamos continuar sendo nós, e sabe por que vamos te matar?"

"Não."

"Bom, a gente pode até gostar de você, mas a gente te *odeia*. Você estraga tudo com esse seu papo de amor-amorzinho. A vida não é assim. Nós não somos assim e vamos te mostrar. Vamos provar. Você vai ver só. Vai entender." E ela juntou suas coisas, que estavam todas dispostas com capricho perto da porta, e começou a vestir o short e a blusa.

"Eu entendo, sim." Ó dia, pensou Barbara. Olhou para o dia pela janela inescapável. "Isso não é certo, sabe." Sentiu que estava perdendo a luta. De certo modo, Dianne tinha razão: aqui, pelo menos, o amor não levava a menor vantagem. "Não é certo."

"Você é professora, mesmo." Dianne estava de costas para Barbara. Parecia estar abotoando a blusa. "Você ia ser boazinha como todas as outras e contar mentiras pra nós sobre como a vida não é."

"Então, como é a vida?" Barbara não suportava olhar para o dia que não poderia viver, então fechou os olhos. "Como é, Dianne?"

"Bom..." Dianne enfiou a blusa meticulosamente por dentro do cós do short, fechou o zíper lateral e abotoou a braguilha. "É como na praia, quando as pessoas estão andando e se cruzam e se odeiam. Sabe? O Paul e eu estávamos na praia catando conchas no verão passado, e umas crianças vieram andando do outro lado, e quando passei com ele — sem ninguém dizer nada — ficamos todos procurando alguma coisa pra jogar ou um pedaço de pau ou uma tábua ou coisa assim. E eu nunca tinha visto aquela gente. O Paul também não. Quer dizer, a gente simplesmente se odiou porque era certo, e foi legal, e eu fiquei com medo, e algumas das outras crianças ficaram com um pouco de medo do Paul e de mim. É isso que eu quero dizer."

"E você gosta que seja assim, Dianne?" Barbara descansou e não abriu os olhos.

"Não gosto de usar palavras da moda."

"Palavras da moda?" Desta vez Barbara olhou para ela.

"Bacana. É só uma palavra que a molecada usa. Não existe. Mas foi bacana."

"Dianne..." Pela inflexão e pelo tom de voz, Barbara mudou de assunto. "Se fosse o contrário e você fosse eu e eu fosse você, você ia querer que eu te matasse?"

"Eu não ia *querer* que você..."

"Você acha que eu deveria?"

"Você seria a vencedora. Dependeria de você." Dianne estava totalmente vestida e tinha recuperado a calma. "Mas eu não me preocuparia." Ela olhou ao redor.

"Por quê?"

"Porque eu não fico resmungando e choramingando pelos cantos que nem você, e, de qualquer jeito, você não faria isso. Você não é boa o bastante."

"Boa o bastante!"

"*Corajosa* o bastante", esclareceu Dianne. "No fim, você me soltaria e aí eu daria um jeito de ganhar. Cedo ou tarde. Todas essas coisas em que você acredita não são verdade — mais cedo ou mais tarde eu ganharia, mesmo que você estivesse em vantagem."

Havia verdade ali. Ela tem razão, disse Barbara. Eu faria isso. Eu a soltaria. E por quê? Com a enormidade da pergunta, Barbara quase chegou a lamentar sempre ter sido Barbara. Não concordava com Dianne de jeito nenhum e, ainda assim, não conseguia discordar da garota. Havia mais Diannes no mundo do que Barbaras, e a criança estava certa; as Diannes sempre venciam. Era questão de quando, onde e *como*. Isso sempre estivera destinado a acontecer, e agora era questão de negociar a saída, e Barbara disse: "Me mata".

Dianne, tendo tocado o cabelo, olhou para ela, lúcida e alerta. Não disse nada.

"Me mata, Dianne. Já. Aqui. Por favor."

"O quê?"

"Escuta."

Dianne ficou imóvel.

"Me mata." Amarrada, Barbara olhou para ela numa súplica impotente. "Me mata", repetiu. "Me mata aqui e agora. Tem o frasco daquela coisa ali e um trapo com ela, e, se eu inalar o suficiente, você me mata. Você ganha. Pode fazer isso sozinha e ganhar. E eu estou *pedindo* pra você fazer. Por favor. Se alguém já pediu alguma coisa pra alguém, eu te peço, Dianne. Faz isso por mim agora."

A testa lisa e pálida de Dianne se franziu.

"*Por favor*", pediu Barbara. "Seja legal."

"Não posso", respondeu Dianne. "Ainda falta uma hora."

Palavras, palavras, palavras. Alguém disse isso, pensou Barbara. Eles disseram: "Palavras, palavras, palavras...". Deve ser de um poema ou de uma peça de teatro. Talvez Shakespeare, pensou Barbara. Provavelmente Shakespeare. Palavras, palavras, palavras.

Palavras.

Se você pensar na palavra que significa "palavra", tudo desmorona. É um som feio que não faz nada e, se não faz, não posso dizer a ela. Nunca.

Estou ficando louca, pensou Barbara. Estou ficando louca porque estou apavorada e vou ser assassinada e qual é a palavra que significa "socorro" para ela entender? Ou a palavra que significa que eu não vou mais ser eu. Ela ergueu o olhar e viu Dianne de pé acima dela e entendeu que não havia palavra nenhuma. Nunca vou entendê-la, pensou Barbara, e ela nunca vai me entender. Isso não estava certo, e ela não entendia, mas era assim, portanto, só restava a questão da misericórdia.

Barbara deitou a cabeça no travesseiro que Bobby havia providenciado; era a única bondade ao seu redor. Qual era a palavra para misericórdia? Como ela poderia morrer com dignidade? Como poderia ir mais rápido ao encontro do deus vago e indeciso em que acreditava e ao mesmo tempo deixara de acreditar?

"Me mata, Dianne. Sério", pediu Barbara outra vez. "Você tem que fazer isso."

O rosto de Dianne estava calmo, pálido e curioso.

"Não, você se enganou", disse Barbara. "Você me acha bonita, mas eu não sou. Você me acha adulta e dona da verdade e tudo mais, mas eu não sou. Você acha que eu saio por aí sendo legal e boazinha porque quero fazer alguma coisa com você — te fazer mudar de ideia ou coisa assim —, mas não é isso. Você acha que é certo me matar, mas não é. Você se enganou, enganou, enganou. Não sei nem dizer o quanto você está enganada, mas você vai fazer isso mesmo assim", disse Barbara. "Mesmo assim."

"Então me mata agora", disse Barbara. "Faz isso do melhor jeito entre nós. Você consegue, e eu não vou sentir nada, só o que qualquer um sente." Ela respirou fundo.

O que mais posso dizer?, pensou Barbara.

"Não quero que eles me cortem nem queimem nem me batam enquanto acham graça", disse ela. "Você é mulher, Dianne. Sabe disso..." E o dia lá fora estava a caminho de tornar-se um meio-dia dourado que ocupava todo o universo e reluzia no piso lamacento da casa. *Você entende?*"

"Entendo", respondeu Dianne. Era verdade. "Entendo, sim, mas não vou fazer isso. Você não vai sair dessa só inalando o conteúdo de um frasco esquisito. É *isso*."

"Não sei." Barbara virou a cabeça e os ombros para poder olhar para cima e ver Dianne com clareza, muita clareza. Agora que todo o resto havia terminado — será que Dianne tinha ficado entediada? —, agora que estava quase na hora, havia uma animação muito sutil no rosto magro de Dianne. Ela começara a ansiar pelo que viria, Barbara percebia isso em toda a atitude da garota. Então, *havia* um jeito de gostar de machucar e matar as pessoas: existia *mesmo* outro tipo de pessoa no mundo, afinal. E quantos outros tipos havia? "Não sei." Ela fechou os olhos. "Como vocês vão fazer?"

"Não sou dedo-duro." Aquela frase infantil não era de Dianne. Foi usada com sarcasmo.

"Sabe", disse Barbara à escuridão por trás das pálpebras, "se acontecesse alguma coisa pra eu sobreviver, eu teria ódio de você pelo resto da minha vida. Ódio de tudo. Só ódio, ódio e ódio."

"É isso mesmo!" A voz de Dianne soou surpresa e satisfeita, como a de uma professora diante de uma aluna lenta que finalmente entendeu a lição. "Era isso que eu estava dizendo. É assim que as coisas são."

De alguma forma, no fim — ou quase no fim —, Barbara havia deixado a garota feliz.

Era o começo da tarde. Por causa do ar lavado e da brisa silenciosa, era uma tarde ofuscante, branco-azulada e estranhamente fresca, e agora estava na hora de as crianças virem buscá-la, e elas subiram a escada e se prepararam. Eles já a haviam amordaçado outra vez, mas de um jeito diferente. Enrolaram uma corda em torno de sua boca até que a pressão entreabrisse os lábios e os dentes à força, e a corda entrou na boca e prendeu a língua com força.

"Vai doer", Dianne havia dito, "e você vai chorar muito. Tem que conseguir respirar pela boca. Sinto muito."

Em seguida, eles a pegaram para ir embora, e tinham aprendido algumas coisas desde o dia anterior. Bobby tinha inventado os métodos e os instruído. Simplesmente pegaram o saco de dormir em que ela estava deitada — cinco pares de mãos — e ela saiu do quarto da cabana como se carregada numa liteira.

Quando ainda restava pelo menos algum tempo — ela não sabia quanto, uma hora, duas —, Barbara, em desespero, teve esperança. Seus pensamentos se concentraram nas últimas três possibilidades. A primeira era que o invasor, o homem que ela nunca tinha visto, ainda estivesse por perto e de alguma forma os interrompesse.

Essa possibilidade foi aniquilada quando ela o *ouviu*. Lá embaixo, as crianças vieram conversando pela estradinha até a cabana e ela ouviu a voz grave do homem.

"Aqui?" O som era estranho. Pareceu se prolongar por mais tempo que o normal. Ouviu também um tinir de metal.

"Isso, aqui está ótimo."

"Obrigado."

"E volta amanhã de manhã pra nos ajudar a limpar", esta era Dianne. "Acho que vai ter mais umas coisas pra fazer."

"*Sí*, eu volto." O som de "volto" foi muito marcante, e depois — como Barbara poderia saber? — ele foi embora. As crianças o haviam manipulado da mesma forma que tinham feito com ela.

A segunda possibilidade, a que sempre estivera lá e sempre fora uma decepção, era a chance de alguma visita de fora. Ela tentara ouvir um carro. Nunca na vida quisera tanto ouvir o som de um carro, de uma buzina, mas não ouviu nada. Havia apenas os sons do campo quase adormecido num sábado à tarde.

Então, com repulsa, ouvira o som de chamas breves e sentira cheiro de fumaça, e isso eliminou a última chance. Não haveria mudança de última hora nos planos dos Cinco Libertadores, nem mesmo uma coisa rápida como atirar nela. Tudo isso também tinha sido planejado: seria como eles sempre fizeram no jogo.

As crianças fizeram bem em não alimentar Barbara. Suas entranhas se reviravam, mas estavam vazias. Sentiu náuseas de terror, mas foi só uma convulsão seca. Depois, vieram buscá-la.

Os Cinco Libertadores carregaram Barbara, um tanto retorcida no saco de dormir, escada abaixo. O saco bateu; ela bateu; mas finalmente a levaram até o espaço ao lado da cabana e a carregaram até a grande porteira que havia desabado durante a noite. Eles a amarraram à porteira, os quatro membros estirados — depois de um bom tempo e uma luta — e a prenderam com firmeza.

Havia uma churrasqueira de metal suburbana — moldada e pintada — ao lado da porteira, e estava fumegando, e em cima dos carvões estava o atiçador da lareira da sala dos Adams. Tudo tinha as impressões digitais do colhedor, porque ele recebera cinco dólares do exíguo porta-níqueis de Barbara para limpar o interior da casa (deixando impressões digitais) e levar a churrasqueira até ali. Para preservar tudo isso, os Cinco Libertadores tinham trazido vários pares de luvas para jardinagem e trabalhos manuais.

A fumaça branca preguiçosa subiu e se dissipou por um tempo, e eles olharam para a grelha. Finalmente, estavam prontos.

Eles se agacharam; se acocoraram. Olharam para Barbara e sua pele imaculada como estudantes numa excursão. Curiosidade inocente. Novidade. Então, Paul pegou o atiçador e descobriu que estava quase incandescente.

Cindy, em seu raciocínio de 10 anos de idade, havia acertado. Paul tinha um fetiche: vivia na convicção de que a psique de uma mulher se encontrava na sola dos pés descalços dela. Sendo esse o caso, e tendo Paul o direito ao primeiro "toque"— os Cinco Libertadores haviam-no concedido por unanimidade ao mais fraco —, ele encostou o atiçador na sola pálida da garota que tinham conhecido como Barbara. O resultado foi espantoso, até para eles.

O metal aquecido afundou mais e mais. Talvez seu curso fosse infinito. Atravessou a pele, a camada subcutânea, as terminações nervosas e os vasos sanguíneos até os tendões da nadadora e quase os perfurou. E, quando saiu, veio trazendo carne escura. Depois, o ferimento sangrou, mas não tanto quanto os Cinco Libertadores esperavam. Estava quase cauterizado, e a maior parte do sangue verteu de forma lenta e espessa.

Paul foi premiado pelo gesto.

A vítima, quem quer que fosse, se contorceu de modo inimaginável e emitiu um som que o garoto julgou absolutamente maravilhoso. Ele nunca tinha ouvido isso e provavelmente nunca tornaria a ouvir, mas foi agradável e inteiramente gratificante. Ele teria feito tudo de novo, mas teve que passar o "toque" para John, que devolveu o ferro ao fogo por um ou dois minutos.

As outras crianças, rostos animados e iluminados pelo aprendizado, se agacharam e se aproximaram. Finalmente, John estava pronto. Ele engoliu em seco.

Ó dia, ó dia, disse Barbara. Quando já havia parado de lutar, e as crianças a tinham prendido na porteira, ela disse: Ó dia, ó dia. Não é só o último dia, mas o último minuto do último e único.

Ah, disse ela. Quero cair da terra para o céu e simplesmente desaparecer. Poderia doer, mas acabaria com tudo, e eu não precisaria mais ser humana. Ninguém pode aguentar conhecer os humanos e ser um humano.

Mas isso não vai acontecer. Nunca acontece quando a gente precisa.

Então, começou.

Barbara levantou a cabeça e viu a maior parte do que ia acontecer.

Paul tirou o metal do fogo e a olhou com os olhos mais límpidos, curiosos e aterrorizantes que ela já vira. A inocência é a visão mais apavorante de todas.

Ele parecia mesmo querer saber o que não sabia, e realmente não conhecia o resultado. Ele se virou e se curvou, e o ferro desapareceu atrás do pé de Barbara, que ela moveu — só se mexeu dois ou três centímetros frenéticos — o melhor que pôde. Se o garoto fizera *isso*, então ele e os outros fariam coisas que ela nem conseguia imaginar. E atrás de Paul estavam todos os outros, invisíveis: os maliciosos do estacionamento, Terry, Ted, o resto — os práticos — não como torturadores, mas como notários. Não importando o que ouvissem a respeito disso depois — de verdade —, ela os viu se reunir impassivelmente para atestar o que acontecia com pessoas como ela.

O fim, ela pensava.

Fim, fim, fim.

Mas ninguém nunca chega ao verdadeiro fim, não é? Falamos sobre ele, mas nunca acontece de verdade conosco, não é?

Em seguida, tudo foi rápido.

Ela sentiu o atiçador tocando, atravessando-a, entrando nela e depois saindo, e sentiu tudo o que se passou no processo. Mas aconteceu como uma escuridão mental súbita, quase mortífera, e depois disso nada jamais poderia voltar a ser igual.

Este é o fim, é esta a aparência do fim e a sensação do fim e, ah, meu Deus, ele ainda está com a coisa dentro de mim. E depois que Paul tirou o ferro a contragosto, ela ainda o sentia. Sentiria para sempre enquanto o para sempre durasse.

A ferida brotou dentro dela como outra personalidade cujo poder sobrepujou todos os seus, praticamente apagou tudo o que ela era. Ela estremeceu como se tomasse um choque elétrico. Nada poderia permitir que a vida continuasse sendo como era naquele instante. Ela ergueu a cabeça procurando alguma coisa — qualquer coisa — para fazer aquilo parar, e viu John se curvando sobre ela.

Ele encostou o metal horrível no seio dela; depois, Dianne deixou uma faixa vívida na barriga. Até mesmo Bobby e Cindy vieram tocá-la e assim se edificaram.

Depois, as últimas inibições deixadas de lado, fizeram todas as coisas que — dadas as circunstâncias — já haviam imaginado fazer com todas as pessoas invisíveis e insignificantes de sua cabeça, e, embora fosse muito diferente do que tinham imaginado, persistiram. Levou um bom tempo.

Aproximadamente na metade da programação, Barbara os frustrou. Parou de se debater e de emitir sons adequados, ficou inerte e não reagiu à tortura. Passado um tempo, o jogo dos Cinco Libertadores se tornou um tédio — como sempre — e assim eles a mataram e acabaram com tudo.

Passaram uma corda em volta de seu pescoço, encaixaram um pedaço de madeira na corda e a torceram até que se cravasse na garganta e tornasse impossível respirar. Isso já havia sido planejado, e as mãos que o fizeram usavam luvas, e sobrou apenas a corda indistinta que comprimia o que restava da vida.

No fim, bem no fim, quando menos se esperava, Barbara os surpreendeu mais uma vez. Seus olhos, fechados havia muito, se abriram, arregalados e fixos, mas de súbito extremamente inteligentes e límpidos, e ela os encarou. Não olhou para nenhum deles em especial — seu olhar pareceu abarcar todos sem se mexer —, mas ela os encarou como se de humana para humanos, e seus olhos adquiriram o formato da letra o. E as bocas e olhos deles se abriram numa resposta silenciosa e formaram a mesma letra o.

Agora, essa parte estava concluída.

Os Cinco Libertadores choraram.

Estranhamente, com amor.

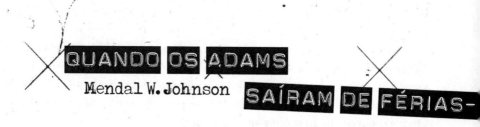

EPÍLOGO

Um acontecimento inevitavelmente leva a outro e mais outros. Alguns deles merecem destaque nesse caso.

As pessoas que extraem das notícias a maior parte da aventura de sua vida levaram vidas muito interessantes por vários dias depois da morte de Barbara. É quase impossível ignorar tais manchetes. (É conjectural imaginar quem é que as lê: senhoras idosas em casas de repouso, maridos que pegam o trem para trabalhar na cidade, secretárias no intervalo do café, donas de casa bocejando antes de o dia começar de verdade, crianças que jogam fora os jornais da noite? A lista é infinita.) Algumas delas leram:

GAROTOS VINGAM A MORTE DE BABÁ TORTURADA EM MARYLAND

MORADORA MORRE EM CASO BIZARRO

SUSPEITO DO ASSASSINATO É MORTO A TIROS POR MENINOS

Seguidas de:

UNIVERSITÁRIA LEVOU HORAS PARA MORRER

E assim por diante.

Cruz, é claro, foi assassinado. Tudo seguiu conforme o plano. John foi à casa dos Adams no domingo depois da igreja e soltou as crianças do armário (Cindy estava em frangalhos). Ele e Bobby esperaram por Cruz e o mandaram ir até a cabana e trazer de volta a churrasqueira, e o seguiram com armas.

A expressão trágica no rosto de Cruz era menos por sua própria morte — ele nunca a previra — e mais pelo que tinha visto pouco antes de se virar para encarar os meninos, a boca na forma de um o silencioso. Nunca tinha imaginado e, quando finalmente percebeu, não pôde acreditar. Quase o partiram ao meio à queima-roupa.

Ele ganhou um obituário minúsculo nos jornais.

Depois de estrangular Barbara, os Cinco Libertadores ainda tiveram que limpar tudo. O saco de dormir teve que ser levado de volta; as luvas, devolvidas; e a cabana e a estradinha, varridas, de modo que só as pegadas de Cruz ficassem visíveis no dia seguinte. Trabalharam como robôs, pálidos, quietos, conversando aos sussurros. Dianne foi a última a sair da cabana e desceu as escadas com um punhado de mato nas mãos e lágrimas nos olhos. (Tiveram que dar a Paul uma dose de uísque para levá-lo para casa, mas ele colaborou quando foi necessário.)

Os Cinco Libertadores — todos eles, é claro — foram interrogados.

Dianne, com os olhos cuidadosamente arrefecidos de volta ao cinza-claro, não tinha muito a dizer. Ela, o irmão Paul e John Randall iam todos os dias à casa dos Adams e nadavam na prainha. No meio da semana passada, Bobby Adams dissera que havia alguém acampando logo depois do pinheiral, mas ela nunca tinha visto quem era e, além disso, nenhum deles pensou muito no assunto. Nem mesmo Barbara. Afinal, que mal havia? (E ela contou que Cindy foi à sua casa fazer um bolo para a volta do dr. e da sra. Adams e tudo mais.) Passou o tempo todo muito pensativa e tentou se lembrar de tudo o que pôde, mas ainda assim não passava de uma adolescente e não havia tanta coisa de que se lembrar.

O interrogatório de Paul foi abandonado não apenas por ser inútil, mas possivelmente prejudicial ao garoto. O detetive era o único no Departamento de Polícia de Bryce com esse cargo e fazia, é claro, parte da comunidade. Conhecia a família McVeigh e o médico que os atendia, e, no final, conhecia Paul muito bem. O garoto vivia num equilíbrio muito delicado — à beira da loucura, na opinião do detetive —, e assim o interrogatório tomou a forma de uma conversa amigável e descontraída, encerrada quando Paul literalmente começou a ter espasmos. A morte de Barbara já era difícil de digerir para os adultos, que dirá para um menino nervoso. O detetive pensou, com pena, que o caso provavelmente tinha marcado Paul para o resto da vida.

O interrogatório de John foi como uma conversa de atleta para atleta. O detetive — não fazia tanto tempo — havia jogado futebol americano na mesma escola que John agora frequentava. Acompanhava os times de sua *alma mater* com fervor ao longo do ano todo. No verão, acompanhara a sorte dos Baltimore Orioles, que no momento estavam recompensando seu interesse com mais uma vitória. O detetive não achava John ótimo, mas John ainda era jovem. Poderia esperar um bom desempenho no futuro.

John contou tão pouco quanto as outras crianças. Havia um sujeito acampando na floresta, e ninguém deu muita bola para o assunto. Aí, os filhos dos Adams não apareceram na escola dominical; depois, ele foi para casa, trocou de roupa e seguiu de barco para ver o que estava acontecendo com eles.

Os dois estavam trancados num armário, e assim por diante. Ele e Bobby pegaram uma arma cada um na sala de jogos do dr. Adams porque ficaram com medo e depois saíram para ver o que havia para ver. Por fim, encontraram Barbara, e havia um homem com ela. Isto é, havia um homem de aparência estranha na cabana perto dela.

Falaram extensivamente sobre o assunto. John tinha visto o corpo? Sim. O que pensou? Quis vomitar. Ficou emocionalmente abalado na hora? Claro. Tinha erguido a arma e disparado contra o homem que Bobby disse ser o homem.

Fez bem, pensou o detetive. Para um menino de 16 anos, foi muita coragem.

O detetive tinha visto o corpo de Barbara coberto de moscas. Já tinha visto várias vítimas no trabalho, e essa vítima em especial não era nenhuma glória. No entanto, o detetive havia notado os cabelos loiros, as sardas (que desbotaram na morte), a delicadeza da garota em geral, e sentiu uma pressão nos cantos internos dos olhos que significava um incômodo pouco viril. Conseguia imaginar um adolescente fazendo o mesmo que ele.

O interrogatório de Bobby e Cindy foi atento mas breve. O dr. Adams estava lá para garantir que eles não ficassem sobrecarregados. Bobby, o observador mais confiável, descreveu em detalhes o homem que entrou com uma faca (Cruz tinha uma; as crianças a haviam encontrado) e obrigou Barbara a trancá-los no armário. Ficaram lá até que John chegasse e os soltasse. Em todos os outros aspectos o relato correspondia ao das outras crianças.

O detetive olhou para o dr. Adams e decidiu não perguntar mais nada. Pessoas como aquelas não deveriam ser submetidas a processos criminais.

Cindy foi a última e parecia a menos abalada. A essa altura, o detetive já ouvira como ela havia chorado e chorado no armário a noite toda por estar com medo. Certamente não o demonstrou no interrogatório.

Agora ela estava livre, e o detetive notou com que rapidez as coisas transcorrem com os jovens. Seus olhinhos travessos brilhavam: ela quase parecia gostar da atenção do interrogatório. Já parecia uma mulher cheia de segredos. Era modesta e fofa. Mesmo contando com Dianne, a menininha parecia a menos amedrontada de todas as crianças que haviam tido contato com a falecida. O mais estranho de tudo — essa era apenas a opinião do detetive — era que, se Cindy pudesse realizar seu maior desejo, queria ter o jeito e a aparência de sua babá morta.

Os colhedores na região também foram interrogados e deram respostas evasivas e nervosas. Sim, alguns deles conheciam Cruz. Não, ele não era exatamente encrenqueiro, mas era esquisito. Recusava o pagamento às vezes e se recusava a morar nos alojamentos oferecidos. Saía sozinho às vezes, ninguém sabia aonde ia. Sim, eles o viram pouco antes de a garota branca ser morta; ele não estivera trabalhando, mas tinha dinheiro para gastar na mercearia Tillman's. *Que Deus o tenha.*

O detetive conversou com o médico-legista do condado. A garota havia sido molestada sexualmente, torturada e morta por estrangulamento numa hora exata ou próxima à informada pelas cinco crianças. Era impossível confirmar se o homem, Cruz, havia feito tudo aquilo; o legista teve que examiná-lo praticamente cortado ao meio. O detetive poderia encontrar o resto das provas nas impressões digitais fornecidas pela polícia estadual. (A casa estava cheia de digitais; só um idiota as teria deixado em tantos lugares, disseram eles.) Isso encerrava o caso; o trabalho do detetive estava concluído.

O corpo da garota estava no necrotério, esperando por seus pais. A uma curta distância jazia o corpo do assassino.

Que desgraçado imbecil, pensou o detetive.

Os Adams voltaram para casa, é claro, mas souberam da morte de Barbara antes de chegar lá. O dr. Adams telefonara de Nova York com a boa notícia de sua chegada e recebera, da boca de uma vizinha que substituíra a babá morta, a infeliz notícia de que Barbara havia morrido. E as crianças estão bem até agora, mas voltem logo.

Assim, o tão esperado — esperado por tantas pessoas por tantas razões — aconteceu. Os Adams chegaram a Baltimore no ônibus de Nova York e foram recebidos por outro vizinho, o sr. Tillman, e levados a um lar desolado e à crianças chorosas.

Mudaram-se no mesmo ano.

A casa estava inundada de tristeza. As árvores murcharam naquele inverno, o céu pesou e choveu durante toda a primavera. A bela Barbara, flexível e atlética, com um vestido de algodão azul com estampa floral, a garota que desceu do ônibus em Bryce, tinha sido assassinada ali, e toda a terra estava doente. O dr. Adams se mudou e depois a casa passou quase meio ano desocupada — o mato cresceu nos degraus da cozinha à beira do rio; os quartos (o de Barbara também, é claro) e o corredor, o banheiro e o cômodo que deveria ser a sala de jogos sucumbiram ao pó — e, por fim, foi vendida para um novo pessoal de Wilmington com cães barulhentos e amigos beberrões que adoravam o lugar, mas nunca foram muito felizes lá. Uma tristeza fundamental infectava o próprio solo. (Isso era verdade, embora na estação seguinte tenham demolido a cabana e feito uma plantação no lugar.)

As crianças, é claro, tiveram vidas futuras que começaram de imediato. O que aconteceria enquanto suas histórias futuras se desenrolavam está aberto à imaginação.

Paul os dedurou? Essa seria uma pergunta. E, se ele começou a mostrar sinais disso, Dianne teve que tomar as medidas necessárias para impedi-lo?

Um pensamento mais mundano. John conseguiu ser titular no time do colégio? E, se conseguiu, em que pensou durante aquela temporada? E se ele conseguiu e encontrou uma garota que gostava de jogadores de futebol americano, em quem ele pensou quando a beijou, e o que a garota viu em seus olhos nessa hora?

Bobby e Cindy — Cindy com seu amor por contar as coisas mais cedo ou mais tarde —, o que aconteceu com eles? Quando o senso de dever de Bobby — cumprido com excelência — foi contraposto a sua opinião posterior sobre o que poderia ter feito, o que aconteceu com ele? Quando — talvez anos mais tarde — ele obteve as ferramentas intelectuais para pensar em deus e no homem e na filosofia e no que deveria ser feito, o que fez? Como isso o afetou?

Cindy, quando se tornou a dona de casa e gata sedosa estirada em almofadas que estava destinada a ser, passou a beber demais? O fato de ter guardado segredos foi um fardo para ela?

Os Cinco Libertadores voltaram a se encontrar por si sós? Sobre o que conversaram? Voltaram a jogar aquele jogo? Mesmo anos depois, quando já eram adultos com meios mais adequados? Ou a vida se complicou e os separou para sempre?

Toque a pétala de uma flor e abale uma estrela.

As pequenas coisas se intrometem.

E quanto ao papel de Barbara depois disso?

Barbara, quem pensa em você?

A mãe e o pai de Barbara foram, é claro, igualmente assassinados. É impossível perder um filho; vai contra o fluxo das coisas. Os pais de Barbara continuaram vivendo, mas só porque precisavam; mantinham fotos dela por toda a casa, que estava sempre silenciosa.

O namorado nominal de Barbara, Ted, leu sobre sua morte nos jornais e pensou algo muito desagradável. Ficou chocado, incrédulo, triste, privado de uma coisa em sua vida, e ele realmente lamentou muito por Barbara. Como nunca havia estado com ela, porém (na verdade, estivera apenas com uma garota até agora e havia pagado por isso), ela saiu da vida dele como a moça eternamente inatingível. O valor dela aumentou, e ele imaginou como teria sido fazer *aquilo* com *ela*. Só de pensar nisso, ele mudou a própria vida. Conheceu a si mesmo, e isso é um tipo de morte por si só.

Ele teria sido um bom marido para ela, mas um tanto estranho.

De todas as pessoas, foi Terry — isso certamente teria surpreendido Barbara — quem ficou mais arrasada. Ela soube do acontecido ao voltar das férias em Cape Cod. Desceu para pegar o jornal, desencavou as notícias da morte de Barbara e depois voltou para casa para se jogar na cama e chorar de um jeito que as pessoas raramente choram.

Barbara, você era a coisa mais linda do mundo (é estranho como as pessoas pensavam em Barbara-na-morte como linda quando nunca pensaram em fazê-lo durante a vida dela), mas você era a coisa mais boazinha e tola do mundo, e agora este mundo já era. Terry mal aguentava pensar nela.

Isso despertava lembranças de Barbara lavando o cabelo no banheiro quando Terry queria entrar lá. Despertava lembranças dos torneios de natação a que Terry havia comparecido e assim visto Barbara quando esta se sentia mais sozinha — magra e bronzeada e de lábios brancos, e prestes a vomitar antes da largada. Despertava todas as coisas que não se pensavam a respeito de alguém até que essa pessoa morresse.

Despertava tudo, e isso quase destruiu Terry. Uma coisa a sustentou.

Barbara, disse Terry, sua idiota. Você é o que eu queria ser e nunca soube até te conhecer. Você é a única coisa no mundo que valia a pena ser, e agora morreu.

Terry sentiu que Barbara a havia traído.

Barbara, queria conversar com você sobre tantas coisas este ano. Acho que eu estava entendendo, mas agora não posso. Você se afastou de mim; acabou morrendo.

Não sei por que não estou mais surpresa, disse Terry. Vou ter saudade de você pelo resto da vida, mas não sei por que não estou mais surpresa.

Barbara — e aqui, Terry ecoou o pensamento da desconhecida Dianne —, Barbara, eu te odiava por ser tão tranquila e simples e feliz. Você mereceu (e aqui ecoou novamente a desconhecida Dianne, que continuava a sentir a mesma coisa), eu te odiava também.

O que vou fazer sem você?

Eu te odeio.

Bondade, abandone este mundo.

Eu conheci a bondade, disse Terry. Conheci e convivi com ela e nunca percebi até ela ir embora. Bondade, abandone este mundo. Barbara, vá para casa, onde quer que seja. Dê o fora da minha vida, disse Terry, pelo amor de Deus, *larga do meu pé* (a essa altura, ela já havia quase esgotado as lágrimas). Já temos muitos problemas sem você.

Eu sou eu, e nós somos nós, e somos todos nós, e não podemos ser mais nada. Saia da nossa vida, Beleza, e vá para casa e pronto. *Não queremos* você.

Você estraga tudo e faz todos pensarem que é possível ser o que é impossível. Não devemos ficar tentados a acreditar, e você é responsável.

Beleza, vá embora, vá para casa e desapareça. Eu te conheci e nunca mais quero te ver. Isso não é certo.

Bondade, abandone o mundo para que possamos viver nele.

Barbara, vá para o inferno.

Partindo de um ponto de vista frio e vagamente razoável, é impossível imaginar Barbara divinizada. Afinal, Barbara já se fora; isso está claro.

Mas... mesmo assim.

É possível — a mente fica tentada — imaginá-la ainda presente, olhando para baixo e para o passado de sua breve experiência como ser humano. Todo mundo já foi.

Ela olha para as pessoas que já foram seus semelhantes, todas elas (para ela isso é possível). Agora, é claro, seu rosto paira livre dos limites normais da imaginação e se posta alto e onipresente na mente. Está *lá*.

Sua boca está coberta por fita adesiva e ela fica em silêncio. Embora não se possa ver o que há abaixo dos ombros, presume-se que esteja amarrada como esteve no último momento, incapaz de se intrometer na vida de mais ninguém. É nesse estado que ela olha para os seres humanos, antes seus iguais.

Há reconhecimento em seu olhar.

Agora conheço vocês.

O olhar — só se pode imaginar seu significado observando os olhos — é um fardo incômodo: agora conheço vocês; não conhecia, mas agora conheço.

Ela não diz nenhuma palavra, é claro. É impossível falar. Apesar disso, pode-se imaginá-la dizer: "Vocês são... vocês são...".

Mesmo que pudesse, ela não conseguiria dizer isso.

Acabamos.

Beleza, vá para casa.

Estou acabada. Vou de bom grado.

Eu nunca quis machucar vocês.

Agora ela se *foi*. O que se segue, naturalmente, é o vazio.

Este também não é o fim. Apesar das queixas humanas, o fim do fim dura para sempre.

MENDAL W. JOHNSON (1928-1976) nasceu em Tulsa, Oklahoma, e se tornou escritor e jornalista. O trabalho de escrita de Johnson incluiu contribuições para revistas marítimas como *Popular Boating and Yachting* e o romance mais famoso, publicado em 1974, *Quando os Adams Saíram de Férias*. No momento de sua morte, ele tinha três outros romances em andamento, *Walking Out*, *Myth* e *Net Full of Stars*. Ele morreu de cirrose do fígado em 1976.